Serás

un sello de
V&R Editoras

‣ **Dirección editorial:** Marcela Luza
‣ **Edición:** Melisa Corbetto
‣ **Coordinación de diseño:** Marianela Acuña
‣ **Arte de tapa:** Carolina Marando
‣ **Diseño de interior**: María Natalia Martínez
　　　　　　　 sobre maqueta de Silvana López
‣ **Fotografías de tapa:** littlenySTOCK/Shutterstock.com

© 2018 Anabella Franco
© 2019 Vergara y Riba Editoras, S. A. de C. V.
www.vreditoras.com

MÉXICO:
Dakota 274, Colonia Nápoles, C. P. 03810,
Del. Benito Juárez, Ciudad de México
Tel./Fax: (5255) 5220–6620/6621 • 01800-543-4995
e-mail: editoras@vergarariba.com.mx

ARGENTINA:
San Martín 969 piso 10 (C1004AAS) Buenos Aires
Tel./Fax: (54-11) 5352-9444 y rotativas
e-mail: editorial@vreditoras.com

Primera edición: enero de 2019

ISBN: 978-607-8614-39-4

Impreso en México en Litográfica Ingramex, S. A. de C. V.
Centeno No. 195, Col. Valle del Sur, C. P. 09819
Delegación Iztapalapa, Ciudad de México.

Anna K. Franco

Serás

VR
YA

"Sé fiel a ti mismo y entonces

no podrás ser falso para nadie".

−William Shakespeare, Hamlet.

1

Error

Dicen que todas las grandes historias comienzan con un error. En mi caso fue con varios.

El primer día de clases me levanté desanimada. Había soñado que corría detrás de un automóvil que se alejaba a pesar de que yo gritaba, rogándole que se detuviera. Me daba miedo lo inalcanzable y la falta de control, la soledad y el abandono. Empezar la escuela me preocupaba, sabía que me esperaban meses agobiantes.

Dejé mi dormitorio en pijama, fui al baño y al salir espié la habitación de mamá. Me pareció que la cama estaba vacía, así que empujé un poco la puerta entornada. Hallé el desorden habitual; no había rastros de ella. Lo más probable era que ni siquiera recordara que era mi primer día del último año de escuela.

Me vestí con una falda cuadrillé, medias bordó, una camisa y un cárdigan. Me puse unas botas negras y recogí mi cabello rubio en una trenza. Un poco de maquillaje me ayudó a destacar mis ojos verdes y mis labios carnosos.

Si había heredado algo de mi madre, era su apariencia. Al menos lucía atractiva, y eso me servía para fingir seguridad frente al mundo.

Mientras preparaba el desayuno, oí la puerta. Los tacones de mamá repicaron en el piso de madera del recibidor. Intuí que se los había quitado debajo de la mesita decorativa cuando de pronto dejaron de sonar. A cambio percibí su energía, sabía que se estaba acercando.

–¡Lizzie! –exclamó, risueña. No me gustaba que me llamara así, ese seudónimo me estancaba en mis ocho años–. ¿Estás preparando café? ¿Me convidas un poco? Tengo que estar en la oficina a las ocho.

La espié por sobre el hombro mientras se dirigía a su habitación: vestía una falda negra, camisa blanca y zapatos de tacón; lo mismo que se había puesto el viernes. Llevaba el pelo suelto y desordenado, y cargaba con el maletín del trabajo. Tal como sospechaba, no había regresado a casa en todo el fin de semana. Por suerte yo había pasado la noche del sábado en lo de mi amiga Val y no había tenido tiempo de preocuparme por mamá. Bueno, a decir verdad siempre me preocupaba por ella, pero el colegio y mis amigas me servían para hacer de cuenta que no.

Mientras le servía una taza de café, maldije ser tan estúpida. Mi humor empeoró a un ritmo vertiginoso. ¿Por qué cada vez que comenzaba un nuevo año de escuela tenía la tonta ilusión de que algo cambiaría? Ni siquiera me fijaba en el Año Nuevo, para mí el tiempo se delimitaba en función del colegio, y estaba cansada de hacer tanto esfuerzo. Todos los años anhelaba un futuro distinto y a cambio siempre me encontraba en el mismo presente desgraciado.

Dejé las tazas sobre la mesa y serví los huevos revueltos. Abrí el refrigerador: estaba casi vacío. Por suerte encontré un poco de jugo de naranja para complementar el desayuno. No había leche.

Oí la ducha mientras ingería lo mío. Mamá reapareció vestida con otra ropa de oficina cuando yo ya casi terminaba. Se había peinado y maquillado;

lucía radiante y hermosa. El tiempo no transcurría para ella y, además, tenía solo treinta y seis años. Físicamente, éramos muy parecidas.

—¿Qué haces levantada tan temprano? —preguntó, revolviendo sus huevos a la velocidad de la luz.

—Hoy es mi primer día del último año de escuela —expliqué sin emoción.

—¡Vaya! —me miró por un segundo—. ¡Cómo has crecido! ¡Qué rápido pasa el tiempo! —estiró la mano y asentó unos billetes arrugados sobre la mesa—. Te dejo dinero para lo que necesites.

Miré los dólares; sospechaba de dónde provenían. No quería nada de su jefe, pero necesitaba comprar comida.

Mamá siempre me trataba bien, siempre estaba contenta. Me daba dinero cada vez que nos veíamos, jamás se enojaba por nada ni me controlaba como los padres de mis amigas. Cualquiera diría que tenía la madre que todos soñaban, pero yo no lo sentía así.

El verano tampoco había sido un sueño. Había ido a casa de mi padre después de cinco años sin vernos, y nunca más quería volver. Ni el bosque cercano, ni los chicos que conocí en el pueblo y las preciosas fotos que había tomado podían contra su esposa y sus dos hijas. Entre las tres me hacían sentir la Cenicienta, y lo peor era que él me había ignorado todo el tiempo.

Todos los años tenía la esperanza de que mis padres cambiaran. Error. Nada cambiaría hasta que consiguiera entrar en una universidad y vivir sola. Entonces, todos seríamos libres: papá ya no estaría atado a pasar una mensualidad, mamá podría ocuparse de ella misma sin ser responsable de mí, y yo no tendría que sentir más que estaba sola en una lucha constante por escapar de una vida que me lastimaba.

Mamá miró el reloj. Yo no dejaba de mirarla a ella.

—Me tengo que ir —soltó, poniéndose de pie. Recogió su portafolio y se acomodó la chaqueta—. ¿Cómo luzco? —preguntó.

—Bien —respondí sin interés.

—Tú también. Adiós, hermosa. ¡Nos vemos!

Me arrojó un beso con la mano y salió de casa antes que yo.

Deposité los enseres sucios sobre otros que estaban en el fregadero y fui a mi habitación. Recogí la mochila y volví a la cocina. Guardé en el bolsillo el dinero que me había dado mamá y salí.

La proximidad del otoño teñía Nueva York de tonos cafés y dorados. Pronto los árboles se despojarían de sus hojas y parecería que el cielo se había abierto. Amaba esos colores y cómo se plasmaban en mis fotografías, pero a decir verdad sentía que ya los había retratado demasiado. Lo único bueno de haber ido a casa de mi padre habían sido las sesiones que había hecho en los alrededores. De no haber sido por ese viaje, se habrían cumplido diez años que no salía de la ciudad.

Tomé el metro y caminé hasta el colegio intentando sentir algo de entusiasmo. Antes de cruzar la calle, me quedé un minuto en la acera de enfrente, contemplando la fachada y el jardín que rodeaba el edificio. Había mucha gente, gente que tampoco cambiaba. Conocía a algunos de los que estaban allí: el chico con auriculares, dos que conversaban en un grupo de cinco, una deportista que avanzaba de la mano de su novio. No los había visto juntos el año anterior, tenían que haber empezado a salir en el verano. Me hubiera gustado ser como ellos: conocer a alguien, sentirme atraída, enamorarme. Pero a mí me resultaba muy difícil.

—¡Ey! —gritó Glenn, sacudiéndome desde atrás. Giré y la saludé; su buen humor aliviaba los días más grises—. ¿Cómo estás? Anoche te envié un mensaje y no lo viste.

—No, lo siento, me fui a dormir temprano y esta mañana no revisé el móvil. ¿Entramos? No quiero llegar tarde el primer día.

A diferencia de mí, Glenn no usaba maquillaje; sus padres eran religiosos y no la dejaban hacer casi nada. Ella decía que se iba a casar virgen, que solo existía un amor verdadero y que lo mejor aguardaba por nosotros si sabíamos esperar. Me costaba confiar en eso. No creía que yo fuera capaz de enamorarme y mucho menos que alguien pudiera enamorarse de mí. Muchos chicos me consideraban físicamente atractiva, pero yo no a ellos, al menos no del modo en que lo hacían las demás, y huían despavoridos de mi personalidad. Yo no iba a conformarme si no me sentía a gusto. Iba por más.

Volver a pisar los pasillos de la escuela me transportó en el tiempo. Era como si el verano no hubiera existido. Nada había cambiado: los profesores seguían siendo los mismos, los compañeros seguían haciendo lo mismo, mis padres seguían siendo dos irresponsables.

Había aspectos de mi vida que no quería cambiar: mis amigas, por ejemplo. Ellas eran mi sustento. Aunque no sabían ni la mitad de las cosas que me ocurrían, nos divertíamos, y podía contar con nuestro grupo en caso de que necesitara esparcimiento.

En cuanto a mis compañeros, si bien sospechaba que muchos me criticaban a mis espaldas, no tenía problemas serios con nadie. La gente solía inventar chismes, por eso cuidaba mi imagen. La escuela para mí tenía una única función: acceder a un futuro mejor. Quería salir de mi casa, dejar de depender de cualquier adulto y formalizar un hecho que, desde que mis padres se habían separado, se daba de forma implícita: solo me tenía a mí misma.

Cerca de la entrada divisé a un grupo que formaba parte del centro de estudiantes. Más de una vez había considerado involucrarme solo para conseguir una recomendación para la universidad, pero siempre desistía. Entre ellos estaba Sarah Jones, y prefería tenerla lejos.

Sarah y yo habíamos sido mejores amigas. Comenzamos a estudiar juntas a los nueve años, sin embargo no fue hasta los doce que me di cuenta de que nos unía una amistad tóxica. Para empezar, las dos teníamos buenas calificaciones, pero Sara solía enrostrarme las suyas e intentaba hacerme sentir que yo no era lo suficientemente inteligente cuando le iba mejor que a mí. Frases como "lo que sucede es que yo entiendo más rápido los temas" o "quizás te ayudaría tomar clases particulares" eran frecuentes en ella. Aún así, era mi única amiga, y como siempre me había resultado difícil hacerme de un grupo, soporté hasta que la escuché hablar mal de mí en el baño.

Lo recordaba como si hubiera sucedido ayer: yo estaba encerrada en un cubículo a punto de salir cuando oí su voz. Conversaba con otra chica. "¡Es tan molesta! Tengo que explicarle todos los temas, y la última vez que se quedó a dormir en mi casa, rompió un plato decorativo de mi madre. No cuentes nada, te lo digo a ti porque te tengo confianza: me contó que su padre se fue con otra familia. No me extraña".

¡Qué mentirosa! El plato lo había roto ella, pero yo había aceptado que me echara la culpa para que su madre no la regañara.

Abrí la puerta procurando hacer todo el ruido posible y me acerqué al espejo, donde ellas conversaban junto a los lavabos. Ignoré sus miradas atónitas; me acomodé el pelo y las miré.

–Hola, Sarah. Lilly –les dije, con una sonrisa y los dientes apretados, y salí del baño temblando. Fue la última vez que hablamos.

Por suerte, al año siguiente aparecieron Val y Glenn, y Sarah se transformó en un mal recuerdo. Lo único que todavía nos vinculaba, era que a veces me convertía en su sombra en cuanto a las calificaciones, y estaba convencida de que ella gozaba superándome. Me miraba con recelo, y yo sospechaba que me tenía entre cejas. Éramos como Thor y Loki: dos grandes compitiendo por el amor del padre. El padre, en nuestro caso, era ser alumnas destacadas. Supongo que ella lo hacía por vanidad. Yo, en cambio, necesitaba asegurarme el futuro.

Seguí escuchando a Glenn, pero a la vez miraba a Sarah. Estaba en un rincón, conversando con Ethan Anderson, un estudiante alto y muy delgado, súper inteligente, que se destacaba en Matemática. También los acompañaba Laura, una chica tan estudiosa como ella. El largo pelo rojizo de Sarah, sujeto con delicadas hebillas, y su ropa, evidenciaban su vida acomodada, esa de la que yo había formado parte cuando éramos chicas. Sabía que ella llegaba a casa y su madre la esperaba con una rica merienda; solo tenía que ocuparse del colegio. Me hubiera gustado que mi realidad fuera como la de ella.

Ya teníamos nuestros cronogramas y las aulas que habían establecido para cada asignatura. Por suerte compartiría varias clases con mis amigas; solo me hallaría sin ellas en Psicología. Aunque me habían advertido que no elegirían esa asignatura, yo igual había querido cursarla, convencida de que me ayudaría para ingresar a Harvard y estudiar Abogacía.

Me encontré con Val, mi otra amiga, en el aula. Nos saludamos, efusivas, y conversamos hasta que entró la profesora. En la primera clase tocaba Literatura. Por suerte Sarah no estaba en el grupo, y yo ya conocía a la profesora. Saber qué esperaban de los alumnos siempre ayudaba para que me fuera bien en las evaluaciones.

Hicimos un repaso de lo que habíamos trabajado en los semestres anteriores y una línea de tiempo con los movimientos literarios más relevantes. Me gustaba el Romanticismo, aunque tenía una especie de fascinación por las obras de Shakespeare, que en realidad pertenecían al Barroco. Me parecía que en ellas estaba plasmado todo lo que éramos como seres humanos: lo bueno y lo malo, lo real y lo ficticio.

William y yo nos habíamos conocido a mis catorce años, gracias a su obra *Romeo y Julieta*. Por aquel entonces, me pareció que era mi libro favorito. Con el tiempo empecé a pensar que, en realidad, era la historia de dos adolescentes histéricos que no habían sabido resolver sus problemas y un montón de adultos infantiles. Como mis padres, quizás.

Entre la primera y la segunda clase me separé de mis amigas y fui a mi casillero con intención de acomodar mis útiles para el nuevo año. Entre dos libros que no había devuelto a la biblioteca encontré una foto que había dejado allí hacía tiempo: había retratado el casillero abierto.

Una idea invadió mi mente en ese momento: tenía que retratar el infinito. Acomodé las cosas casi como estaban en la foto y la dejé a la vista. Extraje el móvil, miré hacia ambos lados del pasillo para asegurarme de que nadie me viera, busqué el mejor encuadre y tomé la foto. Reacomodé todo enseguida y me llevé los libros para devolverlos a la biblioteca.

Mientras esperaba que la empleada me atendiera, hice algunos retoques a la imagen con un editor que tenía en el teléfono y la subí a mi cuenta de Instagram. No a la que todos conocían, sino a la que utilizaba para publicar mis fotos artísticas. Nadie en la escuela sabía que esa cuenta existía, ni siquiera mis amigas, y no quería que lo supieran. No podía hacer buen dinero con la fotografía, ni siquiera con Diseño Gráfico; tenía que estudiar Abogacía. Mis amigas insistían con que me inclinara por las otras carreras, así que era mejor mantenerlas al margen de mi pasión paralela. Estudiaría en una universidad una carrera prestigiosa. Necesitaba asegurarme una buena vida, y el Derecho era lo adecuado. Tenía facilidad para la palabra, argumentos sólidos, y si bien me costaba mucho esfuerzo mantenerme en el cuadro de honor, las asignaturas relacionadas con lo escrito eran para mí las menos complicadas. La fotografía era solo un pasatiempo.

Devolví los libros y me encaminé al aula. Mientras circulaba por el pasillo, noté que todos extraían sus teléfonos. El mío vibró enseguida: acababa de llegar un mensaje.

Súmate a Nameless, la red social escolar donde podrás ser libre. La única regla es jamás develar quién eres.

A continuación había un enlace a una página donde se podían crear salas de chat y habían incluido la de *Nameless*. Sin duda se trataba de otra iniciativa del centro de estudiantes para mejorar las relaciones entre compañeros. Ninguna daba resultado, así que tampoco confiaba en esa. En menos de un minuto todos conocerían la identidad de todos, y la red duraría lo que un suspiro.

Guardé el teléfono y seguí caminando con paso firme al aula para la siguiente clase. Solo tenía que resistir un año. Pronto me libraría de la escuela, de mis padres y de mi pasado.

Lady Macbeth

Después de clases, me quedé estudiando en la biblioteca. Regresé a casa cuando caía la noche. Mamá, por supuesto, no estaba. Recién entonces me acordé del dinero que me había dado y de que el refrigerador estaba vacío. Igual lo abrí, como una ingenua. Era imposible que un fantasma lo llenara mientras los vivos no estábamos.

Suspiré y lo cerré con fuerza. La temperatura estaba bajando, así que me abrigué y salí a comprar al mercado más cercano. Ya estaba cerrado, por eso terminé en la gasolinera. Tomé un sándwich, papas fritas y una lata de refresco.

–¿Cómo estás? –me preguntó Jim, el cajero. Nos conocíamos, ya que salvaba mis cenas varias veces a la semana.

–Bien, ¿y tú? –respondí mientras separaba el dinero para pagarle.

–Bien. Oye, ¿qué tienes que hacer el sábado?

Moví un pie para que la incomodidad se escabullera por mi cuerpo. No era la primera vez que Jim me invitaba a salir, ni que me demostraba que yo le interesaba. Siempre buscaba conversación, y hasta había llegado a preguntarme si tenía novio. Pero él no era el culpable de mi malestar. Jim siempre había sido agradable; era yo la que no tenía ganas de someterme a otra cita. Ya lo había intentado con otras personas, y no daba resultado. Nunca me sentía atraída.

—Tengo que estudiar —contesté.

—Creí que las clases acababan de comenzar —dijo, entregándome el cambio.

—Sí, pero quiero estar al día.

—¿Estudias también por la noche? Pensé que podía invitarte a algún lado.

—Sí, lo siento, me quedo a dormir en lo de una amiga.

—Ah, está bien. Entonces será otro día.

—Sí, será otro día. Gracias. Que tengas buenas noches.

Regresé a casa y cené sola y en silencio, mirando otro mensaje sobre la nueva red social de los alumnos del colegio. Ahora habían dejado un enlace a una página donde se respondían preguntas frecuentes. Entré solo por curiosidad y me entretuve leyendo para olvidar que, como de costumbre, estaba sola en casa.

¿PUEDO CAMBIAR MI NOMBRE CUANTAS VECES QUIERA?
Una vez que creas tu usuario no puedes cambiar tu identidad virtual, como no puedes cambiar así como así el nombre que eligen tus padres para ti cuando naces.

¿QUÉ PASA SI ALGUIEN DESCUBRE QUIÉN SOY?
Deberás dar de baja tu usuario, crear uno nuevo y tener más cuidado para que no te descubran.

¿DE QUÉ PUEDO HABLAR EN NAMELESS?
Puedes hablar de todo lo que no te atreves en persona: tus problemas, tus miedos, tus debilidades, como así también

de cosas que te gustan y te hacen bien. Aquí puedes hacer amigos. Puedes ser tú mismo.

¿QUÉ NO PUEDO HACER EN NAMELESS?

Nameless no es una red social para ligar, para eso existen otros medios. Tampoco es un consultorio psicológico ni un sitio donde puedas hablar mal de los demás. Está prohibido usar los nombres reales de cualquier integrante de la comunidad escolar, como así también hacer referencia directa a ellos. En conclusión: no puedes ligar, hablar mal de los demás ni insultar. Ni siquiera utilizando los nombres virtuales, ya que detrás de ellos se esconden personas reales.

¿PUEDO DENUNCIAR A ALGUIEN SI INCUMPLE LAS NORMAS?

Por supuesto. De hecho te rogamos que lo denuncies, y los administradores evaluaremos la suspensión o cancelación de su cuenta. Tranquilos: no podemos leer conversaciones de los chats privados, pero la acumulación de denuncias en contra de un usuario determinará su continuidad en la red.

¿PUEDO ENCONTRARME PERSONALMENTE CON ALGUIEN QUE CONOCÍ EN NAMELESS?

Sí. La idea de este proyecto es mejorar las relaciones entre compañeros en la vida real. Confiamos en que la identidad virtual contribuirá a la vida diaria de nuestra comunidad. Por supuesto, tendrás que conservar en secreto quién es en Nameless. Es decir que solo puedes revelar tu identidad en un encuentro personalmente.

Me aburrí y cerré el navegador. Entré a mi cuenta secreta de Instagram y revisé las reacciones a mi foto del casillero, a la que había titulado *Eternidad*. Veinte me gusta y un comentario en otro idioma. Bastante bien.

Después de cenar, dejé mi vaso en el fregadero sobre algunos platos sucios y me acosté. Poco después, oí llegar a mamá. Reía, hablando por teléfono. Sus tacones se oyeron hasta que cerró la puerta de su habitación.

Si algo odiaba era ilusionarme, y esa semana me convertí en una ilusa. El martes mamá estaba para cenar, incluso había cocinado ella.

—¿Qué tal tus primeros días de clase? —preguntó, entregándome un plato de fideos. No era una buena cocinera, pero no dije nada de la salsa sin sal que había preparado y empecé a engullirla como si fuera lo mejor que había probado en mi vida.

—Bien.

—¿Algún novato lindo? —preguntó, guiñándome el ojo.

—No me interesan los chicos.

—Los hombres son un misterio que adorarás resolver cuando seas un poco mayor —concluyó.

Cenamos juntas toda la semana. ¡Wow! Podía acostumbrarme a tener una madre. Me preguntaba qué habría sucedido, por qué no estaba con sus amigas o con alguno de sus novios. El viernes, me lo contó.

—La esposa de mi jefe sospecha que tenemos una relación —rio—. Joseph tendrá que comportarse bien por un tiempo. No quiere escándalos.

¿Por qué reía? Si la esposa de un hombre sospechaba que yo era su amante, en mi caso, habría muerto de vergüenza. Mamá, en cambio, se divertía. Me hubiera gustado tomarme la vida como ella. A veces no sabía si me veía como a una amiga o si de verdad le parecía que su hija tenía que aprender esas actitudes de ella.

No era así cuando yo era niña, o al menos no me daba cuenta. A veces pensaba que papá, con su familia paralela, la había transformado en una mujer despreocupada y frívola. Cuando se habían divorciado, él se había vuelto un hombre intachable para su nueva esposa e hijas, y ella, en una ejecutiva plagada de vida social. El problema era yo: estaba en el medio, y a mí no me tocaban ni un padre ejemplar ni una madre abnegada.

El sábado me quedé en casa, aprovechando que mamá también estaba. Quizás, si la relación con su jefe terminaba, pasaría más tiempo conmigo.

Cuando salió del baño con un vestido largo y un abrigo, mis ilusiones se derrumbaron.

—Joseph me invitó al teatro. ¿Estoy bien? ¿Te gusta el vestido? —preguntó, girando en la punta de los zapatos.

—Sí, está bien —respondí, encogiéndome de hombros. La esperanza de esos días se había esfumado: todo había vuelto a la odiosa normalidad.

Mamá me apretó el antebrazo y me besó en la mejilla.

—Adiós, mi amor, llego tarde. Nos vemos mañana —dijo, y se retiró a las apuradas.

Cené sola, revisando las notificaciones del móvil. En un grupo hablaban de *Nameless*. Al parecer, a algunos les parecía divertido, y a otros, una pérdida de tiempo. Yo no lo había probado, pero entraba en el segundo equipo.

Lavé los platos que se habían acumulado durante días y fui a mi habitación.

La casa siempre era puro desorden; ni mamá ni yo teníamos ganas de limpiar, aunque la que terminaba haciéndolo era yo. Me puse el pijama y me senté delante de la computadora en busca de una película. Había infinidad de opciones, pero ninguna me conformaba. No tenía ganas de misterio, acción ni de ciencia ficción. Tampoco de policiales, y como quería dormir de noche, jamás miraba terror. Podría haber leído un libro o haber adelantado alguna asignatura, pero pensaba en mamá y sabía que sería inútil intentar concentrarme. No quería estar sola. Necesitaba compañía.

Extraje el teléfono y envié un mensaje a Val. No respondió. Era tarde: estaba con alguien o se hallaba durmiendo. Entonces le escribí a Glenn.

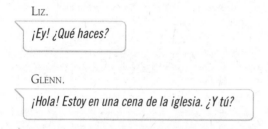

LIZ.

¡Ey! ¿Qué haces?

GLENN.

¡Hola! Estoy en una cena de la iglesia. ¿Y tú?

Si estaba con gente, no podía molestarla para conversar tonterías. Ella ya tenía con qué matar el tiempo, así que la dejé en paz.

LIZ.

Estoy estudiando. Solo quería preguntarte algo sobre un ejercicio de Matemática, pero ya lo resolví. ¡Nos vemos!

Todos los caminos estaban cerrados: no tenía nada que hacer, excepto ponerme a estudiar. ¡Siempre estudiar! Para colmo, había comenzado a llover.

Estaba en mi dormitorio, apenas iluminado con la luz del monitor de la computadora, escuchando el agua golpear contra la ventana. En Instagram todos publicaban historias de su gran fin de semana. En Facebook, papá había subido una foto con sus hijas. Me sentí tan mal, tan desplazada, que al final sucumbí y busqué el servidor de la red *Nameless* en la computadora.

Iniciar sesión o *Registrarse*. Elegí "registrarse". Ahora tenía que inventar un nombre de usuario. El nombre que, según las reglas, me acompañaría para siempre como identidad virtual. No tuve dudas. En ese instante nació Lady Macbeth.

3

Shylock

La sala de chat colectiva era un caos. Todos hablaban sin orden ni relación. Reían, gritaban con mayúsculas y escribían como si nunca hubieran ido a la escuela, llenos de errores de digitación y ortografía. A nadie se le ocurría escribir una palabra completa, eran mejores las abreviaturas.

Intenté leer un poco.

> **Windy:** Bss muchos bss.
>
> **Negan:** Erró 4tiros.
>
> **Joker:** Ha-ha-ha.
>
> **Loco:** Besos? No mejor abrazos.
>
> **Anonymous:** Cuatro??? Qué idiota, solo le dieron dos tiros y acertó ambos.
>
> **Loco:** Los abrazos se dan en cualquier parte del cuerpo.
>
> **Joker:** Ha-ha-ha.
>
> **Anonymous:** 4TIROS??? Si no viste el partido no opines.
>
> **Joker:** Ha-ha-ha.

Anonymous: Maldito idiota! Deja de escribir ha-ha-ha o haré que cancelen tu cuenta.

Tal como sospechaba: una pérdida de tiempo. ¿Dónde quedaba la regla de nada de insultos? ¿Por qué la gente, en las redes, se comportaba de manera primitiva? ¿Acaso nadie podía escribir sin faltas de ortografía? Ser joven no significaba ser bravucones, ¿por qué estaba lleno de personas agresivas? Apostaba a que muchos no eran así en la vida real; el anonimato les permitía desquitarse sus problemas con los demás.

Fui a mi perfil para cancelar mi cuenta. Como una tonta me había puesto el nombre de un gran personaje de la literatura y, como avatar, una foto de un hongo que había tomado en el bosque cercano a la casa de mi padre. No iba a perder el tiempo en una red social donde solo se escribían incoherencias.

Estaba a punto de escoger "cancelar mi cuenta" cuando una pequeña ventana se abrió abajo a la derecha. Un tal Son Gokū me hablaba por mensaje privado.

Son Gokū: Nueva?

Suspiré. Ahora que alguien me había hablado, me daba lástima salir de la red y volver a la soledad de mi cuarto. Son Gokū era un buen personaje de manga y animé, quizás debía darle una oportunidad.

Lady Macbeth: Sí.
Son Gokū: Veo q eres toda una conversadora.

El tono no me gustó, pero decidí seguir un poco más.

Lady Macbeth: Sí.

Dejé pasar un segundo y agregué:

Lady Macbeth: Jajaja, ¡es broma! Soy Lady Macbeth.
¿Cómo estás?
Son Gokū: Ahora q estamos hablando mucho mejor.

No sabía si lo decía con tono libidinoso o triste; interpretar lo escrito por un desconocido se hacía difícil. Aunque intuía que, en realidad, le interesaba ligar, intenté convencerme de que podía haber alguien que solo buscara compañía virtual, como yo, y seguí adelante.

Lady Macbeth: ¿Por qué estás aquí? ¿Necesitas olvidar
algún problema?
Son Gokū: Me siento solo. Intuyo q eres muy linda. Por q no
te doy mi número y hablamos por otro lado?

Cerré los ojos. No podía ser tan ingenua de creer que en ese chat encontraría lo que necesitaba.

Lady Macbeth: ¿Leíste las normas? Este no es un lugar
para ligar, ni podemos revelar nuestra verdadera identidad.
Son Gokū: Lesbiana?
Lady Macbeth: ¡¿Por qué todos asumen que si una no
quiere ligar es lesbiana?!
Son Gokū: Pues quién no quiere ligar?
Lady Macbeth: Si piensas que conquistarás a alguien

actuando de este modo, lo dudo. Me cuesta creer que una
chica se sienta bien solo porque un desconocido le dice
que cree que es linda sudando la intención de llevársela a la
cama.

Son Gokū: No lo haríamos en una cama.

Lady Macbeth: Lo siento, Gokū. Te libero para que puedas
encontrar a una chica que sí quiera que le digas esas cosas.
Suerte con eso.

Son Gokū: Adiós. Lesbiana.

Cuando cerré la ventana, vi al pasar que había escrito algo en el chat grupal.

Son Gokū: No le hablen a Lady Makbet. Es LESBIANA.

¡¡Qué?! ¡Ni siquiera sabía escribir correctamente "Macbeth", aun cuando lo había leído en mi seudónimo! No sabía si me molestaba más que estuviera usando la palabra "lesbiana" como si fuera un insulto, que me estuviera *insultando* o que no supiera escribir Lady Macbeth. ¿Qué tan difícil era sentirme parte de algo? ¿Por qué me costaba tanto conectar con la gente?

Me negaba a aceptarlo, así que, esta vez, yo elegiría con quién conversar. A la derecha estaba la lista de usuarios disponibles en orden alfabético. Llegué a la R y elegí a Raccoon City. Alguien que usaba el nombre de una ciudad de *Resident Evil*, al menos, me parecía intrigante.

Lady Macbeth: ¡Hola!

Raccoon City: Lo siento, soy una chica pero no soy
lesbiana.

Gruñí al tiempo que cerraba el chat individual. Primero: no me había preguntado si quien se escondía detrás del seudónimo era hombre o mujer. Segundo: ¡se suponía que era un espacio para hacer amigos, no para ligar! Quizás no se trataba de que la chica no quisiera ser mi amiga virtual, sino de que Son Gokū ya me había presentado como lesbiana y, ¡por supuesto!, como todos allí ligaban, ahora cualquier chica a la que le hablara creería que la quería conquistar.

Otra ventana se desplegó abajo a la derecha. Esta vez era Anonymous quien me hablaba.

Anonymous: Una chica tn hermsa no puede ser lesbiana.

Salteaba letras; eso no me gustaba. Ya estaba cansada del juego y, como los demás, yo también necesitaba descargarme por lo de mi padre, así que respondí de mala manera.

Lady Macbeth: ¿Cómo sabes que soy hermosa? Lo único que hay en mi avatar es un hongo. ¡Un hongo!
Anonymous: Lo sé, huelo a las chicas hermosas. Que sts buscndo en el chat?
Lady Macbeth:
Hablar con alguien interesante.
Anonymous: Has dado con el indicado. Cuéntame k tal tu día.

Respiré profundo y decidí darle una oportunidad.

Lady Macbeth: Ha ido muy mal, por eso quería distraerme un rato.

Anonymous: Mi día también ha ido mal. Jugamos cn el equipo de baloncsto y me dieron 2tiros libres. Erré ambos! Puedes creerlo?

Fruncí el ceño.

Lady Macbeth: Brandon, ¿eres tú?

La respuesta tardó en llegar.

Anonymous: Cómo lo sabs? Yo no t lo dije!

Lady Macbeth: Acabas de decirme que te dieron dos tiros libres y que no acertaste ninguno. El único al que le ocurrió eso hoy fue a Brandon Cooper, aunque Anonymous intentaba cambiar la realidad en el chat grupal.

La respuesta tardó en llegar de nuevo.

Anonymous: Maldición! Ahora también tendré que dar de baja este usuario.

Y se desconectó.

Basta. Ese era mi límite. Cerré la pequeña ventana del chat de Anonymous, decidida a darme de baja de la red social. Sin querer, en lugar de mover el *scroll* para subir, bajé la lista de los usuarios conectados. Mis ojos se trasladaron instintivamente a la columna de nombres: *Serena, Shhh, Shylock.*

Shylock. El nombre del judío que, según Shakespeare, vivió en Venecia y quería una libra de carne de Antonio siendo que este no había podido pagar una deuda. No había animés, series ni películas de estreno que contaran esa historia. Quien había elegido ese *nickname* tenía que haber leído el libro, como yo.

Como el personaje era un hombre, supuse que quien lo usaba en *Nameless* era un chico e imaginé quién se escondería detrás de ese seudónimo. Tenía que ser alguien aplicado, inteligente y educado. Tenía que ser perfeccionista y decidido respecto de su futuro. Quizás formaba parte de la administración. Investigué su avatar: tenía a Bane, un personaje de *Batman: el caballero de la noche asciende*.

Dicen que todas las grandes historias comienzan con un error. En este caso comenzó con un "hola".

4

Hola

Lady Macbeth: Hola.

Shylock: Hola.

Lady Macbeth: No quiero ligar, ni insultar a nadie ni que expongan en el chat grupal lo que piensen de mí.

Shylock: ¿Por qué mejor no me dices lo que sí quieres?

Lady Macbeth: Solo quiero conversar. Pasar esta pésima noche de sábado sin pensar en mis problemas.

Shylock: Entonces, qué bueno que me escribiste, porque yo quiero lo mismo.

Lady Macbeth: ¿Es tu primera vez en este chat?

Shylock: No.

Lady Macbeth: ¿Y has hecho algunos amigos?

Shylock: Unos pocos.

Lady Macbeth: ¡Tuviste suerte! En mi caso, hasta ahora, ha sido una pérdida de tiempo.

Shylock: Me pasó lo mismo la primera vez, pero si

encuentras dos o tres personas adecuadas para ti, se vuelve entretenido.

Lady Macbeth: ¿Estás hablando con alguien más en este momento? Quizás puedas recomendarme otras "personas adecuadas".

Shylock: Jaja. No, solo contigo. Las "personas adecuadas" no están conectadas en este momento. ¿Te parezco una "persona adecuada" para ti?

Lady Macbeth: Sí, por el momento.

Shylock: ¿Puedo saber el motivo?

Lady Macbeth: Para empezar, llevas el nombre de un personaje literario de un autor que me gusta.

Shylock: Aunque el personaje a los ojos de Shakespeare sea malo, parece que a tus ojos me hace bueno.

Lady Macbeth: Dicen que los libros nos recomiendan personas.

Shylock: Puede ser.

Lady Macbeth: Además, escribes bien.

Shylock: JAJAJA.

Lady Macbeth: Es en serio, me molestan los errores de ortografía.

Shylock: Ajá. Una chica exigente.

Lady Macbeth: Sí, sobre todo conmigo misma.
Por otro lado, no estás intentando ligar.

Shylock: Y tú no estás llamándome gay por eso. ¡Vamos genial!

Lady Macbeth: Jaja. Sí, es verdad. Tú tampoco me has llamado lesbiana como si fuera un insulto, así que estamos bien por el momento. ¿Y yo? ¿Te parezco adecuada? ¿Por qué?

Shylock: No sé por qué, pero sí, me parece que vale la pena seguir conversando contigo. Digamos que no me guío, como tú, por una lista de requisitos, sino más bien por la intuición.

Lady Macbeth: ¿"Lista de requisitos"?

Shylock: Sí: que tenga un seudónimo interesante, que escriba sin faltas de ortografía, que no intente conquistarte... ¿Siempre eres así de estructurada?

Lady Macbeth: Sí. Creí que tú también lo eras.

Shylock: Mmm... No lo creo.

Lady Macbeth: ¿Cómo me imaginas?

Shylock: Como la mejor alumna. ¿Y tú a mí?

Lady Macbeth: Como el mejor alumno. ¡Por Dios! Dime que tienes mi edad y que no estoy hablando con un niño de trece años.

Shylock: Jaja. Estoy en el rango 16-18. ¿Y tú?

Lady Macbeth: Lo mismo. ¡Qué alivio!

Shylock: Lady Macbeth.

Lady Macbeth: Sí...

Shylock: Me dijiste que tenías un mal sábado. ¿Quieres contarme el motivo?

Lady Macbeth: Creo que hoy no.

Shylock: De acuerdo. Cuenta conmigo cuando quieras que alguien lo sepa. Yo contaré contigo.

Lady Macbeth: Gracias.

Dicen que a este lugar no acceden adultos, ¿verdad? ¿No tienes miedo de que alguien de la escuela entre camuflado?

Shylock: ¡Vaya! Espero que no. Se sorprendería de las conversaciones de sus alumnos.

Lady Macbeth: No creo que se sorprenda demasiado con nosotros... Me parece que los que estamos aquí un sábado a la noche, en realidad, no tenemos vida.

Shylock: ¡Ja! ¿Quién dice que la vida es lo que pasa afuera, que esto no es parte de la verdad?

Lady Macbeth: Me has hecho pensar. Tienes razón: las redes sociales ya no son solo un mundo virtual, son parte de nuestra realidad.

Shylock: Lo siento, amante de Shakespeare. Tengo que irme.

Lady Macbeth: Qué lástima, ahora que estaba entretenida. ¿Estarás aquí algún día de la semana que viene?

Shylock: Eso es difícil de determinar, pero haré el intento de conectarme otro día a la misma hora en que nos encontramos. Que descanses, Lady Macbeth. Y no pienses en los problemas. Ellos siempre estarán ahí, así que es mejor disfrutar un poco cuando no están cerca.

Lady Macbeth: Gracias. Hasta la próxima.

Shylock: Nos vemos. Cuídate.

5

Futuro

Mamá apareció el domingo al mediodía. Tenía la apariencia de no haber dormido, y aunque la invité a comer lo que yo había preparado, tan solo me dejó dinero sobre la mesa y me avisó que se iba a la cama. Se la veía agotada, y no precisamente por el trabajo.

Me resultaba difícil olvidar los problemas, como me había sugerido Shylock. No me sentía bien con mi vida, y eso era algo que me perseguía a donde fuera. Cuando estaba con mis amigas y en clase, olvidaba que soñaba con una realidad distinta. Pero todo el tiempo trabajaba duro para alcanzarla, así que, de algún modo, los problemas me acompañaban.

El lunes, en cuanto entré al colegio, me acordé de Shylock. Era raro haber hablado con alguien que debía estar en el mismo edificio, pero no tenía rostro en mi mente. Empecé a preguntarme quién sería. Había una mesa en el pasillo principal; algunos integrantes del centro de estudiantes estaban entregando folletos para una campaña solidaria. Entre ellos se encontraba Ethan. Tenía un rasgo negativo: era amigo de Sarah, pero Shylock bien podía ser él.

Mientras caminaba, buscaba posibles rostros para el avatar de Bane: el prototipo era un chico intelectual, amable y estudioso. Un alumno destacado.

Me crucé con Carlos Martínez, Nathan Baker y Landon Carter; ellos también podían ser Shylock. No solían resultar atractivos para las chicas, y eso no parecía un problema para ellos. Todo encajaba a la perfección con alguien que escribía correctamente, hablaba de forma inteligente y no intentaba ligar como un desesperado.

Salí del colegio con mis amigas. En las escaleras, un chico detuvo a Val para decirle algo de la banda en la que ella estaba tocando. Val nunca había tenido éxito con los chicos. Casi siempre yo les resultaba atractiva, Glenn era invisible y a Val la llamaban *gorda*, aunque no lo era. Ese año, en cambio, tenía a todos a sus pies.

—¡Te has vuelto irresistible! —exclamé. Me alegraba por Val. Era hora de que todos vieran la gran chica que era mi amiga.

—¡Este año Val los trae locos a todos! —bromeó Glenn.

—Ese idiota de Luke Wilston se perdió a la mejor chica de Nueva York —le dije mientras cruzábamos la calle. Luke era un chico que había conocido en un bar. Habían salido un tiempo y ahora estaban distanciados.

Ella se quedó un instante en silencio.

—Creo que los dos nos perdimos uno al otro —respondió enigmáticamente.

Terminamos de cruzar la calle y nos encaminamos al metro.

—Estuve chateando en *Nameless* —comenté al pasar.

—¿Y? ¿Es interesante o solo hablan tonterías? —preguntó Glenn.

—Hallar a alguien interesante es bastante difícil, pero puede que le dé otra oportunidad —respondí.

No me pareció importante contarles sobre Shylock, si ni siquiera sabía si volvería a conectarse. Además, estaba acostumbrada a guardar secretos en caso de que las cosas salieran mal. Confiaba en mis únicas amigas, pero solía reservar muchos asuntos solo para mí. No les hablaba de mis padres y de cuánto me dolían sus actitudes. Tampoco de algunos descubrimientos que había hecho sobre mí misma.

El martes, en la clase de Psicología, el profesor nos pidió que pegáramos un cartel con nuestros nombres en el pupitre. Era el primer y único semestre que nos tendría como alumnos, por eso no nos conocía. Me esmeré para hacer una letra cursiva prolija. Estaba segura de que para un psicólogo, cada detalle evidenciaba la forma de ser de una persona, y quería que se llevara una buena impresión de mí desde el inicio.

Mis compañeros todavía reían por la ocurrencia cuando el profesor preguntó quiénes ya habíamos elegido una carrera. Levanté la mano enseguida. Me sentaba adelante, así que, para saber quiénes tenían rumbo en la vida, giré la cabeza.

Un grupo de chicas que siempre conversaba en clase ni siquiera había escuchado la pregunta; seguían decorando sus carteles. Otros chicos tampoco manifestaban interés, pero al menos parecían atentos. Solo la mitad había levantado la mano como yo.

—Veamos. De los que ya han decidido, ¿quiénes pueden decirme qué carrera seguirán? —mantuve la mano en alto—. Elizabeth.

—Abogacía —respondí con seguridad.

—Johanna —continuó el profesor, señalando a otra chica. Los carteles con los nombres eran muy útiles.

—Administración de Empresas.

Continuó preguntando uno por uno hasta terminar con todos.

—Jayden —dijo a continuación—, ¿puedes contarnos qué dificultades encuentras a la hora de elegir una carrera?

Jayden Campbell era uno de los que no habían levantado la mano. Lo miré. Pocas veces había reparado en él, era uno de esos chicos con los que nunca había hablado. Solo lo había visto irse en su motocicleta varias veces y sabía que compartíamos algunas clases desde los trece años. Siempre se sentaba en el fondo y casi no se relacionaba con nadie; la mayoría de sus amigos eran más grandes y ya se habían graduado.

Ese día vestía un vaquero negro roto en las rodillas, una camiseta gris y una camisa escocesa al tono. Usaba muñequeras y llevaba el pelo desordenado. Había puesto su cartel sobre el banco: los trazos eran firmes, sin embargo se notaba que lo había escrito sin esmero y bastante rápido.

—No tengo tiempo para pensar en eso —respondió. Parecía grosero, pero era amable. Hacía tiempo que no le escuchaba la voz, semejaba la de un cantante de rock.

—¿Braxton? —preguntó entonces el profesor. Giré para mirar a mi otro compañero: era moreno, alto y corpulento. Tampoco me relacionaba con él, pero sabía que jugaba muy bien al fútbol americano.

—Voy a dedicarme a los deportes —respondió con actitud desinteresada.

—¿Chicas? —siguió interrogando el profesor, esforzándose para que el grupo de las conversadoras se integrara a la clase.

—Yo voy a estudiar Medicina —replicó una de ellas, acomodándose el pelo.

Algunos compañeros rieron. Yo fruncí los labios y me volví hacia adelante. Esas chicas solo conversaban y jamás habían tocado un libro. Me parecía difícil que pudieran seguir una carrera con éxito si no se acostumbraban a estudiar desde la secundaria.

—¿No cree que nos sobra tiempo para elegir una carrera? —preguntó otra de ellas—. ¿Por qué preocuparnos ahora?

—Porque este año tendrás que postularte en alguna universidad, y sería bueno que fueras planeando el modo —explicó el profesor con paciencia—. Este semestre nos dedicaremos a descubrir sus talentos. A veces pensamos que ya hemos definido nuestra carrera, pero en realidad no tenemos bien claro de qué se trata o si nuestras cualidades de verdad se ajustan a ella. Puede que por desconocimiento elijan carreras tradicionales, sin tener en cuenta muchas disciplinas nuevas que se ajustan mejor a las características de las personas actuales. Realizaremos trabajos y ejercicios que los ayudarán a conocerse y a conocer el mercado laboral y universitario. ¿Quién se siente entusiasmado por descubrir cosas nuevas?

Nadie hizo caso a la pregunta. Muchos odiaban el colegio. Otros, como yo, lo tomábamos como un pasaporte a la vida adulta. Y el que de verdad lo amaba, sin duda no se atrevía a convertirse en el hazmerreír de todos respondiendo una propuesta de primaria.

Por último, hicimos un ejercicio escrito. Según el profesor, develaría aspectos de nuestra personalidad, pero las preguntas poco tenían que ver con nuestras vidas. Debíamos mostrar nuestras preferencias eligiendo entre opciones múltiples y había otras consignas desconcertantes. Por ejemplo: "El Capitán América llega a su restaurante favorito y le informan que debe hacer fila para conseguir una mesa. ¿Qué debería hacer? ¿Esperar o ir a otro restaurante?". Hubiera respondido que la próxima vez tendría que llegar más temprano para adelantarse a los demás y encontrar una mesa libre, pero como la consigna solo permitía elegir entre dos opciones, terminé respondiendo que debería irse. Supuse que mis secretos estaban a resguardo y me esmeré por entregar un trabajo completo y prolijo.

Cuando llegué a casa, me ocupé de mis tareas escolares y de la casa, que estaba muy sucia, hasta que se hizo la hora de la cena. Preparé la comida. Como mamá no llegaba, le envié un mensaje. Respondió al rato:

> *Llegaré tarde. Pásalo bien.*

Otra cena sola.

Esperé la hora en la que Shylock y yo nos habíamos conocido y me conecté. Recorrí todos los usuarios en línea: él no estaba. La misma rutina se repitió el resto de la semana.

Algunos días, mamá apareció temprano. El viernes me invitó a ver una película en su dormitorio. Solía aceptar siempre; pasábamos poco tiempo juntas y había que aprovecharlo. Esa noche, sin embargo, me asomé a su habitación y le dije que no me esperara.

–¡Lizzie! –exclamó, sonriente. Se sentó en la orilla de la cama con su camisón corto de seda y estiró las manos hacia mí–. ¿Estás saliendo con un chico? ¡Mamá quiere saber! Ven, cuéntame.

–¿Por qué supones que salgo con un chico? –pregunté.

–¿Qué harás si no quieres que miremos una película juntas? Seguro tienes que llamar a tu enamorado y te quedarás hasta tarde conversando con él –rio y puso las manos debajo del mentón–. ¡Ay, qué lindo, Liz! Me recuerda a cuando tenía tu edad.

–No estoy saliendo con nadie –aseguré, muy seria–. Solo estoy cansada; es el último año y tengo mucho que estudiar. Nos vemos mañana para desayunar.

–Nos vemos. Te quiero. Pásalo bien –dijo, y me guiñó el ojo. Me arrojó un beso desde la cama que alcancé a ver cuando ya me iba.

Cerré la puerta y fui a mi habitación. Soportaba la presión de tener que salir con alguien desde que tenía once años y mis compañeras habían empezado a preguntar quién me atraía.

Me senté delante de la computadora y abrí la página donde se alojaba *Nameless*. Escribí mi usuario y contraseña e ingresé. Ni me molesté en leer el chat grupal, fui directamente a los conectados. Shylock no estaba. No había aparecido en toda la semana, y empezaba a dudar de que cumpliera su promesa de volver para que conversáramos. Ya me parecía que un chico interesante para mí no duraría mucho en esa red, porque yo no iba a durar.

Miré la hora. Como todavía era temprano, abrí otra pestaña y fui a Facebook. Papá había subido una foto con su mujer y sus hijas en el auto; se habían ido de viaje de fin de semana.

Sentí que una mano helada me estrujaba la garganta. Vivíamos lejos desde hacía mucho tiempo, ya no lo necesitaba. Me había acostumbrado a que él tenía otra familia, ¿por qué, entonces, cada vez que los veía me sentía tan mal? ¿Por qué seguía sintiéndome desplazada?

Varias escenas de la visita a su casa surcaron mi memoria. Por ejemplo, la cena en la que su esposa dijo que había personas que nunca llegarían a nada. Me miró mientras pronunciaba esas palabras, como si se refiriera a mí o a mi madre. O cuando escuché que sus hijas se burlaban de mí a escondidas en el dormitorio. Si tenía que ser sincera, yo a veces parecía dura con la gente, aunque en realidad no lo era. ¿Por qué, entonces, con ellos no había dicho nada? Ni siquiera me había defendido cuando sabía que lo que decían era mentira. Tan solo había escapado al bosque, al pueblo, a cualquier lugar donde no tuviera que exponer el alma para que la apuñalaran.

Apreté los labios y tragué con fuerza. Me moría por comentar que los odiaba, que les deseaba lo peor y que jamás olvidaría lo mal que lo había pasado en el verano, cuando había ido a su casa. Pero no los odiaba ni les deseaba el mal. Solo quería que mi padre me amara, y a cambio veía el objetivo alejarse cada vez más. Como no podía suplicar, tan solo cerré la pestaña y me quedé mirando la nada.

En ese momento oí el aviso de que alguien me había escrito en el chat del colegio. Miré la ventana de abajo a la derecha: era Fondue de Queso.

Fondue de Queso: Cómo estás? Vas a la fiesta de Caroline?
Lady Macbeth: Hola. No tengo idea de qué fiesta hablas.

La respuesta de Fondue de Queso llegó a la vez que se abría la ventana de Shylock.

Shylock: Lady Macbeth. ¿Cómo estás?

Por un instante, me olvidé de todo: mi madre, mi padre, la escuela, quién se ocultaría detrás del mensaje que había estado esperando. Abandoné a Fondue de Queso en un rincón del monitor y me dediqué a Shylock.

Lady Macbeth: ¡Apareció el enemigo de Antonio!

Shylock: Jaja. Hablando de Shakespeare, estuve investigando un poco, y el personaje que elegiste tampoco es un santo.

Lady Macbeth: Es una mujer fuerte e inteligente.

Shylock: También un poco fría. ¿Eres así?

Lady Macbeth: Podría decirse que sí. ¿Tú eres un usurero como Shylock?

Shylock: Jaja. No. Tampoco soy judío. Pero considero que es un gran personaje, alguien que en realidad no era comprendido.

Lady Macbeth: ¿Te sientes incomprendido?

Shylock: No me siento identificado con él. Solo me gusta el personaje y uno de sus monólogos. Espera que lo busco y te lo copio.

Shylock: "¿Es que un judío no tiene ojos? ¿Es que un judío no tiene manos, órganos, proporciones, sentidos, afectos, pasiones? ¿Es que no se alimenta de la misma comida, herido por las mismas armas, sujeto a las mismas enfermedades, curado por los mismos medios, calentado y enfriado por el mismo verano y por el mismo invierno que un cristiano? Si nos pinchan, ¿no sangramos? Si nos hacen cosquillas, ¿no reímos?, Si nos envenenan, ¿no morimos? Y si nos ultrajan, ¿no nos vengaremos?

Si nos parecemos en todo lo demás, nos pareceremos también en eso. Si un judío insulta a un cristiano, ¿cuál será la humildad de este? La venganza. Si un cristiano ultraja a un judío, ¿qué nombre deberá llevar la paciencia del judío, si quiere seguir el ejemplo del cristiano? Pues venganza. La villanía que me enseñáis la pondré en práctica, y malo será que yo no sobrepase la instrucción que me han dado".

Lady Macbeth: Sí, lo conozco. ¿Por qué te gusta esa parte de *El mercader de Venencia*?

Shylock: Porque es cierto. A veces prejuzgamos al otro cuando en realidad no somos tan distintos. Al final, como todos recibimos prejuicio, terminamos actuando del mismo modo.

Lady Macbeth: ¿Sabes una cosa, Shylock?

Shylock: Dime, Lady Macbeth.

Lady Macbeth: Me gusta conversar contigo.

Shylock: Jaja. Gracias. A mí también me agrada conversar contigo. Es raro, ¿verdad?

Lady Macbeth: ¿Qué cosa?

Shylock: Lo más probable es que en la escuela nos ignoremos.

Lady Macbeth: Lo dudo. Ey, ¿vas a la fiesta de Caroline?

Shylock: ¿Qué Caroline?

Lady Macbeth: Jaja, ¡no sé! Es lo que me preguntó Fondue de Queso antes de que me pusiera a conversar contigo.

Shylock: JAJAJAJAJA.

Conversamos y reímos durante horas. Cuando miré el reloj, eran las tres de la madrugada. Lo estaba pasando muy bien y no quería que la sesión de chat terminara.

Lady Macbeth: Por tu avatar, intuyo que te gusta Batman. ¿Eres fanático de alguna otra película o cómic?

Shylock: Los *Guardianes de la Galaxia*.

Lady Macbeth: Jajaja, ¿en serio? Morí de ternura con Groot y Rocket.

Shylock: Me gusta el estilo retro.

Lady Macbeth: ¿Qué música escuchas?

Shylock: Algo que seguro tú no.

Lady Macbeth: Probemos.

Shylock: ¿Qué tal te llevas con los 80?

Lady Macbeth: ¿Los 80? ¿Escuchas música de los 80?

Shylock: 70, 80, 90...

Lady Macbeth: ¡Wow! ¡Con razón te gustan los *Guardianes de la Galaxia*! Y yo molestaba a una amiga porque estaba yendo a un bar de abuelos.

Shylock: ¿Me estás llamando viejo?

Lady Macbeth: Jaja. No. Pero empiezo a sospechar que en realidad eres el consejero escolar buscando información.

Shylock: Jaja, ni lo sueñes. Estuve pensando en eso

también, y creo que sería imposible que un adulto ingresara aquí. Analízalo: se podría interpretar que, en realidad, tiene malas intenciones y es una especie de pedófilo o algo así.

Lady Macbeth: Tienes razón, no lo había analizado por ese lado. Cuéntame algo vergonzoso que te haya pasado.

Shylock: ¡Ja! Al final eres tan despiadada como el personaje que elegiste para tu seudónimo.

Mmm... Bueno, pero solo si tú también me cuentas algo.

Lady Macbeth: ¡Hecho! Recuerda que no debe ser del colegio, o puede que nos demos cuenta de quiénes somos.

Shylock: Sí, no te preocupes.

Una vez, cuando tenía seis años e iba a otro colegio, me hice caca delante del pizarrón.

Lady Macbeth: Jajajaja, ¡qué tierno!

Shylock: Ahora te toca a ti.

Lady Macbeth: Hace algunos años iba a un taller de dibujo los sábados. Me pasaba a buscar la mamá de una amiga en su auto. Resulta que empezaba muy temprano, así que, como la mujer estaba tardando, me acosté un momento en el sofá de mi casa y me adormecí. Cuando oí el timbre, me levanté rápido, me puse el abrigo y salí corriendo. Cuando llegué al taller, me lo quité y la compañera que estaba sentada detrás exclamó: "¡un sostén!". Me volví y casi me desmayé: era de mi madre. Lo había llevado enganchado en el pulóver y había caído al suelo cuando me quité el abrigo. Mi madre deja su ropa en cualquier parte de la casa, es un caos.

Shylock: JAJAJA. JAJAJAJA.

Lady Macbeth: ¡Eres un perverso! ¡Te estás riendo de mí!

Shylock: Me has hecho soltar una carcajada que despertó a mi gata.

Lady Macbeth: ¿Tienes una gata? ¿Cómo se llama?

Shylock: Sí, está con nosotros desde que yo era pequeño, así que ahora es viejita. Se llama Betsy.

Cuéntame el final de la historia, ¿qué hicieron con el sostén?

Lady Macbeth: ¡Uff! La profesora envió a llamar a la directora del centro y ella se lo llevó a su oficina. Cuando terminó la clase fui a pedirle que me lo devolviera y le expliqué que me lo había llevado enganchado en la ropa porque mamá dejaba todo desordenado. ¡Estaba tan avergonzada! La mujer me lo devolvió cubriéndose la boca para disimular la risa.

Shylock: JAJAJAJA. Me hubiera gustado estar ahí.

Lady Macbeth: Además de perverso, eres un maldito. Si no fuera porque tienes una gata vieja y te gustan los *Guardianes de la Galaxia*, creería que no tienes un ápice de tierno.

Shylock: ¿"Ápice"? ¿Qué es eso, Lady Macbeth? ¿Quién usa esa palabra en el Siglo XXI?

Lady Macbeth: Muérete, Shylock.

Shylock: Jaja. Oye, no me di cuenta y son pasadas las tres. Mañana tengo que hacer algo temprano. ¿Por qué no conversamos de nuevo otro día?

Lady Macbeth: Sí, yo también tengo que descansar. Fue un placer.

Shylock: Lo mismo digo. Hasta la próxima.

Lady Macbeth: Hasta la próxima.

6

Malas noticias

Pasé el domingo obsesionada con Shylock. De pronto me parecía que no podía tener la forma de ninguno de los chicos que entraban en mi lista de posibles candidatos. Su intelecto y su personalidad virtual hacían que me resultara atractivo, y ninguno de esos chicos me parecía, siquiera, un poco interesante. No acostumbraba a sentirme de esa manera, y no sabía cuánto podía durar la atracción, así que intenté disfrutarla mientras pudiera.

Empecé a tejer una nueva fisonomía para Shylock. De pronto había dejado de parecerse a cualquiera del colegio y había pasado a ser tan solo él, con una forma idealizada que solo existía en mi imaginación. Su personalidad me llevaba a imaginarlo físicamente hermoso, alguien que me hubiera gustado fotografiar.

En la siguiente clase de Psicología, el profesor anunció que formaríamos duplas de trabajo. Maldije no tener a mis amigas, pero, como todos, empecé a buscar con la mirada con quién podía acoplarme. Necesitaba un compañero responsable y dedicado para no tener que hacer todo yo sola. En ese momento me di cuenta de que Shylock tenía razón: establecía listas de requisitos para todo. ¿Cómo alguien podía conocerme tanto a través de un espacio virtual, solo por algunas horas de conversación?

—Tranquilos —dijo el profesor—. Las duplas las he armado yo basándome en el ejercicio que completaron la clase pasada.

Las quejas no se hicieron esperar. Yo, en cambio, respiré aliviada. Sin duda había establecido las parejas de acuerdo con las calificaciones y me tocaría alguien responsable. Era frustrante e injusto cuando me convertía en la única del equipo que trabajaba. Sarah no estaba, así que no había riesgos de pasarlo mal.

—Las duplas se mantendrán durante todo el semestre para la realización de varios proyectos y son inapelables. ¿Todos entienden lo que significa "inapelable"? —preguntó el profesor.

—Yo no —dijo una de las que siempre estaban conversando.

No me di la vuelta; me bastaba oírla para imaginarla levantando la mano con el mismo desinterés de siempre. Cuando hacía preguntas, era solo para perder tiempo de la clase. Le iría mal en la asignatura sin una pareja que hiciera el trabajo por ella.

—Significa que no pueden solicitar cambios. Empecemos.

Comenzó a leer sin pausa. Mis ilusiones se mantuvieron intactas hasta que mencionó a David Miller, el de mejores calificaciones después de las mías, en pareja con otra persona. *Al menos me queda Lara Young*, pensé. Su familia era japonesa y ella había heredado los rasgos culturales de sus antepasados: exigencia y disciplina. No era la mejor alumna, pero se esforzaba tanto como yo. Lo haríamos bien.

—Elizabeth Collins con… —*Por favor, por favor, por favor*—. Jayden Campbell.

¡¿Qué?! Jayden nunca entregaba nada, tendría que hacer todo yo. ¿Acaso me había ido mal en el cuestionario? O quizás a él, por una vez, le había ido bien. Aún así, ¿por qué nos quería trabajando juntos? Tenía que haber un error.

Levanté la mano para pedirle que repitiera el nombre, en caso de que hubiera oído mal. El profesor ni me miró. Siguió leyendo hasta que terminó la lista, entonces mi mano se mezcló con todas las demás que se levantaron y perdí prioridad.

—Sí, Daisy —dijo el profesor.

—¿Por qué tenemos que trabajar en parejas durante todo el semestre? ¿No podemos quedarnos solos?

—No. No aceptaré trabajos individuales si no los solicito especialmente. La idea es que aprendan a trabajar de forma colaborativa. Es la tendencia en las empresas de todo el mundo —levanté la mano más alto—. Lindsay.

—¿Cuántos trabajos tendremos que hacer con esta metodología?

—Todos los que quepan en el semestre. Harper.

—¿Cuándo comenzamos?

—La semana que viene —el timbre sonó, sumiéndome en la desesperación—. Nos vemos la próxima clase —dijo el profesor, y empezó a reunir sus cosas.

Me levanté recogiendo mi mochila y abracé contra el pecho los libros que tenía sobre el escritorio. Corrí al fondo y me interpuse entre Jayden, que ya se había puesto de pie, y sus cosas.

—Hola, Jayden —dije.

Por primera vez en cuatro años, me miró a los ojos. Los de él eran de color miel, y su pelo, rubio oscuro. Jamás había reparado en ello, puesto que nunca habíamos estado tan cerca.

—Por favor, no te vayas. Espérame en la puerta —solicité, y me volví para acercarme al escritorio del profesor—. Disculpe, señor Sullivan, ¿tiene un momento? —pregunté, apresurada.

Él asintió, aunque continuaba guardando sus cosas. Esperé en silencio a que todos salieran, en especial Jayden, antes de seguir hablando.

—¿Sucede algo, Elizabeth? —preguntó el profesor cerrando su bolso.

—¿Está seguro de que me toca hacer equipo con Jayden?

—¿Por qué lo dudas?

Después de todo el esfuerzo que hacía para ser una buena alumna, no podía creer que ese profesor todavía no me conociera.

—No quiero parecer mala, pero todos saben cómo soy yo y cómo es Jayden. Usted me conoció recién este año, pero puede preguntar al director o a cualquier otro profesor cuán responsable soy. Y Jayden es un chico que… Bueno, apuesto a que le entregó en blanco lo único que usted nos pidió. Él suele hacer eso. Para mí la escuela es una prioridad. Para él, parece que fuera un lugar al que solo viene a perder el tiempo. No tengo nada en contra de Jayden, pero nos resultará muy difícil ponernos de acuerdo. Por eso considero que hay un error.

—No, Elizabeth. No hay ningún error.

—¡Pero, profesor…!

—Dije que los equipos son inapelables, y la regla aplica para ti también. Estoy convencido de que Jayden y tú serán una excelente dupla de trabajo. Fin del asunto.

¿Fin del asunto? Ese profesor no iba a poner en riesgo mi futuro. No iba a perder mi ingreso a la universidad por su capricho.

—Se lo suplico, ¡no puedo trabajar con Jayden! Puso a Lara Young con Braxton. Reúna a Braxton con Jayden y a mí con…

—Elizabeth —me interrumpió él con tono autoritario—. No permitiré que me digas cómo tengo que manejar mi clase. Tu pareja de trabajo es Jayden Campbell, tendrás que aceptarlo —recogió su portafolio y su chaqueta y salió de detrás del escritorio—. Nos vemos la clase que viene —sentenció, y me dejó ahí, apretando los dientes.

¡Maldita sea! El señor Sullivan estaba empeñado en arruinar mi futuro.

Tendría que llevarme bien con Jayden para que eso no sucediera. ¿Cómo congeniar con alguien a quien no le importaba la escuela?

Aceleré el paso, decidida a buscarlo a la salida. Me llevé una sorpresa cuando lo encontré en la puerta del aula.

—¿Estabas aquí? —pregunté, preocupada. Temía que hubiera escuchado—. Creí que me esperarías en la puerta de la escuela.

—Si querías que te esperara allí y no aquí, deberías haberte explicado mejor —replicó.

Por su tono comprendí que había oído todo. ¿Cómo se atrevía a acusarme a mí, que iba a ser abogada, de que no sabía explicarme? Había sido un malentendido, no un error.

Aunque temí haberlo herido, yo tenía razón. Era injusto trabajar sola, así que ignoré el sentimiento de culpa y proseguí con la discusión.

—No entiendo por qué el profesor consideró que…

—¿Quién te dijo que yo quiero trabajar contigo? —me interrumpió.

—Tú no quieres trabajar directamente, ni conmigo ni con nadie, lo cual es muy distinto.

—Entonces no hay nada más que hablar. Adiós, Elizabeth.

Se volvió y empezó a caminar por el pasillo, como si yo fuera lo último en su lista de prioridades. Odié su actitud irresponsable y agria. Nunca lo había notado siquiera hasta que, de pronto, era mi compañero de trabajo. ¡Y para todo el semestre! Me tenté de gritarle algo hiriente, pero no quería sentir remordimiento. Además, lo necesitaba. El profesor había dejado en claro que no aceptaría trabajos individuales. Aunque fuera injusto, podía hacerlo sola y poner el nombre de Jayden, pero ¿y si él le contaba que no había participado? Tenía que hacerlo trabajar como fuese.

—Jayden, espera —dije, tratando de calmarme. Por supuesto, me ignoró. Lo alcancé bajando las escaleras externas, y, como no se detuvo, caminé detrás de él–. ¿Puedes mirarme? Lamento si dije algo que te lastimó, pero seamos sinceros: sabes que tengo razón –se detuvo junto a su moto y sacó una llave del bolsillo de su cazadora–. Jayden. ¡Jayden!

Logré que volviera a mirarme colocando las manos sobre el cilindro de encendido.

–¿Qué quieres? –murmuró. Él también sonaba menos duro.

–Por favor... Hazlo por mí –odiaba mostrarme débil, y Jayden me obligaba a suplicarle. Como si fuera un gran señor, como si fuera mi padre–. Tenemos que trabajar juntos; te ruego que no lo arruines –extraje el teléfono y abrí la agenda–. Dame tu número. Necesito un modo de contactarte si no nos vemos en el colegio –volví a mirarlo. Él no me quitaba los ojos de encima; parecía asombrado–. ¿Vas a dármelo?

Me quitó el teléfono de las manos con aire resignado, escribió su número y me lo devolvió a los pocos segundos.

–Ahí tienes –dijo, y puso la llave en el encendido.

–Espera –solicité, y presioné el botón de llamada–. Te dejaré el mío en caso de que tengas que avisarme algo.

Jayden suspiró, extrajo su teléfono del bolsillo de la cazadora y me lo mostró: vibraba con mi número en la pantalla.

Asentí y di un paso atrás. Jayden volvió a concentrarse en su moto. Entonces me di la vuelta y huí lo más rápido posible de él.

7

Regreso al pasado

Esperé a Shylock toda la semana. Apareció recién el sábado.

Fui la primera en hablarle; estaba desesperada por un poco de alivio.

Lady Macbeth: ¡Ey, Shylock!

Shylock: ¡Ey! Te extrañé.

Lady Macbeth: ¡Y yo a ti! Al parecer, tienes semanas muy ocupadas; con suerte apareces los viernes o los sábados.

Shylock: Sí, la verdad que sí. Perdona si te dejé esperando.

Lady Macbeth: ¿Estás hablando con alguien más al mismo tiempo? Tardas en responder...

Shylock: Jajaja, ¡qué perceptiva! Sí, estoy hablando con la amiga que conocí el primer día que me conecté al chat.

Lady Macbeth: Ah. Perdona. ¿Prefieres que hablemos en otro momento?

Shylock: Jaja. No, ¿por qué? No me digas que, además de fuerte, inteligente y fría, eres celosa como Lady Macbeth.

Lady Macbeth: ¡¿Celosa?! ¡No! ¿Por qué piensas eso?

Shylock: Por el "ah".

Lady Macbeth: Para nada. Olvídalo, no debí preguntar si estabas hablando con otra persona, lo siento.

Shylock: Ya está, ya se fue. Puedes comprobarlo, se llama *In the End*.

Lady Macbeth: No quiero saber su nombre ni comprobar nada. Me siento mal, no quería sonar como una celosa.

Shylock: No te sientas mal, no hay motivo. Cuéntame: ¿cómo estuvo tu semana?

Lady Macbeth: Desesperante.

Shylock: Yo tuve una semana bastante complicada.

Lady Macbeth: ¿Por el colegio? Están dando trabajos incomprensibles, es una locura.

Shylock: No, no es por el colegio.

Lady Macbeth: ¿Quieres contarme?

Shylock: Te cuento si quieres.

Lady Macbeth: Quiero.

Shylock: Verás: mi hermano de nueve años tiene síndrome de Asperger, un trastorno del espectro autista. Yo lo cuido cuando no estoy en la escuela. Tiene algunos días muy buenos y otros un poco complicados.

Lady Macbeth: Me has pillado por sorpresa. No sé qué decir, Shylock. ¿Y tus padres?

Shylock: No tienes que decir nada. Mi padre murió en un accidente automovilístico cuando yo tenía doce años. Fue la época más difícil y triste de mi vida. Mi hermano era pequeño, y mamá estaba atravesando un dolor inmenso.

Un tiempo después, recibimos dinero del seguro, y como mi madre quería alejarse de los recuerdos dolorosos, buscó empleo en otro estado. Consiguió un puesto aquí y con el dinero que habíamos recibido más la venta de nuestra casa, nos mudamos. Por eso la anécdota que te conté el otro día me sucedió en otro colegio.

Lady Macbeth: Entiendo.

Shylock: Extraño a mi padre, ¿sabes? Me gustaría preguntarle cosas, a veces me hace mucha falta.

¿Qué hay de los tuyos? ¿Tienes hermanos?

Lady Macbeth: Mis padres están separados. Me gustaría decir que no tengo hermanos, pero sí, tengo.

Shylock: ¿Quieres contarme cómo es eso?

Lady Macbeth: Sí. Tenme paciencia, es el problema del que no quise hablar la noche que nos conocimos.

Shylock: No te preocupes. Estaré aquí cuando quieras hablar de ello.

Lady Macbeth: Quiero contártelo, es que me cuesta. Nunca hablo de esto, ni siquiera lo saben mis amigas.

Mis padres se separaron cuando yo tenía ocho años. Mamá descubrió que papá tenía una vida paralela. Hace cinco años, él se mudó a otro estado con su familia: la mujer que era su amante, la hija de esa mujer y la que tenían juntos. La hija de ella tiene dieciséis años, y mi hermanastra, trece. Desde entonces yo me convertí en una pérdida de dinero, en una manutención. Lo saludo por chat para su cumpleaños, le dejo algún que otro me gusta en Facebook... no mucho más. Él agradece mis saludos, como si yo fuera apenas una conocida, pero jamás me pregunta nada ni se pone a conversar. Ignora mis publicaciones y hasta mis cumpleaños.

Este verano fui a su casa por insistencia de mi madre. Creí que al fin él quería pasar tiempo conmigo. Me equivoqué. Lamento haber ido.

Shylock: Me duele lo que me cuentas. No sabe a la chica que se está perdiendo.

Lady Macbeth: Gracias. No es que necesite consuelo, no quiero que sientas lástima.

Shylock: Te entiendo. Sería como si tú sintieras lástima porque mi padre murió y, como mi madre trabaja muchas horas con horarios rotativos para mantenernos, me ocupo de mi hermano autista y de mi gata vieja.

Lady Macbeth: Jajaja. Espero que lo hayas dicho en broma, porque me hiciste reír y, si lo decías en serio, me sentiré culpable.

Shylock: Tenía toda la intención de hacerte reír, así que puedes hacerlo tranquila.

Oye, ¿por qué lamentas haber ido a casa de tu padre?

Lady Macbeth: Su mujer y sus hijas son detestables. Y él también.

Shylock: ¿Por qué?

Lady Macbeth: Ella se la pasaba presumiendo de su familia perfecta y hablando mal de mí y de mi madre con indirectas. Sus hijas me hacían preguntas capciosas y se reían de mí a mis espaldas.

Shylock: ¿Y tu padre no hacía nada al respecto?

Lady Macbeth: Defendía a su esposa y a sus hijas. Considera que la hija de ella es más suya que yo.

Shylock: Lo siento tanto, Lady Macbeth.

Lady Macbeth: Estoy acostumbrada a que me ignore, pero todavía me cuesta aceptarlo.

Shylock: Por lo menos tienes a tu madre. Seguro ella, que vive contigo, es un gran consuelo.

Lady Macbeth: Shylock: estoy suspirando.

Shylock: ¿Qué significa eso?

Lady Macbeth: Que mi madre merece un capítulo aparte.

Shylock: Lady Macbeth: mi mandíbula está tensa.

Lady Macbeth: ¿Qué significa eso?

Shylock: Que estoy enojado. Me gustaría que solo tuvieras cosas buenas para contarme de tu vida.

Lady Macbeth: Y a mí que tú solo pudieras contarme cosas buenas de la tuya.

Shylock: Mi hermano es una cosa buena. Requiere de tiempo y atención, pero es de lo mejor que tengo. Todo es bueno, en realidad.

Lady Macbeth: Me alegra eso.

Shylock: ¿Me vas a contar el capítulo de tu madre? Ya sabes cómo somos los lectores, siempre queremos saber más ☺

Lady Macbeth: Ya te he dicho todo, ¿qué más da? Cuando se enteró de que papá tenía una familia paralela, mamá lo enfrentó. Él eligió a su otra mujer, y la dejó. Nunca se casaron, solo convivían, así que le fue fácil armar una maleta y largarse de casa. Luego de eso, ella cambió. Es buena conmigo, cualquiera diría que es la madre que todos quisieran tener, pero... No nos vemos mucho. Si no está trabajando, está con sus amigas o con algún novio. Es preciosa y tiene muchos.

Dime algo, ¿qué piensas? Por favor, no estés pensando mal de mi madre. A pesar de todo, ella es buena.

Shylock: No he dicho nada. No pienso nada, Lady Macbeth, en serio. Solo me apena que te sientas sola.

Lady Macbeth: No dije que me sintiera sola.

Shylock: Veamos: es la medianoche de un sábado y estamos aquí, hablando por chat, protegidos por una identidad virtual. Creo que los dos nos sentimos un poco solos.

Shylock: ¿Lady Macbeth? Te veo conectada pero hace más de dos minutos que no envías una respuesta. ¿Estás bien? ¿Estás ahí o te fuiste?

Lady Macbeth: Estoy aquí.

Shylock: Entonces, ¿por qué no respondes?

Lady Macbeth: Porque estoy llorando.

Shylock: ¡Dios! No me digas eso, no quiero que llores.

Lady Macbeth: No puedo evitarlo. ¿Crees que es malo llorar?

Shylock: No. Creo que es muy bueno, pero que debería haber alguien abrazándote.

Lady Macbeth: Abrázame.

Shylock: Eso estoy haciendo.

8

La entrevista

—El primer trabajo consiste en realizar una entrevista grabada y escrita a un empresario —explicó el profesor—. No importa el rubro, pero debe ser un alto ejecutivo. Ustedes buscarán un candidato, elaborarán las preguntas y se las formularán en una cita en persona.

¡Genial! Tenía decidido hacer un acuerdo con Jayden: aunque fuera injusto, yo haría todo el trabajo, colocaría su nombre, y él guardaría el secreto delante del profesor Sullivan.

—Los dos integrantes del equipo deberán formular preguntas, de modo que pueda comprobar que todos hicieron el trabajo. Escucharé cada audio prestando especial atención a que aparezcan las voces de ambos.

¡Maldición! El señor Sullivan no podía ser más retorcido. ¡Complotaba consigo mismo para arruinarme la vida!

—La entrevista debe tratar acerca de la profesión del empresario y debe evidenciar investigación previa, como todo buen trabajo periodístico. El plazo de entrega es en dos semanas. Al final de la clase de hoy, deberán presentar un plan de acción: cuándo piensan buscar al entrevistado, cuánto tiempo investigarán, cuándo realizarían la entrevista, cuánto tiempo les demandaría la transcripción… Vayan en busca de sus compañeros de equipo y comiencen.

Todos se levantaron y empezaron a buscar a sus compañeros; algunos de mala gana, otros con entusiasmo. Yo me quedé un momento sentada; me negaba a aceptar que el profesor me cerraba todos los caminos para hacer un buen trabajo.

Miré por sobre el hombro para ver si Jayden se acercaba. Era inútil esperar que lo hiciera, ni siquiera me miraba por error. Recogí mis útiles y me moví yo. Me senté a su lado sin prestarle atención, abrí mi cuaderno y escribí la fecha. A continuación: *Psicología. Trabajo Número 1: Entrevista. Plan de acción.* Subrayé con color y coloqué en el margen mi apellido y el de Jayden. Entonces empecé a escribir.

Perdí la noción del tiempo y de dónde me encontraba hasta que de pronto me sentí observada. Espié con la colilla del ojo: Jayden había girado hacia mí y no me quitaba los ojos de encima. Tenía una pierna estirada debajo de mi silla, un codo sobre el escritorio y el otro sobre el respaldo de su asiento. A pesar de que su postura libertina me hizo sentir insegura, lo miré con valentía.

—¿Necesitas algo? —pregunté, procurando ser amable.

—No. ¿Y tú? ¿Necesitas algo? —replicó, señalando el papel con un dedo sin mover los brazos de su posición—. Sería bueno que, al menos, me enterara de qué estás escribiendo.

Quedaba poco tiempo de clase y, con lo mal que nos llevábamos, si se le ocurría colaborar o retrucar algo para molestar, no llegaríamos a ponernos de acuerdo.

—No queda mucho tiempo y tenemos que terminar el trabajo. No te preocupes, yo lo hago —dije, y bajé la cabeza para seguir escribiendo.

Volví a desconcentrarme cuando el profesor se detuvo junto a nosotros.

—Jayden, no te veo trabajando —señaló.

Él abrió la boca, se lo notaba indignado. Lo miré, temerosa de que le contara que yo no lo había dejado participar. Por suerte, tan solo dejó escapar el aire y apretó los labios. Acababa de tragarse las palabras.

Me sentí una harpía. No podría dormir sabiendo que había callado mientras el profesor culpaba a Jayden de lo que en realidad tenía la culpa yo.

—Sí está trabajando —respondí en su lugar—. A mí me toca escribir, porque soy buena en ortografía, pero él me está dictando. Discutimos las fechas y esas cosas.

El profesor era lo más lejano a un tonto y no me creyó.

—Más vale que escuche la voz de los dos en el audio —concluyó, y se fue con otro equipo.

Suspiré, resignada, y espié la hora en mi móvil. No podría terminar la redacción, pero aún así le cedí la hoja a Jayden.

—¿Todavía quieres echarle un vistazo? —ofrecí.

Él tomó el papel y comenzó a leer. Mientras tanto, me respaldé en la silla, de brazos cruzados, a ver cómo trabajaban los demás. Me esforcé para concentrarme en el entorno, sin embargo una parte de mí estaba atenta a Jayden. Sin darme cuenta, me encontré observándolo: tenía un rostro muy masculino que, sumado a su tamaño, lo hacía parecer un poco más grande que los demás chicos de nuestra edad. Su piel tenía un tono cálido, como si pasara tiempo al sol, y sus facciones eran estéticamente hermosas. Seguí la forma de sus pestañas largas del color de su pelo y me quedé un rato ensimismada en su nariz respingada. Pensaba que, cuando leía, se veía lindo.

Me devolvió el papel sin hacer comentarios. ¿Entonces no iba a criticar lo que yo había escrito, aunque sea solo para fastidiarme? Le agradecí para mis adentros.

—Te avisaré en cuanto alguno de los posibles entrevistados responda —le informé–. Investigaré y te daré algunas preguntas para que las formules con tu voz. Te ruego que te presentes el día y a la hora que consiga la entrevista. Es todo lo que te pido. ¿Lo harás?

–Haré el intento.

Tuve que conformarme con su intención y continué escribiendo.

Esa misma noche aproveché a hablar con mamá.

–Tengo que hacer una entrevista a un empresario para el colegio. ¿Crees que podrías hablar con tu jefe para que me reciba en su oficina la semana que viene?

–¿Con Joseph? –dudaba. Pero *Joseph* era mucho más que su jefe, y eso tenía que servir, aunque sea, para mi tarea del colegio.

–Sí. Es un empresario, ¿no? Tiene inversiones mineras.

–S… sí, pero no sé; siempre está ocupado.

–No está ocupado para salir contigo.

–¡Liz! –rio mamá.

–Tendrás que darme su dirección de correo electrónico para que le escriba; quiero asentar en mi trabajo los pasos que seguí y su respuesta. ¿Puedes avisarle que le escribiré?

Mamá suspiró.

–De acuerdo –esperé, mirándola–. ¿Qué? ¿Ahora?

–¡Sí, ahora! Le envías mensajes de buenas noches, ¿no? Puedes enviarle el aviso así redacto el mail antes de ir a la cama.

Puso mala cara, pero pese a eso extrajo el teléfono.

Esa misma noche le escribí, breve y formal, para no robarle mucho tiempo.

Estimado señor Taylor:

Mi nombre es Elizabeth Collins, soy la hija de su empleada de Recursos Humanos Olivia Barrymore.

Le escribo para solicitarle que me conceda una entrevista para un proyecto escolar. Se trata de preguntas acerca de su profesión. Sería ideal que pudiera recibirnos en su oficina la semana que viene, en el día y horario que usted disponga. Iría con mi compañero de equipo, Jayden Campbell.

Muchas gracias.

EC

Revisé mi teléfono todo el día siguiente. La respuesta llegó mientras cenaba: el jefe de mi madre nos esperaba el viernes de la semana siguiente a las cuatro de la tarde.

En cuanto terminé de lavar los platos acumulados de la semana, fui a mi habitación y le escribí a Jayden.

> *Hola. Este es el lugar de la entrevista. Debes estar ahí el viernes de la semana que viene a las cuatro de la tarde. Por favor, no faltes.*

Escribí la dirección y le envié el mensaje. Esperé un rato. Me dejó en visto.

> *Jayden, responde aunque sea con un OK. Si otra vez no respondes, te volveré loco hasta que me prometas que estarás allí.*

Pasó otro rato. Me cansé de esperar y me puse el pijama. El teléfono vibró cuando ya estaba en la cama.

> *OK.*

9

Lo que se esconde dentro de mí

Lady Macbeth: Hola.

Shylock: ¡Hola!

Lady Macbeth: ¿Qué tal tu sábado?

Shylock: Aburrido. Intenté leer un libro, pero no avancé mucho.

Lady Macbeth: ¿Con qué estabas?

Shylock: *El ruido y la furia*, de William Faulkner.

Lady Macbeth: ¡Wow! No lo he leído, pero suena difícil.

Shylock: ¿En serio no lo has leído? ¿Sabes por qué lo empecé yo?

Lady Macbeth: Cuéntame.

Shylock: Cuando investigué sobre tu seudónimo, me enteré de que el autor eligió el título por una frase de *Macbeth*.

Lady Macbeth: ¡¿De verdad?!

Shylock: Sí. ¿Por qué no lo vamos leyendo juntos y lo comentamos la semana que viene?

Lady Macbeth: ¡Una lectura conjunta! ¡Suena genial! Aunque estoy ahogada en trabajos prácticos y necesito buenas calificaciones.

Shylock: ¿Que "necesitas" buenas calificaciones? Jaja, ¡Lady Macbeth! ¿De qué estás hablando?

Lady Macbeth: No te rías. Es cierto, las NE-CE-SI-TO.

Shylock: Una cosa es que te guste tener buenas calificaciones o que te presionen en tu casa para que te vaya bien en el colegio. Otra muy distinta es que las "necesites".

Lady Macbeth: Nadie me presiona. La palabra es "necesito", no estoy equivocada.

Mi padre no me pagará la universidad; de hecho no ve la hora de dejar de depositar la manutención en la cuenta bancaria.

Mi madre gana algo de dinero, pero no sé cuánto le durará este trabajo. Tiene una relación con su jefe casado.

Además, su sueldo no alcanzaría para pagar la universidad; no tenemos ahorros, se los gasta en ropa y tratamientos de belleza. Necesito una beca, y tengo que ser la mejor para obtenerla.

Shylock: Entiendo. Suena demandante y angustioso.

Lady Macbeth: A veces lo es. No veo la hora de irme de casa. De hecho es como si viviera sola ahora mismo, y quiero legalizarlo.

Shylock: ¡Ey!, no quiero que vuelvas a sentirte triste. ¿Por qué mejor no hablamos de algo más agradable?

Lady Macbeth: Jaja. Sí, estoy de acuerdo.

Shylock: Cuéntame la historia de tu avatar. ¿Por qué elegiste un hongo? Eso, al menos, podemos cambiarlo, no como el nombre.

Lady Macbeth: Es una foto que tomé en el bosque cercano a la casa de mi padre.

Shylock: ¡¿Tú la tomaste?! ¡Wow! Tienes un gran talento para las fotos.

Lady Macbeth: Gracias. ¿Quieres ver algo que no le he mostrado a nadie?

Shylock: No ensucies mis pensamientos, Lady Macbeth.

Lady Macbeth: JAJAJAJA. ¡Tonto! Estoy hablando de mi cuenta secreta de fotografía.

Shylock: ¿Tienes una?

Lady Macbeth: Sí, pero con un seudónimo, y solo me siguen extraños. ¿Quieres ver algo de mi trabajo?

Shylock: ¡Por supuesto!

Lady Macbeth: Sigue ESTE ENLACE.

Shylock: Dame un rato para recorrer la cuenta.

Shylock: ¡Wow, Lady Macbeth! ¡Eres toda una artista!

Lady Macbeth: Jajaja, no es para tanto.

Shylock: Te prohíbo que vuelvas a quitar un "ápice" de valor a tu trabajo.

¿Te diste cuenta? Me enseñaste una palabra el otro día y ya la estoy utilizando.

Lady Macbeth: Jajaja, aprendes rápido.

Shylock: ¡En serio! Amo tus fotos. Mi favorita de las que subiste es el anciano mirando la ciudad al atardecer.

Lady Macbeth: ¿Por qué?

Shylock: No sé... Creo que me inspira. Me genera preguntas, soy una persona curiosa. Me hace imaginar qué estaría haciendo ese hombre allí, por qué estaría solo, en qué pensaría mientras contemplaba la ciudad, como una maqueta, delante de sus ojos.

Lady Macbeth: Es cierto, yo también me pregunté todas esas cosas cuando tomé la foto.

Shylock: Me contaste que, hace unos años, ibas a un taller de dibujo; supongo que tienes inclinación por el arte. Te juro que no quiero romper las reglas, pero en la escuela no paro de preguntarme quién eres. Te lo dije, soy curioso. Busco a una chica simpática, con buenas calificaciones y destacada en arte.

Lady Macbeth: Debo confesar que yo también me pregunto quién eres. Busco un chico estudioso, responsable y capaz de haberse hecho caca delante del pizarrón en la primaria.

Shylock: JAJAJAJA.

¿Estudiarás una carrera relacionada con el arte?

Lady Macbeth: Me gustaría, pero no puedo.

Shylock...

Shylock: Dime.

Lady Macbeth: ¿Qué haremos si de un día para el otro deciden cerrar *Nameless*?

Shylock: Estoy seguro de que lo cerrarán en algún momento. El chat colectivo es un desastre, ¡imagina lo que deben ser los mensajes privados! Pero no te preocupes: yo te encontraré. Publicaré un aviso en el diario escolar o escribiré en la puerta de los baños "Shylock" y mi número de teléfono.

Debemos establecer un código: cuando me escribas, pon "Lady Macbeth", así sabré que eres tú y no otra persona. Seguro recibiré mensajes estúpidos cuando haga público mi número, por eso es mejor que lo haga yo y no tú. No quiero que te expongas a eso.

Lady Macbeth: Gracias.

Shylock: Buenas noches, Lady Macbeth. Me iré a dormir pensando en tus fotos.

Lady Macbeth: Buenas noches, Shylock. Yo pensaré en nuestra conversación.

Si sube, no baja

La siguiente clase de Psicología, por suerte no trabajamos en equipo. El profesor explicó algunos conceptos de Psicoanálisis y nos recordó que teníamos que avanzar en nuestros proyectos de orientación vocacional. Yo ya tenía las preguntas y había estado investigando todo el fin de semana, solo me faltaba asignar algunas a Jayden.

Cuando terminó la clase, corrí detrás de él. Lo alcancé en el pasillo.

—Esta tarde te enviaré las preguntas para el viernes. ¿Podrías confirmarme, a más tardar el jueves, si las has leído?

—Sí, profesora —respondió él, y se largó a caminar de nuevo.

—¡No seas irónico! Estoy esforzándome para que nos llevemos bien —me quejé.

Él se volvió.

—Quizás no deberías esforzarte tanto.

—¡Eres un malagradecido! Hacer este trabajo te ayudará para tu futuro.

—Envíame las preguntas, Elizabeth. Nos vemos el viernes —se volvió y siguió caminando.

¡Agh! Odiaba que me llamara "Elizabeth", eso estaba reservado para los profesores y para la frialdad con que me trataba mi padre.

No podía más de la impotencia; Jayden Campbell me sacaba de quicio. ¿Cómo podía ser tan irresponsable? Si no le importaba su futuro, al menos que no arruinara el mío.

Llegué a casa, releí las diez preguntas y le envié cuatro. Las menos importantes, las que no harían peligrar el trabajo si él no las formulaba.

Por milagro respondió rápido y con algo diferente a OK:

> *Recibido.*

El jueves lo busqué en el colegio. No lo vi. Tampoco estaba su moto, así que, mientras volvía a casa, le envié un mensaje.

> *Hola. No me confirmaste si leíste las preguntas.*

Esperé en vano. El mensaje le había llegado, pero ni siquiera lo leyó. A las cinco de la tarde le escribí de nuevo.

> *Si para las nueve no respondiste, te llamaré, y créeme que puedo ser muy pesada si me lo propongo. Y si no, también.*

Su respuesta llegó ocho y media, como si él fuera el presidente de la nación.

JAYDEN.
> *Sí, Elizabeth, leí las preguntas.*

> *Por si no te veo mañana en la escuela para recordártelo,*
> *debes estar en la dirección que te di a las cuatro. No faltes.*
> *Si faltas o llegas tarde, te mato.*

Me dejó en visto.

¡Maldito! ¡Maldito Jayden! Lo odiaba a cada segundo más, y sin duda era proporcional a lo que me estaría odiando él.

El viernes llegué temprano a la puerta del edificio donde nos esperaba el jefe de mi madre. Era una torre altísima, de fachada negra y biseles dorados, que estaba sobre la Quinta Avenida.

Caminé hasta el estacionamiento de motos más cercano. Eran las cuatro menos diez, y Jayden todavía no había llegado. No estaba bien ser impuntuales cuando nos recibiría un hombre muy ocupado, así que empecé a preocuparme. Esperaba que, por una vez, cumpliera con el horario.

De pronto vi aparecer su moto entre dos autos. Venía a toda velocidad, esquivando el tránsito. Se había puesto botas, un pantalón de jean y una chaqueta de cuero. Para cuando subió a la acera y se quitó el casco, eran las cuatro y cinco.

—Nos citaron a las cuatro —reclamé entre dientes.

—Buenas tardes, Elizabeth, qué gusto verte. Hablar contigo siempre es un placer —ironizó él.

No tenía tiempo de discutir y lo necesitaba para la entrevista, así que me tragué las protestas e intenté ser amable.

—Apresúrate, por favor. Te espero en la puerta —indiqué y me alejé.

Entramos al edificio, me anuncié con los guardias de seguridad y ellos nos dijeron que fuéramos al piso dieciocho.

Mi respiración se aceleró al entrar en el elevador. No era un ambiente que me agradara: hacía algunos años habían intentado hacerme una tomografía en un aparato cerrado y tuvieron que extraerme gritando; entonces me enteré de que sufría de claustrofobia. Aún así, lo llevaba bastante bien. Nadie en la ciudad podía darse el lujo de temer a los espacios cerrados; hacía falta usar elevadores para acceder casi a cualquier parte.

Presioné el botón que nos llevaba al piso indicado y la puerta se cerró. Abracé el cuaderno que tenía entre las manos y bajé la cabeza. Había aprendido a controlar mi fobia distrayendo la atención.

—¿Anotaste las preguntas en alguna parte, por si te olvidas alguna? —pregunté a Jayden—. No es serio leerlas del móvil.

—No me hace falta anotarlas —aseguró él. Un calor súbito se desparramó por mi cuerpo cuando lo miré: se estaba desordenando el pelo con los dedos. De pronto olvidé lo que iba a decirle —seguro era una queja— y me quedé en blanco, viendo su perfil. Nunca me había sentido así.

Una voz de mujer anunció el piso dieciocho, y la puerta se abrió. Bajé casi corriendo y me dirigí a una recepcionista.

—Buenas tardes —le dije, asentando mi cuaderno sobre el mostrador—. Tenemos una cita con el señor Taylor.

—¿Su nombre?

—Elizabeth Collins.

La chica hizo un gesto amable con la cabeza y tomó el teléfono. Avisó que estábamos en la recepción y cortó.

—Siéntense un momento, su secretaria vendrá por ustedes enseguida —anunció.

Agradecí y cumplí con el pedido. Jayden, en cambio, se quedó de pie, estudiando los cuadros que decoraban la sala. Eran fotografías de todo tipo de minas, máquinas y obreros.

—Jayden. ¡Jayden! –lo llamé en susurros. Él me miró–. Siéntate. Necesito explicarte algo.

Se volvió despacio y se ubicó en el asiento junto al mío. Mi cuerpo se tensó cuando se acercó a mi oído y murmuró:

—Elizabeth, ¿no te cansas de dar órdenes?

Olvidé de pronto lo que iba a decirle. Giré la cabeza abruptamente y casi choqué con su nariz. Di un respingo para alejarme, y él se apartó. Tenía las piernas abiertas y estiradas, y acababa de cruzarse de brazos. Su perfume era muy agradable, y todavía me parecía sentirlo a pesar de que ya nos habíamos separado.

—Señorita Collins –dijo una mujer que había salido de la nada. Me puse de pie enseguida, y Jayden me siguió.

La secretaria nos condujo por un pasillo hasta una puerta de doble hoja lustrada. Golpeó, abrió y nos hizo un gesto con la mano para que entráramos.

La oficina era preciosa. Estaba decorada en tonos azules y se veían los edificios de enfrente a través de la ventana. El amante de mi madre era un hombre de unos cincuenta años, muy bien parecido. Vestía traje y corbata. Se puso de pie para recibirnos y extendió una mano para que se la estrecháramos.

—Buenas tardes, señor Taylor, gracias por recibirnos –le dije. Tenía que hacer quedar bien a mi madre.

Jayden seguía mirando todo sin reparos. Aún así, fue cortés, y me pareció que tenía mucha fuerza y presencia cuando estrechó la mano de nuestro entrevistado.

Nos sentamos y extraje mi cuaderno y el móvil.

—¿Le molesta si uso el teléfono para grabar la entrevista? —pregunté—. El profesor nos pidió un audio y un trabajo escrito.

—No hay problema —aseguró el señor Taylor.

—Como le comenté en el correo que le envié, se trata de algunas preguntas sobre su profesión; es para la clase de Psicología, en el área de orientación vocacional. Seremos lo más breves posibles —activé la aplicación para grabar y comencé—. Estuvimos investigando y supimos que inició su empresa de inversiones a los veinticinco años. ¿Cómo fueron sus comienzos, siendo tan joven?

El jefe de mamá sonrió; parecía cómodo con la pregunta, y eso me hizo sentir a gusto.

—No fue fácil. Por aquel entonces invertir en la bolsa no era tan sencillo como ahora. En nuestros días, se pueden comprar acciones solo con un *clic*. En mis comienzos había que conseguir un corredor de bolsa o tratar con los bancos.

—Nosotros somos muy jóvenes, ¿qué nos aconsejaría si quisiéramos conseguir el dinero para comenzar nuestro propio negocio?

—Para comenzar cualquier negocio se necesita tener una base de capital. Muy pocos negocios nacen de la nada. Un préstamo es una buena opción.

—¿Por qué eligió la minería?

—En los años 90 era un negocio floreciente. Se habían firmado acuerdos con diversos países para que se permitiera la explotación minera y…

—¿Con qué países trabaja actualmente? —intervino Jayden.

Lo miré al instante. Eso no estaba en mis preguntas, pero por lo menos había participado sin que tuviera que forzarlo a abrir la boca. Su voz ya se había grabado en el audio. ¡Lo había logrado!

—La mayoría de mis inversiones actuales están en minas de Latinoamérica y África —respondió Joseph.

—Es curioso que los países que cuentan con más riquezas minerales sean los más pobres. ¿Cómo se siente con eso? Como empresario, ¿se debate alguna vez entre lo ético y lo conveniente para su economía? —siguió preguntando Jayden.

Lo pateé por debajo del escritorio. El señor Taylor sonrió y se acomodó la corbata en un claro gesto nervioso.

—Las empresas mineras contribuyen al desarrollo de los países subdesarrollados de diversas maneras. Son, para empezar, una extraordinaria fuente de trabajo.

—¿Podría contarnos cómo es un día en su vida? Sospechamos que estará muy ocupado —tercié, rogando que Jayden se callara de una vez por todas. No había hecho una sola de las preguntas que yo le había dado, y cada vez que hablaba, el jefe de mi madre se ponía más tenso.

El señor Taylor sonrió; yo lo hacía sentir cómodo.

Jayden arremetió:

—Sin embargo, cuando la explotación minera termina, las fuentes de trabajo se pierden, y es innegable que el trabajo insalubre provoca enfermedades en las personas. Además, está el daño ambiental irreversible. ¿Qué acciones emprende su empresa para la conservación del medio ambiente?

Lo miré, furiosa. La boca del señor Taylor se frunció.

—Me parece que no se prepararon bien para este proyecto —comentó.

Quise morir. ¿Que no me había preparado bien? No era eso, ¡era que Jayden lo estaba arruinando todo!

—Lo siento, señor Taylor, yo seguiré con las preguntas —me apresuré a intervenir, lanzando una mirada asesina a Jayden—. ¿Puede contarnos un día en la vida de un empresario, por favor?

—Me levanto muy temprano, leo los principales periódicos mientras bebo el desayuno y los datos de la bolsa; eso es crucial para mí. En mi oficina hago todo tipo de tareas relativas a la dirección. Suelo tener almuerzos de negocios y reuniones. Mi jornada termina muy tarde, a veces incluso trabajo los fines de semana, por eso intento pasar todo el tiempo que puedo con mi familia.

Mi estómago se anudó y, en lugar de seguir, enmudecí. Estaba sentada delante de un hipócrita idéntico a mi padre, un hombre capaz de sostener una vida matrimonial intachable y a la vez una relación de amantes con mi madre. Creo que me puse pálida, porque me sentí descompuesta.

—¿Alguna otra pregunta? —inquirió el señor Taylor, impaciente.

—Los ambientalistas de lo que usted llama "países subdesarrollados" afirman que la minería a cielo abierto está devastando sus riquezas naturales —intervino Jayden—. Alguna vez, como empresario, ¿sintió que sus ganancias no debían prevalecer sobre cientos de especies animales y vegetales, incluso sobre la vida humana de pueblos enteros que podrían verse perjudicados por la minería? ¿Puede un empresario tener estos reparos y aún así ser exitoso?

La mandíbula del señor Taylor se tensó.

—Creí que se trataba de una entrevista escolar sobre mi trabajo, no de una crítica velada digna de un par de activistas —replicó, enojado. Entonces, reaccioné.

—No somos activistas, ¡se lo juro! Por favor, disculpe.

—Apaga eso —indicó, señalando mi móvil—. Lo siento, no tengo más tiempo, debo pedirles que se retiren.

—¡Señor Taylor, no! —supliqué, apagando el teléfono de forma desesperada. No sabía qué hacer para que me permitiera terminar con mis preguntas.

Jayden se puso de pie de inmediato, casi parecía que había actuado como un maleducado para terminar con la entrevista rápido. ¡No podía irme todavía! Tenía muy poca información relevante como para completar un trabajo escrito.

—Retírense o llamaré a seguridad —insistió el señor Taylor.

Apreté los puños, la ira corrió por mis venas. Todo empeoró cuando

Jayden apoyó las manos sobre mis hombros, como pidiéndome que me levantara. Lo aparté y me puse de pie. Salimos tan rápido que no tuve tiempo de procesar lo que había ocurrido hasta que entramos al elevador.

En cuanto la puerta se cerró, miré a Jayden hecha una furia.

—¡¿Por qué lo hiciste?! —protesté.

—¿Qué cosa? —preguntó él con el ceño fruncido.

—¡Arruinaste la entrevista! ¿Tanto te costaba cumplir con tu parte?

—¡Querías que preguntara, y eso hice!

—Tenías que decir solo lo que habíamos acordado.

—¡¿Por qué?! ¡Si nunca lo acordamos! Yo también pienso, yo también quiero expresarme.

—Entonces me hubieras enviado tus preguntas antes para que las revisara.

—¡¿Por qué?!

—Porque esto es un trabajo en equipo.

—La primera que lo convirtió en un trabajo individual fuiste tú. ¿Acaso me preguntaste qué me parecían las preguntas que harías tú? ¡Nunca las vi!

—¿Para qué te las mostraría? Tú puedes confiar en mí porque dejo mi alma para obtener buenas calificaciones. En cambio yo no puedo confiar en ti si nunca vi que entregaras nada.

Su mirada encendida me fulminó.

—¡Agh! ¡No te soporto! Bajaré por las escaleras —determinó, y apretó un botón.

El elevador se sacudió. Me aferré al pasamanos y me puse rígida. El elevador se detuvo, pero la puerta no se abrió.

—¿Qué pasa? —pregunté con un hilo de voz.

—No sé —admitió Jayden de mala manera, y volvió a apretar el botón.

—¡¿Qué hiciste?! —le grité.

—¡Nada! —replicó, alzando el tono tanto como yo.

De pronto perdí el control de mis actos. Solo pensaba que me había quedado encerrada en un elevador que se desplomaría, y empecé a temblar como un junco en medio de un huracán.

—¡Jayden, sácame de aquí! —rogué con los ojos inyectados en lágrimas, jalando de su chaqueta—. ¡Tengo que salir de aquí!

—¿Estás loca, Elizabeth? ¿Qué te pasa? —preguntó con el ceño fruncido.

—Tengo claustrofobia. ¡Necesito salir! —respondí.

Intenté moverme, pero él se interpuso en mi camino y me acorraló contra la pared. Apoyó las manos en el espejo, formando una caja de la que me resultaba imposible salir.

—Solo tenemos que presionar el botón de emergencia. No pasa nada —explicó con voz calmada, e hizo lo que acababa de decir. Mi pecho subía y bajaba de forma acelerada, sudaba frío—. Elizabeth, basta —ordenó con suavidad, acoplando su torso al mío.

Se oyó una voz de hombre por el parlante del panel numérico; preguntaba qué había ocurrido. Me arrojé hacia él llevándome el brazo de Jayden por delante.

—¡Sáquennos de aquí! ¡Sáquennos ahora!

Una mano de Jayden me rodeó la cintura y me empujó hacia atrás para quedar delante del parlante él. Presionó un botón que yo ni siquiera había visto; servía para activar el micrófono. Sin duda no estaba razonando bien.

—El elevador se detuvo —resumió.

—¿Subía o bajaba?

—Bajaba.

—Lo sentimos, estuvo fallando esta semana. Creímos que ya se había resuelto, pero parece que no. ¿Cuántas personas hay en el interior?

—Somos dos.

—Los ayudaremos enseguida.

—Gracias —soltó el botón y se volvió hacia mí. Yo temblaba—. Elizabeth, mírame —pidió, apoyando una mano sobre mi hombro. No sé cómo lo consiguió, pero le hice caso—. Saldremos enseguida, ¿de acuerdo?

Había seguridad en su voz y poder en su mirada. Un poder que me serenaba.

Un sacudón me atenazó los músculos de nuevo.

—¿Todo bien ahí arriba? —preguntó la voz en el parlante.

Jayden se volvió sin quitar la mano de mi hombro y con la otra activó el micrófono.

—Sí —respondió.

—Quédense en un rincón. Sentirán un poco de movimiento. No se preocupen, es normal.

Otro sacudón terminó de desesperarme. Di unos pasos atrás hasta chocar con el espejo, me cubrí el rostro con las manos y estallé en llanto.

—¡Tengo que salir! —grité—. Se va a desplomar. ¡Tengo que salir!

—Elizabeth, no se desplomará. Tranquila —aseveró Jayden, conservando el tono pacífico y seguro. Lo miré, bañada en lágrimas.

—No puedo respirar —balbuceé, ahogada—. No puedo…

—Sí, sí puedes. Ven aquí.

Puso una mano detrás de mi cabeza y me empujó despacio contra su pecho. Apoyé la frente en su hombro, mis manos arrugaron su chaqueta. El elevador se movió de nuevo, entonces Jayden me impulsó hacia abajo para que nos arrodilláramos. Terminó de abrazarme en el suelo.

—Tranquila. No tengas miedo, están resolviendo el problema —me dijo con voz calmada.

Cada vez que el elevador amenazaba volver a bajar y se detenía, se me escapaba un quejido.

—¿Todo bien ahí arriba? —preguntó la voz en el parlante.

—¡Sí, maldita sea! –gritó Jayden, sin moverse para activar el micrófono. Resultaba evidente que, aunque me hablaba con calma, mi situación lo estaba afectando.

Hubiera querido ser fuerte y disimular lo que sentía, pero era incontrolable. Jayden me apretó más fuerte y siguió susurrándome palabras tranquilizadoras mientras me acariciaba el pelo y la mejilla.

—¿Escuchas mi voz? Quédate solo con mi voz. Elizabeth, no hay nada más alrededor.

De pronto, una parte de mí olvidó el elevador. Me concentré en la piel del mentón de Jayden contra mi frente, en su respiración profunda sobre mi sien, en el perfume que percibía mi nariz, apoyada en su cuello. Pensé en la suavidad de su mano acariciándome y en la tersura de su voz cuando me llamaba Elizabeth.

Elizabeth… Elizabeth…

En sus labios, mi nombre completo nada tenía que ver con cómo lo pronunciaba mi padre. En boca de Jayden, sonaba seductor y cálido.

Los dos nos involucramos tanto en el ovillo que formábamos que, cuando la puerta del elevador se abrió en la planta baja, no nos dimos cuenta. Reaccioné recién cuando una bota de trabajo se asentó junto a nosotros.

—¿Se encuentran bien? –preguntó la voz del parlante, ahora en vivo y en directo.

Me aparté bruscamente de Jayden, tan avergonzada que podría haber hecho otro escándalo. Para colmo, me crucé con sus ojos y noté que aún me miraba como cuando intentaba ayudarme a superar la crisis. Eso terminó de volverme frágil, y sentí miedo. Miedo de haber expuesto mi debilidad a alguien.

Recogí mis cosas y salí esquivando al empleado de mantenimiento.

11

Un mal día

Shylock: Buenas noches.

Lady Macbeth: ¡Hola! ¡No sabes cuánto necesitaba hablar contigo!

Shylock: Y yo contigo.

Lady Macbeth: Te leo.

Shylock: No. Primero tú.

Lady Macbeth: No tiene que ser así, te la pasas leyendo mis problemas. Cuéntame lo tuyo.

Shylock: De acuerdo. Me siento mal.

Lady Macbeth: ¿Estás enfermo o te refieres a tu ánimo?

Shylock: Es anímico.

Verás... Hasta este año no me había cuestionado mi vida. Creo que no me la había cuestionado hasta hoy. Amo a mi hermano y estoy a su lado, ayudándolo a diario, desde que lo diagnosticaron. Mi madre tiene que trabajar, y si yo no estoy con él, ¿cómo nos aseguraremos de que el día de mañana pueda valerse por sí mismo? ¿Sabías que las personas con Asperger, si están bien estimuladas de pequeñas y aprenden a lidiar con su condición durante la adolescencia, tienen una alta probabilidad de llevar una vida adulta normal?

Lady Macbeth: No sé nada sobre Asperger, pero tengo una vaga idea del autismo.

Shylock: Los chicos con Asperger no tienen problemas intelectuales, pero sí pueden tener problemas de aprendizaje. Por ejemplo, no comprenden consignas si no son concretas y les cuesta mantener la concentración durante largos períodos de tiempo. Yo lo ayudo a entender las tareas de la escuela, le indico cuándo le conviene tomarse un descanso, lo contengo cuando me cuenta que sus compañeros lo dejan solo o se burlan de él por su forma de hablar. Quizás no lo sepas, pero hablan de una manera peculiar. Su nivel intelectual es superior a la media, por eso a veces se obsesionan con algunos temas y se convierten en expertos en ello.

Lo llevo a la psiquiatra, a la psicóloga, a la psicopedagoga, al taller de Ciencias... También estoy ahí cuando tiene días malos y está nervioso, o con alguna crisis de ansiedad. A veces se autolesiona sin darse cuenta. Si bien no existe una medicación específica para el síndrome de Asperger, sí para los problemas asociados. Todavía no encuentran la más adecuada, y cada vez que se la cambian, es un caos.

Lady Macbeth: Entiendo que estés preocupado por él. Pero con todo lo que haces, seguro saldrá adelante.

Shylock: Sí, lo sé. Estoy convencido de que podrá ir a la universidad a explotar su elevado nivel intelectual y que cuando sea adulto llevará una vida prácticamente normal. El problema es que hoy no me sentí bien con eso. Hoy sentí que me gustaría tener tiempo para hacer otras cosas. Tiempo para mí.

Lady Macbeth: Lo sé. Entre tus estudios y tu hermano, debe ser difícil conseguir tiempo para hacer cosas que te gusten. Cuéntame: ¿qué te gusta?

Shylock: Me gusta leer. Me gusta estar al tanto de lo que sucede en el mundo. Te dije que soy una persona curiosa, así que me gusta saber de todo un poco.

Lady Macbeth: Sé que me arriesgo a dar una respuesta facilista, pero ¿han probado contratar a alguien que cuide de tu hermano mientras tú haces otras cosas?

Shylock: Sí, pero no es lo más conveniente.

Para empezar, el sueldo de mi madre no alcanza, y si yo saliera a trabajar, estaríamos intercambiando el dinero. En ese caso, es mejor que siga quedándome con mi hermano. Por otro lado, nadie lo estimulará como su propia familia. Contratar a una profesional sería muy costoso; tendríamos que conformarnos con alguien sin experiencia en estos casos, y perderíamos buena parte de la preparación para su futuro.

Lo siento, Lady Macbeth, no quise ponerme pesado con todo esto. Es solo un mal día, te prometo que pasará pronto y todo volverá a la normalidad.

Lady Macbeth: No me pidas disculpas, estoy aquí para

lo que necesites. No sé si pueda ayudarte, pero leeré con atención y sentiré tus asuntos como míos.

Shylock: Gracias. Me ayudas solo con eso. Cuéntame lo tuyo.

Lady Macbeth: No, no importa. Es una tontería en comparación con lo que acabas de contarme tú.

Shylock: Si te preocupa, no es una tontería, así que quiero saberlo.

Lady Macbeth: Está bien, gracias por preocuparte. Seré breve: un compañero arruinó mi trabajo. Nos asignaron una tarea juntos, y él se comportó como un cretino. ¡Me avergonzó delante del jefe de mi madre! El tipo terminó echándonos de su oficina. ¿Qué pasa si despide a mi madre? ¿Qué pasa si repruebo? Te dije cuánto necesito las buenas calificaciones para escapar de esta vida; un paso en falso podría significar el rechazo de una universidad y condenarme a esta casa un año más.

Para colmo, cuando nos estábamos yendo, se atascó el elevador. Soy claustrofóbica, ¡imagina cómo lo pasé encerrada en ese sitio!

Lady Macbeth: Shylock, ¿sigues ahí? He esperado un minuto y no hay respuesta.

Lady Macbeth: Shylock...

Shylock: Lo siento, tengo que irme. Disculpa.

Lady Macbeth: Está bien, no te preocupes. Espero que no sea nada. Nos vemos.

Shylock: Nos vemos.

12

Un día peor

El fin de semana salí con mis amigas. Por supuesto, les conté lo que había hecho Jayden y les dije que, por su culpa, mi trabajo se había arruinado.

—El entrevistado dijo en el audio que no nos habíamos preparado para la entrevista. ¿Entienden la gravedad de eso? ¡Estoy perdida!

—Olvídalo, Liz —me sugirió Val, poniendo una galleta de chocolate entre mis manos.

—¿Cómo completo tres páginas escritas con la poca información que tenemos?

—Rellena con información de Internet —sugirió Glenn, encogiéndose de hombros. Ella siempre hacía eso.

—¡Maldito Jayden! ¡Maldito profesor Sullivan!

Val rio.

—¿Qué importa un trabajo? Comprendo que quieras ir a la universidad, pero una asignatura no te lo impedirá. No entiendo por qué siempre te obsesionaron las calificaciones.

La miré en silencio. No podía contarles la verdad. No tenía el coraje de destrozar la imagen que había construido durante años, ni aunque fuera delante de mis únicas amigas.

—No veo la hora de que este semestre termine —murmuré con los dientes apretados, y bebí de mi batido de chocolate.

El domingo busqué en cientos de páginas de Internet y armé un resumen sobre minería para incluir algunos fragmentos en la entrevista. Como no habíamos podido terminar bien la cita, tampoco tenía fotos, así que robé un par de algunas páginas web. Había solo una de Joseph Taylor; el resto eran de minas y obreros. Con suerte, quizás el profesor no se quejara porque no las habíamos tomado nosotros.

Mamá apareció por la noche y se metió en mi habitación mientras yo intentaba imitar el diseño de una revista en la computadora.

—¡Lizzie! —exclamó—. ¿Qué pasó con Joseph? ¡Tu trabajo nos ocasionó una pelea!

—Lo siento —musité, sin dejar de mirar la pantalla.

—¿Quién es ese chico con el que fuiste? ¿Por qué le hizo preguntas fuera de lugar? —suspiré y giré para mirarla.

—Lo siento, ¿de acuerdo? Es Jayden Campbell, un compañero que me impuso el profesor Sullivan. Tengo que soportarlo todo el semestre en su asignatura. Si tuviera una madre, le pediría que fuera a hablar con el director para que me permitieran cambiar de compañero, pero tú estás demasiado ocupada.

Mamá se quedó un momento callada. Cuando me di cuenta de lo que acababa de decir, me sentí una malagradecida. Ella era la que se había quedado conmigo y la que trabajaba para mantenerme mientras mi padre fingía ser un hombre ejemplar con otra familia. Merecía ocuparse de sus cosas.

—No quise decir eso, perdona —me excusé, bajando la cabeza. Pero en realidad, sí había querido decirlo. ¡Habría querido decir mucho más!

–¿Quieres que vaya a hablar con el director? Le diré que ese chico es una mala influencia y exigiré que lo alejen de ti.

–¡No! –exclamé enseguida. Me molestaba trabajar con Jayden, pero no quería perjudicarlo con una acusación injusta–. Perdona, no quise traerte problemas con tu jefe.

–Está bien, no te preocupes –terminó cediendo ella–. Me dio trabajo, pero creo que logré calmarlo –me guiñó el ojo, y yo sentí que se me revolvía el estómago. De pronto imaginé a mi madre en la cama con ese hombre, y me dio asco. Jamás debí conocerlo–. Cuéntame: ¿cómo es ese tal Jayden Campbell?

–Insoportable. ¡Si tan solo hiciera lo que le pido!

–Mamá te dará un secreto para eso.

–No quiero saberlo –me apresuré a decir, alzando una mano. Ella estalló en risas.

–Hay una frase famosa de madame Pompadour que dice: "toda mujer está sentada sobre su fortuna". ¿Entiendes lo que significa?

–¿Me estás sugiriendo que intente ligar con Jayden Campbell? –pregunté, procurando ocultar mi indignación.

Ella volvió a reír, aferrándose al marco de la puerta.

–No necesariamente. Pero ya sabes cómo funcionan los chicos: solo les interesa *eso*. Úsalo en tu favor. Si están locos por ti, harán lo que quieras.

Era su técnica. Pero su jefe hablaba de su familia sin miras de abandonarla por mi madre, y se usaban mutuamente. O él la usaba a ella, quién sabe.

–Jayden no es así –dije, para no herirla con lo otro–. A Jayden no le importa nada, ni siquiera *eso*.

–Créeme, mi vida: todos los hombres son iguales. Te lo digo por experiencia.

Guardé silencio. Como yo no sabía mucho de chicos, me guiaba por lo que decía ella. Sin embargo, cada vez me preguntaba más a menudo si acaso mamá no juzgaría a los hombres de esa manera solo porque su experiencia no había sido buena. Solía repetir sus conceptos, pero no estaba tan segura de que fueran correctos.

—Disculpa lo de tu jefe y lo que te dije —repetí, bajando la cabeza—. Tengo una mala semana, no me hagas caso. Voy a terminar el trabajo. Hasta mañana.

Mamá suspiró, se acercó y me masajeó los hombros.

—¡Qué tensa! —bromeó, canturreando—. No te quedes hasta tarde, no vale la pena. Descansa, linda. Hasta mañana.

Se fue cerrando la puerta y me dejó la sensación de que, quizás, a su modo, se preocupaba por mí, como yo por ella.

Miré la pantalla, preguntándome por qué le había hecho reclamos que jamás me había atrevido a hacer antes. ¡Y para colmo me sentía culpable!

Por supuesto, ni siquiera pude empezar a redactar el trabajo; apenas alcancé a diagramar las páginas. Terminé acostada, recorriendo mi cuenta secreta de fotografía mientras reflexionaba sobre mis padres.

De pronto me acordé del señor Taylor y de su odioso rostro, y también se me cruzó la imagen de Jayden. Repasé lo que había sucedido en el elevador y casi morí de vergüenza. Me cubrí con la sábana, preguntándome cómo haría para mirarlo a los ojos de nuevo en la escuela. Quería borrarle la memoria o, mejor, que me tragara la tierra. No quería volver a verlo; no podía.

El lunes en la escuela me la pasé ocultándome como una paranoica. No quería encontrarme con Jayden; si él hacía referencia a lo que había sucedido o si alguien se enteraba, padecería otro ataque de pánico. Me pareció verlo en el comedor, así que recogí mi bandeja y escapé afuera. Terminé comiendo entre los árboles, aunque fuera un día frío.

—¿Qué haces aquí? ¿Estás loca? —me preguntó Glenn entre risas.

—Tengo calor —mentí.

—Yo no. No te ofendas, pero me voy adentro.

La dejé ir; no podía pretender que mis amigas pescaran una pulmonía por mi culpa.

Mientras almorzaba vi pasar a Sarah. Iba hablando con Ethan, un posible Shylock. Calzaba unos bellos mocasines rojos, una falda gris, un suéter rosa y camisa blanca. Hasta alcancé a ver un collar con un pequeño brillante en su cuello. Siempre lucía perfecta. Se la veía segura y feliz. ¿Por qué, aunque me esforzaba, yo no podía sentirme como ella? ¿Por qué no podía tener una vida igual de tranquila?

Aparté la mirada y, para no pensar en asuntos difíciles, intenté recordar mi última conversación con Shylock. Lo había esperado el sábado y había dejado el chat conectado mientras diagramaba el trabajo el domingo, pero él no había aparecido. Me preocupaba que pudiera haber ocurrido algo con su hermano; se había ido muy rápido la última vez que habíamos conversado. ¡Si tan solo hubiera tenido su teléfono! Quería entrar de incógnito a los baños de los varones y escribir "Lady Macbeth" junto a mi teléfono en todas las puertas, a ver si se comunicaba conmigo. Claro que la idea solo quedó en mi fantasía. En cuanto cualquiera me agregara y descubriera que era yo, dirían que me ofrecía con un seudónimo en los baños públicos.

Cuando llegué a casa, me dediqué al trabajo de Psicología. Teníamos que entregarlo al día siguiente y me faltaba todo el escrito. Terminé a la una de la madrugada. Me ardían los ojos y me dolía la espalda, pero para lo poco que habíamos obtenido en la entrevista, quedó bastante completo. Por supuesto, omití las preguntas de Jayden. Al menos con la información de Internet, las fotos robadas y algunas estrategias de diseño, logré completar las tres páginas y no tuve que incluir la odiosa parte en la que el jefe de mi madre se ofendía y nos decía que no nos habíamos preparado para la entrevista. Si el profesor de verdad escuchaba los audios, la oiría, pero se daría cuenta de que yo no había arruinado el trabajo, sino Jayden. Esperaba que tuviera eso en cuenta.

Puse *imprimir* y esperé de brazos cruzados para controlar que todo saliera bien. Nada ocurrió. Revisé que la impresora estuviera encendida, que tuviera papel, que se hallara conectada a la red. Hice otro intento. Una ventana emergente anunció que no tenía tinta.

—¡Mamá! —grité.

Corrí a su habitación: no estaba. Nunca había llegado.

Me sentí desesperar. ¿Por qué todo me salía mal? ¿Por qué, desde que había tomado la primera clase con el profesor Sullivan, mi vida era un caos?

Procuré tranquilizarme y pensé en soluciones: tenía un examen en la primera clase y el centro de copiado abría durante la segunda, que era la del señor Sullivan. Imprimir en la escuela era imposible, necesitaba de un tercero. Miré la hora: era la madrugada, no podía escribir a mis amigas para pedirles el favor. Mucho menos a mi madre; no contaba con ella. ¿De dónde obtendría una impresora a la una de la mañana? Dependía de Jayden. Después de todo, también era su trabajo.

Resolví que intentaría imprimirlo por mis propios medios, pero por las dudas le pediría que se hiciera cargo. Recogí el móvil y le escribí sin ocultar mis sentimientos, casi con la misma honestidad con que le escribía a Shylock.

> Jayden, estoy al borde de un ataque de nervios. Quise imprimir nuestro trabajo, pero la impresora no funciona. El centro de copiado de la escuela abre recién durante la clase de Psicología y no puedo faltar a la primera para buscar un negocio abierto en la calle; tengo un examen. ¿Puedes imprimirlo y llevarlo a la clase del señor Sullivan? Jayden, dependo de ti. ¡Te lo ruego!

A continuación, adjunté el archivo desde la computadora y me senté a trazar otros planes. Sabía que no respondería. Le había escrito por la tarde y por la noche, a horarios adecuados. Ahora era la una de la madrugada; resultaba evidente que ni siquiera leería mi mensaje.

Dejé el teléfono sobre la mesa de noche y fui al baño. Me lavé los dientes y volví para acostarme; tenía que dormir un poco si quería que me fuera bien en el examen. Cuando percibí que el móvil vibraba, lo recogí al instante. No podía creerlo: ¡era Jayden!

> *¿Qué haces despierta a esta hora? Yo lo imprimo. Descansa.*

Fruncí el ceño. Creí que estaba leyendo mal, así que volví a repasar las letras, una por una. Había escrito mucho más que *OK* o *Recibido*. Además, se había comprometido a imprimir el trabajo y llevarlo a la clase. ¿Podía confiar en él? No estaba segura, pero no me quedaba más que aferrarme a la esperanza.

Por una vez confié, aunque fuera a medias, tentada por lo bien que se sentía contar con alguien. Siempre me las había arreglado sola para todo, no sabía lo que era respaldarse en otra persona. Ojalá no acabara decepcionada, como cada vez que guardaba alguna ilusión respecto de mis padres.

13

Alimento

Me levanté más temprano de lo habitual y salí de casa sin desayunar. Busqué una tienda abierta como una demente: todo estaba cerrado. Mientras entraba a la escuela, envié otro mensaje a Jayden.

> *Por favor, no olvides imprimir el trabajo. Es de vida o muerte.* ✓

Estaba frenética: no tenía mi entrevista de Psicología y no había podido repasar para el examen de Matemática antes de entrar al aula. Si algo odiaba era sentirme insegura, y ese día era un manojo de nervios.

Me costó concentrarme en la evaluación. Por lo general entendía rápido los enunciados y me entusiasmaba cuando me daba cuenta de que podía resolver todo. En esta oportunidad, comprender las consignas me demandó más tiempo del esperado. Pensaba en la entrevista y en Jayden, en mi madre y en su jefe, en mi padre y en su familia.

Mi necesidad de entrar a una universidad cueste lo que cueste me forzó a apresurarme. Pero cuanto más me presionaba, me iba peor. Mi mente se nubló y terminé con la mano temblorosa, mirando los números como si fueran caracteres chinos.

El timbre sonó sin que alcanzara a terminar el último ejercicio. Todos se levantaron para entregar, mientras que yo empecé a escribir a la velocidad de la luz. De pronto mi mente se había despejado; entendía mejor y quería completar lo faltante.

—Elizabeth —me llamó la profesora.

—Ya voy —dije, escribiendo un signo.

Deslizó la hoja por debajo de mi mano y me la quitó. La miré, enfurecida, pero me contuve de quejarme. Una sanción por reaccionar mal podía arruinar mi futuro, si no estaba arruinado ya.

—¿Cómo te fue? —preguntó Val a Glenn mientras reuníamos nuestras cosas.

—Creo que bien. ¿Y a ti?

—Bien —Val me miró—. No tiene sentido que te pregunte a ti.

—Me fue mal —les informé.

Las dos se echaron a reír.

—¡Qué tontería! Siempre dices lo mismo y obtienes la mejor calificación —se quejó Glenn.

—Esta vez es verdad —respondí, muy segura.

—Tú misma me explicaste los ejercicios durante la práctica, es imposible que te haya ido mal. Relájate —dijo Val.

Salí junto a mis amigas, abrazando los libros, con la mochila colgando de un hombro. Estaba agotada. Solo me faltaba que Jayden no hubiera impreso el trabajo, y entonces sí, estallaría.

Me despedí de las chicas en una bifurcación y me dirigí al aula del señor Sullivan. Entré buscando a mi compañero con la mirada. Como se me había hecho tarde con el examen de Matemática, casi todos ya habían entrado. Jayden no estaba. ¡Había faltado!

Me senté, procurando calmarme. Miré la hora en el teléfono: faltaba un minuto para que empezara la clase, quizás estaba a punto de llegar.

A medida que los segundos transcurrían, empecé a sudar. *Vamos, Jayden, no puedes hacerme esto,* pensaba. Sí. Sí podía. De hecho sería parte de su venganza por lo que yo le había dicho al señor Sullivan, y había caído en la trampa como una ingenua.

La clase comenzó conmigo mirando el banco vacío de Jayden. Tenía un nudo en la garganta. No solo había arruinado mi examen de la primera clase, sino, además, el trabajo de la segunda. Nunca la escuela me había parecido tan difícil.

–Los llamaré para que se acerquen a entregar sus trabajos –anunció el profesor desde el escritorio–. Rose y Carter.

Yo miraba alternadamente a mis compañeros y el banco de Jayden, apretando el *pendrive* donde guardaba la entrevista escrita y el audio. En esos instantes de desesperación empecé a imaginar cualquier idiotez. Por ejemplo, que tenía una varita mágica y que podía hacer aparecer a mi compañero de equipo. O, mejor, que hacía desaparecer al profesor. Eso me habría salvado para todo el semestre.

–Elizabeth y Jayden.

Maldición. Maldición, maldición, maldición.

Respiré profundo y apreté más el *pendrive* con una molestia en el estómago. Me acerqué al escritorio con pasos lentos, como haciendo tiempo para que Jayden apareciera. Me planté delante del escritorio con las rodillas temblorosas; no podía mirar al señor Sullivan a los ojos. Nunca había dejado de entregar un trabajo, jamás había tenido que decir que no había cumplido con una obligación.

–Señor Sullivan, yo… –balbuceé.

–No te escucho. Habla más fuerte, por favor –pidió. Todos callaron, como si presintieran que sucedía algo.

Inspiré profundo, me aclaré la garganta y lo miré.

—Verá: traje el trabajo en este dispositivo porque…

En ese momento vi caer una carpeta sobre el escritorio. ¡La carpeta con la carátula de nuestro trabajo! Giré la cabeza de inmediato y encontré a Jayden, agitado, a mi lado. Me miraba con los ojos entrecerrados. Tenía puesto un gorro de lana y una chaqueta de cuero; ni siquiera se había quitado los guantes sin dedos con los que conducía su moto.

—"Porque…" —intervino el profesor, recogiendo la carpeta que Jayden acababa de entregar para sumarla con las otras.

—Por si prefería leerlo desde una computadora —inventé.

—No, así está bien, pedí el trabajo impreso. ¿Tienen el audio?

—Sí, está en el dispositivo —respondí.

—De acuerdo —dijo, y recogió el *pendrive* para ponerlo en un folio. Al fin nos miró—. Gracias. Ya pueden sentarse. Y, la próxima vez, procura no llegar tarde, Jayden —añadió. Él asintió y se volvió sin responder.

Me senté y, al fin, respiré. Nadie había podido ayudarme en Matemática, pero al menos había podido entregar el trabajo de Psicología, y no podía negar que en parte había sido gracias a Jayden.

Mientras los demás seguían dirigiéndose al escritorio, giré para mirarlo. Él se estaba quitando la chaqueta, y había dejado el gorro y los guantes sobre la mesa. Esperé un poco, a ver si me miraba y podía hacerle algún gesto, pero se mantuvo cabizbajo todo el tiempo.

De pronto recordé lo que había experimentado al mirarlo en el elevador y su abrazo cuando se atascó. Esta vez no sentí vergüenza, sino una extraña satisfacción. Había algo en Jayden… algo que me resultaba tan magnético como revelador.

Un compañero se interpuso entre nosotros.

—¿Pudieron terminar todo? —me preguntó.

—Sí. ¿Y ustedes?

—Sí. ¿A quién entrevistaron?

—A un inversor de minería. ¿Y ustedes?

—Al director de una compañía. Casi creímos que no podríamos entregar; nos suspendió la entrevista dos veces.

Nos quedamos conversando sobre el trabajo hasta que el profesor se levantó para hablar.

La hora pasó bastante rápido. En cuanto se oyó el timbre, recogí mis útiles y fui tras de Jayden, pero él estaba más cerca de la puerta y ya había salido.

Teníamos quince minutos entre la segunda y la tercera clase, así que fui al predio exterior de la escuela a ver si lo encontraba por alguna parte. Nunca había buscado a Jayden para nada; no tenía idea de cuáles eran sus hábitos en los intervalos. Me sorprendió hallarlo debajo de un árbol, con el móvil en la mano, sin escribir nada. Si no se hubiera tratado de él, habría creído que estaba leyendo.

Me paré enfrente, cubriendo el sol que le daba de lleno en la cara. Tenía el pelo desordenado y sus pestañas eran abundantes y largas. Levantó la cabeza, y por su mirada me pareció que acababa de sorprenderlo. No me dejé intimidar por la intuición de que se sentía incómodo y me senté a su lado.

—Llegaste justo a tiempo —le dije.

Jayden estaba mudo. Tan solo me miraba, y no sabía si eso era agradable o perturbador. No podía determinar qué se ocultaba en sus ojos. Hasta hacía unas horas, creía que no me soportaba. Ahora notaba algo distinto. Como sea, me puse nerviosa, por eso volví la cabeza hacia adelante y comencé a hablar sin parar.

—¡No imaginas lo que pasé! Cuando intenté imprimir el trabajo anoche y la impresora no funcionó, me dio un ataque de nervios. Casi no dormí. Me levanté más temprano y ni siquiera desayuné para salir a buscar una librería, pero ninguna estaba abierta. Lo siento, tenía miedo de que no aparecieras –giré la cabeza hacia él sin querer. Otra vez me encontré con su mirada indescifrable y dejé de resistir–. ¿Qué pasa? ¿Por qué me miras así? Deja de mirarme.

–Lo siento. Es que no entiendo: viniste, te sentaste aquí y dijiste todo eso... Enarqué las cejas.

–¿Te molesta que me haya sentado aquí? Debiste decírmelo.

–No me refiero a eso. ¿Para qué viniste en realidad? ¿Para qué te sentaste aquí?

De pronto me atraganté con las palabras. *Para darte las gracias,* pensé. Pero no me atreví a decirlo. Jayden había arruinado la entrevista y no había hecho nada del escrito, lo mínimo que podía hacer era imprimirlo.

–Pues porque hiciste bien en traer el trabajo –respondí. Eso, en mí, equivalía a un inmenso *gracias*. ¿Ves qué bueno es cumplir con una responsabilidad? Me gustaría que pudiéramos seguir trabajando de este modo.

Jayden sonrió bajando la cabeza. Con el sol, su piel se veía cálida, y sus ojos, con una transparencia caramelizada. El abrazo en el elevador volvió a mi memoria. Recordé su perfume, la fuerza de sus brazos, su voz intentando serenarme.

Miré sus dedos fuertes, sus pulseras y su camisa arremangada hasta el codo. Por primera vez me di cuenta de que tenía una frase tatuada en la parte interna del antebrazo izquierdo, pero no alcancé a leer qué decía. Reparé en su hombro y en su cuello, y me detuve justo antes de llegar a su rostro.

Él respiró profundo y volvió a mirarme.

–Está bien, no importa –concedió–. Dijiste que no desayunaste. No puedes venir a la escuela con el estómago vacío. ¿Por qué no vas a la cafetería y comes algo?

Reí, desorientada. Me pareció peculiar que, de todo lo que le había dicho, le hubiera importado más lo de mi desayuno.

Miré la hora en el teléfono.

—No puedo, quedan cinco minutos antes de que comience la siguiente clase.

—Tu salud es más importante que las clases —objetó.

—En la cafetería hay filas interminables, llegaría muy tarde.

—Bueno, entonces cómprate algo y cómelo debajo del pupitre.

Me hizo reír de nuevo.

—¡No puedo hacer eso! Me siento en el primer banco, sería imposible comer sin que los profesores lo notaran. Me voy a clases —me levanté y acomodé la tira de la mochila en el hombro—. Hasta luego —le dije, moviendo la mano, y hui al edificio de la escuela.

Mientras caminaba por los pasillos, reconocí que Jayden, a pesar de ser irritante, ejercía sobre mí una influencia extraña. Mientras conversaba con él, había olvidado lo mal que me había ido en Matemática, los problemas de mi casa y el miedo que había experimentado hacía un rato por el trabajo de Psicología. Pasar tiempo con Jayden aliviaba mis preocupaciones.

Entré a la clase siguiente pensando en nada. Mis amigas estaban ahí, y pudimos trabajar en grupos para resolver algunos ejercicios. Yo seguía siendo la más rápida y la que explicaba a las demás, y eso me hizo recuperar algo de autoestima.

En medio de la clase, sentí vibrar mi teléfono. Evitaba extraerlo en compañía de los profesores, así que me contuve hasta que sonó el timbre. Miré el mensaje antes de reunir mis cosas. Era de Jayden.

Cuando la hora termine, retírate por último.

Fruncí el ceño, sin entender el pedido.

—¿Vamos? —me dijo Val.

No sé por qué le hice caso a Jayden.

—Adelántense. Las veo en la clase siguiente.

Glenn quiso insistir, pero Val la codeó y la impulsó a salir. Supuse que había entendido que algo sucedía y que necesitaba un momento a solas. Esperé a que los demás se fueran y me colgué la mochila. Salí del aula, intrigada.

Jayden estaba en el pasillo, apoyado en unos casilleros. Avanzó hasta mí y puso algo entre mis manos sin mediar palabra. Miré lo que me había entregado: eran un cartón de jugo de naranja y una barra de cereal. Mis ojos volvieron de inmediato a él.

—¿Qué significa esto? —indagué.

—Es tu desayuno.

—Solo falta una hora para el almuerzo.

—No importa.

—No puedo aceptarlo, Jayden —dije, anonadada—. No entiendo por qué tomaste tan en serio eso de que no había desayunado. Fue una frase sin sentido que a nadie le importaría, todos la pasarían por alto.

—No vas a decirlo, ¿eh?

Volví a mirarlo con el ceño fruncido.

—¿Qué cosa?

—Nada, no importa —respondió—. Puedes comer mientras te diriges al aula, no necesitas tiempo para ingerir esto. Nos vemos.

Se volvió y empezó a caminar por el pasillo. Yo me quedé estática, con el desayuno improvisado entre las manos y la mirada perdida en su espalda. Llevaba la chaqueta colgada del hombro, cayendo sobre la mochila, y me pareció que tenía la altura y el tamaño perfectos para una fotografía.

Lo que acababa de pasar era muy extraño. De verdad nadie, ni siquiera mis amigas, se habrían ocupado de mi desayuno. A decir verdad, nadie se ocupaba nunca de nada mío, y la sensación de que alguien lo hiciera era muy rara. Me avergonzaba y a la vez me hacía sentir aliviada.

Aunque faltaba poco para el almuerzo, tenía mucha hambre, y decidí abrir la barrita. Me acabé todo mientras me dirigía a la siguiente clase.

Esa noche me conecté a la red escolar para esperar a Shylock. No apareció, entonces me di cuenta de que empezaba a extrañarlo más de la cuenta. Necesitaba contarle lo insoportable que se había vuelto la escuela y quería saber por qué la última vez se había ido tan rápido. Seguía pensando que algo podía haber ocurrido con su hermano y me desesperaba no tener otro modo de contactarlo que no fuera ese estúpido chat que en cualquier momento podía desaparecer.

El miércoles me crucé con Jayden en un pasillo. Después de que había impreso nuestro trabajo y se había ocupado de mi desayuno, decidí hacer las paces y atiné a saludarlo. Él iba con los auriculares puestos, mirando al frente, y aunque me pareció que me había visto, me pasó por al lado como si yo no existiera. Tuve que ocultar la sonrisa con la que había empezado a saludarlo y fingí que miraba una cartelera. Era raro: un día me respondía solo con un OK y al otro con una frase tranquilizadora; un día me ofrecía alimento y al otro me ignoraba. A las chicas nos acusaban de ciclotímicas, pero sin duda los chicos lo eran también.

14

Todo es muy extraño

Esperé a Shylock toda la semana. No apareció, ni siquiera el viernes o el sábado. El domingo hallé conectada a *In the End*, esa amiga que había mencionado, y, protegida por el anonimato, le escribí.

Lady Macbeth: Hola. Esto te sonará raro, pero Shylock
me dijo que era tu amigo y quería saber de él. Hace una
semana que no coincidimos en el chat y tenía miedo de que
le hubiera ocurrido algo.

Procuré ser genérica: no sabía cuánto le había contado Shylock de su vida, e incluso sentía un cosquilleo de celos de solo pensar que podría haberle confiado lo mismo o más que a mí.

Ella tardó en responder.

In the End: Hola, ¿cómo estás? Tienes razón, yo tampoco
lo he visto. Espero esté bien. No supe de nadie del colegio

al que le haya sucedido algo grave, así que debe estar
ocupado. Ya sabes, estas fechas de exámenes son una
locura.

Suspiré, entre aliviada y preocupada: Shylock tampoco se había comunicado con su otra amiga, pero seguía sin aparecer. Aunque era cierto que estábamos en fechas complicadas, mi intuición me decía que algo más estaba ocurriendo. Aún así, decidí ser racional.

Lady Macbeth: Es cierto, debe estar ocupado. Gracias.

Ella se desconectó enseguida.

No me crucé con Jayden el resto de la semana. Vi su moto en el estacionamiento, por eso supe que había ido a la escuela, pero por alguna razón supuse que estaba evitándome. Tampoco yo tenía ganas de encontrármelo, así que estábamos a mano. Al fin parecíamos coincidir en algo.

El martes en la clase de Psicología, se acabó la tregua. Lo hallé sentado en el fondo, había llegado temprano. Como lo vi con los auriculares puestos, no tuve necesidad de saludarlo, pero al pasar detrás de él confirmé que, cuando tenía el teléfono en la mano y no escribía, estaba leyendo. Jamás hubiera apostado a que Jayden leía; supuse que estaba intentando cumplir con la clase de Literatura.

Me senté en mi pupitre y acomodé mis cosas. El aula se llenó bastante rápido, y el profesor llegó enseguida. Miré por sobre el hombro: Jayden estaba guardando el teléfono y los auriculares. No era irrespetuoso, tan solo irresponsable. Debía vivir para su moto.

Cuando el señor Sullivan anunció que devolvería los trabajos, mi estómago se anudó; no sabía qué esperar de él, y temía que me hubiera ido mal. Empezó a hablar de aspectos destacados de las entrevistas, daba una especie de devolución. Supuse que a los demás les importaba tan poco como a mí. Solo queríamos saber la calificación, pero yo procuraba pescar algunas pistas para saber qué le gustaba. Conociendo a los profesores, se podía ganar puntos en los trabajos si escribías lo que ellos deseaban.

—Quiero resaltar una entrevista en particular –comentó–. No tanto por la parte escrita, sino por el oral. La reproduciré para ustedes.

Extrajo su teléfono, donde evidentemente había copiado el archivo de audio, y lo accionó. Cuando escuché la voz del señor Taylor, casi me infarté. Miré a Jayden por sobre el hombro con desesperación. Él tenía los ojos fijos en el señor Sullivan, se lo veía tan sorprendido como yo.

Tuve la esperanza de que desactivara el audio antes de llegar a la peor parte. A medida que pasaron los minutos, mi ilusión se desvaneció.

"¿Qué acciones emprende su empresa para la conservación del medio ambiente?", preguntó Jayden, y luego se oyó la respuesta del jefe de mi madre: "Me parece que no se prepararon bien para este proyecto". Mis compañeros rieron; algunos, incluso, soltaron exclamaciones. Yo rogaba que me tragara la tierra.

"Lo siento, señor Taylor, yo seguiré con las preguntas. ¿Puede contarnos un día en la vida de un empresario, por favor?".

Después de la respuesta de nuestro entrevistado, volvió a resonar la voz de Jayden.

"Los ambientalistas de lo que usted llama 'países subdesarrollados' afirman que la minería a cielo abierto está devastando sus riquezas naturales. Alguna vez, como empresario, ¿sintió que sus ganancias no debían prevalecer sobre cientos de especies animales y vegetales, incluso sobre la vida humana de pueblos enteros que podrían verse perjudicados por la minería? ¿Puede un empresario tener estos reparos y aún así ser exitoso?".

Me cubrí la cara con las manos, muerta de vergüenza. Nuestras voces eran inconfundibles; todos sabían que éramos Jayden y yo. ¿A qué quería llegar el señor Sullivan con todo eso? ¿Él se decía profesor de Psicología, y nos exponía de esa manera?

"Creí que se trataba de una entrevista escolar sobre mi trabajo, no de una crítica velada digna de un par de activistas".

"No somos activistas, ¡se lo juro! Por favor, disculpe". Ahí estaba yo, suplicando con desesperación delante de todos mis compañeros.

"Apaga eso. Lo siento, no tengo más tiempo, debo pedirles que se retiren".

"¡Señor Taylor, no!". Se oían mis manos manipulando el teléfono, mi respiración agitada, mi reputación romperse en pedazos.

El audio terminó, y el profesor dejó el teléfono sobre el escritorio. Se apoyó en el borde y se cruzó de brazos.

–¿Y bien? –dijo–. ¿Qué opinan?

–¡Que fue un desastre! –exclamó una de las que siempre estaban conversando. Sus amigas rieron, quizás para apoyar su comentario. Me constaba que yo les caía muy mal, y seguro se lo estaban pasando bien a costa de mi papelón.

–Yo pienso que le faltaron el respeto al tal Taylor –opinó otro, un poco más imparcial.

–A mí me parece que debía ser un viejo cascarrabias –dijo Lara Young.

–¿Qué opina usted? –le preguntó Braxton al profesor.

Empecé a hundirme en el asiento, quería desaparecer. Jamás me había ocurrido algo así, nunca había vivido una vergüenza semejante. Quizás

Jayden estaba acostumbrado; yo no. Lo odiaba más que nunca, lo odiaba con todo mi ser.

—Opino que es genial —respondió el profesor. Mi ceño se frunció, mi corazón empezó a latir frenético—. Las preguntas de Jayden evidencian preparación previa, se sustentan en una investigación minuciosa y ponen nervioso al entrevistado. Pregunta lo que de verdad importa. Es un cuestionario elaborado, complejo, valiente y descarado —lo miró—. ¿Has pensado en ser periodista?

¡¿Qué?! ¿Entonces yo había hecho todo el trabajo y el crédito se lo llevaba Jayden? Lo miré. Él se encogió de hombros.

—Me gusta, pero… no puedo —respondió, sin prestar atención a los halagos.

—Piénsalo de nuevo —le sugirió el profesor—. Estamos aquí para descubrir talentos, y creo que acabamos de descubrir uno en ti. Espero que sigas explotándolo.

El señor Sullivan siguió hablando de otros aspectos de las entrevistas. Un rato después, procedió a devolver las carpetas. En lugar de dármela a mí, se la entregó a Jayden. No me quedó más remedio que acercarme a él si quería saber cómo nos había ido.

En la parte oral teníamos la calificación más alta. En la parte escrita, nos había bajado puntos y había puesto que era una lástima que no hubiéramos incluido las preguntas más interesantes. ¡Yo había hecho las preguntas que había incluido en el escrito! Me sentí humillada e inconforme.

—Me alegra que te hayan felicitado, pero siento que es injusto si tengo en cuenta cuánto me esforcé por el trabajo. Tienes mucha suerte. La próxima vez, podrías trabajar un poco más, a ver si así nos va mejor a los dos. Me resultó muy difícil hacer el escrito. Si hubiera podido terminar la entrevista, podría haber completado las tres páginas con respuestas reales y no con información de Google.

No entendía cómo me había dejado hablar tanto. Estaba segura de que, en cualquier otra oportunidad, me habría interrumpido para tratarme mal, como cuando me llamaba "Elizabeth" y me saludaba con ironías. Nada de eso se asomaba en sus ojos; hasta me pareció que me estudiaba con compasión. Su mirada tranquila y profunda me desarmó.

—¿Desayunaste hoy? —preguntó con voz calmada. Y me descolocó.

—¿Qué? ¿A quién le importa eso?

—A mí. ¿Desayunaste o no?

El profesor nos interrumpió.

—Por favor, regresen a sus asientos, tenemos que hablar del siguiente trabajo.

Jayden y yo nos sostuvimos la mirada un momento. Sentí que él intentaba adivinar mi respuesta, y yo, sus pensamientos. Cuando no resistí más, regresé a mi pupitre, llevándome el trabajo. Lo arrojé sobre la mesa y me dispuse a escuchar al profesor. Por lo menos habíamos aprobado, tenía que contentarme con eso.

—Comenzaremos una tarea individual y otra con el compañero asignado. La primera consiste en redactar cartas y grabar videos para conseguir la admisión a diferentes universidades. La segunda, en un álbum fotográfico. Tendrán que retratar la esencia de cinco profesiones.

Fotografía. Era buena en eso. Me preguntaba cómo el profesor comprobaría esta vez que habíamos hecho el trabajo en parejas. Resolvió mi duda antes de lo esperado.

—Además de la foto para mostrar cada profesión elegida, deberán presentar una en la que los dos integrantes del equipo aparezcan en cada escenario donde fueron tomadas las imágenes.

No se le escapaba nada; seguía atada a Jayden.

En cuanto la clase terminó, me apresuré a reunir mis cosas con intención de alcanzarlo. Estaba segura de que se iría rápido, sin siquiera preocuparse por arreglar a quiénes retrataríamos y cuándo. Giré bruscamente para ir tras él y, para mi asombro, choqué contra su pecho. Alcé la cabeza: por primera vez había ido a buscarme. Se había convertido en una caja de sorpresas.

—Yo… —balbuceé.

—Conozco un médico, un mecánico y un músico. ¿Tú qué tienes? —preguntó, expeditivo.

—Mi madre es empleada de recursos humanos. El padre de una amiga trabaja en seguros, quizás podríamos fotografiarlo a él.

—Son dos profesiones de oficina, no tendríamos mucha variedad. ¿Por qué mejor no fotografiamos a un profesor?

Negué con la cabeza.

—Todos retratarán a un profesor.

—Tienes razón. Entonces busquemos a alguien que trabaje con tecnología. Un programador o un ingeniero.

—¡Conozco un ingeniero! Es un vecino de mi edificio.

Él asintió.

—Te escribo en cuanto tenga novedades.

—¡Hecho!

Se volvió y salió tan rápido como habíamos hablado.

¡No podía creerlo! ¿Acaso se había tomado en serio la clase y de verdad iba a colaborar? ¿La felicitación del profesor lo habría impulsado a cambiar de actitud? No valía la pena indagar en los motivos, siempre que nos fuera cada vez mejor.

Volví a casa pensando en Shylock. Me arrojé sobre la cama, reconociendo cuánto lo necesitaba y cuánto me hubiera gustado contarle lo que había ocurrido con el trabajo. Pocas veces sentía conexión con alguien, y había empezado a sentirla con él, por eso lo extrañaba más de la cuenta.

Otra vez no apareció.

Hacía más de una semana que no nos encontrábamos, y estaba empezando a preocuparme en serio. Necesitaba sus bromas, leer sus problemas y contarle los míos. Quería su sinceridad, su comprensión y su compañía. Aunque fuera virtual, yo lo sentía real, y me hacía mucha falta.

15

Reencuentro

Lady Macbeth: ¡Shylock! Hace dos semanas que no te encontraba. La última vez te fuiste de golpe. ¿Qué ocurrió? ¿Estás bien?

Shylock: Sí, lo siento. No debí hacer eso, perdona.

Lady Macbeth: ¿Tu hermano está bien? ¿Todo está bien?

Shylock: Sí, todo está bien. Cuéntame qué tal tus cosas.

Lady Macbeth: De mal en peor. Pero no quiero ser una egoísta que solo habla de sí misma. Por favor, dime qué pasó, por qué desapareciste.

Lady Macbeth: Shylock, ¿por qué demoras en responder? Me estás asustando. Tengo miedo de que en cualquier momento te desconectes y desaparezcas de nuevo.

Shylock: Eso no volverá a suceder. Después de que hablamos la última vez, me replanteé muchas cosas, y eso me mantuvo distante. Pero ya he llegado a un acuerdo conmigo mismo.

Lady Macbeth: Creo que no termino de entender.

Shylock: No importa. No te preocupes, todo está bien ahora.

Lady Macbeth: Me dejas intrigada, pero estoy acostumbrada a mantener mis asuntos en secreto, así que te respetaré si quieres guardar alguno.

Shylock: Gracias.

Me gustaría saber de ti. ¿Cómo estás? ¿Por qué dices que todo va de mal en peor?

Lady Macbeth: Me está yendo mal en el colegio.

Shylock: Eso es difícil de creer. ¿A qué le llamas "mal"?

Lady Macbeth: A que bajé mis calificaciones en Matemática y Psicología.

Shylock: Seguro hay oportunidades para que mejores. Sin embargo, no deberías esforzarte tanto. ¿Sabías que hay varios modos de entrar a una universidad, que no todo depende de tus calificaciones?

Lady Macbeth: Las calificaciones son lo único real que tengo.

Shylock: Tienes tu talento.

Lady Macbeth: ¿Mi talento? ¿Te refieres a un par de fotografías en una cuenta secreta?

Shylock: ¿Por qué las menosprecias?

Shylock: Lady Macbeth, ¿desapareciste?

Lady Macbeth: Estás raro. Antes me comprendías, no intentabas cambiarme.

Shylock: Lo siento, jamás querría cambiarte. Intento ayudar, pero parece que no estoy yendo por el camino correcto.

Lady Macbeth: No necesito ayuda, solo que me escuches. Bueno, que me leas. Al diablo con el vocabulario, al profesor de Psicología no le importó mucho que supiera expresarme. ¿Puedes creer que felicitó al chico que arruinó mi trabajo? ¡Dijo que sus preguntas habían sido geniales! Yo hice todo, te lo juro. Él solo arruinó la entrevista, y eso al profesor le pareció "genial". ¡Estoy tan molesta! ¿Por qué tengo tanta mala suerte? ¿Por qué los que menos se esfuerzan lo pasan mejor que yo?

Shylock: ¿Cómo sabes que tu compañero lo pasa mejor que tú? Quizás necesitaba que lo felicitaran. Tal vez no lo elogian muy seguido, y eso lo hizo sentir bien.

Lady Macbeth: No sabes de quién estoy hablando, por eso crees que necesitaba una felicitación. No creo que sea cierto. A veces parece que a él no le importara nada. Se muestra indiferente a todo. Es irónico e irresponsable. Mejor cambiemos de tema; cuando estoy triste, puedo parecer muy dura, y pensarás que soy mala. No soy mala, Shylock, te lo juro. Es que ese compañero es tan diferente a mí que me saca de quicio.

Shylock: Ya sé que no eres mala. Pero lo estás pasando mal, y creo que estás culpando a las personas equivocadas: tu profesor, la escuela, tu compañero...

Lady Macbeth: ¿Qué insinúas? ¿Que yo tengo la culpa? Te extrañé mucho y no veía la hora de que te conectaras, pero no quiero seguir conversando hoy. No pareces tú.

Shylock: Perdón. Espero no haberte "sacado de quicio".

Lady Macbeth: ¿Te conectarás otro día?

Shylock: Por supuesto. Te extraño demasiado para desaparecer de nuevo. Nos vemos cuando quieras.

Lady Macbeth: Gracias. Nos vemos.

16

Fotos

> *Hola, Jayden. Mi vecino nos recibirá mañana a las cinco en su apartamento. Aquí tienes mi dirección. ¿Qué hay de tus contactos? ¿Ya fijaron una fecha? Estuve pensando lo de mi madre y será mejor que busquemos a otra persona. El padre de mi amiga, por ejemplo.*
> *Te aviso.*

Repasé el mensaje antes de enviarlo. No hacía falta explicarle que el hombre que habíamos entrevistado era el jefe de mi madre. Tampoco que me había arrepentido de fotografiarla a ella, ya que eso supondría volver a la oficina y no podíamos cruzarnos con Joseph Taylor otra vez.

Esperé su respuesta en vano. Respondió recién por la noche, cuando ya casi me había olvidado de que le había escrito.

> *Hola, Elizabeth. Estaré ahí. Cuando nos veamos aprovecharé a contarte las demás fechas y horarios. Ya está todo arreglado. Descansa.*

¡Vaya! Había seguridad y convicción en sus palabras. ¿Podía confiar en él? Quizás Shylock tenía razón y Jayden necesitaba elogios para interesarse por algo. Como sea, era mejor que colaborara.

Al otro día, el timbre de mi casa sonó a las cinco menos diez. No podía creerlo: ¡Jayden había llegado a horario! Recogí mi cámara y bajé.

Desde que lo vi, me sentí entusiasmada. Él entró desacomodándose el pelo, como parecía ser su costumbre; seguro se la había agarrado por la cantidad de veces que se quitaba el casco. Me saludó solo con un "hola" y respondí de la misma manera. Caminamos en silencio hasta el elevador, que estaba en la planta baja. Señalé el interior invitándolo a entrar.

—Son solo cuatro pisos, yo voy por las escaleras —me excusé. Él debía imaginar el motivo.

Retrocedió y, cuando empecé a caminar, me siguió. Terminamos subiendo los cuatro pisos juntos.

Lo llevé al apartamento de mi vecino. Toqué el timbre, y su esposa abrió.

—Disculpa, Robert me avisó que llegará más tarde. ¿Pueden volver en media hora?

Respiré profundo mientras inventaba alguna excusa; no quería que Jayden viera el desastre que había en mi casa. Comprendí enseguida que no había manera de evitarlo, así que asentí, agradecí con una sonrisa y me encaminé a las escaleras de nuevo.

—Son dos pisos más hasta mi apartamento —le expliqué. Él me siguió en silencio.

En casa, todo estaba tan desordenado como de costumbre. Cuando me acordé de que mamá había dejado una pila de ropa en el sofá, era demasiado tarde: Jayden ya ponía un pie en la sala. Dejé la cámara en la mesita, me apresuré a recoger las prendas y las oculté torpemente entre los brazos. Él evitaba mirar alrededor, pero me di cuenta de que observaba todo por el rabillo del ojo.

—Ya vuelvo —anuncié de forma apresurada, y llevé la ropa al dormitorio de mamá.

Cuando volví encontré a Jayden de pie en el mismo lugar donde lo había dejado.

—Se te cayó eso —señaló el suelo.

Cuando miré a mis pies, encontré unas bragas de encaje de mi madre. Las recogí casi sin aire y volví a la habitación. Me hubiera gustado encerrarme ahí para siempre, ¿hasta cuándo seguiría pasando vergüenza delante de Jayden?

Regresé forzándome a hacer de cuenta que nada había ocurrido. Hallé a Jayden mirando por la ventana.

—¿Vamos a la cocina? —ofrecí—. Creo que hay jugo de naranja en el refrigerador.

Cuando me miró, sentí que estaba atragantado de risa. Sin embargo, sus ojos no expresaban burla o menosprecio. Me habría gustado entenderlo mejor.

—¿Vienes? —insistí, un poco incómoda, y me encaminé a la cocina. Otra vez me siguió.

Abrí la alacena, busqué dos vasos y los apoyé en la mesada. Fui al refrigerador y busqué por todos los rincones algo para beber: ni siquiera había comida. Suspiré y me volví: Jayden se había apoyado en el marco de la abertura de la cocina, de brazos cruzados. Noté que sus ojos estaban pendientes de los estantes vacíos, así que me apresuré a cerrar el refrigerador.

—No pudimos hacer las compras —inventé—. Mi madre trabaja mucho, y yo… bueno, yo estaba en la escuela. ¿Quieres agua? *—Que no quiera. Que no quiera, por favor,* pensé. Solo podía darle agua de la canilla.

—No quiero nada, gracias —respondió, y sin esperar mi invitación, apartó una silla y se sentó.

Me ubiqué frente a él, un poco incómoda otra vez. No sabía de qué hablar ni él parecía muy conversador. ¿Qué iba a decir, si no teníamos nada en común? Bueno, quizás ahora sí teníamos algo: el trabajo.

—¿Qué fechas y horarios conseguiste? —pregunté.

—Podemos visitar la banda de músicos el sábado. El domingo, el médico está de guardia y nos espera en el hospital. El mecánico puede cualquier día de la semana a cualquier hora mientras tenga el taller abierto. Me ayuda a arreglar mi moto a veces, es un amigo.

—Bien —respondí, y extraje mi teléfono para hacer anotaciones—. ¿A qué hora vamos a ver a la banda?

—Ensayan por la tarde en una sala. Puedo pasar a buscarte si quieres.

Lo miré con los ojos muy abiertos. De pronto me imaginé en su moto, abrazada a él, y supe que era una situación en la que todavía no quería aparecer.

—Prefiero ir por mi cuenta. ¿Me pasas la dirección y el horario por mensaje?

—Sí. Podemos ir a ver al médico a partir de las tres de la tarde, pero tendremos que esperar si está muy ocupado.

—Perfecto —respondí, anotando la hora en la agenda del teléfono—. Solo me falta confirmar con el padre de mi amiga y tendremos todo listo. Espero que ninguno nos falle.

—¿Por qué lo harían? Relájate: no fallarán.

Me quedé mirándolo un momento. Tenía muchas dudas.

—¿Puedo hacerte una pregunta? —dije, dejando el teléfono sobre la mesa. Su silencio me dio permiso para continuar—. Si nunca entregas los trabajos ni estudias para las evaluaciones, ¿cómo estás a un paso de terminar el colegio? Por lo poco que sé de ti, tienes mi edad, es decir que no reprobaste ningún año.

Por un instante pensé que había tomado a mal la pregunta. Respiró profundo y se respaldó en el asiento encogiéndose de hombros.

—Tengo facilidad para aprender y me va muy bien cuando me lo propongo.

–Ya veo… –susurré–. Quisiera ser como tú, pero si yo no estudio todo el día, termino en el último infierno. Al final, me acostumbré, y creo que no podría vivir sin esforzarme –miré el reloj que estaba detrás de Jayden, colgado en la pared, y descubrí que, por suerte, solo faltaban cinco minutos para que se cumpliera la media hora–. Ya casi son las cinco y media. ¿Vamos? –dije, y me puse de pie para recoger la cámara.

Bajamos y, esta vez, mi vecino abrió la puerta. Nos llevó a su estudio y nos mostró algunos planos que llevaba a imprimir a lugares especializados. También nos mostró su computadora: era ingeniero civil y diseñaba con programas informáticos.

Me concentré tanto en lo que hacía que me olvidé de Jayden, y mientras mi vecino le explicaba algunos pormenores de sus tareas, yo seguía en mi mundo, como si la conversación fuera solo una música de fondo. Amaba tomar fotos y siempre tenía buenas ideas. Obtuve imágenes interesantes de la computadora, los planos y los instrumentos que usaba para hacer mediciones.

–Muchas gracias, Robert. Mereces que pasee a tu perro toda la semana –bromeé cuando terminamos–. ¿Puedes tomarnos una fotografía delante de tu computadora? El profesor quiere comprobar que tanto mi compañero como yo estuvimos aquí.

Le cedí mi cámara, y Jayden y yo nos acomodamos delante del ordenador. Recién entonces volví a tomar conciencia de cuán alto era, y me sentí pequeña a su lado. Teniéndolo tan cerca, volví a oler su perfume, y me pareció muy agradable. Me mordí el labio, confundida por las sensaciones, y ni siquiera pude sonreír para la foto. Cuando recogí la cámara y estudié la pantalla digital, me descubrí con las mejillas sonrojadas y una expresión de mártir digna de olvidar. Jayden, en cambio, lucía relajado. Había escondido las manos detrás de la espalda y, así, su chaqueta se abría dejando al descubierto una camiseta blanca. Hasta eso me pareció un buen detalle para una fotografía, y me sentí todavía mejor con nuestro trabajo.

Agradecimos a Robert y acompañé a Jayden a la calle.

—¿Me dejas ver las fotos antes de irme? —pidió.

Estaba tan acostumbrada a ocultar mis fotografías que me puse nerviosa al tener que mostrárselas. Él las revisó, demasiado despacio para mi gusto; se tomaba tanto tiempo para observar detalles que creí que empezaría a criticarlas.

—Eres un prodigio en esto, ¿lo sabías? —me dijo, mostrándome la cámara, y acalló de golpe todos mis pensamientos. En la pantalla se veía la imagen de la computadora en primer plano y los papeles e instrumentos desenfocados.

Le arrebaté la cámara y bajé la cabeza con la excusa de apagarla.

—No es para tanto, cualquiera toma fotos —respondí—. Mañana es viernes; si no nos cruzamos en el colegio, nos vemos el sábado. No olvides enviarme la dirección de la sala de ensayo y el horario por mensaje.

—En clase dijiste que ibas a estudiar Abogacía —continuó él, como si yo no hubiera hablado.

—Sí, eso haré.

—¿Por qué?

—Porque se me da muy bien argumentar, y es una carrera sólida y con futuro.

—Podrías tener un buen futuro con la fotografía. Creo que tenemos un futuro siempre que amemos lo que hagamos.

—Amo la abogacía.

—¿De verdad?

—Sí.

—Entonces ¿por qué no se te ocurrió que fotografiáramos a un abogado?

—Tampoco a un fotógrafo —por primera vez, la expresión de Jayden me hizo reír–. ¡Ah! Te dejé sin palabras. ¿Ves? Seré la mejor abogada. De hecho ya estuve preparando mis cartas, como indicó el profesor. Enviaré mi primera solicitud esta semana.

–No te dejes engañar por la sociedad: no hay prisa para ir a la universidad.

Lo miré como si acabara de decir una grosería.

–Que tú no tengas un ápice de interés por ir a la universidad no significa que sea la mejor decisión para todos.

En lugar de molestarse, como creí que haría, miró a un costado y rio.

–*Ápice* –murmuró.

–¿Qué?

–Nada. Nos vemos, Elizabeth –dijo, y se volvió hacia la moto.

17

La jaula

Lady Macbeth: Hola.

Shylock: Hola.

Lady Macbeth: Quería decirte que lamento cómo terminamos la semana pasada. Estaba enojada, no quise descargarme contigo. Perdóname.

Shylock: Lo sé. No te preocupes. ¿Cómo van esas calificaciones?

Lady Macbeth: En la cuerda floja.

Shylock: ¡Ja! Para ti una A menos debe ser "la cuerda floja". Relájate.

Lady Macbeth: Suenas como mi madre.

Shylock: ¿A ella no le importan las calificaciones? Una vez me lo dijiste, pero creí que exagerabas.

Lady Macbeth: No. Mi madre solo me sugiere que me tire chicos.

Lady Macbeth: No debí decir eso, disculpa. No sé qué me sucede, olvido que en realidad estoy hablando con alguien de la escuela.

Shylock: No tienes que pensar que hablas con alguien del colegio. Además, que sea de la escuela no cambia el respeto que siento por tus asuntos. Por cómo te expresas, parece que no te agrada lo que te dice tu madre.

Lady Macbeth: He tenido sexo con dos chicos, pero lo pasé muy mal; eso debería servir como respuesta. No fue su culpa, yo me dejé engañar por lo que los demás me decían que debía sentir. Es difícil de explicar. Yo... soy demisexual.

Shylock: ¿Qué significa eso?

Lady Macbeth: Significa que no siento atracción sexual primaria por una persona. Es decir que no experimento atracción por la gente a simple vista. Alguien puede parecerme objetivamente lindo, pero solo me atrae si siento una conexión espiritual con esa persona. Puede surgir por lo que percibo de su interior o por la forma de tratarme, por eso solo me sucede con personas específicas, y no por tener un vínculo profundo con alguien me siento atraída.

Shylock: No suena mal.

Lady Macbeth: No está mal, pero se siente así. Vivimos en un mundo altamente sexualizado, y por lo general me siento afuera. Cuando tenía doce años, mis compañeras comenzaron a hablar de sexo. No me sentía cómoda en esas conversaciones, incluso cuando decía que me gustaba un chico, solo lo hacía para no sentirme excluida. Intenté por todos los medios sentir lo que las demás describían, pero no hubo caso. Cada vez que aceptaba una cita, cuando me besaba con alguien, o incluso las veces que probé tener sexo, terminé frustrada, creyendo que algo estaba mal conmigo, porque no me resultaba placentero.

Pasé momentos de mucha angustia, fingiendo que era alguien que no soy. En parte, todavía es así, aunque ya ni siquiera lo intento. Hace un año que huyo en cuanto alguien insinúa que le atraigo, porque es difícil que me ocurra lo mismo, y no quiero sentirme incómoda cuando intente besarme o quiera que tengamos sexo.

Con el tiempo comencé a investigar, y primero creí que era asexual. Me uní a algunos grupos de redes sociales y en ellos descubrí que, en realidad, soy demisexual. El problema es que, además, soy una persona compleja, y aunque he llegado al nivel de sentirme atraída por lo que percibía o imaginaba de alguien, es difícil que genere una conexión fuerte y profunda con la persona. Digamos que no me atrevo a acercarme o a permitir que se acerquen, porque sé que sus tiempos serán diferentes de los míos. Nadie tendrá la paciencia de esperarme, y no quiero pasarlo mal de nuevo. Sin contar que creo que nadie podría enamorarse de mi personalidad. Por eso nunca llegué a experimentar del todo esa conexión con nadie.

¿No crees que el sexo esté sobrevalorado?

Shylock: Un poco. Pero, por lo que dices, la sexualidad es un aspecto que tú sientes que necesitas experimentar de forma placentera. Me parece que lo que está sobrevalorado es una sola manera de vivirla.

Nada está mal contigo, pero entiendo que te resulte más difícil que a otras personas obtener el tipo de experiencia que necesitas para sentirte completa.

Lady Macbeth: Gracias.

¡Uff!, tenía mucho miedo de contarte esto. Ni siquiera pude contárselo a mis amigas. Cada vez que lo intenté, terminé callando antes de insinuarlo siquiera.

Shylock: ¿Por qué?

Lady Macbeth: La única vez que se lo dije a alguien fue cuando apenas había conocido el término, y me sentí más angustiada. Era una profesora de Química que vivía en mi edificio y en la que por ese entonces yo confiaba. Me dijo que estaba enferma, que mi cuerpo tenía alguna inhibición hormonal para sentir deseo, y que debía consultar con un médico y con una psicóloga. Quisiera hacer terapia, pero no porque mi forma de vivir las relaciones sea una enfermedad.

Shylock: ¡Dios! No puedo creer que la gente sea tan poco comprensiva y emita su opinión sin pensar en el otro. No le hagas caso, no todos reaccionamos de la misma manera. Me quedé pensando en otra cosa. Dijiste que nadie se enamoraría de tu personalidad. No creo que eso sea cierto. Me parece que solo te fijas en tus defectos, y que por miedo alejas a las personas que sí podrían conectar contigo.

Shylock: Lady Macbeth, no respondes... Perdona, no quise incomodarte. ¿Quieres que te cuente algo mío a cambio?

Lady Macbeth: No te preocupes, no estoy incómoda, solo estaba pensando. Tienes razón, sé que me oculto detrás de mis defectos, pero no me sale ser de otra manera. Es como una defensa.

No hace falta que me cuentes algo que te incomode, jamás querría eso.

Shylock: Tranquila: no me incomoda, así que te lo contaré de todos modos. He estado con algunas chicas, y lo he pasado muy bien. Soy cien por ciento sexual. ¿Se dice así?

Lady Macbeth: Jaja, eres alosexual. ¿Para qué me cuentas eso? Me alegra que lo pases bien, ojalá algún día me suceda lo mismo.

Shylock: Es que no tengo nada profundo que confesar respecto de las relaciones, y no quería que fueras la única que había contado algo sobre eso. No quise sonar pedante, lo siento, solo igualar nuestras condiciones.

Lady Macbeth: Estoy riendo, pero te creo.

Shylock: Gracias. Sé que te cuesta creer en la gente, y que confíes en mí me agrada.

Lady Macbeth: Sí, casi no confío en nadie. La gente decepciona, traiciona y engaña.

¿Estuviste con chicas de la escuela?

Shylock: Solo con una.

Lady Macbeth: Nunca te pregunté si tenías novia.

Shylock: No tengo novia. Si la tuviera, no estaría aquí un viernes por la noche ☺

Lady Macbeth: Jaja. Es cierto.

Shylock: Al menos te hice reír. Eso me hace bien.

Lady Macbeth: Siempre me haces reír. Tienes la capacidad de ponerme de buen humor. ¿Tuviste novia alguna vez?

Shylock: Una.

Lady Macbeth: ¿La quisiste?

Shylock: Mucho. De lo contrario, no habría sido mi novia.

Lady Macbeth: Y si la querías, ¿por qué terminaron?

Shylock: Ella me engañó con otro.

Lady Macbeth: ¿Era la chica de la escuela?

Shylock: Sí.

Lady Macbeth: ¡Wow! Eso sí que debe ser difícil de confesar para un chico. No les gusta admitir que los engañan.

Shylock: Creo que a nadie le gusta.

Lady Macbeth: Sí, es cierto. Además, dijiste que la querías. Es curioso, creía que la gente ya no se enamoraba.

Shylock: No es cierto. Por suerte seguimos enamorándonos. A veces comenzamos de un modo distinto del tuyo, pero lo hacemos. ¿Crees que miento cuando digo que quería a mi novia?

Lady Macbeth: No, pero sigo pensando que la gente no se enamora. Tú me desconciertas.

Shylock: Creo que tendré que conformarme con eso por el momento, hasta que alguien te demuestre lo contrario.

Lady Macbeth: El único que quizás podría demostrarme lo contrario es un chico virtual. Así es mi suerte. Ja-ja.

Shylock: Jajaja. Algún día, quizás, deje de ser virtual. ¿Y tú? ¿Saliste con alguno de esos chicos con los que experimentaste?

Lady Macbeth: Con uno, pero no duró mucho. Me dejó por mensaje, diciéndome que yo era demasiado aburrida.

Todos hacen lo mismo cuando ya obtuvieron lo que querían. No importa, nunca estuve enamorada de él, solo estaba intentando.

Shylock: No todos hacemos eso. Lamento lo que te dijo; hay personas muy inmaduras.

Oye, quería que supieras que me conecté toda la semana para esperarte. Gracias por haber aparecido hoy.

Lady Macbeth: ¿De verdad? ¡Vamos!, lo dices para congraciarte.

Shylock: ¿Por qué haría eso? ¿Acaso alguien pude congraciarse con la fría y despiadada Lady Macbeth?

Lady Macbeth: Jaja. "Fría y despiadada". Sí, así soy.

Shylock: ¡Ah! ¡Otra vez con eso! Lo decía en broma.

Lady Macbeth: Pues yo lo digo en serio.

¿Terminaste el libro que estabas leyendo?

Shylock: ¿*El ruido y la furia*? Sí. Al final no hicimos la lectura conjunta. ¿Quieres que acordemos algún libro y lo comentemos, o sigues atareada con el colegio?

Lady Macbeth: Puedo hacerme un rato para leer. Lo necesito.

Shylock: De acuerdo. Elige tú.

Lady Macbeth: Mmm... No, mejor elige tú. La próxima me toca a mí.

Shylock: OK. Hace rato que quiero leer uno de Truman Capote. ¿Cómo te ves con *Desayuno en Tiffany's*?

Lady Macbeth: No te gustan los libros de moda, ¿eh?

Shylock: Jaja. Voy alternando. Pero a ti no parece que te gustaran los libros de moda.

Lady Macbeth: Todo me gusta. Pero está bien, vamos con el de Capote. Si lo consigo, empiezo mañana.

Shylock: Yo ya lo tengo. Avísame cuando quieras que comencemos.

Lady Macbeth: Gracias.

Shylock: ¿Por haber propuesto a Capote?

Lady Macbeth: Por hacerme olvidar de todo. Por no juzgarme. Por seguir conversando conmigo a pesar de que soy una chica fría y despiadada como Lady Macbeth.

Shylock: No eres así, Lady Macbeth.

Lady Macbeth: ¿Ah, no? ¿Y cómo soy?

Shylock: Inteligente y madura, pero estás atrapada. Has construido tu propia jaula.

Lady Macbeth: ¿Quieres saber cómo eres tú? Inteligente y maduro, pero también creo que estás en una jaula.

Shylock: Estoy intentando salir.

Lady Macbeth: Me alegra leer eso.

Shylock: Espero que tú salgas también. Sería mejor encontrarnos en medio del cielo que a través de los barrotes.

Lady Macbeth: Volaré cuando me vaya de esta casa y de esta vida. ¿Recuerdas? Para eso necesito las mejores calificaciones.

Shylock: Creo que esa, justamente, es tu jaula. Depender de una sola cosa es peligroso. Depender es lo malo, en realidad.

Lady Macbeth: Voy a estar bien, no te preocupes. He vivido así toda la secundaria. Tengo que irme, nos vemos pronto.

Shylock: Más te vale estar bien. Nos vemos.

Lady Macbeth: Espera. Te diré algo, por si de verdad estuviste esperándome estos días. Mañana por la tarde tengo algo que hacer. Puedo conectarme a la noche o en la madrugada.

Shylock: No te preocupes, podemos hablar otro día. Suerte, Lady Macbeth. Que la frialdad de tu mente no apague la pasión de tu corazón.

Lady Macbeth: ¡Estás hecho un poeta! Me gusta.

Shylock: JAJAJA. Moriría de hambre como poeta, pero me alegra que te guste. Cuídate. Adiós.

Lady Macbeth: Tú también. Adiós.

Pasión 1 - Razón 0

El sábado por la mañana conseguí *Desayuno en Tiffany's* y empecé a leerlo. Necesitaba distenderme un poco, y los libros me ayudaban a olvidar los problemas. Por eso me gustaban las lecturas complejas que requerían tiempo y atención.

Que mamá preparara el almuerzo fue una alegría. Se opacó cuando me avisó que esa noche no estaría en casa. Era increíble: hacía lo mismo desde que mi padre nos había dejado, sin embargo nunca me acostumbraba.

Esa tarde salí a las cuatro y llegué a la dirección que Jayden me había enviado por mensaje a las cinco menos cuarto. Para mi sorpresa, él ya estaba esperándome, apoyado en su moto. Me parecía increíble que estuviera cumpliendo con el horario; desde que había aceptado imprimir la entrevista, sentía que algo había cambiado. En él y en mí.

Nos saludamos con un breve "hola" y nos dirigimos a las escaleras; había que subir un piso. Arriba había cuatro salas de ensayo. Jayden se dirigió a la que tenía el número dos.

Ni bien entró, el baterista hizo un gesto al bajista, y este se volvió. Dejó de probar su instrumento para acercarse a Jayden con una sonrisa.

—¡Jayden! —exclamó, y se abrazaron—. Hacía tiempo que no te veía. ¿Cómo estás?

—Muy bien —respondió Jayden, y me señaló—. Ella es Elizabeth, mi compañera.

El chico sonrió y me presentó al resto de la banda. Hice un gesto de asentimiento para todos como forma de saludo y me puse a un costado para preparar la cámara.

—¿Quieres que hagamos alguna pose en especial? —me preguntó el guitarrista.

—No. Por favor, hagan de cuenta que no estoy aquí —las mejores fotos eran espontáneas; las poses siempre denotaban momentos fingidos y, para mí, no producían verdaderas emociones en el espectador.

Comenzaron practicando melodías aisladas hasta que engancharon con una canción. Primero me sentí un poco intimidada; no los conocía y nunca tomaba fotos delante de la gente. A medida que me fui involucrando en lo que tanto me gustaba, tomé confianza y terminé entre ellos, haciendo primeros planos de los instrumentos, de la posición de sus manos y de sus gestos cuando tocaban.

En ese momento, se me ocurrió que quería que cada profesión representara un concepto: el ingeniero, la razón. Por eso elegiría la imagen que contenía reglas; lo cuadrado siempre daba sensación de rígido. En el caso de la banda, por el contrario, quería que la música representara la pasión, así que procuré que mis fotos tuvieran que ver con eso.

Después de practicar algunas canciones, los chicos se tomaron un descanso y Jayden se les acercó. Empezaron a conversar de personas que yo no conocía, así que aproveché a retratar también ese recreo, que era parte de la vida de un músico. Fotografié las manos de los chicos, los instrumentos en el suelo y el asiento del baterista vacío. De pronto, sin darme cuenta, me encontré enfocando a Jayden. La lente de la cámara me permitía acercarme a su boca sin que él lo notara; tenía unos labios de curvas seductoras y dientes hermosos. Cuando reía, en una mejilla se le formaba un pequeño hoyuelo. El color de sus ojos me parecía de un marrón peculiar, y sus gruesas pestañas terminaban de conformar un rostro artísticamente bello, digno de una fotografía. La tomé sin pensar.

Pasión 1 - Razón 0.

Cuando la banda dio por terminado el ensayo, apoyamos la cámara sobre un estante y tomamos la foto que demostraba que Jayden y yo habíamos hecho el trabajo juntos. Elegimos salir con la banda, sonriendo junto a los instrumentos.

Abandonamos el edificio con los chicos. Nos despedimos en la puerta, pero ni Jayden ni yo nos movimos hasta que los demás se alejaron.

—¿Lo pasaste bien? —me preguntó él, preparando la llave de la moto.

—Sí, muy bien.

—¿Puedo ver las fotos?

—Claro —ya me estaba habituando a compartir mi pasión con él.

Le cedí la cámara y Jayden empezó a pasar las imágenes. No recordé que le había tomado una hasta que apareció en la pantalla. Casi me desmayé, ¡¿qué iba a pensar de mí?! Deseé hundirme en el suelo. Mis mejillas estaban ardiendo. Me pareció que Jayden observó un instante de más su foto; creí que, mientras la miraba, el tiempo se había detenido. Cuando avanzó, solté el aire que había estado reteniendo. No tenía excusas, ¿qué hacía su rostro de perfil, en primer plano, en medio de instrumentos y expresiones de los músicos mientras tocaban?

—Me gustan mucho —dijo, devolviéndome la cámara. Que no hiciera referencia a su foto me devolvió un poco del valor que había perdido–. ¿Quieres que te lleve a casa?

–No, está bien –respondí, apagando la cámara–. Nos vemos mañana en el hospital.

–Hasta mañana.

Pasé todo el viaje en metro revisando las fotos. Cuando llegué a la de Jayden, me detuve a contemplar su perfil, su expresión y su mirada. Lo había capturado cuando apenas sonreía, y una seductora y diminuta línea se formaba junto a su boca. Por primera vez sentí cosquillas en el estómago, y entendí que pasar tiempo con él había alterado mi percepción.

En cuanto llegué a casa, me sumergí de lleno en el proyecto. Elegí y edité la foto de mi vecino y la de la banda. Las dispuse en un álbum con la palabra que representaban: "razón" y "pasión". Supuse que a la del médico le colocaría la leyenda: "solidaridad".

Esa noche pasé un buen rato recordando el día genial que había vivido. Mientras tomaba fotos, el tiempo volaba. No veía la hora de estar en el hospital.

El domingo, llegué primero. Esperé a Jayden en la puerta del edificio, y aunque apareció cinco minutos tarde, tan solo le dije "hola". Esta vez no hice reclamos. Tampoco pidió disculpas. Entramos y él me condujo por un pasillo.

–El doctor trabaja en el cuarto piso –explicó–. Si queremos evitar el elevador, tenemos que ir por las escaleras de emergencia.

–Está bien –respondí enseguida. No quería arriesgarme a vivir otro ataque de pánico delante de Jayden.

Él se adelantó y abrió la puerta. Ingresamos solos, nadie cambiaba la comodidad del elevador por un ascenso lento y agotador.

–Debe haber un modo de que trates tu claustrofobia –comentó mientras subíamos.

–Entro a espacios pequeños y cerrados si es necesario –aclaré en mi defensa–. Si te molestaba ir por las escaleras, debiste tomar el elevador.

–No lo digo por mí, sino por ti. Debe ser horrible vivir con ese miedo.

Me encogí de hombros.

–Estoy acostumbrada, y tampoco llega a un nivel que obstaculice mi vida. Puedo controlarlo.

–¿Siempre te empeñas en resolver todo sola? –ya llegábamos al tercer piso.

–*¿Siempre?* –repetí–. No creo que me conozcas lo suficiente para afirmar eso.

Movió la cabeza en gesto negativo.

–¿Qué haré contigo, Elizabeth? –murmuró sin mirarme–. Doy un paso adelante y diez atrás todo el tiempo.

–No entiendo –respondí.

–Ya casi llegamos –anunció, sin hacer caso a mi intervención, y abrió la puerta del cuarto piso. Hubiera insistido para que aclarara qué había querido decir, pero no le encontré sentido. No me interesaba lo que pensara Jayden; en cuanto terminara el semestre, volveríamos a ignorarnos, como siempre.

Salimos a la recepción de internación. Nos acercamos a una cabina de enfermeras y Jayden le comentó que el doctor Méndez nos había citado a esa hora en ese piso.

–Está en la guardia de la planta baja. Pueden aguardar por él en la sala de espera de la maternidad –indicó la chica, señalando un pasillo.

Jayden agradeció y fuimos en la dirección que la recepcionista nos había indicado. Pasamos frente a algunas habitaciones. Había adornos colgando de las puertas, peluches y un olor muy agradable. Se oían ruidos de televisores y el llanto de algunos bebés.

—¿De dónde conoces a un obstetra? —pregunté, un poco confundida.

—Méndez no es obstetra, es neonatólogo —explicó Jayden—. Es un colega de mi padre.

—¿Tu padre es médico? —pregunté, incapaz de ocultar mi asombro.

Él tardó un momento en responder.

—Sí.

Lo miré boquiabierta.

—¡Jayden! —exclamé.

—¿Qué?

Nos sentamos en unos sofás cómodos.

—No haces nada en el colegio, pero tu padre es médico. ¿Cómo no tienes la idea de ir a Harvard o a cualquier universidad prestigiosa para seguir sus pasos? Sin duda te resultaría mucho más fácil estudiar la carrera si tienes quien te guíe y quien te introduzca luego en los ambientes de trabajo.

—¿Y si no quiero ser médico?

—Casi todos los hijos de médicos quieren ser médicos —defendí yo—. ¿Tu padre es neonatólogo?

—Pediatra.

—¿A ti te gustan los niños?

—Sí, pero eso no importa.

Dejé de insistir y observé alrededor. Un bebé empezó a llorar más cerca.

—¿Quisieras ser padre algún día? —pregunté.

—Sí. Quiero casarme, formar una familia y que seamos tan felices como mis padres. ¿Y tú? ¿Piensas que querrás ser madre alguna vez?

—No lo sé. Algún día, tal vez. Pero es un poco difícil para mí —dije con sinceridad, haciendo un gesto de duda con la boca.

–¿Por qué?

No podía decirle toda la verdad, así que fui por el camino seguro.

–No me cierro a la posibilidad. El problema es que soy bastante egoísta, y no sé si sería una buena madre. Tampoco es un sueño que haya tenido de niña, como sí se lo escuché a una de mis amigas. No ve la hora de enamorarse, casarse y todo eso desde que tiene diez años y se enteró de cómo nacen los bebés.

–¿Con qué sueñas? –siguió preguntando él. Yo respiré profundo.

–Quiero ir a la universidad y convertirme en abogada.

–Sí, eso lo dices siempre. Me refiero a otro tipo de sueños.

–¿Cómo cuáles?

–Viajar, por ejemplo, o hacer algo por otro.

Lo pensé un momento, y no supe qué decir. Por suerte apareció el médico y no tuve que cambiar de tema para salvarme de la pregunta.

–¡Jayden! ¡Qué grande estás! –exclamó.

Jayden se levantó y estrechó la mano del doctor. Enseguida me puse de pie también y él nos presentó.

–¿Cómo está tu familia? –le preguntó Méndez.

–Muy bien.

–¡Cuánto me alegro! ¡Hacía tanto que no te veía! ¿Quieren que entremos a un consultorio para que puedan tomar las fotografías?

Lo seguimos hasta un sector del piso donde funcionaban consultorios externos. Como era domingo, todos estaban vacíos. Entramos y, mientras el doctor y Jayden hablaban de lo que teníamos que hacer, yo preparé la cámara.

El médico fue muy amable y hasta fingió que escribía una receta para que yo pudiera hacer una toma de su mano escribiendo en primer plano. Las imágenes parecían bastante profesionales, pero no terminaban de convencerme. Eran frías, les faltaba humanidad.

–Doctor… –me atreví a murmurar–. Sé que quizás sea pedirle demasiado, pero siento que a las fotos les falta realidad. Si me comprometo a no incluir el rostro de los bebés, ¿podría tomarle una imagen ejerciendo de verdad su trabajo? Quizás del otro lado del vidrio de la nursery o en una habitación, con autorización de los padres.

–Si fuera lunes, tendría que decirte que no. Pero como es domingo y el director no está, quizás podamos hacer una excepción –respondió.

Fuimos a la nursery y esperamos a que el doctor hablara con las enfermeras. Las mujeres aceptaron y hasta se sumaron a la imagen con entusiasmo. Jayden y yo nos quedamos del otro lado del vidrio. Cuando el médico levantó a un bebé, empecé con las fotos. Primero me parecían un poco frías todavía, pero a medida que ellos fueron olvidando mi presencia y que yo me involucré en la escena, al fin conseguí lo que buscaba. Había sido difícil variar el encuadre desde la distancia y detrás de una vitrina, pero lo había conseguido, y me recorría una sensación de satisfacción que no me provocaban siquiera las buenas calificaciones en las asignaturas más difíciles del colegio.

Nos despedimos del médico y de las enfermeras, y mientras bajábamos las escaleras, no paré de hablar de lo que acababa de hacer. Iba mirando las fotos, sin miedo a tropezar; subía y bajaba tantas escaleras para evitar los elevadores, que estaba habituada a medir la distancia de los escalones con la intuición.

–¡Me encanta! En esta se ve la pulserita con la identidad del bebé, pero la imagen es genial. Si desenfoco las letras, la puedo usar. Voy a colocarla en escala de grises y dejaré en color solo las manos del médico sosteniendo al bebé. ¿No crees que eso destacaría el concepto de solidaridad? La imagen representará que tiene en sus manos la vida de ese ser tan pequeño; la solidaridad es tener en cuenta al otro. A las primeras fotos les faltaba eso: el otro. Esta es perfecta.

Nunca había tenido un accidente por bajar escaleras sin mirar, pero estuve a punto de sufrir uno cuando Jayden se detuvo de golpe y se volvió. Choqué contra él y alcé la cabeza de pronto. Estando yo un escalón más arriba, habíamos quedado a la misma altura. Sus ojos me provocaron una extraña sensación en el pecho, mi corazón latía muy rápido. Sentía su calidez, su perfume, su forma de mirarme; y mi piel se puso tensa.

–Elizabeth, yo… –susurró–. Tengo que decirte algo.

Su expresión era tan contrariada que me apenó.

–No te preocupes –respondí, creyendo entender–. Quita esa cara, parece que hubieras visto un fantasma. ¿Es acerca de tu padre? ¿Te llevas mal con él, por eso no quieres ser médico?

–No, no es respecto de mi padre. No tiene que ver con eso. O bueno, sí, quizás un poco. Es que… Nada no te preocupes.

–¡Jayden! –exclamé, y apoyé una mano en su hombro. Era la primera vez que lo tocaba como si fuera algo natural, y fue como si un rayo entrara por la yema de mi dedo y se expandiera al resto de mi cuerpo.

Jayden se quedó tieso, con la mirada clavada en mi delicado abrigo de hilo. Ni siquiera en eso nos parecíamos: mientras yo me vestía como la protagonista de una serie de los 90, él era un cantante de rock.

–Creo que no estoy haciendo nada de este trabajo –dijo finalmente.

La tensión que nos envolvió por un momento se disipó de golpe.

–¿Para eso tanto misterio? –repliqué, risueña–. ¿Cuándo hiciste algo? No esperaba que te preocuparas por este trabajo tampoco, casi no puedo creer que estés llegando a horario y que hayas ofrecido tres contactos para que podamos completarlo. Quizás te lo envíe para que lo imprimas –añadí, guiñándole un ojo. Quería que volviera a ser el chico despreocupado de siempre.

–Que sea con más tiempo –solicitó con una mueca parecida a una sonrisa.

–¡Descarado! –exclamé, y lo esquivé para seguir bajando.

Estábamos riendo juntos. Por primera vez nos habíamos relajado, y se sentía muy bien.

Me ofreció llevarme a casa, y yo volví a rechazar la oferta. No quería subir a su moto y que todo terminara de confundirse. Bueno, en realidad él no parecía confundido, pero yo sentía que empezaba a estarlo y no quería lidiar con eso. Tenía miedo de equivocarme y volver a sentirme frustrada.

—Nos vemos mañana para visitar al mecánico. El martes nos toca el padre de mi amiga y ¡trabajo terminado! —exclamé con entusiasmo.

—¿Quieres que edite alguna foto? Puedo hacerlo —ofreció. Sonreí.

—Me alegra que empieces a interesarte por el colegio, pero esta vez no hace falta que hagas nada.

—No es que me interese por el colegio —replicó él. Me dio la impresión de que quería explicar más, pero esperé un instante y nada sucedió.

—No te preocupes; disfruto editando fotos, así que no hay problema. Yo lo hago y tú lo imprimes, ¿de acuerdo? —terminó aceptando con un movimiento de la cabeza—. Bueno, hasta mañana —dije, dando un paso atrás.

—¡Espera! —exclamó él—. La foto que comprueba que estuvimos aquí juntos —dijo, extrayendo el móvil del bolsillo.

No me dio tiempo a razonar. Me tomó del hombro, me hizo girar de espaldas al hospital y me abrazó contra su costado. Alzó el teléfono y tomó la foto en forma de *selfie*, cuidando que saliera el cartel del nosocomio detrás.

Cuando me soltó, mis rodillas se ablandaron de una forma sobrenatural.

—Te la envío por chat —dijo, mirando el móvil.

—Okey —respondí. Apenas podía hablar.

Regresé a casa con la sensación de que mi razón estaba perdiendo todas las batallas.

Sueños

Shylock: Hola, reina de hielo.

Lady Macbeth: Hola, usurero.

Shylock: ¿Me extrañaste?

Lady Macbeth: Demasiado.

Shylock: Hablemos del libro. ¿Lo empezaste? ¿Hasta qué parte llegaste?

Lady Macbeth: Llegué hasta que aceptan publicar el cuento del narrador y Holly le dice que si no le pagan, no se lo dé.

Shylock: ¡No puedo creerlo! Llegué hasta la misma parte; estamos coordinados. ¿Qué te parece hasta ahora?

Lady Macbeth: Entretenido. Me muero por saber más, pero a la vez siento un poco de rechazo hacia Holly.

Shylock: ¿Hacia Holly? ¿Por qué?

Lady Macbeth: No sé. La veo demasiado superficial. Solo le interesa tener un lugar en la alta sociedad.

Shylock: Quizás esté haciendo trampa, pero leí un poco sobre la historia antes de empezarla. Yo no la veo superficial. Creo que ella tiene una meta y agallas para alcanzarla como sea.

Lady Macbeth: Mmm... nah. Es superficial.

Shylock: Jaja. Ustedes las chicas son demasiado crueles con su propio género. ¿Por qué no intentan comprenderse en lugar de juzgarse?

Lady Macbeth: Sí, puede ser. Nos pasa en la vida real, así que hacemos lo mismo con los personajes de los libros. Escucho más chicas quejarse porque las mujeres de los libros cometieron un error o hicieron algo que no les gustó, que por los personajes masculinos machistas que pueblan las novelas. Pero Holly en particular me recuerda un poco a mi madre, y en este momento no estoy muy de acuerdo con ella.

Shylock: Lo siento. No sabía bien de qué iba la historia cuando la propuse, solo sentía curiosidad por el autor. ¿Quieres que cambiemos de libro?

Lady Macbeth: ¡¿Estás loco?! No podría vivir sin conocer el final de una historia. Además, solo estoy opinando desde mi gusto personal; la obra debe ser buena. ¡Es un clásico!

Shylock: Me gusta que pienses así. Quizás te sirva mi punto de vista: creo que para la época, Holly es una mujer muy valiente.

Lady Macbeth: Sí, es verdad. Cuando terminemos de leer, podríamos mirar la película. Eso nos ayudará a imaginar mejor la época.

Shylock: Buena idea.

Lady Macbeth: Cambiando de tema: quiero contarte algo. Envié solicitudes a las universidades a las que quisiera asistir cuando termine la escuela: Harvard, Princeton y Yale, en ese orden.

Shylock: ¡Wow! Tú sí que apuntas alto.

Lady Macbeth: Tengo que entrar; necesito vivir a mi manera. Es un primer paso, solo completé solicitudes por Internet, envié un ensayo y algunos documentos sobre mi desempeño escolar, pero espero que me citen para una entrevista en las próximas semanas.

También quiero mostrarte algo. Estuve trabajando en una serie de fotos para el colegio: hay que retratar profesiones. El proyecto todavía no está terminado, pero me gustaría que me dieras tu opinión de lo que tengo. ¿Te animas?

Shylock: Sí, claro.

Lady Macbeth: Ahí van. Sigue <u>ESTE ENLACE</u>.

Shylock: Dame un momento...

Shylock: ¡Me encantan! La que más me gusta es la del médico. El efecto de la escala de grises y una parte en color te ha quedado estupendo. Noté que has vinculado cada imagen a un concepto. ¿Qué más incluirás en el proyecto?

Lady Macbeth: Un mecánico y un productor de seguros.

Shylock: ¿Asociados a qué palabra?

Lady Macbeth: No lo pensé todavía. Supongo que al mecánico le pondré la palabra "fuerza", pero no se me ocurre nada para un productor de seguros.

Shylock: Mmm... ¿"Seguridad"?

Lady Macbeth: ¡Me gusta! Será "seguridad", entonces.

Shylock: Me alegra que te sirva.

Oye, de verdad creo que tienes un talento especial con la fotografía, deberías considerar una profesión relacionada con eso.

Lady Macbeth: ¡Nah! Te dije que me gustaría, pero no puedo. Seré abogada para ganar más dinero.

Shylock: Jajaja, ¿qué te pasa hoy con el "nah"? Creo que ya te conozco un poco y sé cuando tienes un día de buen humor, cuando estás triste o susceptible... Hoy estás en tu fase renegada: descrees de todo.

Lady Macbeth: Tú, en cambio, siempre estás en versión positiva.

Shylock: Ya sabes lo que dicen: los chicos somos simples.

Lady Macbeth: ¿Eres simple, Shylock?

Shylock: Tan simple como tus fotos. Sencillas, pero profundas.

Lady Macbeth: Eso me recuerda algo que estuve hablando hoy con un compañero. Me preguntó con qué soñaba, y no supe responder más que "ir a la universidad y ser abogada". Me quedé pensando en eso y creo que es triste no tener otra ilusión más que escapar de mi casa, porque en realidad ni siquiera "quiero" ser abogada. Y tú, ¿con qué sueñas?

Shylock: Sueño con que las personas que quiero sean felices. Sueño con ver a mi hermano desarrollando todo su potencial, con que mi madre pueda descansar un poco más. Con volver a verla reír como cuando mi padre estaba vivo. Y con formar mi propia familia, alguna vez.

Lady Macbeth: Simple, pero profundo.

¿De qué trabaja tu madre?

Shylock: Es enfermera.

Lady Macbeth: ¡Con razón lo que mencionas del descanso! Suelen dormir poco y mal.

Shylock: Sí, así es. Las guardias son interminables, y los horarios rotativos destruyen la vida de las personas. Lady Macbeth, no creo que no tengas sueños, sino que debes reencontrarte con ellos. Por ejemplo, ¿qué disfrutabas hacer cuando eras una niña?

Lady Macbeth: Quizás sí sé cuáles son mis sueños, pero son imposibles, así que ni siquiera pienso en ellos.

Shylock: Cuéntamelos.

Lady Macbeth: Sueño con que a mi padre le importe algo de mí. Con que mi madre vuelva a ser la que aparece en videos de cuando yo era bebé, pasando tiempo conmigo. Por esa época, ella parecía feliz. Sueño con una familia. Pero como eso es imposible, es más fácil soñar con irme de casa y alejarme de lo que me hace daño. No podemos cambiar a los demás, tenemos que cambiar nosotros.

Shylock: Estoy de acuerdo con eso, pero no con que te resignes a tan poco. No creo que estemos en este mundo con el único propósito de estudiar y trabajar para alimentar al sistema. Eso está bien, porque es el modo en que funciona el mundo, pero no podemos dejar de lado lo que de verdad importa. Mis prioridades son distintas. En este momento, por ejemplo, mi prioridad es mi familia.

Lady Macbeth: Puede que tengas razón. Tú tienes la suerte de tener una familia. Quizás, si yo la tuviera, pensaría lo mismo.

Shylock: Tú también la tienes. Es solo que todas las familias necesitan acomodarse un poco.

Hagamos una cosa: creemos un sueño juntos. Algún día, quizás, se cumpla.

Lady Macbeth: Okey. Creo que tenemos mucho en común, no debería ser difícil encontrar algo que los dos queramos, más allá del colegio.

Shylock: Quiero que seas feliz, Lady Macbeth. Ese será nuestro sueño.

Lady Macbeth: ¡Eso es trampa! Dijiste que lo crearíamos juntos, que... ¿Por qué querrías que yo fuera feliz?

Shylock: Porque eres mi amiga y te quiero. Ya ves, las personas sí tenemos sentimientos. ¿Tú no deseas que yo sea feliz?

Lady Macbeth: Sí, por supuesto. Entonces mi sueño será que tú seas feliz.

Shylock: Gracias. Intentaré cumplirlo. ¿Intentarás cumplir el nuestro?

Lady Macbeth: Sí.

Fuerza

Miré la hora: aunque ya estaba lista para salir, era temprano para la sesión de fotos con el mecánico. Pensé en ponerme a estudiar, pero tendría que dejar todo antes de terminar una unidad. Limpiar no estaba en mis planes, y mucho menos conectarme a *Nameless*: sin Shylock, me parecía una pérdida de tiempo.

Intenté enviando mensajes al grupo que tenía con mis amigas. Ninguna respondió. No tenía ganas de llegar antes y ponerme a caminar por Nueva York, así que entré a Facebook. Ya casi no lo usaba, solo me servía para estar en contacto con familiares que no tenían idea de que existían otras redes sociales, entre ellos, mi padre.

Lo primero que apareció en el inicio fue la foto de una tía de parte de papá. Seguí recorriendo la página hasta que algo me congeló la sangre. Había una foto de mi padre con su mujer y sus hijas. Los cuatro sonreían. Ella sostenía una ecografía. "¡Muy pronto seremos cinco en la familia!", había escrito él para anunciar que tendrían un nuevo hijo. Cinco: mi padre, su esposa, sus dos hijas…

Yo no entraba en sus planes, nunca estaba en sus cuentas, excepto cuando tenía que malgastar un par de dólares en el banco para que yo comiera y fuera a la escuela.

La angustia creció en mi pecho y se trasladó a mi garganta en forma de nudo. Mi padre y su mujer iban a tener otro hijo. Otro medio hermano para que se creyera superior a mí solo porque tenía padre y madre y porque yo no estaba incluida en la familia.

Tragué con fuerza, sin saber qué hacer. Nadie se enteraría de que ya había visto la noticia, ni les importaba si lo hacía. Sin embargo, era tan tonta que, aun sintiéndome desplazada y herida, decidí dejar un me gusta. En el fondo esperaba que él se sintiera culpable, algo que jamás sucedería.

Cerré sesión y salí de casa antes de echarme a llorar. Llegué temprano a la cita, así que di una vuelta. No dejaba de pensar en mi padre. Me preguntaba por qué me rechazaba, qué tenían sus otras hijas que no tuviera yo y qué más tenía que hacer para que tanto él como mi madre se sintieran orgullosos de ser mis padres.

Me planté a dos casas del taller mecánico a la hora estipulada. Jayden llegó mucho más tarde. Esta vez no había ido en su moto; quizás se había demorado por eso.

—¡Te esperé media hora! —protesté en cuanto se acercó.

—Hola, Elizabeth —respondió—. Lo siento, surgió algo de último momento.

—Podrías haberme avisado, ¡existen los teléfonos! Además, es de mala educación que te comprometas a encontrarnos a un horario y llegues cuando se te da la gana. Tengo una vida aparte de este trabajo, no puedo desperdiciar el día por tu manía de llegar tarde a todas partes. El tiempo de los demás también vale.

Callé cuando comprendí que no respondería. Se había quedado de pie delante de mí, con el ceño fruncido y los brazos cruzados.

—¿Qué te pasó? —preguntó, con su tono pacífico de siempre, como si leyera mis pensamientos. ¿Desde cuándo tenía una bola de cristal?

—¡Que no te importo! —exclamé, indignada. A decir verdad, no pensaba en él mientras decía eso, sino en mi padre. Me di cuenta de que me estaba desquitando con Jayden, y me sentí culpable.

—Ya te pedí disculpas. De verdad a veces no puedo llegar a horario ni avisarte. Lo siento —explicó él con paciencia—. ¿Puedes perdonarme? Tienes razón, estuve mal. La próxima vez, intentaré avisarte. A mí tampoco me gusta dejarte esperando en la calle.

—Está bien. Disculpa —dije, cabizbaja—. Pero avísame.

—Lo haré. Gracias. ¿Trajiste la cámara?

—Está en la mochila —respondí, más calmada.

Ingresamos a un garaje descuidado. Había herramientas por doquier, manchones oscuros en el suelo y, por supuesto, motos. Mientras observaba todo, procuré pensar en el trabajo y olvidar los problemas. Si no lo conseguía, tomaría las peores fotos de mi vida.

Un hombre canoso se volvió hacia nosotros enseguida. Él y Jayden se saludaron estrechándose las manos y Jayden me presentó como su compañera.

—¿Están seguros de que quieren fotografiar a un mecánico? —bromeó el señor.

—Apuesto a que tendrá algo interesante para mostrarnos —respondí—. Siga trabajando como si yo no estuviera aquí, por favor.

Mientras yo buscaba inspiración, Jayden se puso a conversar con Gerard. Estaba reparando una moto chopera, así que sus comentarios giraban en torno a la posición del manubrio y a la comodidad o incomodidad de las modificaciones que había realizado el dueño.

Fotografié el taller y luego me dediqué a la moto. Lo más llamativo era el tanque pintado a mano con un águila. Me ocupaba de retratar el diseño cuando Jayden se quitó la chaqueta y se quedó solo con una camiseta blanca. Mis ojos volaron de inmediato a su tatuaje. Al fin pude leer la frase: "Nunca te rindas. Colt". ¿Quién era Colt?

Cuando se agachó para ayudar a Gerard, aproveché para fotografiar su antebrazo con el tatuaje y el motor desenfocado. Era la imagen perfecta para asociar con la palabra "fuerza".

Un rato después, dejé de tomar fotos. Jayden parecía muy entretenido con su amigo mientras que yo había empezado a sentirme mal.

Extraje el teléfono y revisé la agenda. No era de extrañar que me sintiera rara si estaba en *esos días*. Maldije no haberme puesto un tampón en mi casa y no haber repuesto el de emergencia en la mochila. Ni loca pedía ir al baño en un taller mecánico, así que solo podía encomendarme a la suerte. Era bueno ser tan regular, pero en ese momento parecía un castigo: no había modo de escapar a la fecha. Si estaba indispuesta, mi pantalón ya estaría manchado.

—Jayden —susurré.

Primero giró la cabeza para mirarme. Luego se levantó y se acercó mientras yo retrocedía; no quería que el mecánico oyera.

—Necesito ir al baño y no puedo esperar hasta llegar a mi casa, ¿hay alguna cafetería cerca? —le pregunté en voz baja.

Se quedó callado un momento. Por suerte no me ofreció entrar al baño del taller; sin duda lo conocía y, tal como yo sospechaba, no era apto para chicas. Suspiró antes de responder.

—Podemos ir a mi casa, vivo a tres calles —ofreció.

Ir a la casa de Jayden no era mi opción preferida, pero no tenía una mejor. Forzada por las circunstancias, acepté.

Nos tomamos la foto juntos delante de la moto, nos despedimos de Gerard y salimos del taller. Mientras caminábamos, yo intentaba mantenerme contra la pared sin que Jayden quedara detrás de mí ni por un segundo. Con suerte, si estaba manchada, la mochila me ayudaría a disimularlo, por eso procuraba hacerla caer sobre mi cadera.

—¿Estás bien? —me preguntó él con los ojos entrecerrados.

—Sí —aseguré. Jayden imaginaría que estaba descompuesta; no sabía qué opción era más vergonzosa.

Su barrio era muy bonito. Las casas estaban retiradas de las aceras, rodeadas de bellos jardines. La suya era de dos plantas y había macetas en las ventanas. Se entraba subiendo unos escalones, por una puerta blanca.

Ingresamos al recibidor. Hacia la derecha había una sala y, hacia la izquierda, una escalera. Si se seguía en línea recta, supuse que se llegaba a la cocina.

—Es por aquí —indicó Jayden, conduciéndome al fondo.

Al pasar junto a la escalera aproveché a mirar los retratos que colgaban de las paredes: la familia Campbell estaba compuesta por un hombre muy parecido a Jayden con toda la apariencia de un médico, una bella mujer y dos hijos. Así que Jayden tenía un hermano menor: un niño de piel muy blanca y cabello castaño como el de su madre. Me hubiera gustado detenerme para observarlo mejor a él de pequeño. Había un cuadro bastante grande donde estaba sonriendo, acostado en el césped. Al lado había otro igual de su hermano; por el tono de las imágenes, se notaba que habían sido tomadas con unos cuantos años de diferencia. Cuando miré a la derecha, me reflejé en un espejo que colgaba sobre una repisa. Había algunos adornos que no alcancé a precisar; ya casi llegábamos a la puerta que daba paso a la cocina.

Del otro lado apareció un ambiente cálido y ordenado. Había alacenas de madera, una mesa redonda del mismo material y puertas de vidrios repartidos que daban a un jardín bien cuidado. Observé el refrigerador: había dibujos adheridos con imanes y una pizarra con horarios: *escuela, almuerzo, tarea...* Debía pertenecer a su hermano. Una mujer estaba de espaldas, preparando algo sobre la mesada. Era la señora de las fotos.

–Hola, mamá –dijo Jayden, acercándose a ella. Ella se volvió y sonrió.

–¡Hijo! –exclamó con voz cálida.

–¿Qué estás preparando?

–Verduras para dejarles para la cena.

Jayden me señaló.

–Ella es Elizabeth, la compañera con la que estoy haciendo el trabajo del que te hablé. Elizabeth: ella es Carol, mi mamá.

–Hola –dije, un poco tímida.

–Hola, mucho gusto –respondió ella–. ¿Te quedas a cenar?

–No –aclaré de prisa–. Solo pasaré al baño. ¿Puedo?

–¡Claro! Es por ahí –señaló.

La señora Campbell no era muy parecida a Jayden, pero algo los delataba como madre e hijo. El amor que se percibía entre ellos, tal vez. No sé por qué me sentí más a gusto allí que en mi propio apartamento.

Casi corrí al baño temiendo que, si me había manchado, lo vieran. Tal como sospechaba, me había venido, pero el problema no había pasado a mayores. Todavía estaba a tiempo de resolverlo si conseguía aislar la ropa interior del pantalón de jean y algo para mi situación. No había llevado nada, no me quedaba más remedio que revisar el armario. Rogaba que la madre de Jayden todavía tuviera su período; se la veía joven, así que supuse que hallaría lo que buscaba.

Encontré tampones y protectores diarios en el segundo estante. Aliviada, resolví mi problema, me lavé las manos y aproveché para acomodarme un poco el cabello.

Ahora que podía detenerme un momento, observé alrededor: hasta en ese sitio se percibía la calidez del hogar de Jayden. El papel higiénico de repuesto colgaba de un bello protector de tela artesanal; había un cesto de basura cubierto con el mismo material y un protector en la tapa del excusado haciendo juego. Todo estaba ordenado y un *spray* automático mantenía el ambiente aromatizado.

No resistí la tentación y volví a abrir el armario. En el tercer estante había productos masculinos: cremas de afeitar, desodorantes, perfumes... Recogí uno, lo abrí y lo acerqué a mi nariz. El aroma de Jayden disparó un centenar de imágenes en mi mente: su tatuaje, el desayuno que me había dado en un pasillo del colegio, el abrazo en el elevador. Sonreí, estimulada por esos pensamientos, devolví el frasco a su lugar y salí del baño antes de que alguien sospechara de mi tardanza.

Atravesé el pasillo en penumbras tomando como meta la luz del sol que entraba por las puertas ventana que daban al jardín. Los vidrios repartidos se reflejaban como cuadrados en las baldosas de color café claro y en la porción de mesa que llegaba a ver desde allí.

Jayden y su madre aparecieron enseguida. Estaban cerca de la mesada, donde habían quedado antes de que me metiera en el baño. Jayden estaba dando un paso hacia ella. Y de pronto, con toda la naturalidad del mundo, la abrazó.

Me detuve de repente, atrapada por el poder del acto. Me quedé mirando: los brazos de Jayden rodeaban a Carol, y ella le acariciaba la espalda. Habría sido una fotografía maravillosa, pero era más bien una hermosa e impactante realidad. Lo que a ellos les parecía tan natural, a mí me sacudió. No recordaba cuándo había sido la última vez que había abrazado a alguien de esa manera, o que alguien me había abrazado así, si no era él en el elevador. Ese abrazo era especial, era honesto y profundo, y logró emocionarme por sorpresa.

—¿Necesitas que vaya por él? —preguntó Jayden a Carol.

—No. Haz tu trabajo e invita a tu amiga con algo, por favor. Yo iré —respondió ella.

Quizás fue el síndrome premenstrual que hacía estragos con mis hormonas o lo que había visto de mi padre en Facebook, pero mi garganta se anudó. Para empeorar la situación, Jayden besó a su madre en la cabeza antes de soltarla, y eso comprimió mi corazón. Entonces, ¿así era él? ¿Podía un chico de dieciocho años abrazar y besar a su madre sin pudor? Nunca había conocido ese tipo de ternura y amor.

Di algunos pasos más. Todavía estaba un poco impresionada, aunque intentaba disimularlo.

—¿Estás bien? —indagó Jayden. Era la segunda vez que me lo preguntaba en un rato—. ¿Qué quieres tomar? Hay jugo de frutas, leche, café…

—Nada, no te preocupes. Tengo que irme —lo interrumpí.

La madre de Jayden me miró. Le di las gracias por permitirme usar el baño y emprendí el camino a la puerta. Jayden me siguió. Lo saludé con un gesto de la mano y bajé los escalones del porche.

—Elizabeth —me llamó, y me volví—. No lo tomes a mal, pero no te ves bien. ¿Quieres que te lleve a casa?

—Estoy bien. No hace falta que me lleves, gracias. Nos vemos mañana para ir a lo del padre de mi amiga.

Podría decirse que escapé de su preocupación y de sus ofertas amables. Sí: debía lucir como un fantasma. Ahora que lo pensaba, no había comido en todo el día, y había empezado a padecer los dolores del período. Tenía que estar pálida y desmejorada.

Llegué a casa, tomé una píldora para el dolor y me arrojé sobre la cama. No quería saber nada del mundo, pero estaba obligada a seguir en él. Tenía que ocuparme del trabajo.

Escribí a Val y le pregunté si había podido conversar con su padre para programar la sesión de fotos. Me respondió que estaba pasando una mala etapa con él y que la perdonara por fallarme, pero que prefería no pedirle nada.

LIZ.

¿Qué ocurre? ¿Quieres contarme?

VAL.

Prefiero que lo hablemos personalmente. Perdona por lo de tu trabajo.

LIZ.

No te preocupes por mi trabajo, ya se me ocurrirá otra cosa. Mañana hablamos. Cuenta conmigo.

Cuando se me pasó el dolor del período, ya había caído la noche. Fui a comprar algo para comer, y otra vez Jim me invitó a salir.

—Ya estrenaron la película de la que te hablé. ¿Quieres venir? Puedo pasar a buscarte por tu casa y llevarte de regreso.

—Me gustaría, pero no puedo —mentí—. Tengo que estudiar.

—¡Qué chica aplicada! Debes ser la mejor de tu clase.

Por suerte se aproximó un cliente y eso impidió que Jim insistiera para convencerme. Lo saludé y me fui.

Cené una ensalada frente a la computadora, con el chat de *Nameless* abierto. Shylock no aparecía, así que entré a Facebook. Como toda una masoquista, terminé en el muro de mi padre, concentrada en la foto de su familia perfecta sosteniendo la imagen de la ecografía. Otra vez me sentí triste y desplazada.

Shylock: Mi querida Lady Macbeth.

La aparición de Shylock fue como un oasis. Y estallé en llanto.

152

21

La promesa

Shylock: Mi querida Lady Macbeth.

Lady Macbeth: ¡Shylock! Estoy triste. Estoy llorando.

Shylock: No me digas eso, que soy capaz de romper la pantalla para abrazarte. ¿Qué pasa?

Lady Macbeth: Me enteré hoy: mi padre va a tener otro hijo. Lo escribió en su cuenta de Facebook. Subieron una foto y escribieron: "¡Muy pronto seremos cinco en la familia!" ¡Cinco!, ¿entiendes? Yo no cuento, no tengo importancia.

Shylock: No sé qué decir. Desahógate.

Lady Macbeth: ¿Por qué no le importo? ¿Por qué nadie valora mi esfuerzo? Cuando era niña, mi padre casi nunca estaba en casa. Engañaba a mi madre con esa mujer. Sin embargo, cuando llegaba, yo salía a recibirlo gritando "papá". Yo reía, Shylock. ¡Reía! Lo amaba.

Shylock: Él también te ama.

Lady Macbeth: ¡No seas tonto! Si un padre ama, no excluye a su hija, no la rechaza. Solo soy un gasto para él, un mal recuerdo que quería enterrar en el olvido y un juez se lo impidió. ¿Por qué prefiere a esa mujer? ¿Por qué ama a esas hijas y no a mí? ¿Qué tienen ellas que no tenga yo?

Shylock: Lamento haber intentado consolarte con una frase hecha.

No sé la respuesta a tus preguntas. Es un idiota. Si me lo cruzara alguna vez, no sé cómo me contendría para no partirle la cara.

Lady Macbeth: Espero que esta horrible sensación se termine cuando estudie en una universidad prestigiosa y pueda patear esta vida para siempre.

Shylock: Lamento decepcionarte, pero no creo que eso suceda. No si antes no sanas tus heridas. El rechazo de tu padre y la ausencia de tu madre pueden dejar de importarte sin que tengas que esforzarte tanto. Si sigues pensando en la fuente del dolor, nada hará que dejes de lastimarte, aunque te fueras al otro lado del mundo.

Lady Macbeth, la ambición descontrolada es un camino de ida; una vez que lo emprendas, no podrás parar. Lo demuestra el libro del que sacaste tu seudónimo. Te pasarás la vida inconforme, siempre necesitarás más. Cuando entres a la universidad, querrás tener las mejores calificaciones. Cuando seas abogada, querrás destacarte. Y en esta ciudad es difícil ser la única y la mejor. Tienes que dejar de sentir que la aceptación depende del éxito, que tus padres te querrán de forma diferente si les demuestras que vales más que lo que los aleja de ti.

Lady Macbeth: No es así. Solo quiero ser libre.

Shylock: Eres libre. Me has dicho que tu madre casi nunca está y salta a la vista que tu padre ni siquiera se entera si estás resfriada.

Lady Macbeth: Mi madre tampoco. Ni mis amigas. Nadie.

Shylock: Porque tú lo ocultas. Te ocultas detrás de una máscara de chica perfecta.

Lady Macbeth: ¡Claro que sí! ¿Para qué les diría la verdad? A la gente no le importa quiénes somos, solo lo que creen que somos.

Shylock: ¿Avanzaste con el libro?

Lady Macbeth: ¿Qué tiene que ver eso con la vida que me tocó en suerte?

Shylock: Quiero apartarte de lo negativo, quiero que sepas que me importas.

Lady Macbeth: Gracias. Lástima que la única persona que me dice eso es un ser virtual.

Shylock: Sé que hemos bromeado con eso de la virtualidad antes, pero soy real. No es un robot el que te está escribiendo, es un chico que tiene una madre enfermera, un hermano increíble y una gata vieja. Un chico al que le gusta la música de los 80, leer y estar informado.

Tú lo dijiste el otro día: no podemos cambiar a los demás, tenemos que cambiar nosotros. El asunto es qué tipo de cambio eliges. ¿Puedo contarte algo?

Lady Macbeth: Sí, por supuesto.

Shylock: ¿Has dejado de llorar?

Lady Macbeth: Desde que empecé a discutir contigo.

Shylock: Jaja, no lo tomé como una discusión, pero me alegra que te haya servido.

Mi hermano tuvo una crisis hoy.

Lady Macbeth: Eso sí que es difícil, y yo cargándote con mis problemas. Perdona.

Shylock: No me pidas disculpas; tus problemas también son difíciles, y estamos aquí para apoyarnos, ¿no?

Seguiré con la historia: hay algo bueno. A pesar de su crisis, no me arrepentí de estar tomándome más tiempo para mí.

Lady Macbeth: Me parece bien. Mereces tu tiempo.

Shylock: Estás llorando de nuevo, ¿verdad?

Lady Macbeth: ¿Cómo te diste cuenta?

Shylock: Porque este "ser virtual" en realidad es un hacker que hace rato entró en la cámara de tu computadora y te espía mientras duermes, mientras chateas y hasta cuando te desnudas para ponerte el pijama.

Lady Macbeth: Jajaja, ¡tonto!

Shylock: ¿Lo ves? Ahora estás riendo.

Lady Macbeth: Porque tienes la increíble habilidad de hacerme reír en los momentos más difíciles.

Oye: si tú te estás tomando tiempo, ¿cómo resolvieron lo de tu hermano?

Shylock: A veces llamamos a una niñera y lo estamos llevando a una escuela complementaria. Hoy tuvo una crisis y tuve que ir a buscarlo, pero en reglas generales, le está yendo bien.

Lady Macbeth: ¡Me alegro! De verdad. Tu noticia mejoró mi humor.

Shylock: Gracias. Quiero que tus buenas noticias mejoren mi humor también. ¿No tienes nada bueno para contar? Olvida lo de tu padre, olvídate de todo. Cuéntame algo bueno que te haya pasado.

Lady Macbeth: Mejoré en Matemática y mi trabajo de Psicología está quedando genial.

Shylock: Algo que no sea del colegio.

Lady Macbeth: Mmm... Lo siento, no hay nada. Mi vida ES el colegio.

Y sí, avancé con el libro.

Shylock: ¿Te cae mejor Holly?

Lady Macbeth: No.

Shylock: Jaja.

¿Tomaste más fotos?

Lady Macbeth: Sí, y están increíbles. Elegí esta para representar la fuerza. Fue tomada en un taller mecánico. Sigue ESTE ENLACE.

Shylock: Ese no es el brazo del mecánico.

Lady Macbeth: No. ¿Cómo te diste cuenta?

Shylock: Ni siquiera está sucio.

Lady Macbeth: Jaja, es cierto, no me había dado cuenta. Es para el trabajo escolar del que te hablé. ¿Piensas que el profesor creerá que la foto es fingida si dejo esta? ¡De verdad fuimos al taller mecánico, pero esta es la que más me gusta! La frase del tatuaje tiene relación con el tema y parece que estuviera guiando el brazo hacia la rueda.

Shylock: Entonces déjala. No importa lo que piense el profesor; si esa es la mejor foto que tienes, sigue tu corazón.

Lady Macbeth: Sí, dejaré esa. Puedo ensuciar el brazo con un programa si eso ayuda. Lo malo es que una amiga no pudo hablar con su padre y ahora no tengo al siguiente profesional para la próxima sesión de fotos. No sé qué haré; todos creen que vivo rodeada de gente que no es de la escuela, pero la verdad, estoy muy sola. El padre de mi otra amiga no tiene una profesión que me interese, y dudo que quiera colaborar. Tengo que resolverlo para mañana y no sé qué hacer.

¿Te molesta si me voy? Estoy en esos días, y aunque tomé una píldora para el dolor, no se me pasa. Solo quiero enroscarme en la cama y dormir como la serpiente que soy.

Shylock: Jaja, no seas mala contigo misma. Lamento que te sientas mal, y también lo de tu trabajo frustrado; ya se resolverá. Te dejo ir solo si me prometes algo.

Lady Macbeth: ¿Que voy a dar una oportunidad a tu amada Holly?

Shylock: Eso también, jaja.

En realidad quiero que me prometas que no pensarás en tus padres ni en lo que llamas la vida que quieres patear, y que en cambio pensarás en algo que te haga bien. ¿Me lo prometes? Si dices que sí, te dejo ir.

Lady Macbeth: De acuerdo. Creo que pensaré en ti.

22

Desafíos

Me acosté repasando las palabras de Shylock. *Pensarás en algo que te haga bien*. Era difícil. ¿Qué me hacía bien, además de él?

Primero recordé las fotos, pero el haber perdido a mi siguiente profesional cuando solo había aportado dos hizo que viera la tarea bastante difícil. Tendría que resolver ese problema con urgencia si quería que el trabajo estuviera listo para el martes.

Algo que me haga bien… Mi mente se trasladó sin querer a lo que había visto en la cocina de Jayden. Lo recordé abrazando a su madre y besándola en la cabeza, y sentí que mi alma se llenaba de admiración. Jayden tenía lo que a mí me faltaba, pero no lo envidiaba por eso. Por primera vez reconocí que merecía lo mejor, porque era un gran chico. Era bueno, y su luz me estaba cautivando. Ya ni siquiera me molestaba que me llamara "Elizabeth". Por el contrario, me parecía único y especial.

La vibración de mi teléfono me arrancó de esos pensamientos. Renacieron cuando lo recogí y descubrí que acababa de llegar un mensaje de Jayden.

> *Hola, Elizabeth. Estuve pensando: todas las personas que fotografiamos son hombres. ¿Te molesta si cambiamos al padre de tu amiga por una amiga de mi madre que es contadora?*

Fue como si Dios al fin se hubiera apiadado de mí y me hubiera echado una mano.

Sí, está bien, accedí.

Gracias, respondió él.

Eso fue todo.

Al día siguiente, cuando salí de la clase de Tecnología, encontré a Jayden en el pasillo. Pedí a mis amigas que siguieran sin mí y me acerqué a él; supuse que estaba esperándome. Se quitó los auriculares cuando quedamos enfrentados y los dejó colgando de su cuello. Se escuchaba una música por momentos suave; por otros, parecía rock.

—La amiga de mi madre nos espera hoy a la salida de la escuela. ¿A qué hora te vas? —me preguntó.

—A las tres.

—Nos vemos en el estacionamiento a esa hora.

—Prefiero ir por mi cuenta.

Él rio.

—Elizabeth, ¿qué tienes contra mi moto? Además de claustrofóbica, ¿eres tacofóbica?

—¡Shhh! —chisté, temiendo que alguien oyera mi secreto—. Además, ¿qué es eso?

—¡Vaya! ¡Creí que eras la reina del vocabulario! Es una persona que le teme a la velocidad.

—No le temo a la velocidad —*Tengo miedo de lo que empiezo a sentir por ti*, pensé.

—Está bien. Si prefieres que nos encontremos ahí, te paso la dirección por mensaje. No llegues tarde.

Lo miré, molesta, sin entender que había dicho la última frase en broma. Él se echó a reír otra vez. Me tomó de los brazos y los apretó a los costados de mi cuerpo, convirtiéndome en una chica de gelatina.

—¡Relájate, Elizabeth! —sugirió, ostentando sus dientes preciosos en una bella sonrisa.

Miré por sobre el hombro; mis compañeros ya habían salido del aula y en el pasillo solo quedábamos Jayden y yo. Me apoderé de sus auriculares y me los puse un momento. Me los quité enseguida.

—¿Qué es eso? —pregunté.

—A-ha —respondió él. Enarqué las cejas; sonaba bien. Di un paso atrás.

—Te veo en lo de la contadora —dije, y me fui.

Ni bien estuve en el salón de Ciencias, me puse a investigar el grupo que estaba escuchando Jayden.

Glenn se colgó de mi espalda para espiar.

—¿Tú, usando el teléfono en clase?

—La profesora todavía no llegó —me excusé.

—¿Por qué estabas hablando con Jayden, si arruinó tu trabajo de Psicología? No sé cómo elegiste esa asignatura a pesar de que Val y yo te dijimos que ni locas nos anotábamos en eso. Siempre nos dijeron que el nombre sonaba muy atractivo, pero que los contenidos no eran lo que esperábamos.

—No pensé que sería tan difícil. Además, me sirve para Abogacía.

Glenn se encogió de hombros y regresó a su asiento.

—Ahí viene la profesora —me avisó. Guardé el teléfono antes de que la señora Ferguson ingresara al laboratorio.

Ese mediodía devoré el almuerzo; el domingo casi no había probado bocado y ese día solo había desayunado un vaso de agua y dos galletas. Cuando mamá había llegado a medianoche, se había terminado lo que yo había comprado en la gasolinera, y me dolía el estómago de hambre.

A las tres salí del colegio y me dirigí a la dirección que Jayden me había enviado por mensaje. Aproveché el viaje en metro para buscar la canción que él estaba escuchando. Me puse contenta cuando la encontré, se llamaba *Scoundrel Days*. Armé una lista de reproducción con varias canciones del grupo y reproduje la que había escuchado en los auriculares de Jayden hasta que bajé.

La oficina de la contadora quedaba en un enorme edificio del centro. Milagrosamente, cuando llegué, Jayden ya estaba esperándome en la puerta. Subimos y nos anunciamos. La mujer nos recibió enseguida y nos hizo pasar a su despacho. Como no había llevado la cámara, tuve que arreglármelas con el móvil.

El trabajo fue bastante rápido; cuanto más me involucraba en la tarea, más sencilla me resultaba. Mientras tomaba una foto de los viejos libros de contaduría que nos mostró la mujer, se me ocurrió que la palabra justa para esa profesión era "organización".

Nos tomamos una foto con la contadora para comprobar que habíamos estado en su oficina y nos despedimos. Otra vez nos quedamos conversando en la puerta del edificio.

—Si vas a enviarme el trabajo para que lo imprima, por favor, hazlo lo antes posible —me pidió Jayden.

—Llego a casa, edito esta foto y te lo envío —prometí—. Todavía no recargué la impresora.

—No hay problema. ¿Necesitas que haga algo más?

—No.

—No te gusta delegar, ¿verdad? Eso no es bueno, te sobrecargas.

—Estoy acostumbrada a arreglármelas sola, no te preocupes. Nos vemos mañana.

Seguí escuchando su grupo y pensando en él todo el viaje a casa.

Tal como le había prometido, ni bien entré, me senté en la computadora, edité la imagen e hice unos últimos retoques al álbum antes de enviarle el archivo para que lo imprimiera. Tan solo respondió *Recibido*. Confiaba en que lo llevaría al día siguiente.

Mientras me ocupaba de otras asignaturas, me puse los auriculares y seguí escuchando A-ha. Por primera vez me encontré preguntándome cuál sería el siguiente proyecto. Trabajar con Jayden, a pesar de la tensión del comienzo, se estaba volviendo un buen desafío.

Jayden… Con su sonrisa perfecta y su voz calmada; sus ojos profundos y su calidez humana. ¿Dónde había estado todo ese tiempo? Sentado en el fondo, leyendo del móvil, con sus auriculares puestos. ¡Con razón solo se los quitaba cuando los profesores entraban a clases!; su música era igual de interesante que él.

El martes, ni bien entré al aula, lo encontré sentado en su pupitre. Él no me vio, estaba con los auriculares puestos y el teléfono en la mano; supuse que buscaba entre sus canciones. Miré su pelo desordenado, su espalda ancha cubierta por una camisa a cuadros, sus piernas largas debajo del banco, y mi corazón se aceleró.

Me instalé a su lado, y él se quitó los auriculares.

—Hola —lo saludé sin mirarlo, recogiendo la carpeta con la carátula de nuestra entrega, que estaba sobre la mesa.

La abrí y revisé primero la explicación del proyecto. Luego pasé a las fotos: estaban impresas en papel grueso y brillante. ¡Las había revelado! A pesar de que no habíamos armado un contenedor original para el álbum, estaba conforme con lo que habíamos hecho. Al final estaba el anexo con las imágenes que probaban que habíamos ido juntos a las locaciones del trabajo. Me gustaba el contenido.

De pronto, Jayden me sorprendió colocándome los auriculares. Lo miré con intriga; él sonreía.

—¿Te gusta? Es Bon Jovi —explicó—. A las chicas suele gustarles.

Escuché un momento; sonaba tan bien como A-ha, y me encantaba que me hubiera colocado los auriculares. Me los quité y los apoyé en su pecho. Colocó una mano sobre la mía para evitar que se deslizaran por su camisa, y sentí que nuestras miradas se habían encendido. ¿Acaso él sentía lo mismo que yo? Era imposible, Jayden jamás se fijaría en mí.

Retiré la mano despacio por debajo de la suya.

—Sí, lo conozco —respondí, tratando de ignorar que mi corazón latía rapidísimo—. ¿Cómo se llama la canción?

—*Dry County.*

—¿Bon Jovi te ayuda a conquistar chicas? —bromeé, y él se echó a reír.

—Puede ser. Oye, podríamos haber hecho la foto de mi brazo sin ir a lo del mecánico.

No me había dado cuenta de que, con la cuestión de la música, Jayden me había ayudado a relajarme. Lastimosamente, duró poco; su último comentario hizo que volviera a colisionar contra mis estructuras. Respiré profundo; no me había puesto a pensar en cómo tomaría él que yo hubiera elegido esa imagen.

—¿Te molestó que usara tu brazo? Me pareció interesante la relación entre la frase de tu tatuaje y la idea que quería asociar al oficio —expliqué, mirándolo a los ojos. Esos malditos ojos que me hacían temblar por dentro.

—No me molesta —sonrió, parecía relajado—. Lo que dije era una broma. No te preocupes, no me di a entender bien. Eres un genio, las fotos son preciosas. ¿Estás segura de que serás abogada?

—Sí, estoy segura. Buen trabajo —concluí, y me levanté antes de que él también intentara convencerme de que estudiara algo relacionado con la fotografía. Era mi deseo, pero no podía, y no quería sufrir por eso. Era mejor que él no insistiera. Ya lo hacían mis amigas y Shylock.

Shylock. Hacía tiempo que me había resignado a que sería por siempre un ser virtual y había dejado de buscarlo entre los estudiantes del colegio. Cada vez se me hacía más difícil asignarle un rostro y empezaba a creer que, en realidad, no estaba en la escuela, que era una fantasía.

El profesor nos pidió que le mostráramos la carta que habíamos hecho para las universidades. No le conté que ya había enviado la mía. Jayden, por supuesto, no había hecho la suya.

Cuando preguntó quién quería leer su producción en voz alta, levanté la mano. Mi carta era falsa. En la verdadera había solicitado una beca. En esta, en cambio, hacía de cuenta que mi vida marchaba de maravillas.

Cuando terminé de leer, las conversadoras de siempre y algún que otro varón se burlaron de mí.

—"Mi trayectoria académica es impecable" —bromeó Brenda, usando una de mis frases y fingiendo un tono de idiota.

—Si un día Elizabeth es tu jefa y tú su empleada, seguro no tendrás ganas de reír —la amonestó el profesor con amabilidad, pero con convicción. Los demás respondieron con un largo "¡uh!".

Para finalizar, nos explicó el siguiente proyecto: para el martes debíamos grabar un video de forma individual en el que nos postuláramos para alguna universidad, y en equipo debíamos preparar una exposición sobre alguna carrera no tradicional. A Jayden y a mí nos tocó Ciencias Actuariales.

Cuando la clase terminó, fui a buscarlo antes de que se marchara. Para mi sorpresa, no se había movido: estaba en su pupitre, en la misma posición relajada de siempre, como si hubiera estado esperándome.

–Puedo ocuparme de la investigación preliminar y darte la mitad para estudiar lo antes posible –le informé–. Por favor, estudia tu parte, no quiero que pasemos vergüenza. Te lo ruego, si la calificación es en equipo y no individual…

–¿Por qué desconfías tanto de mí siempre? –me interrumpió, evidenciando frustración.

–Ojalá pudiera confiar en ti –respondí. Era lo que más deseaba.

–Temo que nunca lo hagas –dijo, y se levantó para recoger sus cosas–. Quédate tranquila, Elizabeth: no te avergonzaré.

Salió sin despedirse, y me dejó con un sabor amargo. No quería que volviéramos a llevarnos mal después de que habíamos empezado a congeniar.

Para empeorar mi día, esa tarde en la clase de Gimnasia tuve que hacer grupo con Meredith y Rhiannon, dos chicas que eran amigas. Yo no tenía relación con mucha gente, y esas chicas en particular nada tenían que ver conmigo. Debíamos preparar una coreografía, pero en lugar de planificarla, ellas habían impuesto la música que querían y se dedicaban a conversar mientras yo dibujaba los esquemas en un papel para tratar de salvar la tarea. Dependiendo de los grupos que me tocaran, estaba acostumbrada a que muchos no hicieran lo que debían y a tener que hacerme cargo de todo. En este caso, tenía doble trabajo, porque encima era pésima en la asignatura. Aprobaba solo gracias a que practicaba horas extras y sabía los reglamentos de memoria.

–El otro día vi a Grayson con Paisley. Estaban besándose en un pasillo, detrás de un conjunto de casilleros –contó Meredith.

–¿Y qué hiciste? –le preguntó su amiga.

–Los delaté con la celadora –las dos rieron–. Esa idiota me quitó a mi novio, pero no me quitará mi dignidad.

—Fue tu novio el que se fue con la idiota —murmuré, sin dejar de dibujar figuras—. Arriesgas tu dignidad cada vez que pones en evidencia que sufres por haber sido engañada por un imbécil. Piénsalo: si no te valora, no te merece.

Percibí la mirada fulminante de ambas. Meredith suspiró y volvió a mirar a su amiga.

—Ahora tengo los ojos puestos en alguien más.

—¡¿En quién?!

—En Jayden.

Sentí que acababan de envolver mi corazón en un puño y que lo estrujaban hasta hacerme temblar la mano.

—¡Ay, sí! Está tan bueno. Tiene un estilo retro que me fascina —acotó Rhiannon.

—Lástima que nunca dice mucho, ¿no? ¿Recuerdas a Ashley, esa chica que se graduó el año pasado? Estaba loca por él. Es que Jayden solía reunirse con gente más grande y ahora se lo ve bastante solo. ¿Habrá repetido un año, por eso tiene amigos mayores?

—No creo... —Rhiannon se volvió hacia mí—. Oye, ¿tú no estabas en un equipo con él?

—Mmm... —respondí sin responder. Mi corazón seguía estrujándose, y las figuras, de pronto, me salían horribles.

—¿Repitió un año? ¿Es tonto o algo?

Alcé la cabeza de repente y solté el lápiz, que salió rodando sobre el cuaderno.

—¿A quién se le ocurriría pensar que Jayden es tonto? —repliqué con el ceño fruncido—. Es inteligente y hábil. Sabe de asuntos de los que los demás no tenemos ni idea y es maduro, paciente y comprensivo.

Cuando mi parte consciente procesó lo que acababa de decir sin pensar, bajé la cabeza y me cuestioné por qué había reaccionado de esa manera. Me molestaba que otras chicas sintieran atracción por Jayden, pero más que alguien se atreviera a hablar mal de él.

—Creo que tienes competencia: Jayden tiene otra enamorada —bromeó Rhiannon.

—Tonto o no, el hoyuelo que se le forma en la mejilla me fascina —culminó Meredith, tocándose el rostro con una sonrisa maliciosa.

—¡Basta! —exclamé—. ¿Estamos trabajando o qué?

Por suerte, dejaron de hablar de Jayden y se dedicaron a criticar a la profesora de Ciencias. De trabajar, ni una palabra.

Cuando la clase terminó, me mudé de ropa en el vestuario y regresé al edificio del colegio para buscar algunas cosas que había dejado en mi casillero.

De pronto, apoyado en una pared, vi a Ethan. Alguna vez había pensado que él podía ser Shylock, pero desde que el chico de *Nameless* había dicho que había tenido sexo con varias chicas, lo había descartado. Por lo que sabía, Ethan no tenía mucha experiencia en relaciones. Sin embargo, estaba leyendo un ejemplar de *Desayuno en Tiffany's*. No podía ser casualidad: ¡Shylock tenía que ser él!

Mi corazón empezó a latir muy rápido. Ethan no me atraía en lo más mínimo, pero me excitaba comprobar si podía hacerlo en caso de que fuera Shylock. De todos modos, si bien había creado fantasías alrededor de su personalidad virtual, valía más nuestra amistad. Fue por eso que decidí avanzar.

Me acerqué nerviosa, temiendo que se molestara por mi interrupción.

—Estás leyendo *Desayuno en Tiffany's* —comenté.

Levantó los ojos de inmediato; la sorpresa se reflejó en su expresión.

—S… sí —respondió, mostrándome la tapa del libro como si acabara de decir una obviedad.

Era amable, pero había desconfianza en su actitud. No lo culpaba: acababa de acercarme a preguntarle por un libro de la nada, cuando pocas veces antes habíamos hablado. Sin duda había de qué desconfiar.

—¿Te gusta Capote? —pregunté. Él se encogió de hombros.

—Me daba curiosidad.

Su aspecto, su voz y su mirada nada tenían que ver con lo que había soñado mientras conversábamos en *Nameless*. En mi imaginación, Shylock tenía mucha más personalidad. Debía tenerla para decirme abiertamente que quería abrazarme, llamarme "mi querida Lady Macbeth" y tener todas esas actitudes que me hacían ilusionar cuando aparecía en la red social.

La respuesta, sin embargo, era la misma que me habría dado él. Quizás en el chat también se transformaba, como yo, y se atrevía a develar la verdad sobre sí mismo. Por un instante temí ser yo la que cargaba sus comentarios de un tono que en realidad no tenían. No me importaba. Si Ethan era tan maravilloso como en el chat, quería que nos acercáramos de verdad, sin una pantalla de por medio.

Había una forma de comprobar si era Shylock. Por su actitud, deduje que no sospechaba que yo fuera Lady Macbeth. Excepto que los nervios lo estuvieran traicionando.

—¿Y qué opinas de Holly? —pregunté.

—¿Tú también lo has leído? —consultó él. Yo asentí—. Me parece bastante osada. ¿Qué opinas tú?

Lo miré en silencio un instante, hablándole con los ojos: *Shylock, dime si eres tú. Dame una señal, por favor.*

—Que tiene un aire a Lady Macbeth —solté, con el corazón corriendo una carrera.

Se quedó callado, quizás más nervioso que yo. Miró la hora en su teléfono.

—Disculpa, tengo que irme —dijo, y escapó.

Lo seguí con la mirada hasta que desapareció al doblar en un pasillo.

Shylock. ¿Acaso lo había atrapado? ¿Era Ethan? Hacía mucho que nada me ilusionaba tanto. Nunca había conocido en persona a nadie virtual. Nunca había confiado en nadie real.

Cuando caí en la cuenta de lo que acababa de hacer, se me aflojaron las piernas. ¡Le había revelado mi identidad! Si era Shylock, ahora sabía que Elizabeth Collins tenía una madre que salía con su jefe, un padre que prefería a otra familia y una obsesión por las buenas calificaciones. Sabía qué día había tenido mi período ese mes, que no me sentía atraída del modo tradicional, ¡y hasta los pormenores de mi vida sexual!

Sentí que estaba a punto de desvanecerme. Había cometido un error. Ni siquiera le había preguntado si quería que nos conociéramos, ¿y si era él quien se avergonzaba por todo lo que me había contado? Quizás lo había puesto en un aprieto y no volvía a aparecer en el chat. En ese caso, sabría que Ethan era él, pero me sentiría culpable de haber arruinado nuestra amistad. Necesitaba a Shylock; nuestras conversaciones se habían convertido en un gran consuelo, y *Nameless* era el único espacio en el que podía ser yo misma sin reparos.

Tenía que superar lo de mis secretos revelados. Si quería conocer a Shylock, debía quitarme la máscara. Tenía que confiar en alguien que, por el vínculo virtual, había olvidado que era real.

Dicen que todas las grandes historias comienzan con un error. Esperaba no haberme equivocado con Ethan.

23

¿Ser o parecer?

Lady Macbeth: Hola.

Shylock: ¡Hola! ¿Por qué esa falta de entusiasmo? ¿Estás triste otra vez?

Lady Macbeth: ¿Cómo te diste cuenta solo por un "hola"?

Shylock: No lo sé, llámalo intuición. ¿Qué pasa?

Lady Macbeth: Tengo miedo.

Shylock: ¿Miedo de qué?

Lady Macbeth: De ti.

Lady Macbeth: ¿Estás ahí?

Shylock: Sí. Es que no esperaba eso, lo siento. Jamás querría que sintieras miedo de mí.

Lady Macbeth: Shylock: hemos estado hablando todo este tiempo y te he contado cosas que nadie sabe. Supongo que has hecho lo mismo y sé cosas que no le has dicho a nadie. ¿Es así?

Shylock: Sí.

Lady Macbeth: Creo que los dos olvidamos que, en

realidad, debemos cruzarnos en los pasillos de la escuela todo el tiempo. ¿Entiendes que es peligroso?

Shylock. ¿Por qué crees que es peligroso?

Lady Macbeth: Porque, por ejemplo, si te enojaras conmigo y supieras quién soy, podrías ir por todo el colegio diciéndole a la gente que mi madre sale con su jefe, que mi padre no me quiere, que soy demisexual, que mi período apareció el día quince, ¡y hasta que lo pasé mal teniendo relaciones! Si yo me enojara contigo, podría ir por toda la escuela contando tus asuntos familiares, que te hiciste caca delante del pizarrón a los seis años y que tu novia te fue infiel con otro chico. ¿Entiendes lo que quiero decir? Somos peligrosos el uno para el otro, y es tarde para retroceder.

Shylock: Nada de lo que te conté me avergüenza. Aún así, ¿harías eso? ¿Serías capaz de revelar mis secretos?

Lady Macbeth: No. Pero ¿y si lo fuera? ¿Y si tú fueras capaz de revelar los míos?

Shylock: Te cuesta demasiado confiar en la gente.

Lady Macbeth: La gente me ha demostrado una y otra vez que no es confiable.

Shylock: Creo que juzgas a todos por lo que te han hecho esas personas. Algunas deben haber sido personas muy importantes para ti, pero no son las únicas sobre el mundo. No sé cómo podría probarte que jamás te traicionaría de ninguna manera. Supongo que es cuestión de que tan solo me creas o que dejemos de hablar.

Shylock: ¿Lady Macbeth?

Lady Macbeth: No quiero que dejemos de hablar.

Te... necesito. Siento que te has enojado.

Shylock: No, no me he enojado.

Lady Macbeth: Entonces ¿por qué eres tan duro? Sé que estamos escribiendo y que todo puede malinterpretarse, pero siento que estás molesto.

Shylock: No es fácil aceptar que la persona en la que confías no te devuelve lo mismo.

Lady Macbeth: Tal vez se deba a que tus secretos no son tan comprometedores como los míos.

Lady Macbeth: Por favor, Shylock, dime algo. No dejes de escribir; empiezo a pensar que te fuiste y que no volverás, como hiciste una vez. Prométeme que, diga lo que diga, no te irás de pronto, dejándome plantada. Eso me haría sentir culpable y me hundiría en la desesperación.

Shylock: Tranquila: jamás haré eso. Si demoro en escribir es porque estoy esforzándome para dejar de lado mis emociones e involucrarme en las tuyas, ¿de acuerdo? Está bien, te entiendo. Quizás pueda ayudarte a que me creas.

Lady Macbeth: ¿Cómo?

Shylock: Quiero dedicarte una canción.

Lady Macbeth: ¿Una canción? ¿Se supone que eso me ayudará a creerte o estás usando otra vez la técnica de cambiar de tema para que olvide los problemas?

Shylock: Jaja, no; espero que pueda ayudarte.

Lady Macbeth: ¡Qué ansiedad! A ver.

Shylock: Sigue <u>ESTE ENLACE</u>.

Seguí el enlace. Conducía a un video de YouTube. REO Speedwagon,

Can't Fight This Feeling. No puedo luchar contra este sentimiento. Por la imagen, sin duda era una canción de los 80.

I can't fight this feeling any longer
And yet I'm still afraid to let it flow
What started out as friendship
Has grown stronger
I only wish I had the strength to let it show

No puedo luchar más contra este sentimiento,
y aunque todavía tengo miedo a dejarlo fluir,
lo que empezó como una amistad,
ha crecido en algo más fuerte.
Solo desearía tener la fuerza para mostrarlo.

I tell myself that I can't hold out forever
I said there is no reason for my fear
Because I feel so secure when we're together
You give my life direction
You make everything so clear

Me digo a mí mismo que no puedo resistir para siempre,
digo que no hay razón para mi miedo,
porque me siento tan seguro cuando estamos juntos,
le das dirección a mi vida,
haces que todo resulte tan claro.

And even as I wander
I'm keeping you in sight
You're a candle in the window
On a cold, dark winter's night
And I'm getting closer than I ever thought I might

E incluso mientras deambulo,
te mantengo a la vista,
eres una vela en la ventana
en una fría y oscura noche de invierno,
y me estoy acercando más de lo que creía poder.

And I can't fight this feeling anymore
I've forgotten what I started fighting for
It's time to bring this ship into the shore
And throw away the oars forever

Y no puedo luchar más contra este sentimiento,
he olvidado aquello por lo que empecé a pelear,
es hora de llevar este barco a la orilla,
y tirar los remos para siempre.

Because I can't fight this feeling anymore
I've forgotten what I started fighting for
And if I have to crawl upon the floor
Come crashing through your door
Baby, I can't fight this feeling anymore

Porque no puedo luchar más contra este sentimiento,
he olvidado aquello por lo que empecé a pelear,
y si tengo que arrastrarme por el suelo,
entrar ruidosamente por tu puerta,
cariño, no puedo luchar más contra este sentimiento.

My life has been such a whirlwind since I saw you	Mi vida ha sido un torbellino desde que te vi,
I've been running round in circles in my mind	he estado corriendo en círculos en mi cabeza,
And it always seems that I'm following you, girl	y siempre parece que te estoy siguiendo a ti, cariño,
Because you take me to the places	porque me llevas a lugares
That alone I'd never find	que nunca encontraría yo solo.
And even as I wander	E incluso mientras deambulo,
I'm keeping you in sight	te mantengo a la vista,
You're a candle in the wind	eres una vela en la ventana
On a cold, dark winter's night	en una fría y oscura noche de invierno,
And I'm getting closer than I ever thought I might	y me estoy acercando más de lo que creía poder.
And I can't fight this feeling anymore	Y no puedo luchar más contra este sentimiento,
I've forgotten what I started fighting for	he olvidado aquello por lo que empecé a pelear,
It's time to bring this ship into the shore	es hora de llevar este barco a la orilla,
And throw away the oars forever	y tirar los remos para siempre.
Because I can't fight this feeling anymore	Porque no puedo luchar más contra este sentimiento,
I've forgotten what I started fighting for	he olvidado aquello por lo que empecé a pelear,
And if I have to crawl upon the floor	y si tengo que arrastrarme por el suelo,
Come crashing through your door	entrar ruidosamente por tu puerta,
Baby, I can't fight this feeling anymore	cariño, no puedo luchar más contra este sentimiento.

Lady Macbeth. Shylock...

Shylock. ¿Sí?

Lady Macbeth. ¿Por qué me has dedicado eso?

Shylock. Tú sabes por qué.

Mi corazón latía como si quisiera ganar una carrera; mis sentidos se habían embotado.

Lady Macbeth. Significa que jamás develarías mis secretos porque... me quieres. Me refiero a que me quieres de una manera especial.

Shylock. Exacto.

Lady Macbeth: ¿Se puede querer de verdad a alguien que solo conoces por Internet?

Shylock: No lo sé. Dijiste que me necesitabas, quizás sea una forma de querer.

Lady Macbeth: Te quiero, Shylock. Y ruego que no me decepciones, porque me cuesta mucho creer en las personas, y empiezo a creer en ti.

Shylock: A mí me cuesta creer en algunas chicas.

Lady Macbeth: Puedo imaginar el motivo. Desde que me contaste lo de tu ex novia, entendí por qué no buscabas ligar.

Shylock: No te ofendas, pero eres una de esas chicas de las que solía desconfiar. ¿Sabes por qué creo en ti? Porque conozco tu verdad. Y el ser es más fuerte que el parecer.

Lady Macbeth: Eso me suena a Shakespeare, pero no termino de entender. A veces parece que hablaras en código.

Shylock: Estoy seguro de que pronto lo entenderás. Porque "no puedo luchar más contra este sentimiento" y "solo desearía tener la fuerza para mostrarlo".

Hasta mañana, Lady Macbeth. No tengas miedo; tu confianza es muy importante para mí.

Lady Macbeth: Y tú eres importante para mí. Te quiero. Te extrañaré hasta que hablemos de nuevo.

Shylock: Y yo a ti.

24

La mirada que habla

Las chicas de la clase de Gimnasia tenían razón: estaba enamorada. Enamorada de un chico real y de otro virtual. Jayden y Shylock. Shylock y Jayden. ¿Qué sentimiento era más fuerte? ¿Cuál era verdadero? Nunca me había sentido realmente atraída por nadie, ¿tenía que ocurrirme con dos personas al mismo tiempo? ¿Era eso posible? ¿Se podía generar una conexión profunda y especial con dos seres humanos tan diferentes?

Mamá golpeó a la puerta de mi habitación y entró sin esperar mi permiso, como solía hacer. Yo estaba en la cama, repasando mi lección del día siguiente.

—¿Cómo me veo? —preguntó.

Lucía un bello vestido negro con encaje y zapatos de tacón. Se había maquillado los labios de un color rojo intenso y llevaba el pelo recogido. Estaba cada día más joven y hermosa.

—¿Vas a salir? Es lunes —repliqué, como si yo fuera su madre.

Ella sonrió con satisfacción.

—Joseph me invitó a una cena de negocios. Creo que cada día nos acercamos más y que me necesita mucho. ¿No es grandioso?

Me senté haciendo a un lado los papeles.

–¿Puedo preguntarte algo? –su mirada expectante me autorizó a seguir–. ¿Qué esperas de ese hombre? ¿Crees que dejará a su esposa y a sus hijos por ti?

Mamá rio, encogiéndose de hombros.

–Algún día, tal vez. Por ahora, solo quiero pasarlo bien. Bastante me perdí por culpa de tu padre. Confié en él, y así me fue.

–Joseph nunca dejará a su mujer. ¿Sabías que la mencionó en la entrevista que le hicimos con Jayden? Dijo que intentaba pasar todo el tiempo que podía con su familia.

Mamá rio.

–¡Oooh! ¿Ahora es solo "Jayden"? Antes era "Jayden Campell" o "mi compañero". ¿Acaso seguiste mi consejo?

–Estás cambiando de tema –protesté. Ella puso los ojos en blanco.

–Ya veremos qué pasa con Joseph, linda –respondió para cerrar la conversación–. ¿Me veo bien?

–Sí.

–Gracias. Te dejé dinero en la cocina. Nos vemos, pásalo bien.

Me arrojó un beso y se fue.

Volví a acostarme boca arriba, con la mirada perdida en la nada. Quizás era mi culpa que mamá saliera también un lunes: le había contado que papá tendría otro hijo, y aunque se había mostrado indiferente, tal vez en el fondo todavía la afectaba. O solo me afectaba a mí, no sabía qué creer.

Recogí el teléfono y repasé el chat que tenía con Jayden. Lo último que le había enviado era el archivo con su parte de la lección.

Decidí escribirle para confirmar que todo estaba bien.

> *¡Ey! ¿Estás estudiando para mañana? Por favor, no te presentes en ascuas.*

Creí que no respondería, pero, para mi sorpresa, contestó enseguida.

> *Hola. No iré "en ascuas", no te preocupes. Hasta mañana.* ✓

Percibí una especie de ironía en que hubiera usado mis palabras entre comillas. Había repetido "ápice" el otro día, y ahora "en ascuas". ¿Qué problema tenía con mi vocabulario? Si su léxico estaba oxidado, era su problema.

Arrojé el teléfono sobre la mesita, reconociendo que me molestaba la respuesta de Jayden a causa de mi mal humor, y seguí repasando un poco más. Un rato después, apagué la luz. Desperté cerca de las tres de la madrugada con la risa de mamá. Estaba hablando por teléfono. "Amor, me has dejado exhausta. No pretenderás que mañana esté en la oficina a las ocho, ¿no?", dijo mientras sus tacones repiqueteaban en el pasillo, frente a mi habitación. Después oí la puerta de su dormitorio junto con su risa.

Me costó volver a dormir. Imaginaba de qué modo se habría cansado tanto y se me revolvía el estómago. Nunca, nunca iba a ser como ella.

El despertador sonó a horario. Lo apagué para descansar unos minutos más; la interrupción de mamá en la madrugada me había costado preciadas horas de sueño. Volví a despertar tardísimo. Me había quedado dormida.

Corrí al baño. Me peiné con los dedos, me maquillé a las apuradas y volví a mi habitación para vestirme. Me fui de casa sin desayunar.

No llegué a la clase de Matemática, pero estuve quince minutos antes en el aula de Psicología. Jayden era el único que ya se hallaba allí. Le dije "hola", y entonces me di cuenta de que estaba leyendo su parte de la lección en el móvil.

–¿Estás repasando o es la primera vez que abres el archivo? –pregunté. Su mirada bastó para que comprendiera que había acertado con la segunda opción–. ¿En serio? ¡No puedo creerlo! Te envié el material hace tres días, ¿por qué lo dejaste para último momento?

–Buen día, Elizabeth, tu lengua está radiante hoy. ¿Por qué te preocupa cuándo estudio? Te dije que no te avergonzaría, y no lo haré. Quédate tranquila.

–¡No puedo quedarme tranquila contigo, Jayden! ¿Por qué te cuesta tanto ser responsable?

Se inclinó hacia adelante, apoyó el antebrazo en la mesa y me miró con expresión inflexible.

–¿Por qué crees que no soy responsable? Quizás lo sea, pero no del modo que imaginas. Estoy estudiando la lección; todas las partes que me indicaste, de la manera en que lo indicaste. No necesito repasar veinte veces las mismas cosas; las leo una vez y es suficiente. Si quieres que te diga la verdad, las Ciencias Actuariales me importan una mierda, y aún así estoy estudiando porque tú me lo pediste. Me inscribí en esta asignatura porque esperaba aprender sobre otros temas, pero este profesor se la pasa hablando de universidades y apenas ha nombrado a Freud. Así que, por favor, déjame en paz. Aunque sea solo por hoy.

Mi corazón se convirtió en un puño. La violencia me paralizaba. A veces parecía dura con la gente, pero me destrozaba que fueran duros conmigo. ¿Por qué, inesperadamente, Jayden había perdido la paciencia?

Quise escapar lo más rápido posible, antes de que se notara que me había desestabilizado. Él me detuvo tomándome la mano.

–Elizabeth, lo siento –dijo de forma apresurada–. Soy un idiota. Tuve un problema y estoy preocupado. No quise ser rudo; discúlpame, por favor.

–No importa –respondí con un hilo de voz, y me liberé para huir a mi pupitre. Intentó seguirme, pero justo llegó un compañero y tuvo que permanecer en su sitio.

En la clase, el profesor nos devolvió los trabajos de las fotos sin destacar a nadie. Habíamos obtenido la calificación más alta, pero como había alabado el trabajo de Jayden en la entrevista, pensé que esta vez podía ser mi turno, ya que se trataba de imágenes. Fue como si mis ideas y mi técnica no se hubieran destacado del resto, y eso afectó mi autoestima. Quizás no era tan buena para la fotografía después de todo, a pesar de lo que solían afirmar mis amigas, Jayden y Shylock.

El señor Sullivan se sentó en el fondo, cerca de la puerta de entrada, y llamó a exponer al primer equipo. Habían preparado una presentación de diapositivas parecida a la mía. Eso jugaba en contra: si muchos habían hecho lo mismo, mi presentación ya no se destacaría. Solo me quedaba la exposición oral.

—Elizabeth y Jayden.

Me levanté con el *pendrive* y con mis apuntes por si en algún momento me perdía. Cuando Jayden me pasó por al lado para ir al frente, de pronto me puse muy nerviosa. No me gustaba la escuela, no me gustaba tener que esforzarme en Psicología todavía más que en las demás asignaturas ni la presión de saber que para ese profesor, yo no era Elizabeth Collins, la alumna perfecta, sino alguien del montón.

Accioné la presentación; la primera parte le tocaba a Jayden. Apareció el título: "Ciencias Actuariales", y luego una imagen con una explicación resumida de lo que le tocaba decir a él.

Jayden no tenía papeles en la mano, tampoco el teléfono. Había estudiado a último momento, así que, sin importar que afirmara ser capaz de recordar todo con una sola lectura, temía que olvidara la mitad.

—Nos ha tocado exponer sobre una carrera del área financiera: las Ciencias Actuariales —comenzó. Hablaba de forma natural y con un tono relajado; se mostraba seguro y confiado. ¿Entonces era cierto que podía aprender con tanta facilidad? ¿Por qué yo no tenía la misma habilidad?—. Estuve leyendo algunas experiencias de los estudiantes de esta carrera, y todos coinciden en que poca gente sabe de qué se trata —eso era nuevo. Como siempre, se salía de lo que yo le había dado–. Un actuario contó que en una primera cita una chica le preguntó si eso tenía que ver con Hollywood; creía que era una especie de actor –los compañeros rieron, el profesor rio. Yo nunca hacía reír a la gente mientras daba lección–. Lo cierto es que se trata de una profesión que vive de las previsiones. No se entusiasmen: no son adivinos –los chicos volvieron a reír–. Se basan en estadísticas y modelos matemáticos para evaluar riesgos, en especial en las industrias aseguradora y financiera.

Era mi turno. Hice pasar la diapositiva.

–Cuando hablamos de industria financiera nos referimos a… a…

Todo empezó a dar vueltas. Se me había olvidado el vocabulario y me temblaban las piernas. Me pareció oír la voz de Jayden: "¿Elizabeth?". ¿Por qué sonaba tan lejos, si lo tenía cerca?

No hice a tiempo a intuir una respuesta. Cuando menos lo esperaba, mis rodillas flaquearon y, de pronto, estaba en brazos de Jayden. No entendía bien qué pasaba, pero me pareció que él me levantaba. Lo último que vi, aunque borrosa, fue su sudadera.

Cuando recobré la conciencia me di cuenta de que estaba en el suelo y unas manos cálidas me tocaban las mejillas.

–Elizabeth. Elizabeth.

Estaba débil y temblaba, muerta de frío. Me sentía tan mal que podía echarme a llorar; necesitaba desesperadamente a alguien.

–¿Jayden? –pregunté, jadeante.

–Estoy aquí. Tranquila –respondió él con voz suave.

Oí a la celadora.

–Está bien, Jayden, ya puedes volver al aula. Yo me ocupo.

–No –respondió él, y siguió tocándome la cara.

–Jayden, te pedí que volvieras al aula –repitió la mujer, sacando a relucir un tono autoritario.

Abrí los ojos justo para ver que Jayden alzaba la cabeza con expresión impaciente.

—Y yo le dije que no —repitió con firmeza.

Cuando sus ojos se encontraron con los míos, entendí que estaba acostada en el pasillo. Por suerte Jayden me había sacado del aula y no estaba pasando vergüenza delante de mis compañeros. ¡La lección! Acababa de arruinar nuestra presentación.

—Yo... —balbuceé.

—No hables todavía —me interrumpió.

Pasó una mano por debajo de mi espalda y me levantó despacio. Me apoyó contra la pared y me dejó un momento contra su pecho, con la frente sobre su hombro.

—¿Estás bien? —me preguntó—. ¿Estás mareada?

Asentí con la cabeza, aferrada a la manga de su sudadera. Se apartó y me estudió con la mirada. Me pasó un dedo por los labios y giró para dirigirse a la celadora.

—¿Puede alcanzarle un vaso de agua? —preguntó.

La mujer suspiró, se hacía evidente que le molestaba responder a las órdenes de un estudiante cuando él se había negado a respetar la suya. Aún así, obedeció. Supongo que le interesaba mi bienestar y también se había dado cuenta de que tenía sed.

Ni bien nos quedamos solos, Jayden me apartó el pelo de la cara y buscó mis ojos.

—¿Desayunaste? —preguntó.

—No —admití—. Pero eso no tiene nada que ver.

Su sonrisa, entre irónica y resignada, derribó mi estúpido argumento sin necesidad de palabras.

Quizás no sería tan buena abogada, después de todo.

—¿Sigues mareada? –preguntó.

—Un poco.

Me bajó la cabeza y me mantuvo un rato así, presionando mi nuca.

—¿Estás mejor?

—Sí –respondí. Poco a poco iba entrando en calor; debí ponerme muy pálida–. Se nota que eres hijo de un doctor –bromeé.

Me rodeó la cara con las manos y me apoyó la cabeza en la pared muy despacio.

Nos miramos un instante, y de pronto sentí que me sonrojaba.

La celadora regresó con el vaso de agua. Se acuclilló a mi lado y me lo entregó. Bebí un poco, tenía los labios resecos.

—¿Puedes levantarte, Elizabeth? –preguntó–. Tenemos que llamar a tu casa.

—Mi madre está trabajando y no puede venir a buscarme –respondí enseguida.

—No puedo dejar pasar un desmayo. Acompáñame a mi despacho.

Suspiré y le devolví el vaso de agua para ponerme de pie. Jayden me tomó de la cintura y me levantó con él. No me soltó hasta después de haberme mirado por un momento a los ojos; supuse que quería comprobar que podía sostenerme por mis propios medios.

Maldije el instante en que se me ocurrió girar la cabeza hacia las ventanas del aula y vi que mis compañeros espiaban la escena como si fuera un espectáculo. Me cubrí el perfil con el pelo y procuré no pensar en el espectáculo que estaba dando. Me desesperé al recordar que había dejado mis cuadernos y libros de estudio en el salón. Tenía un examen al día siguiente, no podía perderlos.

—Mis cosas –dije, buscando a Jayden–. Por favor, necesito mis cosas.

—Yo me ocupo –prometió, tomándome la mano. No sabía qué efecto tenía él en mí, pero me tranquilizó.

Intenté moverme lo más rápido posible para evitar las miradas y seguí a la celadora a su despacho.

—No es necesario que llame a mi madre, en serio —le dije, sentándome frente a su escritorio. Ella lo hizo en otra silla a mi lado.

—Un desmayo puede provenir de una tontería hormonal o ser indicio de algo muy serio. Tengo que avisar a tus padres.

Se me escapó una risita amarga. "Tus padres". La escuela era gigante y las autoridades no tenían ni idea de la vida de cada estudiante.

—Mi padre no vive en este estado, y ya le dije que mi madre está trabajando. Le prometo que le contaré lo que pasó cuando regrese a casa, ¿de acuerdo? Es la primera vez que me ocurre y no volverá a suceder, lo sé. ¿Confía en mí?

Hizo un gesto con la boca. No confiaba en los estudiantes. Hacía bien.

—¿Estás alimentándote de forma correcta? —preguntó.

—Mejor de lo que debería. No sufro de bulimia ni de anorexia, se lo aseguro —*Solo de una madre que jamás hace las compras, pero se devora todo lo que compro,* pensé.

Por supuesto, jamás se lo diría.

—Lo dejaré pasar solo porque es la primera vez —consintió finalmente.

—Gracias —dije—. Si no le molesta, ¿puedo quedarme aquí? Moriría de vergüenza si tuviera que volver al aula ahora.

—Sí, por supuesto. Recupérate tranquila.

Le agradecí con una sonrisa.

Justo en ese momento, Jayden reapareció con mis cosas y las de él.

—¿Pediste permiso para estar aquí? —le preguntó la celadora.

—Sí, el profesor me lo permitió.

—De acuerdo. Tengo que ir a otra parte. Ya que estás fuera de la clase, ¿te quedas con ella?

—¿Podemos ir al comedor? —respondió Jayden—. Elizabeth necesita reponer energías.

Creí que le contaría que a veces no desayunaba. Por suerte no lo hizo. La mujer aceptó, y yo me levanté para ir con él.

Me pidió que me sentara en el comedor y fue a buscar el desayuno. Volvió con una bandeja con leche y un sándwich para mí. Él se había servido café. Se sentó del otro lado de la mesa en una posición relajada. No dejaba de mirarme, y eso me ponía nerviosa.

—¿Cuánto te debo? —pregunté.

—Nada. Solo quiero que me prometas que no harás esto de nuevo.

—¿Desmayarme? —reí—. Claro que no volveré a hacerlo, no te preocupes.

—Me refiero a saltear comidas. Dime: ¿por qué no desayunas? —reí otra vez, intentando restarle importancia al asunto.

—Me quedé dormida —respondí. No iba a decirle que a veces en casa no había qué comer.

—¿Puedes hacerme el favor de desayunar antes de venir? Te lo ruego. Si no, pasaré todas las mañanas por el aula en la que estés y te dejaré algo para comer. Te avergonzaré delante de todos llevándote viandas con etiquetas de dibujos animados, como si fueras una niña de seis años.

—¡Jayden! —exclamé, riendo, y bebí un poco de leche para calmar mis nervios. Fue un bálsamo para mi estómago vacío. Enseguida me acordé de la lección, y volví a preocuparme—. Lo siento. Arruiné nuestra exposición.

—Sabes que la exposición no me interesa en lo más mínimo —respondió él.

—¿Y si el señor Sullivan cree que no estudié? Quizás piense que me desmayé a propósito para no exponer.

Jayden rio moviendo la cabeza de un lado al otro, como si no lo pudiera creer.

—¿Cómo podría pensar eso? Te pusiste blanca como la pared, era evidente que no te sentías bien. Se preocupó y mandó a buscar a la celadora mientras yo te llevaba fuera del aula; me pareció que necesitabas aire fresco. Cuando volví por tus cosas, me preguntó cómo estabas y me dejó salir de su clase para acompañarte. Seguro nos permite exponer el martes que viene.

Bajé la mirada y corté un trocito de sándwich. Fue difícil concentrarme en el desayuno cuando solo pensaba en la mirada ineludible de Jayden.

25

Lección de vida

Esa tarde, cuando llegué a casa, mamá me estaba esperando.

—¿Qué haces aquí? —pregunté, sorprendida. Jamás estaba a esa hora.

—No fui a trabajar. ¡Quiero que vayamos de compras! —exclamó con una sonrisa. Ojalá hubiera sido capaz de contagiarme su buen humor.

Las pocas veces que pasábamos tiempo juntas, mirábamos alguna película en su habitación o íbamos de shopping. Por lo general, aceptaba todas sus invitaciones, sabiendo que las oportunidades de sentir que era mi madre no se repetían con frecuencia. Me había cansado de eso. Podía mirar películas e ir de compras con mis amigas.

—Tengo mucho que estudiar —dije.

—¡Lizzie! Me preocupas. ¿Qué chica de tu edad preferiría quedarse estudiando en lugar de elegir toda la ropa que quiera?

—¿Y si me va mal en el colegio? Mañana tengo un examen.

—Estoy segura de que te irá genial; eres la chica más inteligente que conozco. Anda, necesitas relajarte un poco. ¿Vamos? Después podemos tomar algo.

Terminé aceptando.

Fuimos a uno de sus centros comerciales favoritos. Si bien siempre procuraba pasarlo bien a pesar de todo, ese día no estaba de ánimo. Mamá casi me obligó a probarme ropa; sin duda necesitaba que me mantuviera entretenida para probarse todo lo que quería. Creo que, entre lo que compró para ella y lo mío, gastó la mitad de su salario en un día.

Para cerrar el paseo fuimos a una cafetería. Mientras esperaba que trajeran la orden, leí los mensajes que mis amigas habían enviado a nuestro chat compartido en esa última hora.

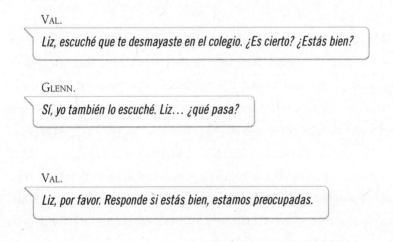

VAL.

Liz, escuché que te desmayaste en el colegio. ¿Es cierto? ¿Estás bien?

GLENN.

Sí, yo también lo escuché. Liz… ¿qué pasa?

VAL.

Liz, por favor. Responde si estás bien, estamos preocupadas.

Decidí responder antes de que me llamaran.

LIZ.

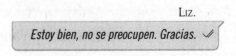

Estoy bien, no se preocupen. Gracias.

–¿Te gusta el vestido azul que me compré? –preguntó mamá. Guardé el teléfono y la miré. Justo en ese momento, la camarera nos alcanzó nuestro pedido.

—Sí, es bonito —respondí.

—Es para el sábado —se quedó callada, mirando su taza de café con vainilla. Yo revolví mi batido con el sorbete y tomé un poco—. Joseph me invitó a un viaje de negocios a Londres. Nos vamos el viernes —me atraganté y solté el vaso para no volcarlo. ¡Con que a eso se debían las compras! A que se iba.

—¿Cuántos días te vas? —pregunté.

—Una semana. ¿Estás bien con eso? —preguntó, buscando mis ojos. Me encogí de hombros, y ella lo consideró una respuesta. Estiró las manos y tomó las mías por sobre la mesa—. ¡Gracias, hermosa! Prometo dejarte dinero para que lo pases bien.

A continuación siguió hablando de las compras, pero mi mente estaba en otra parte. Decía que quería ser independiente desde hacía años, sin embargo ahora que viviría una semana sola, me sentía triste. Todavía necesitaba a mi madre, y su ausencia solo acrecentaría la sensación de que tanto ella como mi padre me habían abandonado, cada uno a su manera. La de él era peor.

Esa noche acomodé mis nuevas adquisiciones en el guardarropa. Rebalsaba de cosas, había más allí de lo que podría usar en toda mi vida. Para colmo, casi nada me gustaba realmente. Observé las prendas de brazos cruzados. Los zapatos estaban amontonados uno sobre el otro; en el fondo debía haber calzado que ni siquiera recordaba.

Extraje unas cuantas cosas e hice una pila con las que donaría. El vacío de mi existencia no se podía llenar con objetos materiales: necesitaba la esperanza de que mi futuro sería mejor, de que todo cambiaría para bien.

Antes de dormir envié un mensaje a algunos compañeros para saber cuál era el siguiente proyecto de Psicología. Solía preguntar a varias personas por si alguna se olvidaba de decirme una parte o si había contradicciones. Luego, con todas las respuestas, armaba una sola. Lo mismo hacía cuando tenía que investigar sobre algún tema: extraía información de varias páginas y me quedaba con lo que se repetía, suponiendo que era lo correcto. Todos coincidieron en que continuaríamos con las exposiciones, así que no había nuevos proyectos por el momento.

El viernes, cuando me levanté para ir al colegio, encontré que mamá había preparado el desayuno. Desde que me había desmayado, dejaba en mi habitación un paquete de galletas, en caso de que no quedara nada en la cocina al levantarme. Hasta ahora había tenido suerte, y más ese día; sin duda se debía a que se iba. Su valija de mano descansaba a un lado del sofá y ya había asentado un plato con *hotcakes* sobre la mesa.

—¿Miel o Nutella? —ofreció con una sonrisa. Me pareció increíble que hubiera dos opciones.

—Nutella —dije, sentándome a la mesa. Casi parecía una niña de nuevo, era mi comida favorita.

Me sirvió con entusiasmo y se sentó en la silla de enfrente para ingerir un plato de frutas. Le gustaba cuidar su silueta.

—Aquí tienes, amor —dijo, asentando una buena cantidad de dinero sobre la mesa—. Prometo traerte algo lindo de Inglaterra. Le pedí a Joseph que pasáramos por Liverpool, ¿te gustaría algo de los Beatles?

—No escucho los Beatles.

—Bueno, pero tu mamá sí, y será un recuerdo característico de allí. Te gustará, ya verás —miró la hora y se puso de pie—. Me voy, no puedo llegar tarde. Pasaré el día en la oficina; el avión despega a las nueve de la noche. Adiós, cariño —dijo, y me besó en la cabeza.

Giré en la silla antes de que desapareciera.

—Mamá.

—¿Sí?

Quédate. Quédate.

—Nada.

Estuve de mal humor toda la mañana. Ni siquiera las historias de Glenn sobre los dramas coreanos que miraba me servían para distenderme. Val se daba cuenta y también se había puesto seria.

—¿Qué sucede? —me preguntó mientras almorzábamos.

—Nada —aseguré con un gesto que reforzaba mi respuesta.

—¿Otra vez tuviste problemas con Jayden?

—No, Jayden no tiene nada que ver con esto.

—Entonces te ocurre algo.

No me dejó más opción que escapar de la conversación.

—Quiero donar ropa —anuncié, mirando a Glenn—. ¿Cuándo puedo pasar por tu iglesia para dejarla?

—¿Quieres venir el domingo? ¡De paso te quedas al servicio!

No podía creer que la religión la entusiasmara tanto.

—¿A qué hora termina el servicio? —pregunté.

—A las doce. Cuidado: se llena de turistas que creen que el góspel es una atracción similar a la Estatua de la Libertad; pero te guardo un lugar si me aseguras que vienes.

—Voy a las doce. No soporto a los turistas —respondí. La verdad, no quería ir al servicio.

Llegué a casa a las tres. Estaba cansada y seguía molesta, pero intentaba negar que se debía a la decisión de mamá. Muchas veces ella me había hecho notar que, cuando los hombres se separaban, tenían derecho a rehacer su vida. Eran las madres las que se quedaban en casa con los hijos, relegando sus deseos por los demás. No quería que mamá sintiera eso. Si papá había hecho lo que quería, ¿por qué ella no? Sin embargo, no podía negar que me hubiera hecho falta la compañía de los dos.

Empezaba a pensar que nada podría devolverme la alegría cuando encontré en las notificaciones de mi móvil un correo electrónico de Harvard.

Solté mis cosas en el sofá y me senté con el corazón latiendo a mil pulsaciones por segundo. Me había agitado y la excitación recorría mi cuerpo en oleadas de calor. Harvard había respondido a mi solicitud, y aunque una pequeña parte de mí estaba aterrada de que mis ilusiones se fueran por un barranco, por el otro lado, estaba convencida de que me había ido bien. Mis calificaciones eran intachables, mi redacción superaba el promedio para mi edad y sabía ser convincente. No había modo de que se negaran a recibirme.

Abrí el correo con entusiasmo.

Estimada señorita Collins:
Gracias por su interés en Harvard College.
Luego de haber considerado cuidadosamente su postulación, lamentamos informarle que no podremos ofrecerle un lugar en…

No pude seguir leyendo. Era imposible, pensé que se trataba de un error. Me sentí frustrada e impotente. La universidad no era el colegio: no había un señor Sullivan para acercarme a su escritorio y preguntarle si de verdad me había puesto a trabajar con un chico que no cumplía con sus tareas. No había un rector al que recurrir si el profesor no me ofrecía una solución para mi problema, ni un consejero escolar para tranquilizarme. Había sido rechazada en la primera instancia, y no tenía a quién acudir para reclamar nada.

¡¿Por qué?! ¿Por qué, siendo una de las mejores alumnas, de pronto me había convertido en una rechazada? ¿Por qué no me querían? Si era una excelente estudiante, responsable y aplicada. Llevaba años relegando mi vida personal por la escuela. Años dedicándome a hacer las tareas por los demás cuando el resto de mi equipo no quería trabajar. ¿Y todo para qué? Para nada. Mi esfuerzo inhumano se había ido por una alcantarilla en un correo electrónico.

No entendía por qué no les había gustado, qué pretendían para aceptar a alguien. Quizás se debía a que no tenía dinero para pagarles. Tal vez juzgaban que, como mis padres tenían trabajo, podían invertir en mi educación. Los jefes de admisiones no entienden de padres ausentes y madres que pueden perder su empleo en cualquier momento. No entienden de hijos que quieren independizarse y de vidas que necesitan un cambio radical. Tan solo leen solicitudes, hacen cálculos, miran los resultados académicos de algunos postulantes, y eso es todo. Basan sus decisiones en evaluaciones despersonalizadas, todo lo contrario al colegio. Si todas las universidades a las que había enviado mi solicitud juzgaban de la misma manera, estaba perdida.

No tenía sentido indagar en los motivos: acababa de perder la oportunidad por la que había trabajado toda mi vida y me sentía devastada. Mi futuro se aplastaba como una cucaracha, y no sabía resistirlo.

Me llevé el teléfono, me encerré en mi habitación y me eché a llorar sobre la cama. No había nada más doloroso que un final. En especial cuando lo que terminaba era algo que ni siquiera había comenzado.

26

La nueva yo

Lady Macbeth: Hola, Shylock. ¿Cómo estás?

Shylock: ¡Hola! Bien, ¿y tú?

Lady Macbeth: Creerás que soy insoportable, pero a ti no puedo mentirte. Le miento a todo el mundo.

Shylock: Creo que no estoy entendiendo.

Lady Macbeth: Me refiero a que, si otra persona me preguntara cómo estoy, tan solo le respondería: "bien". Pero a ti puedo decirte que eso no es cierto, que estoy llorando, que siento que he desperdiciado mi vida.

Shylock: ¡Ey! ¡Espera! ¿Por qué dices eso?

Lady Macbeth: Todo va mal. Mi madre hizo otra de las suyas, me desmayé en el colegio, y lo peor llegó esta tarde.

Shylock: ¿Qué es "lo peor"?

Lady Macbeth: Un correo electrónico de Harvard. Me rechazaron.

Shylock: ¡Cielos! ¡Me asustaste, Lady Macbeth! Después de contar que te desmayaste en el colegio escribiste que había llegado lo peor. Pensé que te habían diagnosticado alguna enfermedad.

¿Te rechazó Harvard? ¿Cuál es el problema? Te postulaste para dos grandes universidades más, y aunque esas también te rechazaran, hay miles que morirían por admitirte.

Lady Macbeth: Por favor, no le restes importancia. Te conté por qué necesito que me acepten.

Shylock: El rechazo de una universidad no es "lo peor". "Lo peor" es la muerte o una enfermedad. Eres consciente de que lo sé por experiencia.

Lady Macbeth: Está bien, disculpa por haber usado esa expresión. Tienes razón, no es "lo peor", pero sabes lo que significaba para mí esta posibilidad. ¡Es que no entiendo! ¿Por qué me rechazaron? ¿Qué hice mal? ¡Y en la primera instancia! No me dieron la posibilidad de presentar algo más, ¡ni siquiera me conocen!

Shylock: ¿Qué escribiste en la solicitud?

Lady Macbeth: Completé un formulario y redacté una nota. Me presenté, les conté de mis calificaciones, de mis aspiraciones profesionales, de mis expectativas en la carrera de Abogacía... Hice una carta inspiradora y motivacional. Por último solicité una ayuda financiera. Supongo que habrán investigado, se habrán dado cuenta de que mis padres tienen trabajo, y eso los habrá hecho suponer que, en realidad, tienen dinero para pagarme una carrera. Los evaluadores no entienden los pormenores de mi familia.

Shylock: Entonces ya tienes la respuesta. No fueron tu carta ni tus calificaciones lo que los llevó a rechazarte: fue el asunto de la beca.

Lady Macbeth: ¡Eso es peor aún, Shylock! Piensa: si todas las universidades siguen el mismo criterio, ¡estoy perdida! Ninguna querrá becarme, y seguiré dependiendo de mis padres, en especial de mamá, toda la vida. No creo que mi padre quiera invertir en mi educación, y mamá no es confiable. El otro día me llevó de compras y gastó la mitad de su salario en una tarde. Yo creo que su jefe le da dinero extra, pero aún así, no puedo confiar en ella.

Shylock: Tu madre no querrá que dejes de estudiar. Si empiezas una carrera, te ayudará a terminar.

Lady Macbeth: No es solo eso. Llevo años trabajando para entrar a Harvard, y esta tarde, todos esos años se fueron por una alcantarilla. A nadie le importaron mis buenas calificaciones, mis habilidades para la redacción y mis excelentes referencias. A nadie le importó mi esfuerzo. Me convertí en una rechazada más, en el mismo "no" que le darían a cualquiera que no hizo ni la cuarta parte del esfuerzo que llevo haciendo yo.

Shylock: Te entiendo y tienes razón. La burocracia es dura e injusta, pero no podemos escapar de ella. Tendrás que aprender a tolerarla.

Cuéntame, Lady Macbeth: ¿cuántos exámenes reprobaste en tu vida?

Lady Macbeth: Ninguno.

Shylock: Ahí está el problema: no sabes lidiar con el fracaso.

Lady Macbeth: ¡Porque no quiero ser una fracasada!

Shylock: Un rechazo no significa que seas una fracasada, solo que tendrás que seguir intentando. Y a cada intento te volverás más fuerte y más hábil. Además, todavía falta que te respondan tus otras opciones.

Lady Macbeth: ¿Y si tampoco me admiten? No quiero terminar en la peor universidad porque nadie me quería.

Shylock: ¿Por qué te adelantas a los acontecimientos? Ahora entiendo lo que dijiste en nuestra primera conversación: eres demasiado exigente contigo misma.

Lady Macbeth: Sí, es cierto. Pero saber que una de mis virtudes es también mi condena no me hace sentir mejor. No puedo retroceder el tiempo y recuperar los años que malgasté trabajando para entrar a una universidad que me rechazó. Siento que desperdicié mi vida, que no sirve de nada ser responsable, estudiosa y aplicada. A nadie le importa eso, todo da lo mismo. Un chico como mi compañero de equipo, que estudia a último momento, cuando quiere tiene éxito. Es el mejor expositor que he conocido. Me gustaría tener su inteligencia y ser capaz de que me vaya bien con el mínimo esfuerzo.

Shylock: Existen inteligencias múltiples; he aprendido mucho sobre esas teorías por mi hermano. Ser un buen comunicador y aprender de forma rápida son cualidades tan valiosas como las horas de estudio que puedas

invertir tú. Ninguno es mejor ni peor, solo son distintos.
Por ejemplo, tú no necesitarías estudiar horas y horas
cómo tomar una fotografía. Para otra persona, eso puede
convertirse en un desafío. Incluso para tu compañero.

Lady Macbeth: Tomar fotografías no tiene nada de
magnífico.

Shylock: ¡Oh, sí! Sí que lo tiene. Cualquiera presiona el
disparador, pero no todos saben cuándo, dónde y cómo
hacerlo para que una imagen se convierta en una obra de
arte. Tú tienes un talento natural para eso. Uno que yo,
por ejemplo, no tengo. Me gusta escribir, pero solo me
salen ensayos, críticas, informes, reseñas... No tengo la
imaginación suficiente para crear un cuento o una novela,
a pesar de que soy un buen lector. Mi lado artístico está
completamente anulado, y eso incluye dibujar y tomar
buenas fotografías. Quizás a ti te suceda lo mismo: la
escuela te obliga a poner en funcionamiento un área de
tu cerebro que no es tu fortaleza, por eso te cuesta tanto
esfuerzo. Sin duda en el taller de dibujo te iba muy bien.
Amabas lo que hacías y lo hacías sin esfuerzo.

Lady Macbeth: ¡Era una niña cuando iba al taller de dibujo!

Shylock: Deberías probar relajándote un poco. Si sigues
presionándote, acabarás enfermándote, y no quiero que te
suceda eso.

Lady Macbeth: Gracias. Valoro que estés aquí, leyéndome
y acompañándome en un momento difícil. Y disculpa que
tus palabras no lleguen a convencerme en este momento.

Shylock: Lo entiendo. Es lógico. Mañana será distinto.

Lady Macbeth: Estaba pensando en distraerme yendo a una fiesta. Hace tiempo que no voy a una.

Shylock: ¿A una fiesta?

Lady Macbeth: Sí. La fiesta de Jillian. Seguro la conoces, es muy popular en el colegio.

Creo que iré a beber y trataré de divertirme como hacen todos. Quizás así me sienta mejor.

Shylock: No resultará. Esa no eres tú.

Lady Macbeth: ¿Por qué no? Tú mismo dijiste que enfermaré si sigo esforzándome tanto. ¿Para qué seguir haciéndolo? A nadie le importa, Shylock: ni a mi madre, ni a mi padre, ¡y ahora tampoco a las universidades!

Shylock: Solo Harvard te dijo que no por este año. Espera la respuesta de las otras dos.

Lady Macbeth: Lo haré. Pero mientras tanto iré a la fiesta, beberé hasta olvidar mi nombre, me besaré con cualquiera y, quizás, llegue un poco más lejos. Seré irresponsable y lo pasaré genial.

Shylock: ¿Qué dices? ¿Hablas en serio?

Lady Macbeth: Ha quedado demostrado que a nadie le importa que siga encerrada en mi habitación, estudiando, y que de ese modo no he logrado mi objetivo. ¿Te das cuenta de que no he disfrutado de la vida por el colegio?

Shylock: Ir a una fiesta, emborracharte y acostarte con cualquiera no te convertirá en alguien que no eres. Solo te dará un horrible dolor de cabeza y, quizás, algo de lo que arrepentirte por el resto de tu vida. Me dijiste que solo te sentirías bien en una relación sexual si tuvieras una conexión profunda y especial con la otra persona. ¿Por qué irías en contra de lo que quieres? Ir a una fiesta, beber y pasarlo bien de ese modo es algo que a algunas personas les sale naturalmente. Si a ti no, ¿para qué forzarlo?

Lady Macbeth: Me voy, Shylock.

Shylock: ¡No! Espera. Quédate conmigo. Hablemos.

Shylock: Lady Macbeth...

Shylock: ¡Mierda!

27

Elizabeth vs. Lady Macbeth

Toqué el timbre en lo de Jillian varias veces; dudaba de que se escuchara con la música tan fuerte. Cuando abrió la puerta, su mirada delató su asombro.

—¡Liz! ¡Qué sorpresa! —exclamó, y me miró de arriba abajo—. ¿Te llegó la invitación?

Claro que no me había llegado, solo sabía de la fiesta por comentarios de pasillo. A Jillian yo no le caía bien, ni ella a mí. Tan solo habíamos coincidido en un par de asignaturas y nunca nos habíamos relacionado, excepto porque compartíamos el aula. Más de una vez había notado que se burlaba de mí cuando me ofrecía para resolver ejercicios en el pizarrón, y yo no soportaba que ella llevara la contra a los profesores en lugar de dejar transcurrir la clase.

Quería ser otra persona, así que procuré olvidar todo eso y fui amable con ella. Quizás, si yo cambiaba de actitud, hasta termináramos siendo amigas.

—No, no me has invitado; las dos lo sabemos. Pero tengo un mal día y me preguntaba si podría distraerme un poco en tu casa.

Su boca abierta evidenció que otra vez estaba sorprendida. Se encogió de hombros y abrió el paso, sonriendo.

—Claro, pasa —dijo.

La casa desbordaba de gente. Había personas sentadas en las escaleras, chicos y chicas de pie en todas partes, y unos pocos afortunados en los sillones y las sillas del comedor. Cada uno tenía un vaso de plástico; la música sonaba muy fuerte y había botellas apoyadas en cualquier rincón disponible.

Me hice de un vaso, lo olí, y aunque no tenía la certeza de que estuviera limpio, lo llené de cerveza. Nunca me había gustado el sabor amargo de esa bebida, sin embargo me la terminé enseguida.

Mientras rellenaba mi vaso, recibí un mensaje en el chat de mis amigas.

VAL.

Hola, chicas. ¿Saben si la profesora toma la unidad dos en el examen del lunes?

Suspiré. No me libraba del colegio ni cuando me lo proponía.

LIZ.

Tú, ¿estudiando un viernes a la noche?

VAL.

Jaja, desde hace un tiempo sabes que no soy la misma. Ahora quiero entrar a una universidad.

LIZ.

¡Ja! ¡Suerte con eso!

GLENN.

¿Qué sucede, Liz? Te percibo irónica.

Decidí cortar con la conversación antes de que mi pesimismo arruinara la relación con mis amigas. Como yo siempre sabía qué entraba en los exámenes, no pude dejar a Val con la duda y respondí su pregunta, aunque en ese momento no quisiera ni acordarme de la escuela.

LIZ.

> *La ironía no es por Val, sino por mí. Lo siento, no me hagan caso. Sí, toma la unidad dos. Estoy bien, y perdonen si fui grosera. Sigue estudiando, Val. Nos vemos.*

VAL.

> *Gracias. Lamento haber interrumpido, seguro estabas en algo. Nos vemos.*

No se equivocaba: estaba en algo. Algo tan importante como convertirme en otra persona. En una verdadera Lady Macbeth.

Para cuando llegó un mensaje de Jayden, había bebido la mitad de un vaso lleno de un vino espumante de color rosa. Era más fuerte que la cerveza. ¿Cuándo me haría efecto? No veía la hora de olvidarme de mis problemas.

JAYDEN.

> *Hola, Elizabeth. ¿Me pasas de nuevo lo que quieres que estudie para Psicología, por favor? Perdí el archivo, lo siento.*

Tuve que leer el mensaje dos veces para entender. ¿Ya estaría ebria? No estaba segura, pero me sentía bien. Me sentía libre, y así actué.

LIZ.

> No estudies. Mandaré la escuela por la alcantarilla. ✓

Creo que Jayden nunca había respondido tan rápido.

JAYDEN.

> ¿Estás en tu casa? Voy a un lugar, quizás pueda pasar a verte primero
> para que arreglemos cómo expondremos el martes.

LIZ.

> Es viernes y es tarde; si pasaras por mi casa a esta hora, serías todo ✓
> un desubicado. Además, ya estaba arreglado. Y, no, no estoy allí.
> No me escribas más. Buena suerte.

Releí mi mensaje después de que lo había enviado: "no me escribas más". Me refería a que dejara de escribirme en ese momento, pero ¿y si lo tomaba como un adiós definitivo? No dejaba de meterme en problemas ni paraba de pensar en el maldito rechazo de Harvard. Miré el vaso, indignada. ¿Cuándo el alcohol me haría olvidar los problemas? Necesitaba acabar con los recuerdos. Bebí el resto del vino de una sola vez.

Una chica se levantó de un sofá y me apresuré a ocupar el lugar vacío.

—¿Has venido sola? —me preguntó un chico. No me había dado cuenta de que estaba a mi lado hasta que me habló.

—Sí.

—¿*Corona* o *Budweiser*?

—¿Qué? —indagué con el ceño fruncido. Él rio.

—¿Qué cerveza prefieres? Hay de las dos.

–Ah. Ninguna. No me gusta la cerveza.

–Pero estás bebiendo.

Sonreí apretando los labios y enarqué las cejas. Rellené mi vaso y volví a beber. El chico se respaldó en el sofá y rio con las manos sobre el esternón. Yo le atraía, lo noté enseguida. Pero él no me atraía a mí, y no me atreví a forzar una situación en la que no me sentiría cómoda y de la que luego me arrepentiría. Le dije que tenía que ir al baño y me alejé.

Empecé a sentirme diferente después de beber durante una hora. En ese tiempo, otro chico se me acercó y me dio algo de conversación. Le seguí el juego hasta que intentó tomarme la mano, y entonces lo dejé diciéndole que iba a ver si hallaba algo para comer en la cocina. Le pedí que no me siguiera porque quería comer sola.

Reí mientras pasaba junto a dos que se besaban; no podía creer que había dado una excusa tan estúpida. Por lo menos, si ahora pensaba en Harvard era con enojo, y ya no sentía que hubiera desperdiciado mi vida. *¿No me quieren? ¡Ustedes se lo pierden!* ¿Ahora sí estaba ebria? ¿Así se sentía el efecto del alcohol? Por las dudas lo reforcé recogiendo un vaso que hallé sobre un mueble y bebí otro poco. No quería que el efecto disminuyera, y si podía aumentar, mejor.

Me detuve cuando llegué a la puerta de la cocina y me pareció ver a Jayden. Cerré los ojos y los abrí dos veces para corroborar que era él. ¡Así que el lugar al que se dirigía era la casa de Jillian! Jamás hubiera apostado a que lo encontraría allí, no parecía un chico que acostumbrara a ir a ese tipo de fiestas. Lo imaginaba con amigos más grandes, como los chicos de la banda que habíamos fotografiado, no con gente de la escuela.

Por lo que yo sabía, Sarah Jones tampoco era una fanática de ese tipo de fiestas, sin embargo allí estaba, plantada frente a Jayden, mirándolo a los ojos. Me detuve a observarlos. La música sonaba muy fuerte, y no alcanzaba a oírlos. Me pareció que los labios de ella se movían preguntando: "¿Desde cuándo te gustan este tipo de fiestas?". "¿Y a ti?", respondió él.

Giré sobre los talones y me alejé. No tenía idea de que Sarah y Jayden hubieran hablado alguna vez. Si mi precaria lectura de labios no había fallado, hasta parecía que se conocían. Sin duda ya estaba ebria y había entendido mal.

Terminé en las escaleras. Quería ir al baño; la cerveza había hecho efecto y me estaba orinando. Casi caí al tropezar con un escalón y me sujeté de la baranda; me sentía mareada. Alguien me abrazó por la cintura en medio de un ataque de risa.

—¿Qué pasa, linda? ¿Bebiste un poco? —me preguntó al oído. Giré la cabeza para mirarlo: era un chico que no conocía. No era de la escuela, y hasta parecía un poco mayor—. Te ves bien. Dame un beso —dijo, e intentó apoderarse de mi boca.

—¡No! —me quejé, tratando de alejarlo.

Él me apretó más contra sus piernas. Me asusté cuando sentí algo duro contra mi cadera y entendí que no se detendría hasta haber conseguido el beso y quién sabe qué más.

—No —repetí, luchando para soltarme—. ¡Basta! ¡No quiero! —con esfuerzo logré girar y le di un empujón—. ¿Qué parte no entiendes de que no quiero, maldito imbécil?

—¡¿Qué ocurre contigo?! —bramó él, a la defensiva.

—Elizabeth —dijo Jayden desde el pie de la escalera.

—¿La conoces? ¡Está loca! —continuó el desconocido, bajando un escalón.

—¿Tú quieres besarme contra mi voluntad y la demente soy yo? —repliqué, ofuscada. Me sentía mareada, pero aún razonaba.

—¡Tú querías!

—Piérdete, ¿quieres? —le dijo Jayden—. Ella tiene razón, pero no quiero pelear. Tan solo aléjate –el chico se fue, protestando por mí. Jayden se acercó sin prestarle atención–. ¿Estás bien? –me preguntó.

Mis emociones corrían en todas direcciones, como una montaña rusa. En ese momento, me sentí contenta de ver a Jayden, y reí mientras bajaba gritando su nombre. Me colgué de su cuello como de una persona muy querida. Sentí sus manos en mi cintura y que respiraba profundo. Me apartó despacio, me rodeó el rostro con las manos y me miró fijamente a los ojos. Yo seguía riendo.

–¿Qué haces aquí? –pregunté con alegría desmedida–. ¿Cuándo llegaste? ¿Quieres bailar?

–Nos vamos –determinó, y me sujetó la mano.

Se volvió y empezó a caminar hacia la puerta. No quería irme, pero tampoco me molestaba salir de allí con él. En el camino al recibidor, pasamos junto a Sarah. Jayden no la miró, pero ella sí a él. Yo le sonreí. ¡Le sonreí a Sarah Jones!

El volumen de la música disminuyó en cuanto la puerta se cerró detrás de nosotros. Caminamos un poco y terminamos junto a la moto, que estaba en el borde de la acera de una casa vecina. Jayden desató el casco y me observó.

–¿No trajiste abrigo? –preguntó.

Me miré la blusa. No tenía idea de dónde había dejado mi abrigo rojo. ¿Lo había llevado en realidad? Me di cuenta de que casi no recordaba nada de lo que había ocurrido en el último rato, estaba muy confundida. Entreabrí los labios con el ceño fruncido, sin saber qué decir. Él negó con la cabeza, se quitó la chaqueta y me la colocó. No tuve fuerzas para decirle que no hacía falta que me la prestara.

–Te llevaré a casa –anunció mientras me cerraba la cremallera–. Necesito que te pongas esto –me entregó el casco. Como yo no me moví, me lo colocó y se volvió hacia la moto. Subió y me miró por sobre el hombro–. Sube –pidió.

En ese momento, yo solo pensaba en lo bien que se veía él ahí. Cuando levanté la pierna para pasarla del otro lado del asiento, casi caí. Jayden me sujetó del antebrazo para sostenerme, y estallé en risas. Me costó ubicarme en el asiento, lo hice tambaleándome. Jayden me tomó de las muñecas e hizo que me aferrara a él.

–Necesito que te mantengas así –solicitó–. Si te sientes mal, apriétame y me detendré. No te muevas, o podemos terminar en el asfalto. ¿Intentarás recordarlo?

Se me dificultaba procesar todo lo que decía. ¿Cómo sabía que me costaba razonar y que no lograba retener lo que había ocurrido hacía un segundo? Parecía conocer de borracheras. ¿Se habría puesto ebrio varias veces en su vida?

–¿Por qué tan serio? –pregunté, y le hundí un dedo en la mejilla, donde se le formaba el pequeño hoyuelo cuando reía. Estar incapacitada para pensar no me impedía sentir, y una electricidad se extendió por mi cuerpo–. Era una frase de Joker –recordé de pronto, retirando el dedo, y volví a reír–. ¡Joker! –exclamé, a las carcajadas.

Jayden suspiró y se volvió hacia adelante.

–No debo moverme, no debo moverme –susurré, mientras él encendía la moto. Era lo único que me preocupaba.

No había vivido el concepto de *increíble* hasta que anduve en esa moto. ¡¿Cómo me había negado a subir antes?! Si bien estaba un poco mareada, el vértigo era alucinante. *No te muevas, no te muevas,* seguí repitiendo para mis adentros. De pronto me di cuenta de que, por cederme su casco y su chaqueta, Jayden iba desabrigado y expuesto al peligro. Si teníamos un accidente, estaría desprotegido, y seguro se estaba muriendo de frío. Pensar en eso me llevó a abrazarlo más fuerte.

—¿Quieres que me detenga? —preguntó enseguida.

—No —respondí.

Me hubiera gustado apoyar la cabeza en su espalda, pero el casco me lo impedía. Pesaba mucho, nunca había usado uno. También me aislaba del ruido. Con suerte había escuchado lo que él había preguntado a los gritos.

Llegamos a casa antes de lo que me hubiera gustado. Jayden subió a la acera y se detuvo cerca de la puerta. Bajamos de la moto y me quitó el casco. No me di cuenta de devolverle su chaqueta.

—Espero hasta que entres —dijo.

—¿Volverás a la fiesta? —pregunté, cruzándome de brazos. Mi voz sonaba distorsionada por efecto del alcohol.

—No, me voy a casa —respondió.

—Ah… bueno —murmuré, y giré sobre los talones. Estaba más mareada que antes, y tropecé con el escalón del porche.

Jayden me sujetó por la cintura.

—¡Dios, Elizabeth! —exclamó, y me levantó. Me arrastró unos centímetros hasta el portero eléctrico e hizo sonar el timbre.

—Nadie responderá —le advertí.

Me miró un momento, supongo que se preguntaba qué hacer. Finalmente, metió una mano en mis bolsillos hasta hallar la llave de mi casa. Abrió la puerta del edificio y me ayudó a entrar al recibidor. Después me condujo en dirección al elevador.

—No —dije, luchando para liberarme. Había pasado de la euforia al terror—. ¡No, no, no!

—No puedes subir las escaleras en este estado —respondió, manteniendo la calma.

Me liberé de su agarre y me dirigí a donde yo quería. Él resopló y, cuando menos lo esperaba, me levantó en brazos. Subió hasta el primer descanso y me dejó en el suelo. Se tomó un momento para recuperarse y me levantó de nuevo. El último piso lo subí sola, aferrándome a las paredes mientras él me sujetaba de la cintura.

Para cuando llegamos al sexto piso, no entendía nada de lo que sucedía alrededor.

—¿Quién encendió las luces? —pregunté, preocupada, mientras Jayden metía la llave en la cerradura de mi apartamento. Mi cabeza no alcanzaba a procesar que se encendían solas cuando había alguien en el pasillo.

Jayden abrió y me hizo pasar. Entré intentando deshacerme de la chaqueta; me costaba manipular la cremallera. Cuando al fin pude con ella, me la quité y la arrojé al sofá, muerta de calor. Me aferré al respaldo mullido con una horrible sensación de náuseas.

—¿Dónde está tu madre? —preguntó Jayden.

—Me siento mal —balbuceé. Me sentía peor que nunca; tenía el estómago en la garganta—. Voy a vomitar —le avisé, y corrí por el pasillo que llevaba al baño.

Percibí que Jayden me seguía.

—Señora Collins —lo oí decir. ¡Qué iluso! Creía que mi madre estaba en casa—. ¡Señora Collins!

Golpeó a la puerta de la habitación de mamá al tiempo que yo llegaba al baño. La madera entornada se abrió. Supongo que, viendo el interior del dormitorio, se dio cuenta de que estábamos solos.

Me arrodillé delante del retrete, al borde de gritar de desesperación. La última vez que había vomitado era una niña; había olvidado que se sentía un espantoso vacío en el abdomen, un horrible malestar en la espalda y el bajón de presión que conlleva algo tan asqueroso como vaciar el estómago por la boca. No quería que Jayden me viera de esa manera, no podía permitir que entrara al baño.

—¡No! —exclamé cuando la puerta se movió.

No pude decir más: los calambres empeoraron, aunque la ansiada liberación no llegaba todavía. Creí que nunca llegaría.

Jayden se metió en el baño de todos modos y se acuclilló a mi lado. Me sujetó el pelo mientras me masajeaba la espalda. La última persona que había hecho eso había sido mi madre cuando yo tenía seis años y me había intoxicado con una hamburguesa. Dentro de lo vergonzoso de la situación, se sentía reconfortante contar con alguien. Que Jayden estuviera a mi lado y que me acariciara como si de verdad yo le importara me ayudaba a soportar. Quería y a la vez no quería que me dejara sola sintiéndome tan mal.

Cuando menos lo esperaba, mi mente dejó de controlar mi cuerpo, y vomité.

Los espasmos se sucedieron por un rato. Cuando parecía que ya se habían terminado, empecé a temblar y me puse a llorar.

—Tranquila —pidió Jayden con voz calmada. Me abrazó y me acarició el pelo—. Está bien, Elizabeth, ya pasará. Es agradable cuando el alcohol entra en tu cuerpo, pero duro cuando tienes que dejarlo salir, ¿verdad? Espero recuerdes este episodio y no bebas tanto nunca más.

Cuando consiguió aquietarme, me apartó del retrete, bajó la tapa e hizo correr el agua. Volví a inclinarme hacia adelante, puse los brazos sobre la madera y recosté la cabeza en ellos.

Mientras yo luchaba contra la debilidad, Jayden salió del baño. Regresó cuando comenzaba a pensar en lo mal que me sentía y en que solo quería esfumarme del planeta. Me echó la cabeza atrás con cuidado y volvió a abrir la tapa.

—Enjuágate —pidió, entregándome un vaso de agua. Le hice caso. Era un asco estar haciendo eso delante de él, pero no tenía opción—. Ahora tienes que beber bastante líquido —indicó, acariciándome la cara.

También lo hice. Poco a poco, iba sintiéndome mejor.

Unos minutos después, me quitó el vaso y me ayudó a levantarme. Me apoyé en el lavabo y me miré al espejo mientras Jayden ponía pasta en el cepillo de dientes. Parecía una zombi. Abrió la canilla y colocó el cepillo entre mis dedos.

—Lávate los dientes —solicitó.

Cuando terminé, me alcanzó la toalla para que me secara y salimos del baño. Me metí en mi habitación y me senté en la cama. Me quité los zapatos con los pies y me arrastré para acostarme. Me abrigué con el cubrecama; había pasado de sentir mucho calor a estar muerta de frío. Jayden se acuclilló a mi lado.

—Necesito el número de teléfono de tu madre —dijo.

—Está de viaje —expliqué. Aunque no podía adivinar qué pensaba Jayden, noté un cambio en su mirada—. No te vayas, por favor —rogué. Todavía no razonaba—. No me dejes sola, quédate.

Jalé de sus dedos hasta que tuvo que levantarse. No contenta con eso, seguí jalando hasta que se acostó a mi lado. Me acurruqué contra su pecho y dejé las manos cerca de mi boca. Como el espacio se había reducido, no tuvo más remedio que pasar un brazo por debajo de mi cuello y apoyar el otro sobre mi cintura.

—A nadie le importa que haya ido a esa fiesta y me haya emborrachado —susurré entre lágrimas—. A nadie le interesa que me puse en peligro y que podría haber terminado peor.

—A mí me importa —reveló—. Y como quiero que te sientas bien, es mejor que no sigas hablando ahora.

Esta vez ignoré su pedido.

—¿No te preguntas por qué lo hice? Harvard me rechazó —confesé, llorando. Era la primera vez que me mostraba tal cual era delante de alguien de la vida real, y se sentía a la vez atemorizante y liberador—. ¿Por qué soy tan estúpida? ¿Por qué sigo creyendo que algo me saldrá bien alguna vez?

—Eres brillante, Elizabeth, y estoy seguro de que tendrás un futuro igual de brillante que tú —susurró contra mi frente.

Su aliento cálido y perfumado hizo que mi estómago se recuperara de repente. Sus dedos enredados en mi pelo se transformaron en un calor que se irradió por mi columna. "Elizabeth"… Amaba cuando me llamaba así.

En el silencio comencé a escuchar los latidos de su corazón. Mis manos se apoyaron en su pecho, y sin querer me encontré acariciándolo. Nunca imaginé siquiera que se podía sentir tanto placer. Mi cuerpo estaba pegado al suyo; su perfume me hizo olvidar quiénes éramos. Sus latidos se aceleraron, así como su respiración. Me pegunté si acaso me deseaba como yo a él, y si también sentía que teníamos una conexión. ¿Qué ocurriría si le abría mi corazón?

Ni siquiera me di cuenta cuando me quedé dormida. Lo supe cuando desperté y la cama se movía: Jayden se había levantado. Me apresuré a tomarlo de la mano. No pensaba, solo sentía que lo quería a mi lado.

—No te vayas. ¿Qué hora es?

—Las tres. Descansa.

—No puedes irte en la moto a esta hora, es peligroso. Quédate —supliqué, y jalé de él con los ojos entrecerrados. La habitación estaba en penumbras, y apenas alcanzaba a distinguir su cuerpo junto a la cama. Conseguí que volviera a acostarse y, sin pensar, le acaricié la mejilla—. Pensé que nunca me sentiría de esta manera. Te admiro tanto… Quisiera besarte.

Su garganta vibró cuando rio junto a mi mejilla. Otra vez tenía una mano en mi cintura y respiraba sobre mi sien.

—Cállate, Elizabeth. Cuando se te pase la borrachera y estés despierta, te odiarás por haber dicho eso y no volverás a mirarme a los ojos nunca más. No quiero que dejes de mirarme.

Su voz me devolvió la serenidad, su presencia me hizo sentir valiosa, y volví a dormir con la sensación más hermosa que había experimentado nunca.

Ese día había sido dos personas a la vez: Elizabeth y Lady Macbeth. La primera era exigente y responsable, una persona intachable. La segunda era valiente y osada, y se atrevía a luchar por sus deseos. Creo que, por esa noche, había ganado Lady Macbeth.

28

Es de cobardes

Desperté de golpe: la puerta de mi dormitorio se había abierto.

—¡Lizzie! ¿Estás aquí? Mira lo que…

Me senté en la cama justo cuando mamá se callaba. Jayden se había apoyado sobre un codo y miraba la abertura. La expresión de mamá delató sus pensamientos.

—¡Oh, lo siento! Sigan con lo suyo —dijo. Y cerró la puerta.

Salí de la cama como si acabaran de descubrirme robando. Miré la ventana: era de día. ¿Por qué mamá estaba en casa? ¡¿Por qué Jayden estaba en mi dormitorio?!

No recordaba casi nada de lo que había sucedido a la noche, solo algunas escenas aisladas. Me vi vomitando frente al retrete y a Jayden sosteniéndome el cabello. Le había contado que me habían rechazado en Harvard y había jalado de su mano para que se metiera en mi cama. Me oí diciéndole que quería besarlo y a él respondiendo que me callara o jamás volvería a mirarlo. ¡Cuánta razón tenía!

Cometí el error de girar la cabeza: estaba sentado en la orilla de la cama. Sus ojos, clavados en mi espalda.

–Tienes que irte –dije, avergonzada.

Jayden bajó la cabeza. Casi podía leer su mente, debía estar pensando *sabía que esto pasaría*. Se puso de pie y salió del dormitorio.

Se me partía la cabeza. Me dejé caer sobre la cama, tocándome la frente. Reaccioné en cuanto me pareció oír la voz de mamá; tenía que estar hablando con Jayden.

En pocos segundos me di cuenta de que acababa de actuar como la más injusta y acudí en su rescate. Escapar de lo que había ocurrido la noche anterior era de cobardes.

Él había recogido la chaqueta y estaba delante de la abertura que llevaba a la cocina. Mamá sonreía, apoyada en la mesada, con un vaso de agua en la mano.

–¿Así que tú eres Jayden? –dijo.

Me planté junto a él, temerosa de lo que pudiera decirle mi madre.

–¿Qué haces aquí? –pregunté, antes de que Jayden respondiera.

–El vuelo se canceló. Nos vamos esta noche –respondió ella, y sonrió–. ¡No me dijiste que Jayden era tan lindo! –agregó, como si él no estuviera ahí.

–Anoche salí y bebí de más en una fiesta. Jayden me trajo a casa. Llegué descompuesta. ¿No dirás nada?

Tal como esperaba, mamá no se molestó.

–¿Qué quieres que diga? ¡Era hora de que hicieras cosas de jóvenes!

–Te estoy diciendo que estuve ebria y me encontraste con un chico en mi dormitorio. ¡Enójate! ¡Pídeme explicaciones, por favor! –reclamé. Ella rio.

–¡No seas tonta! ¿Por qué me enojaría? Tienes casi dieciocho años, puedes traer chicos a tu habitación. Es más: prefiero que lo hagas en tu dormitorio y no en un motel. Solo cuídate, por favor.

—Me voy —determinó Jayden, y se volvió hacia la puerta.

Permanecí quieta, intentando procesar lo que acababa de suceder sin enloquecer. No podía creer que había revelado la verdad sobre mi vida a Jayden y que mi madre acababa de comportarse como una adolescente frente a él.

Corrí con la urgencia de alcanzarlo. Quería pedirle que no dijera nada de lo que había sucedido en la escuela y justificar la actitud de mi madre con alguna excusa. Cuando lo vi poniendo la llave en el encendido de la moto, mi estómago se contrajo.

—Jayden —lo llamé. Nos miramos. Pensé en muchas cosas, pero ninguna logró abandonar mi boca. En lugar de hacer caso a la razón, dejé salir lo que se escondía en mi corazón—. Gracias.

Por un momento creí que me diría palabras hirientes. Debía estar enojado porque lo había echado; lo menos que yo merecía eran un par de reclamos. Me sorprendí cuando su mirada se ablandó.

—No creí que dirías eso —respondió.

Me sentí tan aliviada de que el ambiente se hubiera distendido, que me atreví a bromear como solía hacer con mis amigas.

—Disfrútalo: pronto volveré a ser una pesadilla.

Jayden sonrió, y el hoyuelo de su mejilla reapareció para deleitar mi vista.

—No eres una pesadilla —dijo, y subió a la moto.

Volví a entrar al edificio y me quedé del otro lado de la puerta, sonriendo como una tonta, hasta que el ruido del motor desapareció. *"No eres una pesadilla"*. Esa respuesta me gustó.

Regresé a casa con una maravillosa sensación de alivio. Debí haberme sentido en un aprieto, pero que alguien de la vida real supiera mi verdad, aún con el riesgo que ello implicaba, era liberador. Nunca me había dado cuenta de cuán cansada estaba de fingir y ocultar hasta que había sido honesta con Jayden.

–Dijiste que regresaste descompuesta. ¿Estás bien? –me preguntó mamá. Por un instante creí que se preocupaba por mí, pero enseguida reprimí la sensación temiendo estar equivocada.

–Sí, estoy bien –dije, y me encaminé a mi habitación.

No volví a prestarle atención hasta que mencionó a Jayden. Para entonces, ya estábamos en el pasillo.

–¡Anda, cuéntamelo todo! –pidió–. Yo siempre te cuento mis aventuras. ¿Fue tu primer chico? Sí, tiene que serlo. Te la pasas encerrada estudiando; no puedes haber tenido a otro. ¡Ya era hora! Me preocupaba que no buscaras experiencias. ¿Fue bueno contigo? Dime que se cuidaron, por favor, es todo lo que te pido.

Me refugié en mi dormitorio y giré para mirarla.

–Mamá: se me parte la cabeza. ¿Podemos hablar en otro momento?

–¡Ufa! ¿Me dejarás con la intriga? –hizo puchero.

–Lo siento –dije, y cerré la puerta.

Volví a la cama y me acurruqué. Lo que había ocurrido me avergonzaba, pero a la vez me enfrentaba a una verdad arrolladora. "¿Por qué crees que no soy responsable? Quizás lo sea, pero no del modo que imaginas", me había dicho Jayden. "Quizás lo sea, pero no del modo que imaginas…".

Era cierto. Jayden asumía el tipo de responsabilidades que nadie quería, incluso las que espantarían a mis padres. No se había separado de mí cuando había sufrido un ataque de pánico en el elevador, tampoco cuando me había desmayado durante la lección, ni siquiera mientras padecía las horribles consecuencias de haber bebido demasiado. Ocuparse de la escuela era fácil. Contener a alguien durante un ataque de pánico, hacerse cargo de una chica desmayada y sostener a otra persona mientras vomitaba era lo difícil. Dudaba de que cualquier otro compañero se hubiera hecho cargo de mí en esas circunstancias complicadas. No habrían sabido qué hacer.

Cerré los ojos y procuré recordar algo más de lo que había ocurrido en la madrugada. Me hubiera gustado disfrutar más de la cercanía de Jayden. Era imposible no sentirme atraída por sus actitudes, sus palabras y su inteligencia. Shylock tenía razón: existen inteligencias múltiples.

¡Shylock! Me senté en la cama, sobresaltada: lo había plantado en el chat. Lo último que había leído era que me pedía que me quedara conversando con él.

Fui a la computadora y la reactivé. La conversación terminaba en lo último que había visto.

Shylock: Lady Macbeth...
Shylock: ¡Mierda!

No se podía saber a qué hora se había desconectado un usuario y tampoco enviar mensajes si no estaba en línea. No me quedaba más remedio que esperar a que se conectara de nuevo.

Suspendí la computadora e intenté dormir. No quería tomar cualquier píldora para el dolor de cabeza y arruinar mi estómago de nuevo; todavía sentía náuseas, en especial cuando me acordaba del alcohol.

Mamá se fue el sábado. Esperé despierta; una parte de mí tenía la esperanza de que el vuelo se cancelara de nuevo. Esta vez, no regresó. Me dormí a la madrugada, y a las diez de la mañana me despertó un mensaje de ella: acababa de llegar a Londres.

A las doce estuve en la iglesia de Glenn con la ropa que quería donar. Ya que estaba allí, me invitó a pasar y me mostró el lugar. Era un edificio precioso; me hubiera gustado tomar algunas fotos. Nos cruzamos con su padre, el pastor, entre los bancos. Era un hombre moreno y corpulento, que siempre me miraba con el ceño fruncido. Sentí que me saludaba por obligación, y las veces que lo había visto en lo de Glenn me daba la sensación de que yo no le caía muy bien, así que apenas le sonreí.

Algunas personas del coro todavía estaban conversando entre ellas, vestían túnicas de color bordó y amarillo, igual que Glenn. Entraba buena luz natural por los vitrales y la artificial provenía de lámparas inmensas que colgaban del techo.

Volví a casa con los ojos llenos de imágenes nuevas y esperé por Shylock el resto del domingo. No apareció. Pensaba en él y, sin darme cuenta, empecé a compararlo con Jayden.

De Shylock destacaba su inteligencia, la abnegación por su familia y que solía decir las palabras justas. No siempre escribía lo que yo quería leer, pero sin duda todo lo que decía terminaba resultándome útil. Su energía traspasaba el monitor, y teníamos mucho en común. A pesar de ser una persona virtual, me había liberado con él, y tejía hermosas fantasías a su alrededor.

Jayden era muy diferente. Si tenía que destacar algo de él, era su calidez. Desde que había visto el modo en que trataba a su madre, supe que su corazón era noble. Además, era objetivamente atractivo, pero no engreído, y eso lo hacía todavía más lindo. De pronto me encontré preguntándome qué tipo de chicas le gustarían, con cuántas habría salido y si, como Shylock, alguna habría sido del colegio.

Cuando pensaba en Jayden, me moría de vergüenza. A veces me hacía sonrojar, y otras, quería matarlo. De forma paralela, lo admiraba y era la primera persona real por la que sentía atracción. Pensar en Shylock, en cambio, solo me hacía sonreír. Cuando se conectaba, mi corazón latía muy rápido, y la tentación de conocerlo crecía cada vez más. Me atraía también, aún siendo virtual. De no haber implicado tantos riesgos, le habría pedido que nos encontráramos hacía mucho tiempo, pero no quería avergonzarme cuando me lo cruzara en el colegio, como me sucedía con Jayden. Apostaba a que me incomodaría todavía más ahora que le había revelado parte de mi verdad.

¡Si tan solo hubiera podido asignar un rostro con certeza a Shylock! El aspecto físico era secundario para mí. Sin embargo, ya conocía el de Jayden, y sabía que éramos compatibles. Por otro lado, que Jayden a veces me sacara de quicio inclinaba la balanza hacia Shylock. El problema era que todavía no conocía a mi amigo de *Nameless*, y en la virtualidad, todo parece perfecto. Seguro que en la vida real también aparecían sus defectos, y eso me devolvía a la indecisión.

No había modo de determinar cuál de los dos me atraía más, pero sabía a quién le atraía yo. Shylock me lo había confesado con una canción. Y, siendo que conocía mis secretos más profundos, que me quisiera con ellos a cuestas tenía mucho valor.

El lunes lo pasé horrible en la escuela. La noticia de que había terminado ebria en la fiesta de Jillian ya estaba circulando y, sumado al desmayo en la clase de Psicología, andaba en boca de todos. Incluso unas chicas que jamás conversaban conmigo me detuvieron en un pasillo para preguntarme si tenía algo con Jayden. ¡Claro! Él me había ayudado dos veces delante de mis compañeros, era lógico que pensaran que estábamos saliendo.

—¡¿Con Jayden?! —exclamé, riendo para disimular los nervios—. No. No pasa nada con él. Solo somos compañeros de equipo —respondí, y seguí caminando.

Durante el almuerzo, lo vi sentado en el comedor con dos chicos con los que a veces se juntaba. Lo contemplé durante un rato, y a cada instante disfrutaba más de lo que veía. Literalmente, sentí que mi corazón explotaba, pero eso mismo fue la causa de un gran temor. Parecía una chica fría y fuerte, sin embargo, si me atraía alguien, era porque me enamoraba. Y tenía miedo de que Jayden jamás pudiera enamorarse de mí. Quizás me deseaba, o eso me había parecido en mi dormitorio. ¡Vamos! Éramos un chico y una chica solos, de noche, abrazados en una cama. Lo más probable era que yo terminara sufriendo cuando me ignorara.

Recogí mi bandeja y abandoné el comedor. Val y Glenn me siguieron, preguntándome por qué desde hacía unos cuantos días me comportaba de manera tan extraña. Decían que estaba más hermética y desaparecida que nunca. Les dije que estaba bien y les pedí que no se preocuparan.

El martes llegué a la clase de Psicología sobre la hora. Por suerte el profesor no hizo referencia a lo que me había sucedido la clase anterior, y Jayden y yo pudimos exponer sin inconvenientes. Por momentos él se salía del libreto que yo le había dado, siempre con información nueva que no interfería con la mía. Aportaba datos curiosos que yo no había encontrado. No tenía idea de cuáles eran sus fuentes, pero eran muy buenas.

Ese mismo día el profesor nos asignó un nuevo trabajo: debíamos colaborar en algún proyecto solidario. Teníamos una semana para hacer la propuesta y otra semana para cumplir con el objetivo. Nuestra participación se documentaba con un video.

En cuanto la clase terminó, guardé mis cosas despacio, haciendo tiempo para que Jayden se fuera. Era más fácil enviarle un mensaje de texto que hablar en persona; quería evitar el encuentro frente a frente. Fue inútil: estaba esperándome a la salida del aula.

–Hola –me dijo.

–Hola –respondí.

–¿Cómo estás? Ayer no te vi. ¿Te quedaste en casa?

–No, yo nunca falto. Estoy bien. ¿Tienes algo en mente para este proyecto?

–Sí. Conozco un orfanato. Podemos hacer algo para los niños huérfanos.

–Puede ser. Investigaré qué más hay para hacer en la ciudad por Internet. Tú puedes ir averiguando por tu lado, y luego nos escribimos para decidir –asintió–. Bueno, nos vemos después –dije rápido, con intención de huir.

—Espera —pidió él—. ¿Qué tienes que hacer a la hora del almuerzo?

Lo miré un instante vacilando, como si hubiera olvidado el vocabulario.

—¿Por qué? —alcancé a preguntar.

—Me gustaría que pudiéramos conversar.

Me puse nerviosa, y me asustó lo que sentía cuando lo miraba.

—Quedé con mis amigas, lo siento —dije. Él soltó el aire, quizás lo había estado conteniendo.

—Está bien, será en otro momento.

—Claro. Adiós, Jayden. Nos vemos —dije, y me alejé. No pude disimular que estaba huyendo.

En el comedor, mientras Val y Glenn hablaban de una serie que estaban viendo en línea, yo no dejaba de pensar en Jayden. Me preguntaba de qué quería que conversáramos, y si acaso no debí aceptar. Había sido infantil, y ahora me carcomía la curiosidad.

En ese momento, mi teléfono vibró. Lo extraje del bolsillo y leí un mensaje general. Val y Glenn hicieron lo mismo.

> *Estimados usuarios: Queremos informarles que a partir del lunes, la red Nameless será desactivada. Gracias por haber sido parte de este proyecto.*

Me sorprendió una sensación de vacío.

Val y Glenn guardaron sus teléfonos como si nada hubiera ocurrido. Yo, en cambio, me quedé mirando la pantalla.

—¿Qué sucede? —me preguntó Glenn.

—Van a cerrar *Nameless* —susurré.

—¿Y qué? ¿Todavía tenías un usuario ahí? —rio Val—. ¡Jamás lo hubiera imaginado! ¿Por qué seguiste con eso? Yo ni siquiera recordaba que existía.

Seguía sintiéndome vacía. Solía encariñarme mucho con las cosas y con las pocas personas que ingresaban en mi vida, y me había encariñado con Shylock. ¿Y si no se conectaba antes para ponernos de acuerdo? ¿Cumpliría la promesa de escribir su número en los baños públicos? ¿Y si lo decía en broma? No me había dado cuenta de cuán importante se había vuelto esa red social para mí hasta ahora que iba a perderla. ¿Qué haría los sábados a la noche, si no conversaba con Shylock? ¿A quién le contaría mis problemas? Me hacía bien liberarme de lo que me angustiaba, ser yo misma.

—Liz, pareces preocupada —dijo Val, estirando una mano para tomar la mía—. ¿Era importante esa red para ti?

—No —mentí, guardando el teléfono—. Tuve un fin de semana de locos y todavía no me repongo, eso es todo.

—¿Es cierto que fuiste a la fiesta de Jillian y acabaste ebria? —quiso saber Glenn.

—¿Quién te lo dijo?

—Jillian. Debes tener cuidado. Eres mi amiga y te quiero, pero a veces me preocupas.

—¿Qué más dicen? —indagué.

—Dicen que primero te vieron con un primo de ella en las escaleras. Después, con... —se interrumpió y bajó la voz—. Dicen que te fuiste con Jayden. ¿Sucede algo con él? A nosotras nos contarías, ¿verdad? Somos tus amigas.

Reí. Ahora resultaba que, según las habladurías, había estado con dos chicos en la fiesta. Para colmo, lo decían como si salir con chicos mereciera una condena.

—No pasa nada con Jayden —aclaré.

—Está bien, Liz —se entrometió Val—. Si no quieres contarnos, no tienes que sentirte presionada. Estaremos aquí cuando necesites hablar de ello.

Agradecí que no me presionaran. Como fuese, estaba preocupada porque iban a cerrar *Nameless*, y ni siquiera podía descargarme con mis amigas.

—No pasa nada con Jayden —repetí, y continué con mi almuerzo, intentando ocultar que estaba triste.

No veía la hora de llegar a casa y conectarme. Seguro Shylock también había recibido el mensaje y se conectaría: teníamos cinco días para decidir si seguiríamos en contacto y cómo. Esperaba que quisiera. No quería perderlo… No podía.

29

El siguiente paso

Shylock: Hola, reina de hielo. Estaba esperándote.

Lady Macbeth: ¿Recibiste el mensaje?

Shylock: Así como debes haberlo recibido tú.

Lady Macbeth: Estoy angustiada, me había malacostumbrado a esta basura.

Shylock: Yo también.

Lady Macbeth: ¿Qué haremos?

Shylock: No lo sé. En realidad este es un servidor donde se pueden abrir salas de chat. ¿Qué te parece si abrimos una solo para nosotros?

Lady Macbeth: Sí, podría ser.

Jajaja, ¡Shylock! No pensé que sería tan fácil. Desde que llegó ese mensaje estuve haciéndome problema y tú resolviste todo en un segundo.

Shylock: Jajaja, no me extraña. Tú eres así: complicada.

Lady Macbeth: Creo que debería ofenderme. Te perdonaré solo porque hoy sentí demasiado miedo de perderte.

Shylock: No fue una ofensa, y si se entendió así, lo siento de verdad. Jamás te ofendería.

Me alegra haberme vuelto importante para ti, porque tú eres importante para mí.

Lady Macbeth: ¿De verdad? No sé cómo o por qué; todo lo que hago es contarte mis problemas. Es curioso, porque no siempre me agrada lo que me dices respecto de ellos, pero para mí tiene mucho valor.

Shylock: Gracias. También valoro lo que me dices. Me haces bien.

Lady Macbeth: ¿No te cansas de leer problemas?

Shylock: No. Estoy acostumbrado a resolver asuntos que ni siquiera imaginas.

Lady Macbeth: ¿Cómo le pondremos a nuestra sala de chat?

Shylock: Shakespeare.

Lady Macbeth: Jajaja, ¡me gusta!

Shylock: Cambiando de tema, quería preguntarte por lo del viernes.

Lady Macbeth: ¡Oh, el maldito viernes! Lo siento. No debí irme de esa manera, no debí plantarte. Además, lo que te dije que haría... Fui tan infantil, tan inmadura. Te juro que no soy así.

Shylock: Lo sé. Y no me importa cómo te fuiste, sino lo que estabas sintiendo. ¿Cómo estás respecto de eso?

Lady Macbeth: Estoy mejor. No salto de alegría, pero esperaré las respuestas de Princeton y Yale antes de intentar convertirme en una verdadera Lady Macbeth otra vez.

Es broma, no te preocupes. Solo esperaré.

Shylock: ¿Cuándo llegarían esas respuestas? Si ya tienes el resultado de Harvard, te inscribiste en la opción temprana. ¿Te dejaron inscribirte en esa opción en todas? ¿No tienen sistemas restrictivos?

Lady Macbeth: Solo había seleccionado la decisión temprana para Harvard. Para las otras dos, debo esperar a la decisión regular.

Shylock: Entiendo. ¿Por qué no envías, además, solicitudes a escuelas?

Lady Macbeth: ¿Para qué querría que me admitieran en una escuela? ¿Qué estudiaría ahí? Tengo que ser abogada, y para ello debo ir a la universidad. He oído de chicos que se postulan para diez a la vez, no entiendo por qué no hice lo mismo. Todavía estoy a tiempo con la decisión regular, quizás lo haga. Estaba segura de que me aceptarían en Harvard; debí haber omitido el asunto de la beca. Una chica logró entrar a nueve de diez postulaciones, ¿no es increíble? Quiero que me suceda lo mismo.

Shylock: Entonces, si tú no logras entrar a casi todas tus opciones, te sentirás menos que esa chica que ni siquiera conoces. Sería bueno que lo tomaras con calma. Tampoco creo que debas omitir el asunto de la beca. ¿Qué sentido tendría avanzar de instancia sin asegurarte el dinero para continuar con tus estudios una vez que obtengas el lugar?

Lady Macbeth: No quiero que vuelva a ocurrirme lo de Harvard.

Shylock: Hazme caso: tómalo con calma. Si continúas esforzándote tanto, solo te perjudicarás.

Lady Macbeth: Bueno, lo evaluaré. Gracias por el consejo. ¿Tú a dónde enviaste solicitudes? ¿Ya te respondieron de alguna? No sé cómo no te pregunté sobre eso antes.

Shylock: No envié solicitudes todavía.

Lady Macbeth: ¡¿En serio?! ¿Cuándo se vence el plazo en las universidades que elegiste? ¿No te interesa que te acepten temprano? ¿Prefieres la decisión regular y no la anticipada?

Shylock: Prefiero la regular. Además, todavía no estoy decidido.

Lady Macbeth: ¡¿Todavía no sabes qué quieres estudiar?! Me sorprende de ti.

Perdona. Debes haber querido decir que no sabes adónde.

Terminé de leer *Desayuno en Tiffany's*.

Shylock: ¿Y?

Lady Macbeth: Quiero matar al autor. Siento que el libro quedó en la nada, que no tuvo un momento de mayor tensión.

Shylock: Jaja, creo que es un estilo literario. Como esas películas en las que sentimos que no sucede nada y terminan sin mucho ruido. Estamos acostumbrados al cine masivo; supongo que lo mismo ocurre con los libros.

Lady Macbeth: Sí, puede ser. Pero hasta en el teatro de la Antigüedad las obras tenían un clímax; lo estudiamos en Literatura. Supongo que solo nos queda reflexionar. Hay libros que no se proponen contar una historia emocionante y adictiva, sino plantear temas y puntos de vista.

Shylock: Sí, pienso lo mismo. Además de comentar este libro, ¿con cuál quieres seguir? Te toca elegir a ti.

Lady Macbeth: Estuve pensando y me gustaría distenderme con algo actual. Sin embargo, los libros que me interesan son bastante largos, y en este momento no tengo mucho tiempo. Pensé en dos textos cortos de un autor que no llegamos a ver en el programa de Literatura del año pasado; se llama Dostoievsky. Los libros podrían ser *Noches blancas* y *El jugador.*

Shylock: Haré lo que tú propongas.

Lady Macbeth: No me digas eso. ¿Te gusta la idea? No se trata de seguir mi capricho, puedes opinar y buscaré otra cosa si no te agrada. No hay nada peor que leer sin deseo.

Shylock: Me gusta y lo deseo. Leí *El idiota* hace un tiempo y me pareció muy interesante. Vamos con esos dos.

Lady Macbeth: ¡Perfecto! Ahora hablemos de *Desayuno en Tiffany's.*

Debatimos sobre los personajes, la trama y las ideas que nos había aportado el texto durante más de una hora. Mientras conversábamos, sentía que todo fluía con una naturalidad increíble, como si nos conociéramos de toda la vida. ¿Sería igual en persona? ¿Congeniaríamos tan bien como en el espacio virtual? ¿Hasta cuándo íbamos a seguir en el chat? Estaba hablando con Ethan Anderson, ya no tenía dudas, y que Shylock fuera él me dejaba bastante tranquila. Si bien era amigo de Sarah, estaba convencida de que sabría guardar mis secretos. Era un chico respetuoso y reservado, inteligente y maduro. ¿Qué interés podía tener en delatarme?

Lady Macbeth: Oye, Shylock.

Shylock: ¿Sí?

Lady Macbeth: Tengo una idea. Si bien me agradó tu propuesta de crear una sala de chat exclusiva para nosotros, me gustaría conocerte. No va contra las reglas si queremos encontrarnos personalmente. Además, *Nameless* dejará de existir el lunes, de modo que lo que hagamos ya no estará sujeto a sus normas.

Sé que es arriesgado: cuando nos manejamos en la virtualidad, creamos una imagen idealizada del otro, y puede que la realidad te dé una bofetada. Escuché historias de chicos que se encontraron después de haberse conocido por Internet y fue un desastre, pero tengo esperanza contigo. Después de todo, eres alguien del colegio, y por lo que pude conocer de ti en este tiempo, presiento que en persona también nos llevaríamos muy bien. Me da un poco de miedo perder lo que tenemos, pero me siento preparada para dar el siguiente paso. ¿Y tú? ¿Te sientes preparado para conocerme?

Esperé su respuesta. Tanto, que me dio taquicardia. ¿Y si le había caído mal la propuesta? Ethan era tímido, tal vez prefería ocultarse para siempre detrás de una pantalla. Pero, en ese caso, ¿por qué me había dedicado la canción? ¿Por qué me había confesado que me quería? Era evidente que, en algún momento, nuestra relación tendría que dejar de ser virtual.

Lady Macbeth:

¿Shylock? ¿Te sientes preparado o no?

Shylock: A veces sí y a veces no. Pero me parece que la que no está preparada eres tú. Moriría si me vieras y salieras corriendo.

Ya no tenía dudas de que era Ethan. Se burlaban de él desde que tenía siete años, y era muy tímido. Para colmo, siendo Shylock me había confesado que yo le atraía; era lógico que le diera vergüenza encontrarse conmigo. Supuse que pensaba que yo saldría corriendo porque él no solía resultar interesante para las chicas. Quizás algunas se decepcionarían de que él fuera Shylock. Yo no.

Lady Macbeth: ¿Confías en mí?

Shylock: Mucho.

Lady Macbeth: ¿Y me creerías si te prometiera que, sin importar quien seas, no saldría corriendo?

Shylock: No.

Lady Macbeth: ¡¿Por qué?! No sabes quién soy, pero te aseguro que no soy de esas chicas que se burlan de los demás. No molesto a nadie. Debo confesar que puedo ser fría y dura con las personas a veces, pero no lo seré contigo. Te lo juro.

Shylock: Sé por qué eres dura a veces, y eso no me asusta, porque solo es una coraza. Tu máscara es de hierro, pero tu alma es de cristal. Te conozco bien, Lady Macbeth, así que no me preocupa tu caparazón. Tú misma lo dijiste: tengo miedo de perder lo poco o mucho que tenemos.

Lady Macbeth: Sí, me conoces bien, por eso tienes que saber que cumpliré con mi palabra. Te prometo que no saldré corriendo. Pase lo que pase, me quedaré hasta que nuestra conversación fluya como en el chat. Evitaré por todos los medios que perdamos lo que tenemos, en especial si se arruinaría por mi culpa.

Por favor, no sabes cuánto me costó tomar esta decisión y no sé si volveré a sentir el coraje para hacerte esta propuesta de nuevo o para aceptar si tú me la hicieras algún día. ¿Podemos conocernos?

La respuesta se hizo esperar de nuevo.

Shylock: De acuerdo. Te espero el sábado a las cuatro en la puerta de *Macy's* de la calle 34. Nos vemos del lado de adentro.

30

El escudo de mi alma

Durante la semana pensé tanto en mi encuentro con Shylock que no tuve tiempo de preocuparme por mis padres, mucho menos de entristecerme por Harvard. Tampoco pensé en Jayden o en las respuestas de las otras universidades, solo en lo que me esperaba el sábado. Imaginaba mi encuentro con el chico virtual poniéndole el rostro de Ethan. Creé una hipótesis sobre cómo reaccionaríamos ni bien nos encontráramos y de cómo lucharíamos contra su timidez y contra mis temores. En mi imaginación, todo marchaba genial.

El sábado, mientras viajaba a Herald Square, me dolía el estómago de los nervios. Estaba a un paso de delatar mi identidad a alguien que sabía todo de mí, y eso significaba darle poder. Procuré distraerme leyendo *Noches blancas,* pero desistí y guardé el libro en la mochila. No había manera de vencer las sensaciones; estaba excitada y atemorizada al mismo tiempo.

Caminé hasta el centro comercial creyendo que me desmayaría. Había desayunado, pero la tensión no me había permitido almorzar. Miré el móvil: era temprano. No quería entrar a Macy's antes de la hora acordada, pero me urgía ir al baño, así que ingresé y me perdí en los pasillos hasta hallar los sanitarios.

Pasé un rato ahí, me arreglé el pelo y el maquillaje. Volví a colgarme la pequeña mochila azul en el hombro y salí en dirección a donde habíamos acordado el encuentro. Aunque todavía faltaban diez minutos, regresé a la zona buscando a Ethan; suponía que era tan puntual como yo. No había llegado.

Me paré junto a una estantería, mirando hacia la puerta. Me transpiraban las manos y tenía los labios resecos; el nudo en mi estómago se apretaba cada vez más. ¿Qué pensaría Ethan cuando me viera? ¿Habría entendido mi insinuación cuando le había mencionado a Lady Macbeth mientras él leía *Desayuno en Tiffany's* en el pasillo del colegio? ¿Se sentiría cómodo conmigo o le habría gustado que fuera otra chica?

Mi móvil vibró en el bolsillo. Era imposible que fuera él, no nos habíamos dado los teléfonos. Pensé que podían ser mis amigas. Me venía bien distraerme un poco, así que lo extraje del bolsillo y lo revisé. Era un mensaje de mamá.

> ¡Lizzie! Llego mañana a las nueve. ¡Prepárate para un día de chicas! Tengo mucho para contarte.

—Hola, Elizabeth.

Alcé los ojos de inmediato, el móvil tembló entre mis dedos. ¡¿Justo en ese momento tenía que cruzarme con Jayden?! Me quedé boquiabierta, con la respiración cortada. Mis nervios se dispararon: no quería que Shylock me viera con él y pensara que me había acompañado.

—Hola —respondí de forma apresurada—. Lo siento, no puedo conversar en este momento, estoy esperando a alguien.

Pestañeó y apretó la mandíbula.

—Quizás ya ha llegado.

Temí lo peor: ¿y si Ethan lo había visto y se había marchado?

—¿Viste a alguien conocido? —pregunté, preocupada.

—Sí, a ti.

Dejé escapar el aire y reí.

—Te escribo otro día por lo del proyecto, ¿sí? Ahora vete, por favor, estoy esperando a alguien.

Jayden suspiró. No fue hasta ese momento que me pregunté qué estaba haciendo ahí, por qué justo había aparecido en ese momento, por qué no se iba, si se lo estaba pidiendo.

—¡No puedo creerlo! —exclamó—. No sé qué más tengo que hacer para que te des cuenta, Lady Macbeth.

Me tensé, presa de un escalofrío. Si antes estaba a punto de desmayarme, ahora debía estar al borde de la muerte.

—¿Cómo sabes de eso? —pregunté—. ¿Por qué me llamas así? ¿Cómo...? ¡Te metiste en mi computadora! ¡Revisaste mis cosas! Fue la noche que dormiste en mi casa, ¿verdad? ¡Sí, fue así!

—No, Elizabeth, jamás revisé tu computadora.

Mis ojos se humedecieron, me sentía desnuda y estúpida. Mala. Si Jayden era Shylock, si de verdad eran la misma persona... yo había sido una basura. Y él, un mentiroso.

Di un paso atrás.

—No puede ser... —balbuceé, aterrada de los secretos que le había contado y de mí misma.

Jayden esbozó una sonrisa de resignación al tiempo que negaba con la cabeza. Me cubrí la boca con una mano, evitando echarme a llorar como una inmadura.

—¿Por qué te cuesta tanto creerlo? —continuó él—. Está bien, puedo probártelo. Dime una cosa: ¿las conversaciones se guardan en *Nameless*? —negué con la cabeza–. Entonces es imposible que haya leído tus sesiones con Shylock. Sin embargo, puedo reproducir cada una con lujo de detalles, desde la primera hasta la última palabra. *And I can't fight this feeling anymore. I've forgotten what I started fighting for.* ¿Recuerdas?

La canción resonó en mi cabeza como torbellino de notas confusas. Di otro paso atrás, temblorosa y asustada. Jamás, jamás habría pensado que Shylock era Jayden.

–No puede ser –susurré, retrocediendo otro poco–. ¡Es imposible!

Los ojos de Jayden reflejaron dolor.

–Lo sabía. Sabía que esto sucedería –expresó con resignación, y señaló la puerta–. Está bien: huye. Vete, Elizabeth. No soporto que sientas miedo de mí.

Dejé de retroceder de pronto. "Te prometo que no saldré corriendo. Pase lo que pase, me quedaré hasta que nuestra conversación fluya como en el chat". ¡Maldición! ¿Por qué le había prometido eso? Se lo había dicho cuando estaba convencida de que Shylock era Ethan. ¿Cómo cumplir si tenía enfrente a Jayden?

"Moriría si me vieras y salieras corriendo".

Shylock me quería. Y si Shylock era Jayden, que huyera lo habría hecho sentir pésimo. Lo habría hecho pensar que lo estaba rechazando, y nada más lejos de la verdad. Aunque estuviera muerta de vergüenza y de miedo, ni Shylock ni Jayden merecían que los hiriera.

Me cubrí la cara con las manos y me permití llorar. Me había plantado en el suelo, dispuesta a cumplir mi promesa sin importar nada más.

–No… –rogó Jayden. Sentí sus manos rodeándome las muñecas, su calidez quemándome a través de su mirada–. Por favor, no, Elizabeth –me hizo descubrirme la cara y me encontré con sus ojos–. Salgamos de aquí –propuso con preocupación, y me tomó de la mano para salir de la tienda.

Cruzamos la calle y terminamos sentados en un banco de la plazoleta de enfrente. Yo no podía parar de llorar, hundida en la desesperación.

—Por favor, no llores —suplicó él—. Sé que estás decepcionada…

—No estoy decepcionada —me apresuré a aclarar, hipando. Extraje los pañuelos descartables de la mochila y me limpié la nariz—. Sabías que Lady Macbeth era yo. ¿Cuándo te diste cuenta?

—Fue cuando me contaste lo del elevador.

Asentí, intentando contener la angustia. Me acordaba de las veces que había hablado mal de Jayden a Shylock sin saber que estaba diciéndole todas esas cosas a él, y me sentía una basura. Mi cabeza trabajaba a mil revoluciones por segundo, empecé a atar cabos. Las veces que Jayden llegaba tarde con las ocupaciones de Shylock, las responsabilidades de las que se hacía cargo el chico virtual y las que había asumido el real, y entendí que la verdad no estaba a la vista en la vida cotidiana: se había revelado a través de una pantalla. Había sido muy poco inteligente al no asociarlas.

—Por eso desapareciste durante días después de esa conversación: sentías decepción —deduje en voz alta—. ¿Por qué volviste? ¿Por qué seguiste hablándome, si yo era odiosa y malvada?

—Si tengo que ser sincero, en la escuela me caías muy mal. Te conocía desde los trece años, y desde el primer día que te vi, estabas siempre en pose de chica perfecta, molestando con el asunto de las calificaciones, compitiendo con los demás. Esa era la imagen que tenía de ti y la que me golpeó muy duro cuando me di cuenta de que Lady Macbeth eras tú.

»Pasé días observándote sin que te dieras cuenta, y tuve que reconocer que ya no te veía del mismo modo. Ahora entendía tus actitudes, y batallé conmigo mismo para hacer una elección: me quedaba con la chica que había creído que eras desde que te había conocido o con la que eras en la red. Elegí a Lady Macbeth. Elegí a la verdadera Elizabeth.

–¿Por qué lo ocultaste? ¿Por qué no me lo dijiste antes?

–Tenía miedo. En la vida real, yo te caía tan mal como tú a mí. Además, quería que quisieras a Jayden, no solo a Shylock. Confiabas en mí cuando era virtual, pero en la realidad estabas aterrada de que me enterara alguna verdad sobre ti.

–Por eso te lastimó cuando te dije que no confiaba en ti siendo Shylock.

–Sí. Intenté decírtelo algunas veces, pero nunca pude. Lo siento.

Me acordé de cuando se había detenido en las escaleras del hospital y cuando me había pedido que almorzáramos juntos para conversar. Suspiré y bajé la cabeza. Estrujaba el pañuelo para no destrozarme a mí misma. Me sequé una lágrima que resbalaba por mi mejilla.

–Permitiste que te contara todo de mí en el chat mientras que, siendo Jayden, fingías que no lo sabías. Si no fueras tú, creería que andabas por ahí riéndote de mí.

–¿Entonces no crees que me haya reído de ti? –negué con la cabeza, muy segura, y volví a limpiarme la nariz–. Gracias. Es cierto: jamás me reiría de ti. Respeto todo lo que me has contado y siempre lo guardaré en secreto. Fue angustiante no poder decirte que era Shylock, y aunque parezca lo contrario, me resultó imposible separar lo que conversábamos en el chat de la realidad.

–Lo sé. Cuando le conté a Shylock que el padre de mi amiga no colaboraría con mi trabajo, me escribiste para ofrecer a otra persona. En ese momento creí que era una casualidad, pero ahora entiendo que no lo fue.

»Siendo Shylock me dijiste que tu padre había muerto, pero cuando fuimos al hospital a ver a su amigo me dijiste que es pediatra. Usaste el presente.

–No podía corregir el tiempo verbal; si te decía que mi padre había muerto, habrías sospechado que era Shylock. Mi padre era pediatra, mi madre es enfermera, por eso los turnos rotativos. Él murió en un accidente de tránsito cuando vivíamos en Texas, donde nací. Había ido a atender una emergencia en la madrugada, otro automóvil se pasó a la mano contraria y, por esquivarlo, él volcó. Uno de sus amigos le consiguió un puesto a mamá aquí, en el mismo hospital donde trabaja él, y nos mudamos. No quise mentirte.

—¿Tu padre se llamaba Colt?

—Sí —sonrió—. La frase del tatuaje era típica de él. Se la decía a todo el mundo, en especial a sus pacientes con cáncer.

—Niños con cáncer.

—Sí. Mi madre ayuda en el orfanato cuando necesitan una enfermera, por eso podríamos visitarlo. Había pensado en llevarles juguetes.

—Hagamos eso.

—De acuerdo —aceptó él.

Pasamos unos minutos en silencio; no paraba de pensar en todo lo que habíamos vivido desde que habían abierto *Nameless*. Me sentía culpable y volví a estallar en llanto, cubriéndome la cara. No podía contenerlo.

—Ey, Elizabeth —susurró Jayden, rodeándome la muñeca—. Perdóname, por favor, no quería que te pusieras así. Si sabía que te lastimaría, habría buscado otro modo de revelarte mi identidad.

—Lo siento. ¡Lo siento tanto, Jayden! —exclamé.

—¿Por qué dices eso? Por favor, no llores.

Lo miré aunque me muriera de vergüenza.

—Pienso en lo mal que te traté, en las veces que le hablé mal de ti a Shylock...

Él negó con la cabeza.

—No importa eso. No sabías que estabas hablando conmigo.

—Pero te trataba mal siendo Jayden sin ponerme en tu lugar. Solo veía que llegabas tarde, que nunca entregabas los trabajos, que la escuela no te importaba... Jamás se me ocurrió pensar que había algo detrás, que no era holgazanería o desinterés. ¿Por qué nunca se me ocurrió que tú, como Shylock, podías tener problemas? ¿Por qué no miré más allá de mí misma?

–Porque no te lo dije. Si tenías ese concepto de mí, era por la imagen que yo daba en la escuela. No es tu culpa. Yo tampoco había pensado en tus problemas cuando creía que eras competitiva y fría, una chica que solo buscaba sobresalir. No tenías por qué adivinar lo de mi hermano, ni intuir lo que sucedía en mi casa. *Nameless* tuvo éxito con nosotros: los dos descubrimos que la gente anda por la vida con una máscara y que la verdad no es tan simple. Lo que vemos es solo la punta de un iceberg.

No me consolaba. Había sido egoísta y cruel, y me sentía avergonzada.

–Perdóname, Jayden –susurré, llorando otra vez.

–Elizabeth –lo miré–. ¿Puedo hacer algo que quiero desde hace mucho tiempo?

Asentí sin pensar, sin hacerme preguntas. Y en una fracción de segundo, Jayden estaba abrazándome.

Mis piernas se aflojaron; si no hubiera estado sentada, habría caído. Me aferré a su chaqueta y lloré sobre su pecho, hundida en la sensación más reconfortante que había experimentado nunca. Me había habituado a soportar todo en soledad: la presión y la tristeza, el miedo y la decepción. Me había sentido acompañada por Shylock, ¿cuánto más ahora que el consuelo era real? Un abrazo no tenía comparación con ninguna otra forma de acompañar.

Respiré profundo, llevándome el perfume de Jayden, la caricia de sus manos en mi pelo, su calor… Temblé mientras el llanto se iba aplacando y daba lugar a sensaciones diferentes. Empecé a agitarme y levanté la cabeza despacio, con los labios entreabiertos. Rocé su mentón con la nariz, y él se inclinó para mirarme. Sus manos se deslizaron hasta mis mejillas y nos quedamos un instante quietos. Respirábamos tan cerca, que su agradable aroma terminó por hipnotizarme. También había algo que yo quería hacer desde hacía mucho tiempo, algo que latía en partes de mi cuerpo que no recordaba que existían.

No sé si fui yo o fue él, o quizás fuimos los dos. Cerré los ojos y sentí el roce de sus labios sobre los míos. Después, la calidez de su lengua. Era suave y tierna, como el resto de su boca. Era lo que había soñado y jamás creí que pudiera concretar.

Mientras nos besábamos, todo desapareció. No había escuela, problemas ni calificaciones. No había universidades, desamor ni obligaciones. No había un ser virtual y otro real, no había necesidad de elecciones.

Con Shylock olvidé mis propias reglas, las palabras de mamá, la convicción de que nadie podía quererme de verdad.

Con Jayden me olvidé de las máscaras, de que le había confiado mi vida y de que tenía el poder de destrozarla. Sujeté el escudo que siempre rodeaba mi alma y lo arranqué para él. Lo arranqué porque estaba enamorada y quería creer por una vez en mi vida que alguien podía quererme también.

Ahora Jayden tenía acceso a mi alma. Solo rogaba que la cuidara.

31

Lo que nunca había esperado

Después de besarnos, pasamos abrazados mucho tiempo; tanto como cuando conversábamos en *Nameless*. Supongo que Jayden, como yo, se había olvidado del mundo. Quería que siguiera rodeándome con sus brazos; había añorado su calidez desde que lo había visto así con su madre. Él era capaz de brindar el tipo de afecto que siempre había deseado. Ahora que éramos libres de manifestar lo que queríamos, parecía que no podíamos apartarnos.

Cuando empezó a caer la tarde, me alejó de su pecho y me acarició la cara.

—Está empezando a hacer frío. Deja que te lleve a casa —pidió.

Acepté de inmediato. Todo lo que había soñado desde la noche de la borrachera era volver a subir a su moto.

Caminamos hasta el estacionamiento donde la había dejado y nos sentamos. Otra vez me dio su casco.

—Me siento un poco abusiva —dije, mostrándoselo.

—Prometo comprar otro —respondió, encendiendo el motor. Sonreí al imaginar que pensaba invitarme a su moto muchas veces más.

Lo abracé sin reparos mientras andábamos. No solía ser demostrativa;

él avivaba en mí un lado desconocido, o quizás me contagiaba su forma de expresar el cariño. Jayden me despojaba de mis máscaras, y ahora que había confluido con Shylock, encajaba todavía más conmigo.

Me sentí vacía desde que se detuvo en la puerta de mi casa. Bajé y le devolví el casco. No quería que se fuera.

—Mamá no vuelve hasta mañana y estoy cansada de estar sola. ¿Quieres entrar un rato? Es sábado. Podemos mirar una película, escuchar música…

—Me muero por quedarme contigo. Dame un momento.

Sacó el teléfono y empezó a escribir; supuse que estaba preguntando a su madre si tenía con quién dejar a su hermano. Mientras él resolvía sus asuntos, me quedé prendada de sus largas y abundantes pestañas, de la forma perfecta de su nariz, de sus manos… hasta sus dedos me parecían hermosos. Lo contemplé hasta que levantó la mirada y esbozó una sonrisa.

—Pedí a mi madre que contratara a la niñera para esta noche. Podemos mirar una película, escuchar música, lo que quieras.

Abrió los brazos y yo me refugié en ellos. Sentía que flotaba en una nube, tenía un nivel de relajación que no experimentaba desde hacía años. Era maravilloso olvidar las obligaciones, relegar las normas que pasaba imponiéndome y tan solo entregarme a los sentimientos. Desde que nos habíamos besado, la razón se había esfumado, y a cambio solo me guiaba por el instinto. ¿Acaso eso era ser adolescente? ¿Cuánto me tentaba esa vida que jamás había experimentado?

En cuanto entramos al edificio, Jayden me tomó de la mano. Intentó llevarme al elevador. Yo reí y pretendí ir por las escaleras.

—¿Te animas a subir conmigo? —preguntó.

—Evito los lugares cerrados siempre que puedo —le recordé.

—Ya lo sé. Confía en mí.

Me mordí el labio: si no aprovechaba en ese momento en el que casi no estaba pensando, no tenía idea de cuándo me atrevería a ir en un elevador aunque no fuera necesario.

Jayden marcó el piso de mi casa y las puertas se cerraron. Enseguida giró hacia mí, me llevó contra la pared del fondo y apoyó las manos en el espejo, dejándome encerrada entre sus brazos. Bajó la cabeza y respiró sobre mi boca. Yo temblaba, y no precisamente de miedo.

—¿Quieres olvidar dónde estamos? —ofreció en susurros. Sus ojos devoraban mis labios y los míos lo esperaban sin aliento.

Volvimos a besarnos. Sus manos me quemaban como un cinturón alrededor de mi cintura, las mías se metieron por debajo de su camiseta, probando la calidez de su piel. Su abdomen era duro y agradable; su espalda, ancha y fuerte.

Las puertas se abrieron mucho antes de lo esperado. El viaje transcurrió en una fracción de segundo, y ni me había acordado de la claustrofobia.

En casa, todo estaba un poco más ordenado. Sin mamá, yo era la única que dejaba las cosas tiradas, y la cantidad se reducía notablemente. Ni bien entramos, corrí al sillón, junté la ropa y la escondí en la habitación de ella. Cuando regresé, encontré a Jayden en la cocina. Estaba investigando el interior del refrigerador.

—¡Eres un descarado! —exclamé. Él cerró la puerta y se volvió riendo.

—Siempre está vacío, ¿cierto?

Me sentía extraña revelándole la verdad sobre mi vida a Jayden con libertad. Por un instante me costó relacionarlo con Shylock.

—Sí —respondí en susurros.

Estuvo frente a mí en un segundo y me hizo mirarlo poniendo un dedo debajo de mi barbilla. Seguía sonriendo con mirada cálida.

—Estoy feliz de poder hablarte como Shylock cara a cara —dijo—. Gracias, Elizabeth. Gracias por cumplir tu promesa de no salir corriendo. De verdad me habría sentido muy mal si hacías eso.

—Quiero que sepas que lo que te dije cuando estaba ebria era cierto: quería besarte, Shylock, y en ese momento eras Jayden. Me había enamorado de los dos, pero solo me atrevía a confesarlo en el espacio virtual.

—Igual que yo.

—Se siente bien todo esto, pero también me da miedo.

—No tengas miedo. Yo luché para no sentir miedo de ti; haz lo mismo.

—Prométeme que no me dejarás por mensaje y que no…

—Espera —me interrumpió—. Deja que te sorprenda. Yo me sorprendí. No quería saber nada con chicas por el momento, pero me enamoré de ti, y no hay nada que pueda hacer para evitarlo.

No resistí esas palabras y lo besé. Después, me abrazó por la cintura y yo a él. Mi corazón desbordaba de sentimientos, no podía creer que me sintiera así.

—¿Desayunaste? —preguntó sobre mi coronilla.

—Sí.

—¿Almorzaste? —permanecí en silencio—. ¿Lady Macbeth…?

—No.

Me apartó con las manos sobre mis hombros.

—¡Tienes que comer! Pidamos algo —propuso, y enseguida se dirigió a la sala buscando el móvil en el bolsillo.

No aparté mis ojos de él mientras hablaba por teléfono; no podía creer que estaba en mi casa, comportándose como Shylock cuando en realidad era Jayden. ¿Dónde había quedado el chico serio y callado? Ese chico vivía en una jaula, como había dicho él, una igual a esa en la que vivía yo. Antes no podía mostrarse tal como era porque tenía miedo de perderme… Alguien me quería. Yo le importaba, y no podía creerlo.

Nos sentamos a esperar la pizza en el sillón mientras escuchábamos música. Me recosté contra él, y él puso un brazo sobre mis hombros. Entrelazamos los dedos y me concentré en los latidos de su corazón. Nunca había tenido novio, y no sabía si Jayden lo era, pero se sentía como si lo conociera desde siempre. Lo mismo me sucedía cuando hablaba con Shylock, quizás por eso avanzábamos tan rápido. En realidad, nuestra relación había comenzado hacía meses, y de no ser así, no sé si hubiera podido demostrarlo con el cuerpo.

Sentí sus labios sobre mi pelo, estaba besándome. Cerré los ojos, extasiada, y empecé a pensar en nuestra historia. Ahora que conocía su identidad, todo encajaba. ¿Cómo no iba a saber contenerme durante un ataque de pánico, si se la pasaba conteniendo a su hermano? Sus padres eran un médico y una enfermera, era evidente que sabría qué hacer frente a un desmayo. Hasta la canción que me había dedicado adquiría un nuevo significado: no solo se refería a que una amistad virtual había evolucionado en algo más profundo. Quería decir que no se animaba a confesarme sus sentimientos en la vida real. Me pregunté qué habría pasado si lo hubiera hecho y me di cuenta de que se lo había impedido todo el tiempo.

Repasé nuestra historia y me di cuenta de que Jayden había cambiado de actitud conmigo desde que le había contado a Shylock lo del elevador. Había dicho que no era la escuela lo que le importaba cuando me sorprendí de que quisiera colaborar con el trabajo. Lo que le importaba era yo; sabía que necesitaba ayuda gracias a Shylock y quería brindármela, como cuando había ofrecido una contadora para que completáramos el trabajo fotográfico o cuando me había ido a buscar a la fiesta de Jillian.

Ahora que sabía la verdad, no entendía cómo había llegado a pensar que Ethan era Shylock. Shylock solo podía ser Jayden.

—¿Siempre te gustó leer? —indagué.

—Sí. ¿Y a ti?

—Desde que empecé a pasar mucho tiempo sola. Los libros son una buena compañía y un método de evasión. Escribes muy bien, al menos así era en el chat. También tienes un arte para comunicar y dijiste que te gustaba estar informado de todo. Creo que el profesor Sullivan tiene razón y deberías ser periodista.

Rio.

—Sí, es lo que me gustaría estudiar. El semestre que viene me inscribiré en el taller de Periodismo del colegio. Pero no estoy seguro de ir a la universidad todavía. Quizás espere a que Liam empiece la secundaria.

—¿Liam es el nombre de tu hermano? —él asintió. Me descalcé, subí los pies al sillón y me alejé un poco para mirarlo—. ¿Por qué no te postulas para alguna universidad de Nueva York? Eso te permitiría seguir cerca de tu casa, sería como ir a la escuela.

—Sí, puede ser.

El timbre interrumpió nuestra conversación. Nos levantamos los dos al mismo tiempo, pero como yo tenía que calzarme, Jayden se adelantó.

—Yo iré —ofreció, y salió llevándose la llave.

Cenamos en la sala, sentados en el suelo frente a la mesita enana. Pasamos el tiempo riendo de las idioteces que leíamos en el chat colectivo de *Nameless*.

—El primer día, Brandon Cooper se delató a sí mismo contándome que había errado dos tiros libres en el partido de básquet —conté—. ¿No es un idiota?

—¿Conociste a un usuario llamado *Rainy Day*? —preguntó él—. Le escribía a todo el mundo diciéndole que podía volar y que en ese momento los estaba espiando por la ventana.

Largué una carcajada.

—Tal vez se había drogado. ¿Puede existir gente tan aburrida como para perder el tiempo escribiendo esas tonterías?

—Deberías infiltrarte un día en una conversación de varones. Creo que tu lado esquemático y normativo se infartaría.

—No quiero ni imaginarlo. ¿No comes más? ¿Miramos una película?

Otra vez nos levantamos al mismo tiempo, pero mientras que yo enfilé hacia el pasillo, Jayden se puso a juntar los platos. Me quedé viendo embobada cómo los llevaba a la cocina. Pensé que regresaría enseguida. Entendí que no cuando oí el agua corriendo desde la canilla.

Fui a la cocina. Lo encontré lavando los vasos que habíamos utilizado y la vajilla que yo había acumulado durante dos días.

—¡Deja eso! —exclamé.

—Si permites que las cosas se acumulen, luego serán tantas que tendrás menos ganas de lavarlas —me miró por sobre el hombro y sonrió—. Es mejor deshacerse de ellas enseguida.

Me recosté contra la pared de brazos cruzados. Cada actitud de Jayden me enamoraba más. Era lo opuesto a mí, sin embargo me atraía como nunca me había atraído nadie. No podía quitarle la mirada de encima. Estaba segura de que solía ocuparse de las tareas de la casa a la par que su madre, por eso todo relucía cuando había entrado aquel día. Nada que ver con mi apartamento.

Siguió lavando hasta que terminó con todo. Después se volvió y me arrojó un trapo de cocina.

—No te salvarás: seca conmigo —dijo, fingiendo un tono serio.

Me aproximé y empecé a secar a su lado. Así, daban ganas de lavar platos a diario. Entre los dos guardamos la vajilla limpia en menos de diez minutos.

—Gracias —le dije—. Solo por esto quería enrollarme contigo; intuía que Shylock era un as para la limpieza de su casa.

Jayden rio y me abrazó. No sé si se daba cuenta, pero aumentaba mis pulsaciones con cada gesto.

Fuimos a mi habitación y nos pusimos de acuerdo enseguida para mirar una película: sería *Desayuno en Tiffany's*. Como después de un rato nos estábamos durmiendo, cambiamos por una de acción.

–No hay como los libros –dije yo.

–Opino igual.

Para cuando la película terminó, era medianoche. La habitación estaba en penumbras, apenas iluminada por algo de claridad que entraba por la ventana. Ante la falta de uso, la pantalla de la computadora se apagó, y el ambiente se volvió más oscuro. Jayden me abrazaba, y yo estaba recostada contra su costado. Empezó a acariciarme la espalda. Levanté la cabeza y rocé su mentón y sus labios. Su respiración sobre mi nariz y que ahora me acariciara el pelo y la mejilla con toda la mano hacían palpitar mi cuerpo. Su aroma era lo más agradable del universo.

No resistí la tentación de meter la mano por dentro de su camiseta y acariciar sus brazos. Podía sentir la forma de sus músculos, la calidez de su piel, el exquisito aroma del perfume. Nos besamos. Quería seguir así para siempre, pero mis ojos se estaban cerrando. Bajé las manos y las dejé sobre su abdomen, otra vez por dentro de la tela. Oculté el rostro entre su hombro y su cuello, y poco a poco me quedé dormida.

Cuando desperté, seguía acurrucada contra Jayden. Su brazo evitaba que los rayos del sol impactaran en mis ojos y me había tapado con el cobertor sin que me diera cuenta. Lo miré: todavía parecía dormido. Le acaricié una mejilla casi sin rozarlo. El día anterior parecía muy lejano y no podía creer que él fuera Shylock, que nos hubiéramos besado y que nuestra relación hubiera fluido aún mejor que en el chat.

Mis pensamientos colapsaron en cuanto sentí que me apretaba un poco. Sonrió, todavía con los ojos cerrados, y me dio un beso en la frente.

–Buenos días, Lady Macbeth –susurró–. Dime que tienes algo para desayunar.

Me volví, abrí la gaveta de la mesa de noche y extraje un paquete de galletas. Jayden me lo arrebató sentándose en la cama.

–¿Esto desayunas? –preguntó con incredulidad.

–Peor es nada –repliqué–. Empecé a ocultarlas aquí cuando me amenazaste con aparecer en mis clases con una vianda para niños.

–¿Por qué no compras huevos, tocino, leche, cereales…? ¿Acaso tu madre no te deja dinero?

Volví a sentirme un poco incómoda con la pregunta, pero ya le había contado mi vida entera, ¿para qué ocultarle lo demás?

–Sí, me deja dinero y suelo hacer compras. Pero ella a veces llega tarde y extermina lo que hay. En cuanto a hoy, supongo que hay huevos, pero no compré nada más.

Apretó los labios, quizás comprendiendo que no había nada que hacer ante mi situación, y dejó de indagar. Me sentí aliviada de ser honesta, de no tener que ocultar y disimular.

Fuimos a la cocina y preparé café. Mientras tanto, él buscó en el refrigerador y con lo que encontró terminó preparando un omelette.

–¿También sabes cocinar? –pregunté mientras desayunábamos. Era el omelette más rico que había comido en años.

–Cocino para mi hermano, para mi madre cuando está muy cansada, para mi gata vieja… –explicó, un poco en broma y un poco en serio–. Puedo preparar cualquier plato cuya receta esté en YouTube. Te permito ponerme a prueba cuando quieras. ¿Cuándo vuelve tu madre?

–A las nueve.

Levantó la cabeza y miró la hora en el reloj de la pared.

–¿Ahora? –Miré yo también. Eran las ocho y media.

–Sí.

–Será mejor que nos apresuremos.

–Lamento si te hizo sentir incómodo el otro día.

Recordar las palabras desvergonzadas de mi madre me hacía sentir mal.

—No es por eso que quiero irme antes de que llegue tu madre —aseguró, quizás para tranquilizarme—. Supongo que no quieres que me encuentre aquí a esta hora. Sería evidente que pasé la noche contigo, y alcanzaría conclusiones equivocadas.

Me encogí de hombros. En cualquier otra circunstancia habría disfrazado la verdad. Con él, no tenía motivos.

—No me interesa lo que piense. A ella no le importa encontrar chicos aquí, te lo aseguro; lo dijo delante de ti el otro día. Esa fue la primera vez que encontró uno. Casi pareciera que deseara encontrarlos siempre.

Jayden apretó los labios. Luego llevó la silla hacia atrás y me hizo una seña.

—Ven aquí —pidió.

Me levanté sin dudar y me senté sobre sus piernas. Me abrazó y yo me refugié en él y en lo que sentíamos, en lo que habíamos compartido todo ese tiempo y en el misterio del futuro. Me sentía más tranquila y contenta de lo que jamás hubiera imaginado. Me sentía segura. Jayden era lo que nunca había esperado, todo lo contrario a lo que describía mi madre que eran los chicos. Rogaba que fuera cierto.

32

Secretos

Acompañé a Jayden a la puerta del edificio por las escaleras. De solo saber que se iría, ya me sentía sola. Si extrañaba a Shylock cuando no se conectaba, no quería imaginar lo que sentiría ahora que nuestro vínculo había avanzado a pasos agigantados.

Un impulso me llevó a abrazarlo. Él respondió rodeándome la cintura y nos besamos. Si no hubiera oído el motor de un auto demasiado cerca, no nos habríamos soltado tan rápido. Cuando me di cuenta de que había un taxi en la orilla de la calle, mamá ya estaba junto a nosotros.

—Hola, Jayden —dijo ella. Estaba más vivaz y hermosa que nunca.

—Hola, señora Collins —respondió él de forma respetuosa.

Mamá soltó una carcajada.

—¡No me llames así, por favor! Nunca me casé con el señor Collins y, además, nos separamos hace nueve años. Me llamo Olivia. Olivia Barrymore. Podrías habérselo dicho, Lizzie. ¿Por qué nunca nos presentaste de forma adecuada? —soltó la manija de su maleta—. ¿Me ayudas con el equipaje, Jayden?

—Jayden ya se iba —intervine. Me avergonzaba su descaro.

Él se hizo cargo de la maleta sin hacer caso a mi excusa, la levantó para subir los escalones de la entrada y la dejó junto al elevador.

–Gracias, eres todo un caballero –le dijo mamá–. Salí de aquí con una maleta de mano que pesaba menos de nueve kilos y volví con una de veinte –rio.

–De nada. Adiós, señora Barrymore –dijo Jayden, y salió.

Espié por sobre el hombro. Recién me atreví a mirar a Jayden de nuevo cuando vi que mamá había desaparecido dentro del elevador.

De pronto todo lo que había olvidado en esas horas volvió a torturarme y me sentí muy extraña. Estaba segura de lo que Jayden me provocaba, pero no de cómo iba a sobrellevarlo. No sabía si me estaba dejando engañar, si lo nuestro perduraría y si convenía seguir entregándome a las ilusiones.

–Jayden –murmuré, cabizbaja–. Me gustaría que mantuviéramos esto en secreto en la escuela, al menos por un tiempo.

Esperé unos segundos para comprobar cómo tomaba mi propuesta. No quería que pensara que él no merecía que una chica estuviera orgullosa de ser su novia. Es que si él no se enganchaba como yo y me dejaba, sufriría. Al menos quería ahorrarme las preguntas de los demás.

Después de un silencio que me pareció eterno, él sonrió con un rastro de conformismo.

–No es la primera vez que me piden eso. ¿Por qué las chicas como tú eligen mantener sus relaciones en secreto?

Una alarma comenzó a sonar en mi interior.

–¿Te refieres a tu ex novia de la escuela? ¿Se parecía a mí? Jamás lo hubiera imaginado. No pensé que te atrajeran las aburridas.

Jayden rio.

–¿De verdad te crees aburrida? –respondió–. No te preocupes, no me molesta salir contigo en secreto –concedió–. No necesito que todo el mundo se entere de mis asuntos. Te habrás dado cuenta de que soy bastante reservado.

Asentí con la cabeza y le di las gracias. Nos despedimos con otro beso. Jayden seguía abrazándome como si nuestro último diálogo no hubiera existido, así que supuse que de verdad no le había molestado mi pedido. Me quedé en la puerta hasta que dobló la esquina en su moto.

Subí las escaleras preguntándome quién sería esa misteriosa chica que había sido novia de Jayden y lo había engañado. A pesar de su traición, él había respetado el secreto que ella le había pedido que conservara, así que supuse que no tendría intención de develar los míos.

En la sala encontré a mamá sentada en el sillón de dos cuerpos. Su energía había vuelto a llenar la casa, y no me sentía cómoda con eso. Hasta ese día no me había dado cuenta de que, cuando ella estaba cerca, ejercía una extraña influencia sobre mí. Su presencia hacía temblar mis convicciones.

Me miró por sobre el hombro.

—Te he traído muchos regalos y quiero mostrarte todos los que me ha hecho Joseph. Pero primero tenemos que hablar de algo. Siéntate —señaló el sofá del otro lado de la mesita.

No tenía idea de lo que iba a decir, pero supuse que se relacionaba con Jayden. No podía huir de mi madre cuando acababa de llegar de viaje y no nos habíamos visto en una semana, así que me senté.

—Supongo que estás saliendo con Jayden —dijo. Mi rostro debe haber evidenciado cuán incómoda me sentía, porque enseguida agregó—: No te preocupes, me alegra y espero que sea el primero de muchos. Solo te pido una cosa: recuerda que los chicos te usan y te dejan. ¿Entiendes, Lizzie? A los chicos no les importas. Solo quieren tu cuerpo y, si conviven contigo, quieren que seas su sirvienta. Les viene bien una cocinera, una planchadora, una masajista… Y nos necesitan para tener hijos. Pero lo que es su debilidad puede convertirse en tu poder —arrojó un blíster sobre la mesita: eran píldoras anticonceptivas. Las miré atónita, con los ojos muy abiertos—. El día que quedes embarazada será de un hombre que te convenga. Por el momento, lo único que te pido es que te cuides. Preservativo para no pescarte una enfermedad y píldoras anticonceptivas para que ninguno te deje embarazada y salga corriendo. Nunca te pido nada, Lizzie, solo esto. ¿Cumplirás?

Tragué con fuerza, se me había anudado el estómago.

—No quiero tomarlas —dije enseguida.

—¡¿Por qué no querrías?!

—Porque no me las recetó el médico. No sé, no me gustan.

Se inclinó hacia adelante, recogió el blíster y me lo ofreció acercando su mano a la mía.

—Irás al médico, pero tienes que prometerme que te cuidarás. Ningún chico se aprovechará de ti. Te divertirás, fingirás que les das los gustos y, en tal caso, los usarás como ellos harán contigo.

—No todos nos usan. Jayden es distinto —discutí, con un hilo de voz. No estaba convencida de lo que decía, pero quería creerlo con todo mi corazón. La risa de mamá no ayudó.

—¡No, hermosa! Créeme: Jayden no es distinto. Eso aparentan; la frescura de la juventud les facilita ocultar el lobo que llevan adentro. Sé por cómo me miras que no estás creyendo una palabra de lo que digo, y te entiendo, ¡por supuesto que te entiendo! Cuando tenía tu edad, yo también quería creer en el amor. Pensaba que los chicos sentían como yo. Pero no. Ojalá hubiera tenido una madre que me abriera los ojos y me hubiera prevenido de tu padre. Algún día te darás cuenta de que tenía razón y me lo agradecerás. Por favor, Lizzie: acepta las píldoras. Jamás olvides tomar una por día ni bien te levantes. Comienza el primer día de tu período, ¿de acuerdo?

Inclinó la cabeza hacia un hombro con expresión suplicante, como solía hacer cuando quería que le diera el gusto de mirar una película de su agrado o ir a alguna parte. Siempre que hacía esos gestos infantiles, me preguntaba si acaso había vuelto a la adolescencia cuando mi padre la había dejado o si estaba tan acostumbrada a fingirse tonta para sus novios que ya no sabía encontrarse a sí misma. Era una mujer muy inteligente, ¿por qué actuaba así? Ser y parecer. Acababa de descubrir que tenía a quién salir: aunque me esforzara para diferenciarme de mi madre, al final nos parecíamos; yo también me la pasaba fingiendo ser alguien que no era. Lo bueno habría sido saber cuál de esas dos personas era ella en realidad y quién era yo.

Recogí las píldoras deprisa, solo para darle el gusto. Mamá respiró aliviada cuando me vio guardar el blíster en el bolsillo y volvió a reír como si nada hubiera ocurrido.

–¡Ahora sí! –exclamó–. ¡Mira todo lo que te traje!

Fue imposible contagiarme de su alegría. Me regaló una camiseta de los Beatles que nunca usaría, un llavero de Londres bastante bonito y dulces típicos de Inglaterra. Joseph le había comprado ropa, joyas y perfumes. Me contó con lujo de detalles lo bien que lo había pasado en la habitación con jacuzzi de un hotel de cinco estrellas y que él la había invitado a pasar Navidad y Año Nuevo en Dubai. Al parecer su mujer y sus hijos se iban a visitar unos familiares a Canadá. Él les diría que no podía acompañarlos por cuestiones de trabajo mientras se daba la buena vida con mi madre del otro lado del mundo.

–Faltan dos meses para las fiestas –dije–. ¿Me dejarás sola?

–¡Es injusto que me preguntes eso, Lizzie! –exclamó ella, como si acabara de herirla–. ¿Por qué no se lo preguntas a tu padre? Desde que se fue no pasa una sola Navidad contigo, ni siquiera llama para tus cumpleaños.

Tenía razón. Lo mismo de siempre: si mi padre podía hacer su vida, ¿por qué ella no?, y *blah blah blah*. Mamá me daba dinero para que comprara lo que se me diera la gana, pasaba Navidad y Año Nuevo conmigo, me insistía para que invitara gente a mi cumpleaños… Merecía irse de viaje cuantas veces quisiera.

—Pero, como siempre estoy pensando en ti… –agregó–, pensé que podrías ir a su casa.

—¡No! –exclamé enseguida–. Eso no.

—¡Lizzie! Me preocupa que no tengas relación con tu padre. Sería bueno que él conviviera un poco contigo.

—No quiero. No quiero volver a esa casa. Prefiero quedarme sola en este apartamento.

—Bueno… puedes pedirle a Jayden que pase la noche contigo. Seguro le gustará la idea –propuso, y me guiñó el ojo.

Apreté los labios sin decir nada y me puse de pie.

—Estoy cansada, ¿te molesta si voy a mi habitación? Me alegra que lo hayas pasado bien en Inglaterra.

—Descansa, linda –dijo, tomándome la mano–. Y no olvides empezar con la píldora ni bien tengas tu período, ¿sí?

Asentí solo para que me dejara en paz.

Antes de encerrarme en mi dormitorio pasé por el baño y extraje el blíster del bolsillo. Observé la disposición de las píldoras, los colores de los placebos… Mi madre estaba obsesionada con que me cuidara si tenía sexo, y aunque todavía ni siquiera estuviera en mis planes hacerlo con Jayden, temí que por primera vez decidiera controlarme.

¡Por supuesto que no quería quedar embarazada! Primero tenía que ir a la universidad, recibirme, conseguir un buen empleo… Ni siquiera sabía si algún día desearía ser madre. Aún así, no quería las píldoras. No tomaría nada que no me hubiera recetado un médico, solo por una obsesión de mi madre.

Las extraje y las arrojé al excusado. Eché a correr el agua y las vi desaparecer en el torbellino.

No paré de pensar en Jayden en todo el día. Me sentía extraña; la tarde y noche anterior parecían muy lejanas y lo extrañaba demasiado. Recordé cada punto de nuestra conversación y el modo en que había fluido después de un rato, como si nos conociéramos desde siempre. Mamá había puesto una película, pero yo no prestaba atención. Me distraje cuando mi teléfono vibró y encontré un mensaje de Jayden.

> *¡Ey, Lady Macbeth! Estuve averiguando: esta medianoche se acaba Nameless. ¿Qué dices si nos conectamos un rato para despedirnos?*

Liz.

> *¡Hola! Conectémonos, pero en mi corazón jamás dejarás de ser Shylock. Estaré ahí a las nueve.*

33

Hasta siempre

Shylock: Bienvenida.

Lady Macbeth: Gracias.

Shylock: ¿Estás bien?

Lady Macbeth: Sí. Solo me siento un poco rara ahora que sé quién eres. Supongo que tú también.

Shylock: Sí, claro. Pero intento no pensar en eso. Además, me acostumbré a saber que Lady Macbeth eras tú. ¿Puedes hacer el intento de acostumbrarte a saber que yo soy Shylock?

Lady Macbeth: Sí, te lo prometo.

Shylock: ¿Cómo te fue con tu madre?

Lady Macbeth: Bien.

Shylock: Jaja, ¡Lady Macbeth! ¿Te comieron la lengua los ratones? ¿O debería decir que te comieron los dedos, por eso escribes tan poco? Creo que fue una mala idea pedirte que nos conectáramos.

Lady Macbeth: No, no fue una mala idea. Lo siento. Haré de cuenta que no eres Jayden, ¿de acuerdo?

¿Quieres que te cuente, SHYLOCK? Mi madre me dio píldoras anticonceptivas creyendo que mi compañero y yo nos acostamos, pero las arrojé al excusado; no quiero tomarlas. Me trajo de su viaje una camiseta de los Beatles que jamás usaré y me dijo que quiere pasar Navidad y Año Nuevo con su jefe en Dubai. Me pidió que fuera a lo de mi padre para esas fechas. Le dije que jamás, que prefería quedarme sola en el apartamento. Fin del comunicado.

Ya está, ya lo escribí. Tengo que animarme, solo resta enviar el mensaje. Hecho.

Shylock: Vamos por partes.

Lo más importante: ¿me regalas la camiseta de los Beatles? Jajaja.

Lady Macbeth: No creo que te quepa, pero claro, es toda tuya.

Shylock: Jajaja. ¡Gracias!

Lo segundo: Dubai y la casa de tu padre. Creo que es bastante desconsiderado por parte de tu madre irse sin más, pero entiendo que no podemos cambiar a los demás, así que tenemos que soportar. Faltan dos meses para las fiestas, algo se nos ocurrirá.

Respecto de las píldoras, supongo que no tienes que tomarlas si no quieres. En caso de que tengas relaciones, existen otro tipo de métodos anticonceptivos que incluso pueden protegerte de enfermedades de transmisión sexual. Haré de cuenta que no le dije eso a mi novia. Ahora que lo releo, parece que hablara de que lo harás con otra persona. No sé reformularlo, así que lo enviaré así. Tú me entiendes.

Lady Macbeth: ¿Soy tu novia?

Shylock: Supuse que sí. De todos modos, también puedo hacerte la pregunta, como un niño de primaria: Elizabeth, ¿quieres ser mi novia?

Lady Macbeth: Jaja, es agradable volver a tener cinco años por un momento. Sí, quiero.

Shylock: ¡Qué alegría! Mañana te regalaré la vianda que mi madre ponga en mi lonchera.

Lady Macbeth: JAJAJAJA, pues yo te haré un dibujo con un corazoncito.

Oye... hablando en serio: me quedé pensando en algo que dijiste.

Shylock: ¡Oh, no! Eso es muy peligroso. Cuando las chicas dicen eso, se avecina una tormenta.

Lady Macbeth: Jajaja, no. Si respondes.

Shylock: Está prohibido chantajear, Lady Macbeth.

Lady Macbeth: Elizabeth no chantajea, pero Lady Macbeth no tiene escrúpulos.

Dime: antes de que supieras que Lady Macbeth era yo. ¿Sospechabas de otra chica?

Shylock: No. No hice a tiempo a deducir demasiado, me enteré bastante rápido de quién eras. ¿Y tú? ¿Quién creías que era Shylock?

Lady Macbeth: No te rías: pensaba que eras Ethan Anderson. De hecho estaba esperando que él apareciera en *Macy's*.

Shylock: JAJAJA. JAJAJAJA. ¡No puedo creerlo! Ethan y yo somos muy distintos.

Lady Macbeth: Es tu culpa, por tomar una postura tan diferente a la de Shylock en la escuela.

Shylock: Diferente para ti y para las personas que no me conocen. Soy como Shylock con mis amigos, y aquí, tú eras mi amiga.

Lady Macbeth: No te ofendas, pero no pareces tener muchos amigos.

Shylock: Tú tampoco. Solo te he visto con Val y Glenn. Ya ves, en algo nos parecemos: sabemos elegir a las personas que nos rodean.

Lady Macbeth, sospecho que tu pregunta real no era si creía que eras otra chica. ¿Qué ocurre? ¿Te arrepentiste de tu falta de escrúpulos y cambiaste la redacción a último momento?

Lady Macbeth: Maldito. No entiendo cómo me conoces tanto a través de una pantalla. Sí, cambié la pregunta. Si quieres la verdad, quería saber quién había sido tu novia de la escuela.

Shylock: Imaginaba que venía por ese lado.

Lady Macbeth: Entonces podrías haber sido bueno y decírmelo sin que tenga que preguntar. Entiendo que seas reservado, pero no conmigo, ¿verdad?

Shylock: Esa chica, como las demás con las que he tenido algo, es parte del pasado. No le veo sentido a hablar de ella, y menos contigo.

Lady Macbeth: Es el típico discurso de los chicos. Algunos son honestos, pero otros lo usan como una forma de ocultar que todavía guardan sentimientos por alguna de esas chicas, en especial si los engañaron.

Shylock: ¿Por qué seguiría queriéndola si me engañó? ¿Por qué saldría contigo si todavía la quisiera a ella?

Lady Macbeth: Porque los hombres son así.

Lady Macbeth: ¿Te fuiste? Ha pasado un minuto y no respondes. Odio que hagas eso, odio que te vayas sin avisar.

Shylock: No me fui, Elizabeth. Solo estoy intentando asimilar cómo serán nuestras conversaciones cada vez que algo te suceda y no sepa qué es. Era más fácil cuando se lo contabas a Shylock, entonces Jayden podía entender. Ahora estoy perdido.

Lady Macbeth: ¿Por qué piensas que algo me sucedió?

Shylock: Porque eso que estás diciendo no sale de ti. Lo sé, lo presiento.

Shylock: Ahora eres tú la que desapareció.

Lady Macbeth: Lo siento. Tal vez tengas razón.

Shylock: Gracias por reconocerlo.

Lady Macbeth: Intentaré ser yo misma sin dejarme influenciar. Es difícil, perdona.

¿Pudiste avanzar con *Noches blancas*?

Shylock: Sí, ya lo terminé. Llevé a mi hermano a la psicóloga y lo leí mientras esperaba; era bastante corto.

Lady Macbeth: ¡Wow! Voy muy atrasada, intentaré terminarlo antes de dormir así lo comentamos en la semana.

¿Qué hacemos con el trabajo solidario?

Shylock: Reunamos juguetes usados en estos días y vayamos al orfanato el sábado. Hablaré con mi madre para que nos consiga un permiso de visita, ¿qué opinas?

Lady Macbeth: Me parece genial. Me pondré en campaña pidiendo donaciones en redes sociales. Si por alguna razón no podemos ir a ese orfanato, buscaremos otro sitio a donde llevarlos.

Shylock: ¡Hecho! Tengo que cocinar, mamá está de guardia esta noche. Se me hizo muy tarde, mi hermano debe estar famélico. ¿Y tú? ¿Ya cenaste?

Lady Macbeth: Todavía no. Inventaré algo, creo que mamá está dormida.

Shylock: Prométeme que no saltearás comidas y que intentarás alimentarte mejor. Las galletas pueden salvarte de un apuro, pero no son alimento.

Lady Macbeth: Jaja, empezaré a esconder también huevos, leche y harina ☺.

Shylock: Jajaja, sería bueno que lo hicieras.

Te quiero, Lady Macbeth. Mañana te abrazaré y te besaré a escondidas en la escuela.

Lady Macbeth: Insisto en que eres un maldito: tienes la capacidad de hacerme sonrojar aún a través de una pantalla.

Shylock: Jaja, me alegra eso.

Fue un placer haberte conocido. Hasta siempre, Lady Macbeth.

Lady Macbeth: Hasta siempre, mi querido Shylock.

34

Vivir el momento

El lunes recibí varias respuestas a mi pedido de donación de juguetes. Prometían llevarlos entre el martes y el miércoles para que pudiéramos catalogarlos el jueves y el viernes y entregarlos en el orfanato el sábado.

No me crucé con Jayden hasta que salí del aula para tomar la segunda clase. Iba en compañía de mis amigas, escuchando un relato de Glenn. En cuanto lo vi, perdí la noción de lo que me rodeaba. Unos jeans negros, una camisa escocesa azul y la camiseta de una banda de rock le quedaban muy bien. Sin duda el amor me hacía verlo mucho más atractivo.

Nos sostuvimos la mirada. Cuando esbozó una sonrisa disimulada, mi vientre se estremeció. Entreabrí los labios; necesitaba un poco de agua. Había tomado el mejor desayuno del año, sin embargo en ese momento pensé que no había bebido nada en semanas.

—¿Estás escuchando? —preguntó Glenn, golpeándome con el codo—. ¿Me pareció a mí o Jayden Campbell te sonrió?

—¿Ahora se llevan mejor? —indagó Val.

—Sí, bastante mejor —me atreví a responder.

En algún momento les contaría que teníamos una relación. Todavía no.

Desde que me crucé con Jayden, me resultó imposible concentrarme en el estudio. Lo imaginaba otra vez en el pasillo, y mi mano metiéndose dentro de esa camiseta de la banda de rock, como había sucedido en mi casa mientras nos besábamos. Sin darme cuenta me encontré repasando nuestras conversaciones en *Nameless*, nuestro encuentro en *Macy's*, y me hallé uniendo datos sueltos del chico virtual con el real. Había estado en su casa, pero no había visto a su mascota. Moría por tocar a esa gata.

Mi móvil vibró debajo del banco. Me atreví a espiarlo en clase, creyendo que había recibido un mensaje de Jayden. Era del Centro de Estudiantes, y trataba sobre la despedida definitiva de la red social escolar. Nos invitaban a una reunión en el gimnasio el viernes por la tarde. Esperaban que algunos contaran su experiencia. Si relataba la mía, sin duda sería de gran ayuda para quienes habían desarrollado el proyecto. ¿Sería Ethan? Quizás, si iba el viernes al gimnasio, me enteraría.

—¿Elizabeth? —la voz de la profesora hizo temblar el móvil entre mis dedos. Intenté ocultarlo torpemente; no estaba acostumbrada a cometer faltas de conducta y no sabía disimularlas. Tragué con fuerza; mis ojos debían delatar que estaba aterrada. Miré el pizarrón en busca de alguna pista. Era inútil: la última vez que lo había mirado apenas estaba escrito el título. Ahora había una lista interminable de códigos genéticos y cromosomas.

—Síndrome de Down —susurró Glenn a mi oído desde atrás.

¿Sería esa la respuesta? ¿Podía confiar en ella? Era eso o enterrarme confesando que no había prestado atención a la clase o que no sabía. Para empeorar la presión, algunos compañeros giraron la cabeza para mirarme. Nadie podía creer que Elizabeth Collins no estuviera atenta.

—Síndrome de Down —respondí en voz baja, temerosa de equivocarme.

—Exacto. Cuando existe una copia extra del cromosoma 21...

Creo que mi respiración de alivio se oyó hasta el aula de al lado. Tenía que concentrarme, no podía perderlo todo por un chico.

El móvil volvió a vibrar en ese instante. No lo miré hasta que salimos del aula para ir al comedor.

> *Te espero en la biblioteca quince minutos antes de que termine la hora del almuerzo. Búscame en el pasillo B. Shylock.*

Elegí mi comida pensando en el mensaje. Me moría por ir, pero la realidad me había golpeado fuerte, y tenía miedo de desperdiciar tantos años de sacrificios por una relación sin futuro. En cuanto terminara la escuela, me iría lo más lejos posible de mi casa, y tendría que separarme de Jayden. ¿En qué momento lo había olvidado? ¿Cuándo la universidad había pasado a segundo plano?

Me senté a la mesa con mis amigas, preguntándome por qué, si nunca me había enamorado de nadie y jamás creí que alguien pudiera enamorarse de mí, tenía que pasarme en el último año de la secundaria.

—Estás pensativa desde hoy —dijo Glenn, abriendo su cartón de jugo de naranja—. Estabas distraída en Ciencias. ¿Tú, recibiendo ayuda para responder? Siempre es al revés.

Tragué con fuerza y asumí una postura sincera. Necesitaba a mis amigas.

—¿Se acuerdan del mensaje de que cerrarían *Nameless*? —las dos me miraron, expectantes—. Sí tenía un usuario ahí. Es más, conocí un chico en la red, y este fin de semana nos encontramos personalmente.

—¡Vaya! ¿Por qué siempre te guardas todo lo interesante? —protestó Glenn.

—Por temor. Si las cosas salen mal, nadie se entera, y me ahorro remover el dolor cada vez que me pregunten.

—Tienes que pensar que saldrán bien —me aconsejó Val—. ¡¿Y?! ¿Quién era el chico de *Nameless*?

–Prefiero no decirles todavía.

–¡¿Nos dejarás así?! –exclamó Glenn–. Siempre haces lo mismo, nos dejas con la información a medias.

No me sentía preparada para nombrar a Jayden ni para contarles aún lo que estábamos viviendo. Yo, que siempre decía que los chicos eran todos iguales, que lo más importante era el colegio y que mi única meta era ir a la universidad, no podía confesar que había caído en las redes del amor. No podía admitir de buenas a primeras que ahora dudaba de que la universidad fuera mi única meta.

No resistí más seguir comportándome como la chica que ya no me sentía y aproveché que mis amigas iban al baño para decirles que tenía que hablar urgente con un profesor. Claro que era solo una excusa, y corrí a la biblioteca. La máscara de chica perfecta me pesaba cada vez más.

Aproveché que la recepcionista estaba con dos estudiantes para evitar la mesa de entradas y busqué el pasillo B, que corría perpendicular al principal. Encontré a Jayden al final, cerca de la confluencia con el corredor lateral más estrecho. Estaba apoyado en una estantería, con un tomo de las obras completas de Dostoievsky en las manos. Nunca lo había visto leyendo en papel; ahora comprendía que las veces que lo había visto con el móvil sin escribir, estaba sumergido en la lectura que habíamos acordado. ¡Tenía a Shylock tan cerca y a la vez tan lejos!

Me acerqué despacio, mirando hacia atrás por sobre el hombro. Cuando me volví hacia adelante, él había cerrado el libro y estaba sonriendo.

–Empezaba a creer que no vendrías –susurró.

Quería pedirle que no volviéramos a citarnos a escondidas con el riesgo de que nos descubrieran, pero solo pude sonreír. Terminé muy cerca de él, levantando la cabeza para encontrarme con sus ojos.

–¿Esta es tu idea de abrazarnos y besarnos a escondidas? –pregunté;

tan bajo, que con suerte podría oírme él. Miré el techo y las estanterías–. ¿Aquí no hay cámaras? ¿Es seguro?

Sentí sus manos rozándome la cintura y, de pronto, estaba escondida entre sus brazos. Me dio un beso en la cabeza y otro en la frente. Poco a poco fui entregándome a la locura y levanté la cara para besarnos en los labios.

Volver a sentir su sabor y su calidez me estremeció. Cuando me acariciaba, incluso cuando solo me miraba, sentía su afecto. ¿De verdad me quería? ¿Era posible que nos hubiéramos enamorado en serio?

Después del beso, ya no pensaba en nada, solo en lo bien que me sentía a su lado. Nos habíamos sentado en el pasillo, respaldados en una estantería. La biblioteca era uno de los sitios menos concurridos de la escuela y podíamos estar tranquilos; solo había que susurrar para no molestar a los pocos que andaban por la zona y para que no nos descubriera la bibliotecaria.

–¿Estás seguro de que no hay cámaras? –pregunté, mirando alrededor de nuevo.

–Estoy seguro –me tocó el brazo para atraer mi atención–. ¿Terminaste *Noches blancas*?

–Sí. ¿Tú ya estás con *El jugador*? –asintió–. ¿Y?

–Me está gustando mucho.

–¡Lees más rápido que la profesora de Literatura! –exclamé. Él rio.

–¿Cómo vamos con los juguetes? Para mañana tendré el horario en que podremos visitar a los niños el sábado. Intentaré reunir algunos más, pero en otro lado. Aquí no soy un estudiante destacado como tú, y seguro ignorarán mi pedido. El tuyo tuvo mucho éxito.

–¿Me sigues en Instagram? –me acerqué a su oído para continuar–. Me refiero a mi Instagram personal, no al de las fotos.

–Sí. Si quieres seguirme también, soy *Peacekeeper*. Mi cuenta es privada y no estoy en la foto de perfil, quizás por eso no me reconociste.

–¿Y ese nombre? –reí.

–Es el título de una canción de Fleetwod Mac que escucho a veces y le gusta a mi hermano.

–¿Desde cuándo me sigues?

–Desde que supe que Lady Macbeth eras tú. Antes solo espiaba tu... –se acercó a mi oído para susurrar–: cuenta secreta.

Entendí que estaba bromeando con mi vergüenza y me eché a reír. De pronto recordé que no había mirado la hora en... ¿cuánto tiempo? Extraje el móvil y espié el reloj: ¡ya tenía que estar en clase!

–Se me hizo muy tarde –dije, preocupada, e intenté ponerme de pie. Jayden lo hizo primero y extendió una mano. La sujeté y me levanté con más facilidad.

–¿A qué hora sales? –preguntó.

–A las tres. Mamá no vuelve hasta tarde, ¿quieres venir a casa y empezamos a catalogar los juguetes?

–No puedo, esta tarde tengo que cuidar a mi hermano. Pero tienes los juguetes aquí, ¿verdad? ¿Por qué no vamos a la mía?

Me mordí el labio.

–Tengo que estudiar para un examen y no traje mis cosas. Voy solo si catalogamos los juguetes y me marcho.

Jayden sonrió.

–¡Hecho!

Nos despedimos con un beso rápido y corrí al aula. Por increíble que pareciera, por primera vez no tenía ganas de entrar a clases.

Cuando ingresé, todos giraron la cabeza para mirarme. El profesor enarcó las cejas.

–Buenas noches, Elizabeth –ironizó–. ¿A qué se debe tu tardanza?

–E... Estaba en la biblioteca –balbuceé–. Había mucha gente, lo siento.

—¿Mucha gente en la biblioteca? —era una idiota. Ni siquiera sabía mentir—. Eso suena raro, pero diré que te creo. Si no hubieras presentado un ensayo tan bueno la semana pasada, te pediría que dieras explicaciones a la celadora. Siéntate.

—Gracias —susurré, y ocupe un banco del fondo. Quería desaparecer cuanto antes de la vista de todos.

Val se hallaba sentada un poco lejos. Me buscó con la mirada mientras el profesor escribía en el pizarrón.

—¿Qué pasó? —preguntó, gesticulando de forma exagerada.

Hice un movimiento con la mano para indicarle que después le contaba.

En cuanto la clase terminó, me acerqué a ella y a Glenn.

—Antes de que pregunten: llegué tarde porque estaba conversando con un profesor —argumenté.

—¿Y el *profesor* está bueno? —bromeó Val, guiñándome un ojo. Sabía que estaba mintiendo.

Bajé la cabeza y sonreí con ilusión. Mi vientre se llenaba de cosquillas de solo pensar en Jayden.

Salimos del aula y, en lugar de irme con ellas, les dije que tenía que retirar la bolsa de juguetes de mi casillero y que iba a empezar a clasificarlos con mi compañero. Nos despedimos mientras yo abría el candado. Había reunido juguetes toda la mañana, pero no pensé que la bolsa pesaría tanto. Probé levantarla: me costaría llevarla hasta el estacionamiento. La arrastré hasta que la apoyé en el suelo y la dejé allí para cerrar la puerta del casillero.

Cuando giré para explorar el mejor modo de recoger la bolsa, encontré que Jayden la había recogido en mi lugar.

—¡Gracias! —dije—. ¿Me extrañaste? —pregunté en voz baja.

—No. Solo extraño a Lady Macbeth —bromeó. Si no hubiéramos estado en un pasillo por el que transitaban tantos estudiantes, lo habría besado.

En el estacionamiento, Jayden ató la bolsa a la parte trasera de la moto y subimos. Mientras andábamos, pensé en lo bien que me sentía y en que con un pequeño gesto, como recoger una bolsa, Jayden me demostraba que por primera vez contaba con alguien. Y aunque todavía no estuviera segura de que nuestra relación fuera a perdurar, por primera vez quería vivir para algo más que estudiar. Quería disfrutar.

35

Un poco de felicidad

Volver a pisar la casa de Jayden sabiendo que era Shylock intensificó las sensaciones de la primera vez que había estado allí. Ni bien entramos, su madre apareció bajando las escaleras. Estaba vestida con el uniforme de enfermera.

—¡Hola, hijo! —exclamó—. ¡Elizabeth! ¿Cómo estás? —preguntó con una sonrisa.

—Bien. Por favor, llámeme Liz.

Me sentía extraña sabiendo tantas cosas de ella. Imaginaba cuánto habría sufrido por la muerte de su esposo, lo cansada que se sentiría por lo demandante de su trabajo, su frustración al no poder pasar más tiempo con sus hijos.

—Nos reunimos para hacer un trabajo para Psicología —explicó Jayden.

—Me parece bien. Tienen limonada en el refrigerador —respondió la señora Campbell—. Liam está en su habitación haciendo tareas. ¿Recuerdas que regreso recién mañana por la mañana?

—Sí. ¿Tú lo llevarás al colegio?

—Sí, no te preocupes.

Jayden le sujetó la cabeza y le dio un rápido beso en la sien. Pude sentir que la mujer experimentó lo mismo que yo cada vez que él tenía esos gestos conmigo, y deseé un nuevo abrazo. De pronto empecé a pensar que, si Jayden se parecía en algo a su padre, el dolor de su esposa por su muerte habría sido todavía peor. ¿Quién podía acostumbrarse a perder ese tipo de afecto de la noche a la mañana? Por suerte le quedaba su hijo.

—Adiós, Liz —me dijo, recogiendo su bolso, y se fue.

Volví a mirar el espejo, las escaleras y la pared con fotos. Jayden recogió la bolsa que había dejado en el suelo y quiso ir a la cocina. Lo retuve tomándolo del brazo y señalé la imagen de él cuando era niño.

—¿Ese eras tú? ¿La foto fue tomada en Texas?

—Sí.

—Quiero conocer a Betsy.

Dejó la bolsa debajo de la repisa del espejo y me tomó de la mano para subir las escaleras. El suelo del pasillo era de madera y a lo largo de él había varias puertas blancas entornadas. Jayden abrió la que tenía una vieja matrícula de moto colgando como elemento decorativo. Era su dormitorio.

Adentro había una cama con un cobertor azul, un escritorio con una notebook, el guardarropa y una cómoda. Las paredes estaban pintadas del mismo color del cubrecama y el cortinado que colgaba delante de la ventana. En ellas había varios pósters: dos pertenecían a bandas de rock, otro era de *X-Men*, otro de los *Guardianes de la Galaxia* y el último de Joker, interpretado por Heath Ledger. Me acordé de su avatar de Bane en *Nameless* y, por supuesto, de que había elegido el nombre Shylock.

—¿Te gustan los villanos? —pregunté.

—Sí. Algunos me parecen muy complejos. Suelen interesarme los villanos, porque quien se comporta de forma egoísta, cruel o despiadada, oculta dolor y miedo. Cuando mueren a manos de los héroes, creo que, en realidad, se autodestruyen. En muchos casos, eso se evitaría si alguien los amara a tiempo.

En la pared del escritorio había un corcho con fotos de su familia y amigos, algunos egresados de la escuela y otros que yo no conocía. También había pinchado algunos dibujos de su hermano. Junto al corcho vi una pizarra en la que había escrito una frase: "¡Sólo un momento de bienaventuranza! Pero, ¿acaso eso es poco para toda una vida humana?".

—Eso lo leí en alguna parte… —susurré con los ojos entrecerrados.

—Es de *Noches blancas*. Escribo la frase que más me gusta de cada libro que leo y la sustituyo cuando termino con otro.

Mi enorme sonrisa delató lo maravillosa que me pareció la idea.

Señalé la computadora.

—¿Es la que usabas para conectarte a *Nameless*? —asintió con la cabeza—. Me siento como si estuviera descubriéndote de nuevo.

—Así me sentí yo cuando entré a tu casa después de *Macy's*.

—¿Y tu gata?

—Apuesto a que está aquí. Es su lugar favorito en el mundo.

Abrió la puerta del guardarropa y la gata apareció enroscada entre varios calzados deportivos. La ternura escapó por mis poros y no pude resistir agacharme para acariciarla. En cuanto mis dedos rozaron su abultado pelaje dorado y blanco, me miró como si acabara de encender una lámpara en su carita.

—Hola, bonita. Hola —le hablé, como si fuera un bebé.

Se estiró y poco a poco se entregó a mi caricia. Terminó ronroneando y frotándose contra mis dedos.

—Siempre fue celosa de ti —explicó Jayden. Alcé la cabeza para mirarlo con los ojos muy abiertos—. A veces, cuando conversábamos en *Nameless*, insistía para que la alzara sobre mis piernas y luego no me dejaba escribir.

Imaginarlo con su mascota en el regazo mientras intentaba usar el ordenador me arrancó otra sonrisa llena de ternura y unas cuantas cosquillas en la panza. De verdad no terminaba de entender qué extraño poder tenía Jayden para que, con cada cosa que hacía o decía, me sintiera más atraída hacia él.

—Ahora el celoso soy yo —murmuró.

—¿Quieres que te rasque debajo del mentón? —bromeé.

Me levanté riendo y lo abracé. En menos de un segundo me besó mientras me acariciaba la cintura.

Me di cuenta de que ya no estábamos solos cuando oí un ruido. Quise apartarme de Jayden al instante, casi parecía que nos había descubierto la bibliotecaria de la escuela. Él giró despacio y miró a su hermano con calma, sin soltarme la cintura.

—Hola, Liam —le dijo—. ¿Terminaste tu tarea?

—¿Quién es ella? —preguntó el niño.

—Es mi novia. Puedes llamarla Liz.

No me di cuenta de cuán poco sabía sobre Asperger hasta que tuve al chico frente a mí. No tenía idea de cómo actuar; si debía saludarlo de alguna manera en particular, si lo incomodaría en caso de que me acercara demasiado o si convenía modular bien, como se hacía con los sordos. Era una completa ignorante.

—Hola —dije, con la mayor simpleza posible, sin moverme del lugar.

Jayden se le acercó y apoyó una mano sobre su hombro. No hubo gritos de parte del chico ni parecía molesto porque él lo tocara. Quizás no tenía ese tipo de trastorno, lo había superado o era leve.

—Liam, trabajaremos con juguetes. ¿Nos acompañas? —preguntó, y empezó a conducirlo al pasillo sin esperar respuesta. Los seguí y bajé las escaleras tras ellos.

Llevamos la bolsa a la sala y nos sentamos en el suelo. No quería mirar al niño como si fuera un objeto de estudio, pero me había puesto nerviosa y acabé estudiándolo. Odiaba no saber qué hacer y no estaba acostumbrada a no tener el control.

Jayden desparramó los juguetes. El chico estaba callado.

—¿Aprendiste algo nuevo hoy? —le preguntó él mientras yo recogía una muñeca que tenía el vestido descosido.

—Sí —respondió Liam. Miraba los juguetes sin tocarlos.

—¿Qué aprendiste?

—Leí sobre las leyes de Newton. La primera es el principio de inercia.

—Estamos conversando, Liam, tienes que mirarme a los ojos —le dijo Jayden con voz calmada. El chico levantó la cabeza enseguida.

—El efecto de las fuerzas acelera el movimiento —continuó.

Se me escapó una risita de asombro.

—¡¿Eso te enseñan en la escuela?! —exclamé—. Es muy difícil, yo lo aprendí recién en la secundaria.

¿Habría preguntado bien? ¿Me habría entendido? Se quedó mirando mis rodillas.

—Es parte del taller de Ciencias —explicó Jayden en su lugar. Me estremecí cuando su mano se superpuso a la mía para tocar la rotura del vestido de la muñeca—. Liam, trae aguja e hilo, por favor —solicitó. El chico se levantó sin protestar.

—Es buena idea reparar los juguetes que tienen arreglo. Presiento que, si no, nos quedaremos con la mitad de lo que nos han donado —dije.

—¿Sabes coser? ¿Quieres que lo haga yo?

—Nunca lo hice, pero no puede ser tan difícil. Déjame intentarlo.

Jayden sonrió como forma de asentimiento. Enseguida recogió un automóvil sin ruedas y negó con la cabeza.

–¿Por qué la gente piensa que donar significa quitarse la basura de encima? –se quejó, y descartó el objeto inútil.

–Presiento que nos habrán dado mucha basura –respondí.

Liam regresó con una caja de costura. En lugar de entregarla, se quedó de pie con ella en la mano, mirando lo que hacíamos.

–Dale la caja a Liz, por favor –solicitó Jayden, abriendo un rompecabezas. Liam estiró el brazo y me ofreció el estuche. Lo acepté con una sonrisa y le di las gracias–. Liam, arma este rompecabezas. Necesitamos saber si tiene todas las piezas. ¿Te animas? –preguntó a continuación, ofreciéndole el juego a su hermano.

El chico dijo que sí; parecía entusiasmado por primera vez en ese rato. Se sentó y esparció las piezas por el suelo mientras yo cosía el vestido de la muñeca y Jayden seguía revisando otros objetos. Empezamos a conversar y, así, desapareció la incomodidad. Liam participaba de a ratos, cuando Jayden le hacía alguna pregunta referida a lo que hablábamos. A pesar de que por momentos el niño usaba un tono de voz elevado y palabras rebuscadas, me pareció que no había mucha diferencia con otros chicos de su edad.

En un momento de silencio, Jayden chasqueó los dedos delante del rostro de su hermano.

–¡Ey! –exclamó–. ¿Te diste por vencido?

–No.

–Entonces, ¿por qué tienes esa pieza en la mano hace diez minutos?

–No quiero ubicarla sin esta –señaló un espacio vacío en el rompecabezas.

–No necesitas tener la otra pieza para ubicar esa –intervine yo–. Es más, podría ayudarte a darte cuenta de cuál va al lado. La gracia está en completar el rompecabezas lo más rápido posible. Si esperas una compañera para cada pieza, otro jugador te ganaría. Mejor pájaro en mano que cien volando –dije, y le guiñé el ojo.

Liam ladeó la cabeza.

—Me gustan los pájaros, pero no para tenerlos en la mano —respondió.

—¿Eh? —solté, confundida. Jayden lo miró.

—Lo que Liz quiere decir es que es mejor saber en qué sitio va una pieza y ubicarla, que estar esperando con la pieza en la mano sin la seguridad de que vayas a conseguir la otra rápido —explicó.

—¿Puedo quedármelo? —interrogó el chico. No pude saber si al final había entendido mi frase o no. Jayden negó con la cabeza.

—Son donaciones, Liam. No sería correcto que te lo quedaras.

—¡Lo quiero! ¡Quiero quedármelo!

—Liam, te estoy explicando que…

—¡Lo quiero! ¡Lo quiero! —gritó el chico; parecía a punto de golpear algo. Jayden mantuvo la calma.

—Está bien —dijo, haciendo un gesto de detención con la mano—. Hagamos algo: si tú donas uno de tus juguetes, puedes quedarte con el rompecabezas. ¿Quieres donar un juguete?

Liam se tranquilizó y meditó su decisión mirando una pared.

—De acuerdo —dijo finalmente.

—Bien. Entonces ve a buscar tu juguete —pidió Jayden, con el mismo tono sereno de siempre. Liam corrió a su habitación.

Estaba anonadada. Había pasado media hora con el hermano de Jayden y ya estaba agotada de los nervios. El desconocimiento me estaba desesperando, y la gente desesperada quería salir corriendo ante el primer aprieto.

—Lo siento —dije, cabizbaja. Estaba dispuesta a aprender, aunque me costara.

—¿Por qué? —preguntó Jayden con naturalidad—. Tienes que ser directa, ellos no entienden ironías, bromas ni metáforas. Usa oraciones breves y claras, de ser posible, afirmativas. Por ejemplo, no le digas: "ordena tu habitación", sino "recoge la mochila", "dobla la ropa"… Tampoco "no debes moverte", sino "permanece quieto"; esas cosas. A veces se ponen insistentes con algunos temas, como eso de quedarse con el rompecabezas, pero no es tu culpa que se pusiera un poco ansioso. No tienes por qué saber cómo tratarlo, requiere años de entrenamiento y, poco a poco, ni siquiera será necesario que lo tratemos de ninguna manera diferente; él aprenderá a socializar. Aunque apenas lo conoces y puede que te resulte difícil de creer, ha avanzado mucho. Se pone nervioso cuando conoce gente nueva. En otra época, jamás se habría quedado con nosotros. Además, creo que le caes bien.

–Basta. Lo dices para que me sienta mejor.

–No. Lo digo porque, cuando vienen algunas personas que no le agradan, todavía se esconde. Espera a que regrese y hacemos una prueba.

No creía que Jayden estuviera mintiendo, pero tampoco tenía idea de qué había hecho yo para caerle bien a su hermano. Quizás no dependía de mi forma de actuar, sino de lo que el chico percibía de mi interior. Tal vez no era tan fría como me mostraba.

Liam regresó con un enorme camión de plástico. Jayden sonrió mientras lo tomaba de sus manos.

–Muy bien, ahora sí puedes quedarte con el rompecabezas. Dime lo que te enseñé que se dice cuando aceptan un trato contigo.

–Gracias.

–Perfecto. Ahora dímelo con una sonrisa.

–Gracias –repitió el chico, sonriendo.

–De nada. Ahora pon un poco de música, mi novia tiene ganas de bailar.

–¿Qué? ¡No! –exclamé yo, súbitamente roja. Jayden rio.

–Enséñale el paso que me enseñaste el otro día –pidió a su hermano.

Liam corrió al equipo de música. Supuse que obedecía rápido a lo que le había pedido Jayden porque estaba entusiasmado, aunque sus expresiones faciales no delataran demasiado. Apreté el brazo de Jayden mientras él seguía riendo. Se levantó y me ofreció su mano; ya sonaba una canción en volumen bajo. Lo relacioné con lo poco que sabía de autismo y entendí que si la música sonaba más fuerte, resultaría molesta para el niño.

—Esa es *Peacekeeper*, la canción de la que te hablé —me informó Jayden. Yo reía mirando a su hermano, que se había puesto a saltar—. ¡Baila! —ordenó Jayden, impulsándome a saltar con él.

—¡Esto no es bailar! —me quejé.

No podía parar de reír; no me había sentido tan cómoda y alegre en mucho tiempo.

Poco antes de que la canción terminara, Jayden me abrazó y bailamos de verdad unos segundos. Mi corazón, en cambio, seguía saltando. No podía más de deseo. No podía más de agradecimiento y admiración.

36

Sueños rotos

El martes, Jayden pasó a buscarme en la moto. Lo primero que me preguntó fue si había desayunado. Le conté que había tomado conciencia de la importancia de alimentarme bien y que me había propuesto no incumplir con las comidas, y así se quedó tranquilo.

Como yo todavía seguía con la idea de que debíamos ocultar lo nuestro, nos separamos a unas calles del colegio.

—Te veo en la hora de Psicología —me dijo mientras nos besábamos.

Él siguió en la moto y yo lo vi alejarse mientras caminaba pensando en nosotros. El tiempo hasta la clase que compartíamos se me haría eterno.

Llegué al aula de Psicología ansiando que no hubiera nadie. Como tenía mala suerte, Jayden no estaba, y a cambio había tres compañeros que no se habían tomado el receso. Los saludé y me senté en mi lugar de siempre, ansiando que el profesor nos pidiera trabajar en equipo. Enseguida se acercó uno de los chicos y comenzó a hablarme. El aula se fue llenando, y todavía no había rastros de Jayden. Cada vez me rodeaba más gente, todos comentaban qué iban a hacer como proyecto solidario y se quejaban de que les parecía que teníamos poco tiempo para planear algo decente. Por supuesto, a algunos no les interesaba, y se pusieron a contar chistes.

Jayden entró detrás del profesor. Mis compañeros buscaron sus lugares, y yo giré en el mío. Jayden me miró y sonrió. Le devolví la sonrisa con la mente llena de nuestros recuerdos.

Durante la clase, el profesor explicó los mecanismos de defensa. Cuando terminó la exposición, descubrí que me sentía identificada con varios de ellos. Preguntó si alguien tenía dudas. Un compañero levantó la mano.

–Respecto del trabajo solidario... No hacemos a tiempo.

El señor Sullivan miró su reloj de pulsera. Solo él tenía uno, el resto de los mortales consultábamos la hora en el móvil.

–Si necesitan organizarse mejor, puedo darles los veinte minutos restantes de la clase para ello. Pero la fecha de entrega no se moverá: es el martes que viene.

Flash era un lento en comparación con el modo en que yo volé al pupitre vacío que estaba junto al de Jayden. Él tenía las piernas estiradas, parecía a punto de caerse de la silla, y me miraba con los ojos encendidos.

–Hola, Elizabeth –me dijo, con ese tono que derretía mi corazón de hielo.

–Hola, Shylock –susurré.

Me estremecí al sentir que Jayden acariciaba mi pierna con un dedo. Maldije haberme puesto pantalones, no cometería el mismo error el sábado cuando fuéramos al orfanato.

Me golpeó suavemente con el dedo, pidiéndome en silencio que le diera la mano. Miré alrededor, muy nerviosa, para comprobar si alguien nos estaba viendo. Mi deseo pudo más que el pudor y terminé deslizando despacio mi mano hacia la de él. Cuando sus dedos se entrelazaron con los míos, mi excitación creció. Saber que estábamos en medio de una veintena de personas y que solo un pupitre ocultaba nuestra relación me arrebató la respiración. La caricia que él le daba a mi pulgar con el suyo me sonrojó. Giré la cabeza y contemplé nuestras manos unidas, su cuerpo atlético, su rostro atractivo…

Floté en una nube hasta que la voz de un compañero casi me infartó.

—Liz.

Intenté soltarme de Jayden como si hubiera estado sujeta a un fantasma. Él me dio un apretón y solo me permitió liberarme despacio. Supuse que así era mejor; de otro modo, mi compañero habría notado algo raro.

—¿S… sí? —balbuceé, un poco nerviosa. Harper se inclinó sobre el pupitre.

—Mary Ann y yo queríamos donar juguetes, como ustedes. Hicimos una colecta, pero no alcanzamos a reunir casi nada. Me preguntaba si podríamos sumarnos a la entrega que harán ustedes, filmando nuestro propio video.

No había mucho que pensar: no le veía el beneficio para Jayden y para mí. Nosotros reuníamos los juguetes, los catalogábamos y conseguíamos el orfanato. Luego compartíamos todo con Harper y Mary Ann para que pudieran grabar su video y, encima, corríamos el riesgo de que el profesor se molestara porque habíamos usado el mismo proyecto. Imposible. Necesitaba buenas calificaciones.

—¡Cuánto lo siento, Harper! —respondí sin pensar más—. En el orfanato solo autorizaron dos visitantes.

—Ah, qué lástima. Bueno… Buscaremos otro proyecto. Gracias de todos modos.

Le dediqué una sonrisa amable y me volví hacia Jayden.

—¿Escuchaste? Pretendía servirse de nuestro trabajo. Siempre hacen lo mismo. Una se pasa el fin de semana resolviendo ejercicios para que luego otro que se la pasó divirtiéndose los copie, ¡qué fastidio! —Jayden rio—. ¿Qué? ¿Qué pasa?

—Sé que es injusto que unos pocos hagan la tarea para que muchos se la copien, pero en este caso no nos costaba nada que hicieran su trabajo con nosotros.

—¡Dijo que ni siquiera tenían juguetes! ¿Y si al profesor le molestaba que hiciéramos el mismo proyecto? Formó equipos de dos estudiantes, no de cuatro.

—Quizás nuestro proyecto solidario era ayudar a Harper y a Mary Ann.

—Sí, ¿cómo no? Que se arreglen, como siempre me las he arreglado yo. La gente es cómoda, Jayden. Les resulta más fácil pedir a otro que les resuelva los problemas que esforzarse para resolverlos por sí mismos.

—Ese es el problema: no estás acostumbrada a recibir ayuda, mucho menos a pedirla, y eso te generó un lado frío y egoísta como Lady Macbeth. Puedes sangrar por dentro, y aun así, jamás se lo dirás a nadie.

—¿Estás atacándome?

—No, solo intento comprenderte. A mí no me hubiera molestado compartir el trabajo con otro equipo, por más que ya tengamos casi todo listo. Quizás mañana necesite algo de ellos, y ellos me ayuden.

—La gente no es así: las personas son malagradecidas y egoístas, y olvidan lo que haces por ellas.

—No todos. Lamento que te hayas cruzado con tantas personas despreciables como para creer que todos somos iguales. Quizás la persona a la que le hiciste un favor, cuando tú la necesites no esté, pero otra sí estará. Y gracias a los que sí están para los demás todavía existe la solidaridad en este mundo.

Me crucé de brazos y giré hacia él en el asiento, más enojada que antes.

—No creas que eres mejor persona que yo por tu generosidad enfermiza. Eso tampoco es justo, ningún extremo es bueno. Además, a ti tus calificaciones no te importan. Pero a mí sí, y lo sabes. Puedes pensar que soy fría y egoísta, no me interesa: es mi futuro el que está en juego, y no voy a arriesgarlo por dos personas que no volveré a ver cuando terminemos la secundaria.

–¿Hasta cuándo seguirás enfermándote a causa de esas malditas calificaciones? Me preocupas, Elizabeth. ¡Ni siquiera te gusta la abogacía! Estás ocultando el potencial que tienes para lo que de verdad te apasiona. ¿Qué tiene de malo si quieres ser fotógrafa? ¿Por qué esa profesión te parece menos distinguida que el derecho? ¿Qué importa lo que piensen los demás, si tú serías más feliz tomando fotos que en una corte?

–Sí me gusta la abogacía.

–¡No! ¡Te mientes a ti misma!

–¡Es mi problema! ¡No te metas!

–¡Elizabeth y Jayden! –gritó el profesor.

Me quedé helada; como Jayden hablaba en voz baja, no me había dado cuenta de que yo estaba elevando mi tono. Todos nos miraban.

–Disculpe –susurré, agitada, y bajé la cabeza.

Poco a poco, las miradas se apartaron de nosotros. Jayden intentó darme la mano de nuevo por debajo del pupitre, pero yo retiré la mía. Me levanté, reuní mis cosas y huí de él como de las odiosas verdades que acababa de decirme.

Al final de la clase, el profesor nos pidió que nos quedáramos un momento.

–Trabajar en equipo significa negociar. Elizabeth: no puedes gritar cada vez que tu compañero no esté de acuerdo contigo.

–Ya le dije que lo lamento.

–No me lo digas a mí, díselo a Jayden.

–Está bien, no hace falta que me pida disculpas –intervino Jayden, con su envidiable calma de siempre–. Dije cosas que no debí, no es su culpa.

–Por lo menos las dijiste en voz baja –respondió el profesor. Y estallé.

–¿Por qué siempre se pone en mi contra? ¿Por qué tiene preferencias?

–Estás equivocada, no estoy en tu contra ni tengo preferencias –aclaró él–. Pero mi trabajo consiste en ayudar a mis estudiantes para que encuentren un rumbo, y al parecer tú lo tienes bastante definido. Apuesto a que eres de esas chicas que a los ocho años programaron en su diario hasta el día en que iban a graduarse de una carrera universitaria.

Sentí como si me hubieran apuñalado. Claro que tenía cada instante de mi vida planeado, ¡eso no tenía nada de malo!

—Entonces su mensaje es que hay que convertirse en un desinteresado de la escuela para hallar el rumbo. Que está mal hacer planes, que está mal seguir una estructura, que está mal tener buena conducta…

—Tú no tienes buena conducta: hoy le gritaste a un compañero y ahora estás discutiendo con tu profesor. Jayden tiene mejor conducta que tú.

Apreté los dientes; era eso o echarme a llorar. Jamás un profesor había sido tan duro conmigo.

—Señor Sullivan, está bien —volvió a intervenir Jayden—. Lo de hoy fue mi culpa, lo lamento. Vamos muy bien con el trabajo solidario y Elizabeth es la líder de nuestro equipo. Si no fuera por ella, no avanzaríamos. Sí, es de esas chicas que tienen todo planeado, pero eso hace que yo esté esforzándome y se lo agradezco. Le prometo que resolveremos nuestras diferencias de un modo más adecuado. ¿Podemos irnos? Seguro Elizabeth no quiere llegar tarde a su próxima clase y necesita unos minutos para reponerse de todo esto.

—Espero que reflexiones sobre tu actitud, Elizabeth —siguió regañándome el profesor—. Hasta el martes.

Recogió su portafolio y se fue. Me dejó con la mirada clavada en el pizarrón y un odioso deseo de volver el tiempo atrás y jamás inscribirme en su clase.

Jayden apoyó una mano sobre mi hombro. Suspiró y me miró con la cabeza ladeada.

—Perdóname —dijo—. Por favor, no quiero discutir contigo. ¿Puedes ceder un poco?

—Sí, ya está. No te preocupes —murmuré entre dientes, y escapé del salón antes de que las lágrimas me traicionaran.

Pasé el resto del día pensando en lo que Jayden me había dicho. Me dolía reconocer que él y el señor Sullivan tenían razón. Siempre me había parecido que el diseño gráfico o la fotografía no eran algo prestigioso. También era consciente de que esas profesiones no me darían mucho dinero. Si quería pasar la página e iniciar una nueva vida, necesitaba una carrera de prestigio. Pero ¿a qué precio? ¿Por qué prejuzgaba, como mucha gente, que los alumnos destacados tenían que tener profesiones destacadas socialmente? ¿Por qué necesitaba tanto ser exitosa? Terminé reconociendo para mis adentros que, en realidad, buscaba en el éxito la aceptación de las personas, y en la aceptación de las personas proyectaba la que no había obtenido de mis padres. Para algo servían las clases de psicología, además de para sacarme de quicio. Al menos me estaba conociendo mejor a mí misma.

Estaba segura de que Jayden me esperaría a la salida, así que puse una excusa a mis amigas para irme sola. Haría de cuenta que nada había pasado y nuestra relación fluiría como antes.

Mis planes se derrumbaron en el estacionamiento, donde descubrí que ni siquiera quedaba su moto. Se había ido. Pensé que quizás había tenido que marcharse rápido por su hermano y supuse que, en ese caso, me escribiría. Pasé todo el viaje a casa con el móvil en la mano, sin noticias.

Esa noche, cuando puse la cabeza en la almohada, comencé a cuestionarme si acaso Jayden no estaría esperando que yo le escribiera. No lo hice. Necesitaba un tiempo a solas.

A la una de la madrugada me di cuenta de que no podría dormir: todos los problemas que había enterrado en esos días acababan de resurgir con más fuerza. Desde que había acordado el encuentro en persona con Shylock, no había vuelto a abrir Facebook y no había tenido noticias de mi padre. No me había hecho problema por las actitudes de mi madre y casi no sufría porque las universidades a las que había apostado después de Harvard todavía no respondieran. Ahora que había peleado con Jayden, en cambio, esos problemas me atormentaron hasta el amanecer.

Por la mañana desayuné poco y mal. Lo mismo sucedió el miércoles y el jueves. Ni siquiera me crucé a Jayden en los pasillos y solo vi su moto en el estacionamiento el viernes. Para entonces, había entrado a Facebook y había visto una foto de la esposa de mi padre y a él acariciándole el vientre con el anuncio de que acababan de entrar en la semana doce. Había visto videos de sus hijas en el parque, había escuchado historias de mi madre con su jefe y había visitado mil veces las páginas de las universidades, ansiosa por adivinar secretos del sistema de admisiones. Quería un sí o un no, la incertidumbre me estaba matando.

El viernes recibí un recordatorio sobre el evento de *Nameless*. Dudé acerca de desperdiciar tiempo en eso, pero decidí ir por los buenos recuerdos y por curiosidad. Como llegué tarde, no alcancé a oír quiénes lo habían creado, pero al frente de la reunión estaban todos los integrantes del Centro de Estudiantes, entre ellos Ethan y Sarah. En cuanto al público, no llegábamos a veinte, aunque estaba segura de que los usuarios del sitio habían sido más de cien. Quizás no querían revelar que habían entrado a la red después de criticarla o ya no les interesaba porque había pasado de moda.

Ethan explicó que había tenido una buena experiencia y que le constaba que algunos chicos que en la vida real no hacían amigos, en *Nameless* habían conseguido ser muy populares. Sin embargo, no había notado que en el ámbito escolar hubieran mejorado sus relaciones interpersonales a pesar de sentirse queridos en la red. Alguien del público se ofreció a relatar su experiencia también. No había mucho que destacar, y casi le arrancaron el micrófono cuando comenzó a quejarse de las tonterías que escribía la mayoría en el chat grupal.

Sofoqué una risita cubriéndome la boca. Entonces, Ethan me nombró por el micrófono, y todo se sacudió.

—Liz, es una sorpresa encontrarte aquí. ¿Has usado *Nameless*? ¿Quieres contarnos tu experiencia?

Permanecí estática un momento, sin saber qué hacer. Era evidente que Ethan confiaba en que yo daría un buen discurso, por eso me llamaba. Ya no tenía dudas de que él era uno de los creadores de la red, por algo estaba tan interesado en conseguir alguna buena experiencia. ¿Habría muchos creadores más? ¿Serían todos los integrantes del Centro?

Procuré no pensar en la gente, solo en mí. Por alguna patética razón necesitaba que los demás supieran lo bien que me había ido en *Nameless*. Yo era de esas que prejuzgaban el proyecto, y al final había disfrutado de él.

No acostumbraba ser honesta con mis sentimientos, así que me levanté y fui hasta el micrófono insegura.

—Sí, tuve un usuario en *Nameless* —reconocí frente al pequeño auditorio. La mayoría eran chicos bastante antisociales, no revestía peligro sincerarme un poco—. En mi experiencia, me costó encontrar una persona adecuada para conversar un rato, pero en cuanto la hallé, me sentí bien. Me sentí yo misma.

»Creo que a veces las redes pueden ser perjudiciales: el anonimato da libertad para insultar y hace que salga lo peor de las personas. En otros casos, en cambio, pueden ser liberadoras. A mí me ocurrió eso: podía ser yo misma. Además, conocí a alguien en *Nameless*. Alguien con quien me sentía cómoda y contenida. Después de un tiempo nos encontramos personalmente y resultó ser un compañero con el que me llevaba muy mal.

¡Oh, no! ¿Qué acababa de decir? Era demasiado tarde, las bocas de todos ya estaban abiertas. No solo acababa de confesar que me ocultaba detrás de una máscara en la escuela, sino que también podía involucrar a Jayden en un asunto del que tal vez no quería formar parte.

–¿Y ahora cómo sigue su relación? –preguntó Ethan. Por suerte no me pidió que revelara la identidad de mi amigo virtual.

Respiré profundo; no quería adentrarme más en el tema, pero ya había contado la mitad de la experiencia y había que terminar.

–Entendí que él también era diferente, que lo había prejuzgado, y él a mí.

–Entonces ahora se llevan mejor.

–No –pensaba en nuestra pelea del martes–. Bueno, a veces sí –pensaba en los besos, en las caricias, en el deseo de que volviera a abrazarme.

Vi que Sarah sonreía y giraba la cabeza para mirar al consejero escolar, que aguardaba a un costado del círculo sobre el que estábamos de pie Ethan y yo. El hombre, moreno y corpulento, se aproximó al micrófono.

–Muchas gracias, Elizabeth –dijo, y me desplazó. Sonrió mirando al público–. Estamos seguros de que hay muchas personas más que quizás no se atreven a dar su testimonio, pero, como Elizabeth, encontraron una nueva forma de relacionarse con los demás gracias a *Nameless*. El proyecto fue un éxito. ¡Felicitaciones! Ethan, Laura, Jeremy, Sarah: sin duda este proyecto social y nuestra recomendación les dará un pase directo a la universidad.

Los cuatro saltaron como si acabaran de ganar la lotería. Así era.

Para mí, fue como si acabara de caer de un edificio. No solo había sido el conejillo de Indias de Sarah mientras usaba *Nameless,* sino que, además, ella prácticamente acababa de conseguir un lugar en la universidad y yo todavía estaba en veremos. Sentí que mi mundo se derrumbaba, que la vida se había ensañado conmigo para que no obtuviera nada, ni un maldito deseo.

Salí del círculo intentando recobrar el aliento. Con disimulo apreté la correa de la mochila y me fui lo más rápido posible.

Empecé a caminar por el pasillo para alejarme del gimnasio, enfrascada en mis pensamientos. Ni siquiera me di cuenta de que alguien me seguía hasta que Jayden se interpuso en mi camino.

—¡Elizabeth! —exclamó. Me volví para mirarlo—. Nunca pensé que te atreverías a contar nuestra experiencia en *Nameless*.

—¿Estabas ahí? No te vi.

—Preferí ocultarme, pero te escuché. Me gustó lo que dijiste. Gracias.

Me encogí de hombros; no tenía que agradecerme por haber sido sincera.

—Solo dije la verdad —respondí, decaída.

—¿Qué pasa? ¿Por qué estás así?

—Acabo de hacer que Sarah Jones entre a la universidad.

—¿Y qué? Seguro estará agradecida.

—¡Y yo solo recibí un rechazo de Harvard!

La frase hizo que Jayden se quedara un instante en silencio.

—Elizabeth… —murmuró finalmente—. No te fijes en los demás, fíjate en ti. Compararse es desgastante y angustioso —sonaba como Shylock en *Nameless*.

—¿Por qué los demás consiguen lo que quieren y yo no? Sé que puede parecer que estoy celosa de Sarah, pero no es así, te lo juro. Es que siento que me esfuerzo muchísimo y nunca avanzo.

—Mañana iremos a un lugar donde niños muy pequeños desconocen el amor de una familia. ¿Qué tendrían que sentir ellos? La vida no es fácil para nadie, aunque a veces parezca lo contrario.

—Lo sé. Sé que tienes razón, pero no puedo conformarme con eso. Necesito sentir que mi vida se dirige hacia donde quiero.

Respiró profundo, quizás frustrado o intranquilo.

—¿Me extrañaste? —preguntó—. ¿Por qué no me escribiste?

—¿Por qué no me escribiste tú?

—Porque pensé que necesitabas tiempo. ¿Necesitas más tiempo o puedo abrazarte?

Contuve la respiración. Si Jayden me hubiera abrazado en ese momento, me habría echado a llorar, y no quería.

–No te escribí porque necesitaba pensar, pero te extrañé mucho. Ahora tengo que ir a casa –dije–. Terminaré de catalogar los juguetes. Dime a qué hora debo estar en el orfanato el sábado.

–Te paso a buscar a las cuatro.

–Gracias. Te espero.

Me puse en puntas de pie y le di un beso en la mejilla. Huí antes de que alguien saliera del gimnasio y nos descubriera.

37

Pasión 1 – Razón 0 (Segundo round)

El sábado estuve en la puerta del edificio de mi casa a las cuatro. Jayden llegó diez minutos tarde. Para mi sorpresa, llevaba dos bolsas atadas a la moto. Al parecer, había cumplido con su propuesta y también había estado reuniendo y catalogando juguetes.

–Lo siento. La niñera se atrasó, mi madre está trabajando y no podía dejar solo a mi hermano –dijo. Era increíble que al fin me explicara sus retrasos. Así, era mucho más fácil aceptarlos–. ¡No me digas que bajaste todo esto por las escaleras tú sola! –continuó, señalando las bolsas que estaban junto a mis pies–. Debí pedirte que me esperaras en tu casa, así bajábamos juntos por el elevador.

–No te preocupes, ya te dije que puedo entrar a espacios cerrados si me lo propongo. Hoy no tenía ganas. Veo que reuniste más juguetes.

–Conseguí donaciones de los padres de algunos chicos de la escuela a la que asiste mi hermano.

Hice un gesto gracioso de aprobación y me agaché para levantar mis bolsas. Jayden me lo impidió y extrajo el móvil. Abrió una aplicación y siguió los pasos para pedir un taxi.

El coche llegó en cinco minutos. Jayden saludó al chofer y le pidió que abriera el baúl. Cargó sus bolsas y las mías, luego entregó dinero al conductor y abrió la puerta de atrás para mí. Si bien no terminaba de entender por qué le había pagado por anticipado, me senté.

—Los seguiré en la moto, así tenemos cómo volver —me explicó antes de cerrar la puerta.

Un rato después, el conductor se detuvo frente al orfanato. Jayden bajó de la moto y extrajo las bolsas del maletero; pretendía llevar las cuatro. Lo forcé a que me dejara cargar aunque sea con una. Subimos unos escalones y golpeamos la puerta. Abrió una señora.

—Buenas tardes. Somos Elizabeth y Jayden, tenemos un permiso para visitar a los niños —explicó Jayden.

—¡Oh, sí! El hijo de Carol y su compañera. Entren —respondió la mujer con amabilidad, y nos llevó a una oficina—. Veo que han conseguido muchos juguetes, sin duda los niños estarán felices —comentó—. Elizabeth… Sé por Carol que Jayden está familiarizado con este tipo de situaciones, pero no sé cuán familiarizada estés tú. Puede que oigas historias muy tristes; los niños suelen tener necesidad de conversar. Debes intentar llevarles alegría. ¿Entiendes lo que quiero decir? No importa lo que te cuenten, intenta ser fuerte.

A decir verdad, nunca había estado cerca de un huérfano, mucho menos de un orfanato. A pesar de ello, me consideraba una chica fuerte, y asentí, convencida de que resistiría bien la presión de la realidad, por más dura que fuese.

Avanzamos por un pasillo y nos detuvimos frente a la puerta vidriada que daba al patio. Del otro lado, había una veintena de niños: algunos corrían y otros conversaban en pequeños grupos.

—Deberíamos empezar con el video —sugerí a Jayden—. ¿Les avisaste de eso?

La señora respondió en su lugar.

—Me avisó Carol. No hay problema.

Entregué mi cámara a Jayden, y él comenzó a filmar.

–Somos Jayden Campbell y Elizabeth Collins. Estamos en un orfanato para entregar juguetes y pasar un rato con los niños. ¡Corta!

–Quizás sea mejor que los niños los conozcan primero y que luego les cuenten de los juguetes –sugirió la celadora en cuanto vio que Jayden había bajado la cámara–. Son veintidós, ¿tienen para todos?

–Creo que sí –dije enseguida, y abrí una de las bolsas. Le mostré un set de lápices y un libro para colorear–. ¿Cosas de este estilo están bien?

–Sí, les gustan mucho los libros –aprobó la señora.

En cuanto abrió la puerta, mi seguridad se evaporó. Tardé en moverme, no sabía con qué actitud salir al patio. No estaba acostumbrada a los niños, ni me consideraba tierna y buena como para generarles confianza.

Jayden se adelantó y me devolvió la cámara a su paso.

–Hola –los saludó con un tono natural y una sonrisa. Muchos se detuvieron; unos pocos siguieron jugando–. Mi nombre es Jayden, ella es mi compañera Elizabeth. Vinimos a visitarlos.

–¿Adoptarán? –preguntó una niña con el ceño fruncido.

–A ti no, a mí –intervino otra.

Me quedé pasmada. La necesidad de afecto de esas niñas era todavía más fuerte que la mía. Yo también añoraba una familia, y de algún modo me sentí identificada con ellas.

–Queremos pasar tiempo con ustedes –explicó Jayden, acercándose a ellas–. Su celadora nos contó que se portan muy bien. ¿Es cierto?

Una niña rio, se alejó corriendo y se ocultó detrás de un árbol. Las otras comenzaron a contarle cosas. Sin duda Jayden tenía un don especial con los niños y estaba acostumbrado a tratar con ellos por su hermano. Reconocí que, si él no hubiera estado ahí, nuestra visita no habría sido tan provechosa. Sin querer, de un modo u otro, siempre terminaba brillando en nuestros trabajos.

Encendí la cámara y filmé a Jayden, el patio, las manos de las niñas. Por primera vez, él había tomado la delantera en nuestro equipo. Seguía hablándoles, y ellas se atrevieron a preguntarle si íbamos a la escuela, si nos gustaba mirar películas y cuál era nuestro personaje de Disney favorito. Le contaron que recibían batidos una vez por semana y que a veces se aburrían.

—Tenemos una solución para eso —aseguró Jayden. Luego me miró y extendió una mano—. Elizabeth.

Apagué la cámara, recogí una bolsa y regresé al patio. Sonreí a las niñas y extraje el primer juguete. Los niños que todavía estaban jugando se aproximaron de inmediato; sus rostros se habían iluminado. Uno corrió y se abrazó a mi cadera, sin importarle que estuviera a punto de entregarle un camión de plástico. Puse las manos sobre sus hombros, aturdida por el dolor y el afecto. De pronto alzó la carita y me miró con ojos expectantes.

—¿Se quedarán con nosotros? —preguntó.

—No. Pero podemos volver —ofrecí, mirando a la celadora. La mujer sonrió, asintiendo con la cabeza.

Ella nos ayudó a repartir el resto de los juguetes. Después de que hubiéramos entregado todos, empecé a sentirme más cómoda, y me atreví a jugar con los niños y con Jayden. Me hizo bien verlos tan felices y en un momento de descanso, les pregunté si les gustaban los autos y si habían visto alguna película de *Transformers*. Uno me contó de la nada que sus padres habían muerto de SIDA. Fue otra situación inesperada que hizo tambalear mis conceptos sobre la vida.

Durante el rato que pasamos con ellos, me olvidé de mí misma y me concentré en los demás. Cuando llegó la hora de despedirnos, nos abrazaron. Los dejamos compartiendo los juguetes. Al llegar al pasillo, sentí la satisfacción de que hubieran sido felices, aunque sea por un rato, gracias a nosotros.

—Espero que no se molesten porque haya guardado un juguete antes de llevar al patio el resto de las bolsas –nos avisó la celadora.

–¿Lo guardó por algo en especial? –indagué.

—Hay una niña que no puede salir al patio, y me pareció injusto que por eso no recibiera su regalo –expuso la mujer–. Se llama Laura y tiene seis años. Guardé para ella esta muñeca –sacó de la bolsa que todavía tenía en la mano la muñeca a la que yo le había reparado el vestido.

–¿Podemos visitarla? –preguntó Jayden–. También sería injusto que no recibiera la visita.

—Pensé que se les hacía tarde, por eso no les ofrecí ir a su dormitorio. Claro que pueden visitarla, sin duda le hará bien que alguien la acompañe un rato.

La seguimos por un pasillo hasta una puerta. Jayden se apropió de la cámara antes de que entráramos.

—Tienes que aparecer también con los niños –explicó. Jugando con ellos, habíamos olvidado por completo la filmación, y solo teníamos mi presentación y su interacción con los chicos.

Cuando la celadora abrió la puerta, comprendí que nada me había preparado para lo que hallé dentro de ese dormitorio. La apariencia de esa última niña me devastó. Estaba sentada en la cama; tenía un pañuelo en la cabeza, el rostro pálido y ojeras. Resultaba evidente que estaba enferma de cáncer.

Me senté junto a ella y le pregunté su nombre y su edad, aunque ya los sabía. Le conté que habíamos ido a visitarla y que le habíamos llevado un obsequio. Le ofrecí la muñeca. Ella la miró, pero no la aceptó. Por su expresión, creí que no le había gustado.

—Dásela a otro –solicitó.

–¿No te gusta?

Miró la muñeca y la acarició con un dedo.

–Sí…

–¿Entonces? ¿Por qué se la daría a otro?

–Porque yo moriré.

Sentí que me enterraban un puñal en el pecho. Tragué con fuerza, giré la cabeza y apreté los labios. Una lágrima escapó de mis ojos cuando miré a Jayden; había olvidado la cámara. Él dejó de filmar al instante, y yo busqué consuelo en su mirada.

Me sequé la lágrima con los dedos y me volví hacia la niña. Puse la muñeca en sus manos de todos modos.

–Eso no sucederá –aseguré–. Y aunque sucediera, podrías heredarle la muñeca a quien tú quisieras. ¿Sabes qué significa "heredar"? –negó con la cabeza–. Quiere decir que se la puedes dejar.

Laura no pareció muy convencida de eso, pero aún así terminó aceptando el obsequio.

Salí de esa habitación con una sensación muy extraña. Sentí que la visita al orfanato me había transformado de alguna manera.

Nos fuimos después de un rato, recibiendo el agradecimiento de la celadora.

En la puerta del lugar, nos quedamos un momento al lado de la moto.

–¿Estás bien? –preguntó Jayden. Me encogí de hombros.

–Más o menos.

–Lo siento, no debí proponer visitar a la última niña.

–No te preocupes, soy fría –aseguré. Él sonrió.

–No, solo lo finges –decretó, y me acarició el pelo–. Necesitamos distraernos un poco: te invito a tomar algo.

–¿Quieres que mejor vayamos a mi casa? Mamá no está y no viene hasta el lunes. Podemos cenar, mirar una película y beber hasta quedar inconscientes.

Jayden entendió rápido la broma que aludía a mi horrible estado en la fiesta de Jillian y rio.

–No, eso no. Pero lo de la cena y la película suena tentador.

Me dio el casco y subimos a la moto. Antes de llegar a casa, se detuvo en el supermercado e intentamos olvidar lo que acabábamos de sentir en el orfanato con algunas risas. Solo estaba acostumbrada a probarme ropa cuando iba de compras con mi madre, por eso me resultó muy gracioso medirme cascos. Elegimos el que mejor me quedaba y compramos lo necesario para que Jayden preparara una receta que había visto en un video de YouTube.

–¿Estás seguro de que saldrá bien? –pregunté, mirando con desconfianza la bolsa llena de papas.

–Es comida española, no puede salir mal. Confía en mí.

Tenía razón. No sé si la comida española era muy buena o si él era un excelente cocinero, pero esa misteriosa tortilla de patatas salió genial.

Después de cenar, lavamos los platos y fuimos a mi habitación. La película elegida fue *Batman: el caballero de la noche asciende*. A decir verdad, me aburrí bastante durante la primera parte, pero en cuanto comencé a comprender el sentido de algunas escenas, entendí por qué le gustaba a Jayden, y terminó por gustarme también.

Una vez que la película terminó, nos quedamos un rato en la cama. Yo estaba acostada entre sus piernas, con la espalda apoyada en su pecho, y uníamos las manos sobre mi abdomen. Ninguno tenía ganas de levantarse y romper la posición cómoda que habíamos adoptado.

–¿Estás leyendo los créditos? –pregunté, somnolienta.

–Estoy mirando tu pelo –respondió Jayden, y me besó en la cabeza.

Me apartó con cuidado, se levantó y fue hasta la computadora. Espié lo que hacía: estaba cerrando la ventana de la película y abriendo una nueva. Lo seguí y me senté sobre el escritorio para opinar; creí que iba a poner otra película. En realidad estaba buscando videos de música.

–¿Qué es eso? –pregunté cuando una canción comenzó a sonar.

Jayden se volvió y apoyó las manos en el escritorio, junto a mi cadera. Se acercó tanto, que tuve que abrir las piernas para darle lugar.

—Es *Hypnotised*, de Simple Minds —respondió.

—¿De qué se trata? —me acarició el pelo mientras acompañaba el movimiento de su mano con la mirada.

—De estar hipnotizado —bromeó. Reí y lo golpeé con suavidad en el pecho mientras me mordía el labio. Él se puso serio y bajó la cabeza—. Dime la verdad, Lady Macbeth: cuando te enteraste de que yo era Shylock quisiste salir corriendo, ¿verdad?

—Por un instante sí, pero no por lo que imaginas. Me ponías muy nerviosa siendo Jayden y no estoy acostumbrada a que las personas reales sepan de mi vida. Amo a mis amigas, pero ellas no saben ni la mitad de lo que me sucede. Me la paso encerrada, estudiando o dando vueltas a los problemas.

—Perdóname.

—¿Por qué?

—Lo estábamos pasando bien, no quería ponerte triste.

—¡No estoy triste! —exclamé y sonreí—. Estoy mejor que nunca; me haces sentir aliviada. No sabía cuán difícil era no contar con alguien hasta que empecé a contar contigo —bajé la cabeza y me miré las manos—. No sé qué me ves, Jayden, por qué estás conmigo.

—¿Dudas de nuestra relación? —preguntó.

—No. Es solo que no entiendo qué te gusta de mí.

Recogió la cámara que habíamos dejado sobre el escritorio, la encendió y recorrió la galería con los videos que habíamos grabado esa tarde en el orfanato.

—¿Vamos a mirar los videos ahora? —inquirí—. Eso sí que me pondría triste, no quiero volver a sentirme impotente por la situación de esos niños.

Callé en cuanto él sostuvo la cámara frente a mis ojos: había activado el último video y lo había adelantado a la parte en que yo giraba la cabeza y me secaba una lágrima con los dedos.

—Por esto me atraes, Elizabeth —respondió en voz baja—. Porque eres fuerte y a la vez sensible, fría y también apasionada. Tus contrastes me atrapan, tu verdadero ser me fascina. Cuando te quitas la máscara de chica perfecta y te relajas, eres divertida y simpática. Eres inteligente y compleja. Te dije que soy curioso, y siento que siempre tendré algo nuevo para descubrir en tu interior. Por otro lado, tu parte exigente me obliga a exigirme también. Desde que comenzamos a trabajar juntos, me siento mejor. Me haces superarme.

—Basta —rogué sin aliento.

No podía mirarlo a los ojos de la vergüenza. ¡Qué curioso!, en la escuela acostumbraba recibir elogios por mis logros académicos. En ese dormitorio, siendo la verdadera Elizabeth, sentía que no merecía que me halagara por mis cualidades, que yo no era esa persona que Jayden estaba describiendo.

Me acarició una mejilla y me dio un beso en los labios. Como me sentía más segura sin mirarlo a los ojos, lo abracé y lo acerqué más, hasta que su cadera rozó el borde del escritorio y mi intimidad.

Sentí sus manos, una en cada muslo, moviéndose despacio por debajo de la falda. Un calor repentino subió por mi torso hasta mis mejillas; mis pechos se tensaron. El beso se hizo más profundo y, de pronto, me encontré metiendo las manos por debajo de su camiseta. Me gustaba tocarlo. Cuando él investigó por dentro de mi camisa, descubrí que también me gustaba que me tocara.

Los dedos de Jayden escalaron por mi vientre, dejando un camino de placenteras cosquillas a su paso. Al mismo tiempo, sus labios se trasladaron por mi mejilla y bajaron hasta mi cuello. Tuve que entreabrir la boca para respirar cuando empezó a besarme en esa zona tan sensible. Su mano acunó uno de mis pechos, y supe que yo quería llegar al final de lo que sea que hubiéramos comenzado. Por primera vez, el deseo era tan fuerte que no podía contenerlo. Pero ¿y si otra vez fracasaba? ¿Y si se apagaba antes de lo esperado?

—Me gusta esta canción —comenté, jadeante, mientras su pulgar se metía dentro de mi brasier. Sonaba *Outside*, de Staind.

—A mí también —respondió él contra el lóbulo de mi oreja, tan agitado como yo.

Algunos dedos de su otra mano me acariciaron la parte interna del muslo en dirección a mi intimidad.

—Jayden… —susurré, temerosa, cuando sentí que sus dedos me tocaban por dentro de la ropa interior.

Me miró al instante y detuvo los movimientos. Sus ojos eran un incendio.

—¿Estoy yendo muy rápido? —preguntó. Su voz se había transformado.

—No.

—¿Quieres que me detenga?

—No. Solo quiero saber hasta dónde llegaremos.

—Hasta donde tú decidas.

—¿Tienes un condón?

—Nunca lo hago si no tengo un condón, y no tenemos que hacerlo aunque lo tenga. Solo quiero que te sientas cómoda conmigo. Me detendré cuando quieras. Tú pones el límite, no importa en qué nivel estemos. ¿Quieres que nos detengamos ahora?

—No.

—¿Me deseas?

—Como nunca he deseado a nadie.

—Entonces libérate. Tienes que hacer lo que sientas —respondió—. Cuéntame, Elizabeth: ¿qué sientes? —preguntó, y volvió a besarme en el cuello mientras introducía despacio los dedos en mi ropa interior.

Me humedecí los labios con los ojos cerrados. No aguantaba más, el poder de las sensaciones me impedía pensar con claridad.

—Quiero que me beses —dije con un hilo de voz.

No tuve que pedírselo dos veces: en menos de un segundo, los labios de Jayden estuvieron sobre los míos, acariciándolos lentamente; su lengua jugando con la mía.

Fui yo la que le desabrochó el cinturón y la que se atrevió a tocarlo íntimamente. No podía creer que mi cerebro se hubiera bloqueado y solo existieran las sensaciones físicas y los sentimientos. Era hermoso perder la razón.

Jayden me llevó a la cama y me sacó la ropa. Luego se quitó la suya bajo mi atenta mirada y dejó un condón sobre la mesa de noche.

Siempre me había considerado atractiva. Sin embargo, en ese momento me sentí al descubierto; nada de lo que aparentaba importaba en esas circunstancias, siendo solo nosotros. Iba mucho más allá de la desnudez física, que para mí no era un problema. Nunca había sentido lo mismo por nadie, y temía que confiar en él fuera peligroso. Si mamá tenía razón, después de esto, no habría vuelta atrás: Jayden me lastimaría si se comportaba mal.

—Elizabeth —pronunció él.

—¿S… sí? —balbuceé.

—¿Quieres que nos detengamos?

—No.

—¿En qué piensas?

—No querrás saberlo.

—¿Sigues deseándome?

—Sí. Por favor, no dudes de eso.

Apoyó una mano entre mis pechos y, arrodillado entre mis piernas, empezó a acariciarme el esternón.

—Para disfrutar, necesito que tú disfrutes también —explicó.

—Ayúdame a hacerlo —solicité. Y él cumplió.

Sus besos encendieron mi cuerpo, sus caricias me impulsaron a liberarme para besarlo y acariciarlo también. Cuando entró en mí, entendí que había emprendido un camino sin retorno: Jayden sería por siempre el primer chico del que me había enamorado, la persona con la que había comprobado que yo también podía desear y sentir el sexo.

Nunca quise que se detuviera. Mientras lo hacíamos no me acordé de mi madre ni de sus advertencias, tampoco de las malas experiencias que había vivido antes. Lo que tenía con Jayden era pasión y amor, y nunca me arrepentiría de eso.

38

En los sueños
¿siempre es de día?

Llevaba unos cuantos minutos oyendo los latidos del corazón de Jayden. Pausado y calmo, como la caricia que me hacía en la espalda y los besos que me daba en la frente. Estábamos abrazados, y así nos quedamos dormidos.

Cuando desperté, ya era de día. El pecho de Jayden estaba contra mi espalda, y sus piernas, entrelazadas con las mías. Había pasado un brazo por debajo de mi cuello y otro estaba sobre mi cadera. Tomé su mano y sonreí con satisfacción. Nunca me había sentido mejor.

—¿Cómo está la chica más cansada del mundo? —susurró contra mi pelo.

—¿Por qué me llamas así?

—Estuve esperando que despertaras por una hora.

—¿Una hora? —repetí, girando para mirarlo—. ¿Qué hora es? ¿Por qué no me llamaste?

—Deben ser las once —me quedé boquiabierta. Nunca dormía hasta tan tarde. Él rio—. No te preocupes, desayunemos.

Se sentó con naturalidad mientras que yo sujeté la sábana sobre mis pechos. Admiré su espalda mientras se inclinaba para recoger algo del suelo; todo su cuerpo era artísticamente bello, y pensé que algún día cumpliría mi deseo de fotografiarlo.

Quizás presintiendo que yo sentiría vergüenza, me entregó mi ropa interior.

—Voy al baño —anunció, llevándose la suya, y antes de alejarse me dio un beso.

Sonreí mirando el techo, feliz de solo pensar en lo bien que me sentía junto a Jayden. No sé si era el chico perfecto, pero lo era para mí, y lo amaba a cada segundo más.

Desayunamos juntos y salimos a pasear. Me invitó a almorzar y después lo obligué a volver a mi casa para estudiar.

—Serás un gran periodista, y un día, cuando yo defienda a grandes clientes, me entrevistarás —le dije con intención de tentarlo para que estudiara Física conmigo. Cursaba con otro profesor, pero los temas eran los mismos. Estábamos sentados en el suelo, junto a mi cama, escuchando música.

Él estiró los brazos y me acarició la cintura.

—Prefiero estudiar otra cosa. Tu cuerpo, por ejemplo —me hizo reír, avergonzada. Era una contraoferta difícil de rechazar.

—Hagamos un trato: estudiamos una unidad, y ganamos un beso. Dos unidades equivaldrán a un poco de juego; tú entiendes de cuál. Si estudiamos las tres unidades, lo hacemos de nuevo.

—¿Cuándo dijiste que empezábamos? —respondió, recogiendo un libro. No perdía la habilidad de hacerme reír.

Le expliqué algunos temas, y cuando quise darme cuenta, él estaba explicándome algunas cosas a mí. De verdad tenía mucha facilidad para aprender y enganchaba el concepto de los ejercicios desde la primera lectura del enunciado.

—No entiendo por qué entregas siempre en blanco —terminé diciéndole.

—No siempre —me guiñó un ojo.

—Prométeme que resolverás todo lo que puedas esta vez y todas las que estudiemos juntos.

—Lo que ordenes, Lady Macbeth —replicó, haciendo un gesto afirmativo con la cabeza—. ¿Ahora podemos relajarnos un poco?

—Nos falta una unidad. Perderemos el derecho al tercer premio de nuestro acuerdo si no la completamos.

—No importa. Será mejor para ti que nos conformemos con el segundo. Estudias tanto que te agotas enseguida.

Otra vez terminé sonrojándome. Jayden apartó los libros, se acercó y se propuso mantener intacto el color de mis mejillas con besos y caricias. Nuestro juego duró al menos una hora. Tuvimos que despedirnos, más deseosos del otro que nunca.

A partir de ese fin de semana, mi vida se convirtió en uno de esos sueños en los que siempre es de día y las personas sonríen alegres como si se deslizaran por un tobogán de colores. La ilusión, para mí, se convirtió en una maravillosa rutina.

Jayden y yo empezamos a vernos casi todos los días en la biblioteca después del almuerzo. Nos ocultábamos entre las estanterías para besarnos y acariciarnos, y también para conversar de miles de temas. Nos sentábamos separados en las clases de Psicología, pero yo giraba la cabeza cada vez que podía, y él me sonreía desde el fondo. Parecía que nunca dejaba de mirarme; cada vez que mis ojos lo buscaban, los de él estaban esperándome.

Cuando el profesor nos mandaba a trabajar en equipo, yo corría a su pupitre. Siempre llevaba falda los martes; amaba que Jayden me tocara la pierna por debajo del banco y que nos diéramos la mano a escondidas.

Los dos trabajos que siguieron fueron los mejores. Jayden y yo nos llevábamos de maravillas; cuando depositábamos nuestras energías tan dispares en un mismo proyecto, transformábamos lo que quisiéramos en un éxito. Habíamos formado una buena sociedad.

Los viernes por la noche, me invitaba siempre a algún lado: el cine, bares, restaurantes. Los sábados, durante el día, paseábamos en su moto, nos sacábamos fotos, leíamos juntos y mirábamos películas. Por la noche nos quedábamos en mi casa, aprovechando que mamá no estaba para dormir juntos y tener sexo. Los domingos íbamos a su casa a cuidar a su hermano cuando su madre estaba de guardia o nos quedábamos en la mía, pero siempre estudiábamos. Desde que estábamos juntos, le iba muy bien en todas las asignaturas.

Un día, mientras estábamos repasando temas de Literatura en mi dormitorio, me sorprendió con una noticia.

—Enviaré solicitudes a algunas universidades de Nueva York.

—¡Jayden! —exclamé, emocionada. Quizás yo no tuviera nada que ver con su decisión, pero me permití sentir que, en parte, había ayudado incitándolo a que estudiara—. ¿Puedo saber por qué has cambiado de opinión?

Suspiró y me miró a los ojos mientras respondía.

—Siempre fue mi sueño, solo que lo estaba postergando. Además... Bueno, esto te sonará descabellado y no sé qué pienses tú, pero yo tengo muy claro por qué salgo contigo. No tendría novia si no pensara que me casaré con ella algún día. Y si algún día voy a casarme contigo, quiero ser mejor. Quiero que, como mi madre con mi padre, jamás te arrepientas de haberte enamorado de mí. Eso incluye cierto bienestar económico, y sería difícil que lo obtuviera sin estudios. Estudiaré porque es mi sueño y para que nunca nos falte nada, Elizabeth.

La respuesta me emocionó. Si era su sueño, quería que lo cumpliera.

—No olvides que seremos dos. No cargues con toda la responsabilidad;

haremos que nuestra vida sea buena juntos —aunque sonara increíble de mi boca, acababa de dar por sentado que algún día nos casaríamos.

—No tengo dudas de que nos llevaremos muy bien —concluyó él, sonriendo.

Abandoné mi lugar y, olvidando las cláusulas de nuestro contrato, me senté sobre sus piernas para besarlo con toda la intención de que hiciéramos el amor.

Pasaba tanto tiempo con Jayden, que un lunes mis amigas me hicieron reclamos.

—Nos olvidas por completo, solo te acuerdas de nosotras en clase o a la hora del almuerzo, y solo hasta quince minutos antes de que se termine el receso —se quejó Glenn, un poco en serio y un poco en broma.

—Estoy en algo —repliqué yo, siguiéndole el juego.

—Yo creo que está de mejor humor que nunca —opinó Val—. A mí me parece que tiene que ver con el misterioso chico de *Nameless*.

—Mira quién habla, la que tiene una relación a escondidas con su ex novio y también nos abandonó los fines de semana. Imagino lo que andarás haciendo —me vengué.

—Lo mismo que tú —replicó Val, siguiéndome la broma.

—¡Basta! ¿Soy la única que sueña con el matrimonio? —intervino Glenn.

Entre la segunda y la tercera clase fui a mi casillero y encontré varios libros. En mi nueva vida, había olvidado devolverlos a la biblioteca, aunque la visitaba a diario después del almuerzo. Miré la hora en el móvil: tenía cinco minutos para cumplir con mi obligación.

Corrí a la biblioteca y me apoyé en el mostrador, rogando que la empleada me atendiera rápido. Como si intuyera mi prisa, parecía que no dejaba la computadora a propósito.

—Disculpa. Tengo que devolver estos libros y no puedo llegar tarde a clases —le hice saber. Ni siquiera me miró.

—Anota los títulos en ese ordenador. Luego colócalos en su estante, por favor —respondió.

Suspiré y me acerqué a la máquina. Ingresé mi usuario y contraseña, registré la devolución y me apresuré a ir a los estantes antes de que se hiciera la hora de entrar a clases.

Transitaba por el corredor principal cuando divisé a Jayden en el pasillo de siempre. No era la hora del almuerzo, ¿por qué estaba ahí si no se hallaba esperándome? Como fuera, sentí una alegría tan grande, que por un instante enceguecí y solo lo vi a él. Mi corazón se estrujó cuando me di cuenta de que no estaba solo: Sarah Jones se hallaba con él.

¿Qué hacían juntos? ¿Por qué estaban ahí? La escena de la fiesta de Jillian volvió a mi memoria. Ya los había visto conversando, y me había parecido que se conocían. Maldije haber menospreciado mi intuición aquel día.

Me adentré por el pasillo que corría paralelo al que estaban ellos, llena de miedo. Temía comprobar que mamá siempre había tenido razón cuando decía que la gente estaba hecha para engañar. Sabía que Sarah era capaz, porque me había traicionado a los doce años. ¿Jayden también lo haría?

A medida que me acercaba empecé a oír sus voces. Susurraban. "No lo he superado", dijo Sarah. ¿De qué hablaba? ¿Por qué Jayden la había llevado al pasillo donde nosotros nos besábamos? ¿Y si la estaba besando también a ella?

Extraje un libro del estante, rogando que me permitiera ver del otro lado. Había otra estantería que daba al pasillo donde estaban Jayden y Sarah, así que no podía espiar a causa de otros libros. El silencio me congeló la sangre: era probable que se estuvieran besando. Jayden estaría abrazándola.

Salí de la escuela llena de dolor y tristeza. No podía creer que a fin de cuentas Jayden fuera igual a los hombres que describía mamá; mucho menos que, si tenía que engañarme, fuera con Sarah. ¿Cómo había sido tan tonta? ¿Por qué había caído en la trampa? Odiaba que las advertencias de mi madre fueran ciertas y, sobre todo, que a partir de ese día tuviera que alejarme de Jayden. Amaba su forma de tratarme y nuestras risas, tanto como contar con él cuando necesitaba hablar con alguien. Ahora que había conocido la compañía y que de pronto me quedaría sin ella, mi vida se volvería todavía más oscura que antes.

Fui a casa y me arrojé sobre la cama. No quería llorar, pero un nudo apretaba mi garganta, y mis ojos se humedecieron. No pensaba en las clases que estaba perdiendo, solo en el inmenso dolor que me carcomía por dentro.

Mi móvil vibró: acababa de llegar un mensaje de Val.

VAL.

> Liz, ¿por qué no estás en el aula? La profesora preguntó por ti; le parece extraño que hayas faltado. No quise decirle que hoy estabas en el colegio. ¿Te encuentras bien?

Le respondí que me había ido a casa porque me lo había pedido mi madre y que nos veríamos al día siguiente.

Otro mensaje llegó un poco más tarde. Era de Jayden.

JAYDEN.

> Te esperé en la biblioteca después del almuerzo, pero no apareciste. ¿Estás bien?

Era un descarado.

LIZ.

> Estoy en casa.

314

JAYDEN.

¿Tú, en tu casa, a esta hora? Todavía tenías dos clases. ¿Qué sucedió?

JAYDEN.

Elizabeth, me preocupas. Por favor, responde: necesito saber qué ocurre.

No respondí. Me eché a llorar, sintiéndome contrariada: a la vez quería y no quería saber de Jayden. Necesitaba que me abrazara, aunque su abrazo enterrara más el puñal que me había clavado en la biblioteca esa mañana.

Recibí otro mensaje media hora después.

JAYDEN.

Escapé de la hora de Literatura y estoy en la puerta de tu edificio. Abre o la tiro abajo.

Me levanté de un salto. ¡¡Había salido de la escuela para ir a mi casa?!

Bajé las escaleras corriendo y, en efecto, hallé a Jayden afuera. Su mirada me desarmó, pero no era suficiente para calmarme. ¿Me engañaba con Sarah? Si era así, ¿cómo podía fingir que me quería? Era un experto en mentiras.

Avanzó ni bien abrí la puerta e intentó tomarme la mano. Aunque parecía preocupado, no quería que me confundiera, y me alejé con dolor. Lo creía incapaz de engañarme, pero lo que había visto esa mañana ponía en duda nuestra relación.

–¿Me dirás qué ocurrió? –preguntó. Estaba agitado y tenía una expresión de completa confusión.

Me volví sin responder y subí las escaleras para ir a mi apartamento. Seguí hasta mi habitación, donde me sentiría más cómoda si tenía que explicarle qué sucedía. Oí que cerraba la puerta de casa y enseguida apareció. Como no quería tenerlo cerca, hice un gesto con la mano, y él se detuvo.

—Elizabeth, no entiendo nada —protestó. Sonaba asustado—. ¿Por qué no hablas? ¿Por qué estás encerrada aquí, mirándome como si fuera un fantasma?

Porque no sé cómo empezar esta conversación sin morir destrozada. Porque intenté confiar en ti y puede que seas la misma clase de persona que siempre me hizo daño.

—¿No tienes nada para contarme? —pregunté con la voz quebrada.

—Estuviste llorando —asumió él enseguida—. ¿Te fue mal en alguna asignatura? ¿Te rechazaron de otra universidad?

—No. Solo necesito que me digas la verdad.

—¿La verdad sobre qué?

—Acerca de nosotros.

—No entiendo.

—Por favor, si tienes algo para decir, hazlo. No te hagas el tonto.

—Quizás lo sea, porque sigo sin entender. ¿Qué quieres que te cuente? Te esperé, como cada mediodía, en la biblioteca, pero no apareciste. Te envié un mensaje estando en clase, respondiste una sola vez y desapareciste. Me preocupé y escapé de la escuela peleándome con la profesora para venir a verte. Y aquí estoy, intentando adivinar qué clase de explicación quieres.

—Me gustaría saber qué hacías en la biblioteca con Sarah Jones.

La expresión de Jayden pasó de la preocupación a la sorpresa.

—¿Eso es? ¿Por eso estás enojada?

—¡No estoy enojada! O sí, quizás lo esté un poco. Pero la verdad es que tengo miedo de haber sido engañada.

—¿Engañada? —dejó escapar el aire con un gesto de frustración—. Estoy cansado de luchar para que confíes en mí y acabar siempre frustrado.

—No intentes hacerme quedar como una desconfiada mientras tú pareces un chico maduro y superado.

—Okey. Continúa. Dime todo lo que pienses.

—No quiero continuar. ¡Quiero que me expliques por qué estabas con Sarah en nuestro lugar!

—Estaba con ella como estoy todos los días con decenas de compañeras.

—¿Sí? ¿De verdad? ¿A todas las llevas a la biblioteca?

—No, solo a ella. Me pidió hablar en privado, y la biblioteca es el único lugar donde no hay cámaras y casi no hay gente.

—¿Por qué necesitaría ella hablar en privado contigo? ¡¿Por qué la llevarías al lugar donde nos besamos a escondidas?! —su silencio me hizo doler el pecho. Fruncí el ceño, de pronto entendía todo—. Claro… ¿Cómo no se me ocurrió antes? ¡Ahora entiendo! Es ella, ¿cierto? Tu ex novia, la chica que se parecía a mí y te pidió que salieran en secreto. ¡La que te engañó con otro! Y tú eres tan bueno que ni siquiera ibas a develar todo eso ahora, cumpliendo la promesa que le habías hecho. Sí, eres todo un idiota. Y yo también lo soy. No sé cómo pude creer en ti, cómo ignoré con tanta seguridad las advertencias de mi madre y mis malas experiencias. ¿A Sarah también la llevabas ahí para besarla cuando era tu novia? ¿Nos llevas allí a todas?

—Detente, Elizabeth. Estás llegando a conclusiones equivocadas.

—Entonces, ¿por qué te pidió hablar a solas? ¿Por qué aceptaste?

—No sabía qué necesitaba y se la veía triste.

Se me escapó una risita plagada de frustración.

—¡No me digas! ¡Claro! Jayden, el chico generoso de buen corazón, no iba a dejar a su ex novia llorando por los rincones. ¿Acaso no tiene amigas? ¿Por qué no le fue con su problema a Ethan?

—Porque tenía que ver conmigo. Un profesor nos puso a hacer un trabajo juntos, así como hizo con nosotros el de Psicología. Fui a su casa para eso.

Reímos, lo pasamos bien. Fui como soy con cualquiera de mis amigos, pero ella siente que eso le hizo recordar lo nuestro. Necesitaba hablar porque quería decirme que me extrañaba. Me pidió perdón y me propuso que lo intentáramos de nuevo.

Sentí que mi corazón se hacía añicos, me quedé sin respiración.

—Todo eso ocurrió a mis espaldas.

—No imaginé que me diría eso. Creí que éramos amigos, que tenía un problema y necesitaba descargarse con alguien de confianza. Elizabeth, lo siento: no puedo hacerme cargo de lo que siente Sarah.

—Pero sí de lo que haces tú con eso. ¿Qué le respondiste cuando te dijo que quería que lo intentaran de nuevo?

—Le dije que estaba saliendo con una chica, que era feliz y que la amaba, así que no volvería con ella.

—¿Seguirás siendo su amigo? —pregunté—. A *la chica* con la que sales no le gustaría eso.

—Si no le dije tu nombre, fue porque me hiciste prometer que no lo haría. Y sí, seguiré siendo su amigo porque quiero llevarme bien con ella. Tenemos que terminar el proyecto que nos asignaron y somos compañeros en tres asignaturas.

—¡Al diablo! ¿No te importa lo que yo siento? Eres mi novio, compórtate como tal.

—No dejaré de ser tu novio porque sea amigo de ella.

—¡Jayden! —logró exasperarme—. Por favor, ¡es Sarah Jones! Si fuera otra chica quizás no me importaría. ¡Pero es ella!

—¿Qué importa que sea ella? ¿Cuál es la diferencia? No voy a hacerme cargo de sus sentimientos, y tampoco de tus inseguridades y prejuicios.

—¡No es inseguridad ni prejuicio! ¿Sabías que fuimos mejores amigas hasta los doce años? Ella me hizo mucho daño y me traicionó.

—No, no lo sabía. Pero tú no te estancas en un sentimiento de tus doce años; ese ya no es el problema. Solo le temes a Sarah porque crees que es mejor que tú.

Apreté los puños y di un paso atrás. Solo mi padre con su indiferencia me había herido más que Jayden con esas palabras. Fruncí el ceño con los ojos húmedos.

—Y tú, ¿crees que tu ex novia es mejor que yo? —susurré, acongojada.

—No lo sé ni me interesa. Y si lo es, siempre habrá alguien mejor, es hora de que lo aceptes. No me importa cuán buena sea Sarah ni cuán buena o mala seas tú. Te amo, Elizabeth. No a esa perfección ficticia que le muestras a la gente, sino a ti. No quiero que seas perfecta ni mejor que otras, te amo así como eres. Conmigo no tienes que ser diferente, no tienes que fingir, y creo que eso tiene más valor.

Di otro paso atrás y me senté en la orilla de la cama. Bajé la cabeza y contuve el llanto. Era la primera vez que Jayden me decía que me amaba, pero pesaba más lo malo.

Jayden suspiró, se lo notaba preocupado.

—Elizabeth… —murmuró. Su tono había cambiado—. Perdóname por haberla llevado ahí. De verdad no sabía qué quería, pero aún así no debí proponer ese sitio; fue un error. Tampoco se me ocurrió que podía molestarte que no te contara que estaba haciendo un trabajo con ella, ya que no sabías que había sido mi novia, y yo no sabía que fueran amigas. Te juro que no pasa nada con Sarah, no siento por ella más que el afecto que podría sentir por cualquier amigo. Y si insistes con eso de nuestra relación, yo mismo me apartaré de ella. Lo habría hecho aunque tú no me lo pidieras.

Estiró una mano para acariciarme el pelo. Yo se la aparté y lo miré. Me sentía herida.

—Vete —solicité.

—No.

—Necesito pensar. Quiero que te vayas –repetí, y me puse de pie para acompañarlo a la puerta.

—No me iré. ¿Sabes por qué? Porque siempre te diré la verdad, y estaré ahí para apoyarte si te duele o te fastidia. Te defenderé delante de todos, sin importar si tienes razón o no. Pero cuando estemos a solas, seré honesto contigo, porque me parece que es la mejor forma de crecer como personas y como novios.

—¡No quiero escucharte más! –exclamé–. Aun cuando eras Shylock decías cosas que no quería oír.

—Eso es porque jamás voy a mentirte.

—Vete, por favor. Necesito estar sola.

Se acercó tan rápido que no me dio tiempo a reaccionar. Me dio un beso en la mejilla, por entre el pelo, y se fue antes de que yo estallara en protestas. Cuando oí la puerta del apartamento, volví a sentarme sobre la cama.

Había creído que en los sueños siempre era de día. Los míos alternaban entre el día y la noche, como una obra de Shakespeare.

39

Decepción

Desde que me enteré de que Sarah era la ex novia de Jayden, no podía mirarla del mismo modo. Al final, todos llevábamos máscaras: ella también era una persona diferente de lo que mostraba. Jamás habría apostado a que alguna vez había tenido un novio como Jayden y a que era capaz de engañarlo. ¡Parecía tan estructurada! Tan correcta, perfecta y mesurada.

Cuando la crucé el martes en un pasillo, me quedé mirando su colgante con forma de corazón, sus aros a juego, su chaqueta de marca. Imaginé a Jayden besándola y se me revolvió el estómago.

Para colmo, en la clase de Psicología, el profesor nos pidió que trabajáramos en parejas con nuestros compañeros de equipo. Procuré comportarme como una persona madura y recogí mis cosas para ir en busca de Jayden. No lo había mirado hasta que quedé frente a él, esperando que apartara su mochila del que sería mi asiento.

Se apresuró a hacerme lugar y me ubiqué a su lado. No dejaba de mirarme, pero no se atrevió a acariciarme la pierna y tomarme la mano por debajo del banco, como hacíamos siempre.

—Solo quedan dos clases antes de que termine el semestre –dije, mirando la hoja–. Si podemos completar el resumen que nos pidió entre esta clase y la que viene, seremos libres.

—¿Cómo estás? –preguntó. Nada de lo que había dicho sobre el trabajo le interesaba.

Dejé escapar el aire, decidida a ocuparme solo de lo que debía importarnos en ese momento.

—¿Podemos trabajar?

—¿Te espero en la biblioteca al mediodía?

—Hoy no. ¿Cómo prefieres que iniciemos el resumen?

—Te amo, Elizabeth –me hizo temblar.

—¿Quieres organizar los subtítulos mientras yo me ocupo de la introducción?

Suspiró con resignación, tomó una hoja y se puso a escribir. Durante un rato, la que no pudo mover el bolígrafo fui yo.

Ese mediodía, mis amigas no podían creer que no hubiera huido antes de tiempo con alguna excusa tonta.

—¿Tú también te distanciaste de tu novio? –me preguntó Val. Ella se había tomado un tiempo con el suyo por voluntad propia.

—Nunca dije que tuviera novio –argumenté yo.

—Es más que obvio, y las dos sabemos que es Jayden –acotó Glenn, con el sorbete entre los labios.

Val la pateó por debajo de la mesa.

—¡Así que estuvieron hablando a mis espaldas! –protesté para torcer el rumbo de la conversación. Había aprendido de mamá.

—Jamás –bromeó Val.

Después de otras dos clases nos despedimos y cada una se fue por su lado. Val tenía que ir en busca de su profesor de batería para preguntarle algo y a Glenn la pasaba a buscar su padre por la entrada del fondo. Yo salí por la puerta principal, donde había más estudiantes, para espiar el estacionamiento. La moto de Jayden no estaba, así que supuse que ya se había ido. Resultaba paradójico: lo extrañaba y a la vez quería mantenerlo lejos. Todavía estaba molesta y no dejaba de pensar en que había ido a casa de su ex novia y en que seguirían siendo amigos.

Cuando alcancé la acera, una mujer se interpuso en mi camino.

—Tú debes ser Elizabeth —dijo. La miré de golpe, no tenía idea de quién era.

—¿Nos conocemos? —pregunté con el ceño fruncido.

—No. Pero yo a ti sí, y también a la zorra de tu madre.

Di un paso atrás, muerta de miedo. Había alrededor una docena de chicos que habían salido del colegio, uno incluso era mi compañero en una asignatura, y temía que oyeran.

—No sé de qué habla —murmuré, e intenté huir dándole la espalda.

—Dile a tu madre que se aleje de mi marido o tendrá problemas. La próxima vez, iré por ella.

Giré otra vez para mirarla. La señora me seguía, y aunque me temblaban las rodillas, me atreví a enfrentarla.

—Le digo que no sé de qué habla —repetí, procurando sonar segura.

—No te hagas la tonta, sabes muy bien a lo que me refiero. Si la encubres, eres una inmoral igual que ella. ¿Acaso apruebas su conducta? ¿Te parece bien que salga con un hombre casado?

La actitud de la mujer me enceguece. Mi madre no era la mejor persona del mundo, pero era la que se había quedado conmigo mientras mi padre me había abandonado, y nadie tenía derecho a denigrarla.

—¡Déjeme en paz! —le grité, desesperada, y terminé empujándola.

Jayden salió de la nada y se interpuso entre ella y yo.

—¿Qué está haciendo? —le preguntó. La señora lo ignoró.

–¡Me golpeaste! –me gritó–. ¡Todos te vieron! Se nota que eres la hija de una cualquiera.

–Cállese, por favor –le ordenó Jayden–. Está acosando a una persona inocente –la reprendió, y se dio la vuelta. Puso una mano sobre mi hombro y me impulsó para que me moviera–. Camina –me pidió con un tono suave.

Empecé a alejarme con él detrás de mí. También venía la mujer, vociferando todavía que mi madre era una cualquiera y que si yo no hacía que dejara a su marido, tendríamos que lidiar con ella.

Jayden volvió a girar sin apartar la mano de mi hombro y estiró el otro brazo hacia la mujer.

–¡No nos siga, señora! Por su bien, ¡aléjese de nosotros! –le gritó con voz amenazante; nunca lo había escuchado hablar de esa manera. La mujer al fin desistió.

Jayden me entregó su casco y subimos a la moto, que había quedado a la orilla de la calle; sin duda había notado el escándalo mientras se iba. Arrancó y se echó a andar a toda velocidad. Le agradecí en silencio: todo lo que quería era huir lo más rápido posible de allí.

Después de diez minutos se detuvo en una plazoleta. Bajó, dejándome arriba. Me quitó el casco y lo colgó del manubrio; yo temblaba y sollozaba, muerta de vergüenza.

–Elizabeth –susurró, y me acarició la mejilla–. Tranquila, ya pasó.

–¿La oíste? ¡Todos deben haberla oído! No puedo volver a la escuela. No puedo evitar que el rumor se esparza y todos empiecen a hablar a escondidas. ¿Y si soy lo que esa señora dijo? ¿Y si lo es mi madre?

–Basta. No eres una cualquiera, y tampoco lo es tu madre. No digo que lo que ella hace esté bien, pero el que tiene un compromiso con esa mujer es el hombre. Esa señora no sabe cómo resolver sus problemas de pareja y se la agarra contigo. Jamás debería haber hecho eso, tú no tienes la culpa de nada. Es igual que su esposo.

—¡Eso no me librará de las habladurías!

—¿Qué importa lo que piensen en la escuela? Tú misma lo dijiste cuando no quisiste compartir nuestro proyecto con Harper y Mary Ann: una vez que terminemos el colegio, jamás volveremos a ver a esas personas. No importa lo que parezcas, Elizabeth: solo importa lo que eres. Y muy pocos llegan a conocernos de verdad. El resto solo supondrá, como nos sucedía a nosotros antes de *Nameless* —volvió a acariciarme la cara y se llevó una lágrima con un beso—. Cálmate, por favor. ¿Quieres que denunciemos a esa señora? Podemos hacerlo. Seré tu testigo.

—No —respondí enseguida—. Solo quiero incendiar a mi madre.

—No eres una inmoral, Elizabeth, y no mereces lo que esa mujer te hizo. Eres inteligente y hermosa, y mereces que te amen y te valoren. ¿Me crees? ¿Puedes confiar en mí?

Asentí con la cabeza. Sabía que Jayden tenía razón, pero no terminaba de convencerme.

Me llevó a casa y subió al apartamento conmigo. Nos sentamos en el sofá y él me abrazó sin mediar palabras. Era todo lo que necesitaba. No volví a hablar de Sarah, no tenía fuerzas para pensar en ella siquiera. Jayden tampoco hizo referencia a nuestra discusión. Estaba claro que siempre establecía prioridades, y en ese momento, era yo. Jamás había sido la prioridad de nadie.

Se quedó conmigo hasta que mamá llegó. Ella lo saludó con una sonrisa, ajena a todo lo que había ocurrido. Jayden le respondió con el mismo respeto de siempre y lo acompañé a la calle.

—Por favor, sé que es inevitable, pero no te angusties —me pidió antes de subir a la moto.

–Lo intentaré –prometí. Lo besé y le di un abrazo–. Gracias. Te amo –dije contra su cuello.

Él respiró profundo y me acarició la cintura; era la primera vez que le decía que lo amaba.

Volví a entrar procurando mantener la calma. En mi casa, yo era la adulta, y mamá, la adolescente; tenía que actuar como tal.

Cuando llegué al apartamento, ella estaba en la cocina, mordiendo una manzana con el refrigerador abierto. Lo cerró y se volvió con expresión alegre.

–Cuéntame una cosa: desde que sales con ese chico nunca hay platos sucios y siempre hay comida en el refrigerador. ¿Es tan bueno en la cama como en los quehaceres domésticos? Es lindo, muy lindo. ¿Por qué no me hablas de él? ¿Tiene papá? ¿Sigue casado con su madre? ¿Es igual de atractivo que el hijo?

–Cállate, por favor. Tenemos que hablar.

Fui a la sala y me senté en un sillón. Mamá me siguió y se acomodó del otro lado de la mesita.

–¡Me preocupas, mi vida! Estás siempre tan seria, eres tan estructurada.

–La mujer de tu jefe me amenazó cuando salía de la escuela.

Mamá calló. Por primera vez en años, se puso seria. En un segundo volvió a mostrarse relajada y se encogió de hombros.

–Qué pena por ella –soltó.

–Me dijo que si no te advertía de que dejaras a su marido, la próxima vez iría por ti.

–¡¿A dónde?! –exclamó, riendo–. Jamás haría un escándalo en la empresa, Joseph la mataría, y no debe saber adónde vivimos, por eso fue por ti; habrá obtenido tus datos de Internet. No te preocupes, todas son iguales: en lugar de dejar al hombre que las engaña, se humillan por él. Siempre sucede lo mismo con las esposas: cuando vea que no le queda más remedio, terminará aceptando nuestra relación y seguirá fingiéndose la mujer perfecta.

—¡No quiero que vuelva a amenazarme! Me hizo pasar vergüenza delante de mis compañeros. Si Jayden no aparecía, me habría seguido hasta nuestro apartamento. Me acusó de ser una inmoral, mamá, y dijo que tú eras una cualquiera.

—No importa lo que diga, ella es una estúpida. Es a ella a la que engañan, no a nosotras. Tranquila, cariño: hará un par de escándalos y luego se calmará para siempre. No querrá perder las comodidades de su matrimonio, te lo aseguro.

—Tienes que hacer algo, por favor, esto no es justo, no puede repetirse.

—No puedo hacer nada.

—¡¿Cómo que no puedes?!

—No dejaré a Joseph. Me costó mucho llegar a donde he llegado, no retrocederé por su esposa.

—Dile que le ponga los puntos, que le impida volver a molestarme.

—No puedo arriesgarme a decirle eso, Lizzie: si le parece demasiado problemático, terminará nuestra relación y yo saldré perdiendo.

Solté todo el aire y con dolor acepté cuál era mi lugar en la vida de mi madre.

—Estás vendiendo a tu hija por una relación con un hombre —lancé.

Ella rio.

—¡Ay, Lizzie, por favor! ¡Eres tan exagerada! No lo pongas con esas palabras, estás siendo dramática. La vida no es lo que te hicieron creer. No sé de dónde aprendiste esas teorías absurdas de la familia perfecta como la que muestra tu padre. No le creas, linda: no es más que una fachada. Pura hipocresía.

—Deja de torcer las conversaciones: si la esposa de tu jefe vuelve a molestarme, iré a hablar con él en persona.

—¡Ni se te ocurra!

—Estás advertida —sentencié, y me refugié en mi dormitorio.

Me arrojé sobre la cama y envié un mensaje a Jayden.

Liz.

> Estoy bien. Quería avisarte por si te habías quedado preocupado. ✓
> Gracias por todo.

Jayden.

> Claro que me quedé preocupado. Gracias por avisarme. ¿Necesitas
> que hablemos? ¿Quieres que te llame?

Liz.

> No, está bien. De todos modos, mamá sigue en casa y no tendría ✓
> privacidad para hablar como quiero. Mañana te cuento.

Jayden.

> Si me necesitas, aquí estaré.

Por suerte, mamá no fue a buscarme. Me avisó que la cena estaba lista a eso de las siete, pero me hice la dormida. A las nueve me levanté a cenar, sabiendo que ella se había metido en su habitación. Me detuve en el pasillo: estaba hablando por el móvil.

No sonaba de la forma habitual. En un primer momento creí que al final me había hecho caso y estaba contando a Joseph lo que había hecho su esposa. Me quedé pasmada cuando en el altavoz resonó la voz de mi padre.

—¿Por qué me sigues llamando, Olivia? Te he pedido mil veces que no me molestes.

—Es tu responsabilidad también, aunque no te guste. Solo te pido que la dejes pasar las fiestas contigo. ¡Ella también es tu hija! ¿No piensas que puede necesitarte?

—No puedo, no en este momento.

—Pasa todo el año conmigo, merece que pasar las fiestas contigo.

—Ya tienes la mensualidad, no puedo hacerme cargo de ella de otra manera. La enviaste en las vacaciones y fue desastroso. Se llevó pésimo con mi esposa y mis hijas, y todo es su culpa. Es holgazana y soberbia. Así la has criado tú.

—Si no te gusta, sería bueno que la criaras un poco tú.

—Deja de molestar, estoy ocupado. No me llames más.

Y colgó.

¿Holgazana y soberbia? Tenía claro que era muchas cosas malas, pero no holgazana, y con ellos tampoco había sido soberbia. Habían dicho cualquier cosa de mí y de mi madre con indirectas, y aún así yo había agachado la cabeza. Cuando estaba con ellos, era otra persona: una chica sumisa y oprimida que intentaba encajar en una familia que no le pertenecía. Su mujer y sus hijas le habían hecho creer que todo era mi culpa. Habían depositado en mí sus propias cualidades, y él estaba enceguecido por ellas. No sabía si me sentía más herida porque mi padre no me quisiera o porque dijeran mentiras.

Abrí la puerta de golpe. Mamá estaba delante del tocador, removiéndose el maquillaje. Saltó del susto en cuanto me vio.

—¡Lizzie! —sonrió, fingiendo que nada ocurría.

—Te dije que no quería ir a casa de tu ex para las fiestas —protesté—. ¿Por qué ignoras mis deseos? ¿Por qué siempre haces lo que no quiero? Si quieres ir de viaje, vete, no te necesito. Prefiero estar sola.

Me fui cerrando la puerta.

40

Lo mejor de mí

JAYDEN.

Vendrás a mi casa.

LIZ.

No. ✓

JAYDEN.

Maldición, Elizabeth. ¿Por qué eres tan terca?

LIZ.

Ya te dije que no quiero una familia prestada. ✓

JAYDEN.

Eres mi novia, así que eres parte de mi familia.

LIZ.

No te preocupes, en serio. Quiero estar sola. ✓

JAYDEN.

Es Navidad y Año Nuevo, no quiero que estés sola.

LIZ.

No vivo las fiestas como otras personas. De verdad, no me interesan.
No es un problema para mí, en serio. Me da lo mismo.

JAYDEN.

Si te da lo mismo, ven a casa.

LIZ.

No.

JAYDEN.

Me estás poniendo nervioso.

LIZ.

Lo siento.

JAYDEN.

Más te vale tocar el timbre de mi casa el veinticuatro a eso de las seis
de la tarde. Si no lo haces, iré a buscarte en la moto.

LIZ.

Ni se te ocurra.

JAYDEN.

¡Dios mío, Elizabeth! No tienes que castigarte porque tu padre te quite
del medio y tu madre quiera irse de viaje. Tienes que hacer tu vida.
Tienes que divertirte.

LIZ.

Me divertiré. Cenaré lo que quiera y miraré una película. Tal vez
también lea un buen libro.

JAYDEN.

Leamos juntos.

LIZ.

No.

JAYDEN.

Entonces iré a tu casa. Dejaré a mi madre y a mi hermano.

LIZ.

¡¿Estás loco?! ¡No!

JAYDEN.

¿Por qué no? Te mueres porque tus padres te elijan sabiendo que no lo harán, pero cuando alguien te elige, le niegas la posibilidad.

LIZ.

No es eso. Es que jamás me perdonaría si dejaras a tu familia por mi culpa.

JAYDEN.

¡Otra vez con eso! Te estoy diciendo que eres parte de mi familia.

LIZ.

Y yo te lo agradezco, pero me gustaría que respetaras mi decisión.

LIZ.

Jayden. ¿Por qué no respondes? ¿Te enojaste? Por favor, no.

JAYDEN.

No estoy enojado. Prométeme que lo pensarás.

LIZ.

Bueno. ✓

JAYDEN.

Prométeme que vendrás.

LIZ.

¡No sé! Deja de insistir, te lo ruego. ✓

JAYDEN.

¡Es que no entiendo por qué te niegas!

LIZ.

De acuerdo. ¡De acuerdo! ✓

JAYDEN.

¿En serio?

LIZ.

Sí, en serio. Es imposible seguir discutiendo contigo. ✓

JAYDEN.

Gracias. Te lo agradezco mucho.

LIZ.

De nada. Maldito. ✓

JAYDEN.

Jojojo 😈.

Habíamos terminado el primer semestre sin sobresaltos y teníamos unos días de receso. Nos había ido muy bien en Psicología y por suerte había logrado obtener muy buenas calificaciones en las demás asignaturas. La esposa del señor Taylor no volvió a aparecer por el colegio, ni mamá insistió para que fuera a casa de mi padre. El veintitrés, simplemente se fue dejándome dinero y deseándome unas hermosas fiestas en compañía de Jayden.

—Te divertirás mucho más que conmigo —dijo, y me guiñó el ojo. Si convencerse de eso le servía para irse sin culpa, dejaría que lo creyera. Se iría de todos modos.

En cuanto cerró la puerta, se generó un gran vacío. Me hacía la que no me importaba, pero a decir verdad, me sentía impotente y frustrada.

Jayden pasó conmigo la noche del veintitrés y me hizo prometerle de nuevo que iría a su casa al día siguiente. Aunque ya le había dicho que sí, no confiaba en mí. Hacía bien: volví a decirle que cumpliría, pero no estaba segura de ir. No quería que mi mal humor me impidiera pasarlo bien y que su madre me creyera una desconsiderada. Habíamos compartido algunos almuerzos y cenas, sin embargo me parecía insuficiente para pasar las fiestas con ella. Estaba segura de que Jayden le había contado el motivo por el que me invitaba, y no quería que Carol me tuviera lástima.

El veinticuatro desperté sintiéndome muy mal. No solo estaba con el ánimo por el suelo, sino que, además, me dolía todo el cuerpo. A las cuatro de la tarde no aguanté más y me acosté para ver si me reponía. Desperté a causa del timbre cuando ya era de noche, bañada en sudor y con escalofríos. Miré la hora en el móvil: eran las siete de la tarde. Descubrí entonces una decena de mensajes y llamadas perdidas de Jayden.

En ese momento, el teléfono vibró entre mis dedos. Atendí enseguida.

–¿Dónde estás? –rugió Jayden–. Estoy en la puerta de tu casa. Si no abres, tocaré el timbre de todos tus vecinos hasta que alguno me deje entrar al edificio. El ingeniero me conoce, empezaré por él.

Me apresuré a salir de la cama antes de que cumpliera con su advertencia. Me había acostado, indecisa acerca de ir a su casa, pero nunca hubiera querido plantarlo. De haber despertado antes, le habría avisado que no iría. Estaba mareada y agitada. Era la peor Nochebuena de mi vida.

Bajé por el elevador, incapaz de tolerar las escaleras. Ni bien abrí la puerta, Jayden entró de forma irreflexiva.

–¿Por qué estás aquí? ¿Por qué sigues en pijama? Dijiste que irías a mi casa –me alejé dando un paso atrás, sin fuerzas para elaborar una respuesta–. Te vestirás ahora mismo y… –me sujetó del brazo para retenerme–. ¡Cielos, Elizabeth! –exclamó de pronto, y puso una mano en mi frente–. ¿Estás enferma? ¿Por qué no me lo dijiste?

–No estoy enferma –respondí torpemente.

–Tienes fiebre. ¡Bajaste descalza y desabrigada! Subamos.

Fuimos al elevador. Hacía tanto que no me enfermaba que ya no recordaba lo que se sentía.

Me senté en la cama y Jayden se arrodilló a mi lado.

–No te acuestes. Tenemos que ir al hospital –dijo.

–Estoy bien. Vete ya, no te preocupes.

–¿Tienes algo para la fiebre? Necesito que me digas dónde guardan medicamentos.

–En el baño. Pero no importa, en serio.

Se fue antes de que terminara de explicarle. Volvió un rato después con una fuente con agua y una toalla húmeda que apoyó en mi frente. Yo ya me había acostado.

—Ninguno de tus medicamentos sirve, tengo que ir a la farmacia —me informó.

—Jayden… —balbuceé. Quería pedirle que se fuera a casa con su madre.

—Me llevaré tu llave; no te levantes —determinó, ignorando mi intervención, y volvió a salir.

Para cuando regresó, yo había renovado el paño húmedo varias veces y me sentía un poco mejor. Se sentó a mi lado con un vaso de agua y me pidió que tomara una píldora.

—Si mañana sigues con fiebre, iremos al hospital —decretó.

—Gracias. Ya puedes regresar a casa, estaré bien.

—No me iré.

—Deben ser más de las ocho; tu madre estará esperándote para cenar.

—Ya le avisé que no volveré.

—Por favor, no.

—Cállate, Elizabeth —ordenó. Y yo obedecí. Acepté que en ese momento era la prioridad de Jayden y dejé que se acostara a mi lado y que cuidara de mí.

Amanecí abrazada por él, sintiéndome mucho mejor.

—Feliz Navidad —me dijo en cuanto abrí los ojos, apoyando los labios sobre mi frente. Ya no tenía fiebre, era evidente porque me sentía bien.

—Feliz Navidad —respondí, acurrucándome contra él—. Te hice un regalo, está en esa gaveta.

Jayden giró para buscar su obsequio con entusiasmo. Se hizo del paquete plateado con moño azul y me lo mostró.

—Por la forma, creo que es un libro —arriesgó.

—Mejor ábrelo; no quiero que te decepciones.

Rompió el envoltorio hasta dar con el portarretratos artesanal que había comprado. Lo había llenado con una de las tantas fotos que nos habíamos tomado desde que éramos novios, mi imagen favorita de los dos.

—Hice uno igual para mí –le conté, y señalé mi escritorio, donde había puesto la foto.

—Pasé la noche aquí y no lo vi –rio–. Gracias, me encanta. Tu obsequio quedó en mi casa.

—No tienes que regalarme nada: ya me has dado todo.

Era verdad. Jayden me daba lo que nadie más: tiempo y amor, lo más grande que una persona puede entregar. Él había dicho que yo lo impulsaba a superarse. No se daba cuenta de que él me ayudaba a superarme a mí también. No necesitaba un impulso en la escuela, como él, sino en la vida cotidiana. Jayden me transformaba en una persona diferente, me incitaba a ser yo misma, y cuando era yo misma, era una persona mejor.

Esa semana, él me entregó su regalo, que resultó ser un libro.

Me sentí culpable de haberlo arrancado de su casa en Nochebuena, así que ni se me ocurrió oponerme a pasar Año Nuevo con su familia. Esta vez, no solo estaban allí su madre y su hermano, sino también sus abuelos por parte de su padre y de su madre. Había, además, dos parejas de tíos, primos y un enfermero, compañero de trabajo de Carol, cuya familia vivía en otro estado.

—Lamento haberle quitado a su hijo la otra noche –dije a Carol mientras la ayudaba a acomodar verduras en una fuente. Ella rio.

—Lo tengo a mi lado todo el año, ¿por qué no podrías tenerlo una noche tú? –bromeó. Su sentido del humor al fin me distendió.

La cena transcurrió entre risas y conversaciones. Los primos de Jayden, tres chicos y una chica que rondaban nuestra edad, habían llevado algunos juegos, así que después de comer terminamos en la sala, prendidos a la PlayStation.

Poco antes de las doce, mientras competía contra uno de los chicos en un juego electrónico, me había olvidado de todo. Lo estaba pasando tan bien, que ni siquiera me acordé de mis padres o de lo mal que creí que lo pasaría sin mamá.

Suspendimos el partido ante los primeros fuegos artificiales. Entonces me di cuenta de que Jayden había desaparecido.

Todos salieron al jardín a mirar las luces de colores. Yo, en cambio, subí las escaleras buscándolo a él. Me di cuenta de que estaba encerrado en el baño porque escuché su voz y unos quejidos de su hermano.

—Háblame de lo nuevo que aprendiste de astronomía, Liam —pidió en voz baja. El chico solo se quejaba—. Si no te distraes, el sonido será peor —se oyó un golpe—. No. Eso no. Conversemos, por favor —otro golpe me hizo latir rápido el corazón—. Liam, tienes que parar.

Comprendiendo que mi presencia allí empeoraría la situación, me uní a los demás en el jardín y después seguimos con los juegos.

Jayden reapareció una hora después. Para entonces, yo había perdido otra batalla de PlayStation contra su primo y ahora jugaban los otros dos. Fui a la cocina y lo encontré hablando con su madre: le informaba que Liam finalmente se había dormido.

—Te rasguñó —comentó Carol, tocándole el antebrazo. Tenía tres líneas rojas, y una de ellas sangraba.

—Sí, no importa —contestó Jayden en voz baja.

—¿Necesitas algo, Liz? —preguntó la abuela paterna.

Salté del susto. Jayden y su madre me miraron. La señora acababa de hacerme sentir una espía entrometida.

—No... Yo... Es que...—balbuceé.

Jayden se dio cuenta de lo que me ocurría y acudió a mi rescate. Se acercó y colocó un brazo sobre mi hombro para acoplarme a su costado.

—Dime, abuela, ¿alguna vez apostaste a que tendría una novia tan hermosa? —preguntó. Bajé la cabeza, muerta de vergüenza, pero con una sonrisa.

La abuela se echó a reír.

—Claro que sí, porque tú eres hermoso, como era tu padre —respondió ella. La palabra "hermoso" no solo se refería a su cuerpo, sino más bien a su alma.

Alcé los ojos y miré el perfil de Jayden. Sentí que lo amaba de una manera inabarcable y que quería pasar el resto de mi vida a su lado. De pronto y sin querer, en ese momento tan simple y tan fugaz, me di cuenta de que estaba siendo feliz.

41

Adiós

Comencé el último semestre de la secundaria con una sensación diferente. Esta vez, en lugar de acordar las asignaturas en las que me inscribiría con mis amigas, me repartí entre ellas y Jayden. Quedamos juntos en Literatura, Matemática y el taller de Periodismo. Cursaba el resto con Val y Glenn. Lo malo fue que en Matemática y en el taller también estaba Sarah.

Por las fiestas, casi no me había encontrado con mis amigas. Me había enterado de que Val se había arreglado con su novio en Año Nuevo porque lo había contado en nuestro chat grupal. Yo no quería develar nada por ese medio, así que aproveché un almuerzo juntas para sincerarme de una vez.

—Tengo algo para contarles —dije—. Deben prometerme que serán una tumba. Si mi secreto sale de esta mesa, me volveré una niña de ocho años y dejaré de hablarles para siempre —Val y Glenn alzaron las manos en gesto de juramento entre risas—. Tenían razón: estoy saliendo con Jayden, y Jayden era Shylock, el chico que conocí en *Nameless*.

Val aplaudió.

—Lo sabía. ¡Lo sabía! —exclamó con entusiasmo—. Al fin confiesas. Ahora podremos salir al bar donde toca Luke. Sería nuestra primera salida de parejas.

—¿El bar de abuelos? —ella asintió. Sonreí enseguida—. Sí... Creo que a Jayden le gustaría.

Glenn puso una expresión compungida.

—¿Y yo estoy excluida? —preguntó.

—¡Claro que no! —respondió Val.

—Soy la única que no tiene novio.

—¿Y eso qué? —le dije—. Yo creí que jamás lo tendría hasta que de pronto...

—No te ofendas, pero si vas por el mundo diciéndoles a los chicos que quieres casarte y tener hijos enseguida, todos saldrán corriendo —acotó Val. Yo sofoqué la risa.

—No si esos chicos creen en Dios —defendió Glenn. Val y yo nos miramos un instante, hablando sin palabras.

—¿Alguien quiere mi batido? —pregunté para terminar con la angustia de mi amiga morena—. No quiero más.

Glenn me lo arrancó de las manos. Amaba los batidos.

—Cuéntanos algo de Jayden —pidió Val—. Lo conocemos desde hace años, pero nunca conversamos con él.

—No sé...

—¡Anda! Yo te he contado todo de Luke. ¿Ya lo han hecho?

Me eché a reír.

—No estoy escuchando. No estoy escuchando —comenzó a repetir Glenn, tapándose los oídos.

—Claro que lo hemos hecho. Tantas veces, que ya perdí la cuenta —confesé.

Volvimos a reír mientras Glenn negaba con la cabeza.

—Bueno, quizás Jayden te quite esa idea absurda de que todos los chicos son iguales —concluyó Val.

—Sí —asumí—. Ya está borrada de mi mente.

Ese sábado salimos con Val y su novio; Glenn no había conseguido permiso de su padre. No era extraño; casi nunca la dejaban hacer nada, y menos si implicaba un bar y la noche. Lo pasamos tan bien, que se nos antojó salir con más parejas y nos hicimos de un grupo de amigos en común. Val y Luke, uno de los primos de Jayden y su novia, el vocalista de la banda de rock que habíamos fotografiado y una chica con la que salía en ese momento... Siempre había desconfiado de las salidas de parejas. Descubrí que no eran tan malas como había pensado, que lo pasaba bien y eran divertidas. Eran como ampliar mi grupo de amigas.

Jayden y yo seguíamos sentándonos separados en clase, principalmente por mi manía de mantener nuestra relación en secreto. No nos tocó hacer ningún trabajo juntos, pero mi contención de celos se puso a prueba cuando a él le tocó hacer una presentación con Sarah. Jayden era el mejor en la clase de Periodismo, y ella le seguía. Sin importar cuánto me esforzara, yo era la tercera, y eso me afectaba. No por Jayden, sino por Sarah y lo bien que funcionaban ellos dos juntos.

Mientras fingían que eran la pareja de un noticiero frente al curso, comencé a sentirme incómoda. Inscribirme en esa asignatura había sido una muy, muy mala idea. No me agradaba ver a Jayden y a Sarah juntos, siendo tan buenos en lo que hacían, llevándose tan bien para exponer noticias. Ya podía imaginarlos en una pantalla de televisión.

Pensé en levantarme y retirarme con alguna excusa. Sin embargo, resistí y la hora terminó antes de que los celos me vencieran. Tuve que reconocer que, a pesar de cómo me mostraba, me sentía muy insegura de mí misma. Por eso me reconfortó tanto haber ganado la batalla contra ese desagradable sentimiento.

Al mediodía, Jayden y yo nos encontramos en la biblioteca. En un comienzo, él me abrazó y nos besamos como siempre. Enseguida puso las manos sobre mis hombros y me apartó para mirarme a los ojos.

—Estás distante —dedujo. A veces me sorprendía que me conociera tanto.

—Lo siento. Ignóralo, por favor. Tu presentación fue genial.

—Imaginaba que se trataba de eso.

—Lo digo en serio: serás un gran periodista.

—Gracias por luchar con todas tus fuerzas contra todo lo malo que puedas haber sentido en ese momento —dijo, y volvió a abrazarme. No resistí y también lo rodeé a la altura de la cintura.

Nos llevábamos bien. A pesar que éramos muy distintos, los dos trabajábamos en conjunto para que nuestra relación se fortaleciera, y con él le temía menos al futuro.

Fuimos a cenar con mis amigas para mi cumpleaños y terminamos la noche solos en el teatro. Después, por supuesto, fuimos a mi casa, donde siempre seguíamos disfrutando del sexo.

Pasamos meses así, de novios. Poco a poco me atreví a contarle más cosas, asuntos que no le había confesado a nadie: el modo en que mi padre se había ido de casa, el proceso de cambio de mi madre, lo sola que me sentía a veces sin una familia, ni siquiera abuelos o tíos. Mamá no se hablaba con sus padres y los de papá me ignoraban al igual que él. Para todos era como si yo no existiera, quizás por eso me esforzaba tanto para que los adultos me notaran en la escuela.

Un sábado, después de cenar y mirar una película, nos sentamos delante de la computadora para ver fotos.

—Esa era yo cuando tenía seis meses —expliqué, señalando la imagen. En ella, mamá me bañaba en una fuente. Jayden sonrió con ternura. Pasé a la siguiente—. ¡Ay, qué vergüenza! Aquí actué de cuadrado cuando tenía once años. La maestra pidió que fuera de un metro por un metro. Mi madre me lo colocó en el baño del colegio. Cuando intenté salir, no pasaba por la puerta.

Jayden soltó una carcajada.

–Eso no me lo dijiste cuando nos contamos anécdotas graciosas en *Nameless* –protestó.

–¡Ni sueñes que te hubiera contado más de una! Quería hacerte reír, no quedar como una idiota.

Reímos un rato mientras le contaba detalles de mi anécdota. Después de concluir en que la maestra tenía la culpa por hacer pedidos ridículos, Jayden pasó a la siguiente foto.

–¿Ese es tu padre? –preguntó.

–Sí –respondí, contemplando una de las pocas fotos que tenía con él. Por aquel entonces, yo recién había cumplido tres años, y estaba sentada a su lado, en un banco del jardín botánico. Cambié a otra foto–. Aquí estoy en mi primer día de clases de la primaria.

–Eras muy linda.

–¿Y ahora no?

–Ahora eres hermosa –dijo, y me dio un beso en la sien.

Avancé a otra foto mientras reía. Mi padre y su mujer aparecieron junto a un automóvil rojo.

–Este coche era de mi padre. Cuando lo compró ya no vivía con nosotras, pero por ese entonces guardaba todo lo que veía de él en Facebook, así que conservé esta foto.

Cambié de imagen apretando la flecha del teclado. Jayden apoyó una mano sobre la mía.

–Regresa –pidió. Lo miré enseguida; su voz había cambiado. Tuve un mal presentimiento, pero aún así le hice caso. Él se apoderó del mouse y amplió la foto justo sobre el rostro de la mujer de mi padre.

—No puede ser… –balbuceó, y me miró. Lo que vi en sus ojos me asustó–. ¿Estás segura de que era el coche de tu padre? ¿Quién es la mujer que está al lado?

—Lo estás viendo junto al auto con la llave en la mano. La otra es su mujer –respondí–. Subió la foto a Facebook el día que lo compró. Lo recuerdo como si hubiera sucedido ayer: escribió que estaba feliz con el coche de sus sueños y que ahora podría viajar con su familia. Por supuesto, su familia no era yo.

Jayden deslizó la silla hacia atrás y se levantó. Empezó a caminar por la habitación, pasándose una mano por el pelo.

—¿Qué pasa? –pregunté. No entendía nada–. Jayden, por favor, no entiendo –nunca lo había visto actuar de esa manera.

Me puse de pie y él se volvió. Estaba pálido y desmejorado, parecía que había visto un fantasma. Intenté sujetarlo del brazo, pero se apartó retrocediendo.

—No puede ser. No es posible –repitió.

—¡Por favor, dime algo!

—Lo siento, Elizabeth. No puedo con esto.

—¡Jayden, estás asustándome! –grité.

—Esa mujer… es la que provocó el accidente de mi padre.

Me quedé atónita. Un frío recorrió mi espalda y pensé que el corazón se me saldría por la boca.

—No lo creo –dije, esforzándome para pensar con claridad–. Debe ser una mujer parecida. Además, el coche no era de ella, era de mi padre. Eso decía él en Facebook.

—Recuerdo el rostro de la mujer. Te conté que el seguro nos pagó una indemnización. Fue después de un juicio, y ella era la conductora.

Aunque mi cuerpo volvió a sacudirse, intenté conservar la calma.

—Espera. ¿Recuerdas su nombre? Así comprobaremos que no era ella, sino una mujer parecida.

—Se llamaba Alicia Griffin. El coche estaba a nombre de ella, nunca apareció un hombre —tuve que sentarme en la cama, todo daba vueltas. Creí que me desmayaría—. Elizabeth, dime que no era el coche de tu padre. Dime que estoy equivocado. Elizabeth, por favor...

—Era el coche de mi padre —admití, mirando la pared—. Pero se ve que lo había puesto a nombre de su mujer.

El silencio que siguió a mis palabras fue aterrador. Pude sentir el interior de Jayden quebrándose, el mío muriéndose, nuestro amor chocando contra el terrible muro del destino. Era posible que papá y su mujer estuvieran en Texas, ella tenía familiares ahí. ¡Ese hombre seguía arruinándome la vida aún sin proponérselo!

Me cubrí la boca con una mano, creyendo que vomitaría. Me sentía tan descompuesta que tuve que cerrar los ojos. Tuve miles de pensamientos en un segundo: quería que todo fuera mentira, que se tratara de una pesadilla.

Reaccioné cuando percibí que Jayden recogía su chaqueta.

—Jayden, por favor —dije, poniéndome de pie.

—Perdóname —suplicó él—. Por favor, perdóname.

—¿Eso qué significa? —pregunté, llorando—. ¿Qué quieres decir?

—Necesito tiempo. No puedo asimilarlo de golpe.

—¡No! —exclamé, al borde de la desesperación. Jayden estaba dejándome.

—Perdóname, por favor, te amo.

—¡No me digas eso! —se acercó de golpe, me atrajo hacia él poniendo una mano detrás de mi cabeza y me besó en la frente. Me soltó al instante, y yo creí que moriría—. ¡Jayden, no! —supliqué, e intenté retenerlo tomándolo del brazo. Él lo movió para soltarse.

—Solo un tiempo —dijo mientras atravesaba el pasillo—. No puedo aceptarlo y tampoco ignorarlo —murmuró, tan desesperado como yo.

Corrí detrás de él y volví a intentar sujetarlo en la sala.

—¡No me dejes, por favor! –grité–. No quiero que él sea mi padre, no quiero volver a verlo. ¡No tiene que ser mi padre!

Se volvió bruscamente y casi colisionamos. Estaba llorando igual que yo.

—Tú no tienes la culpa de nada –dijo con voz clara–. Pero no puedo estar contigo en este momento. Tengo que calmarme, tengo que asimilarlo. Es muy duro, Elizabeth. Yo te amo.

—¡Lo sé! –dije, y lo abracé por el cuello–. Lo siento. Yo también te amo. No me dejes. Superémoslo juntos. ¡Te lo ruego!

Me apartó poniendo las manos en mi cintura y me miró a los ojos.

—Por favor, dame tiempo. No sé si pueda superarlo, pero lo intentaré con todas mis fuerzas. Te lo juro. Perdóname –dijo, y se largó a caminar de nuevo en dirección a la puerta.

Lo seguí aunque él no quisiera, solo que esta vez permanecí en silencio. Insistir más habría corroborado la idea de que era una completa egoísta. ¡Es que lo era! No quería perder a Jayden, y me sentí devastada cuando la puerta se cerró y retuve la imagen de su espalda diciéndome adiós.

Caí al suelo, temblando como una hoja en otoño. Mi padre no quería saber nada conmigo, pero era el culpable de que hubiera perdido a la única persona a la que yo le importaba. Cada abrazo, cada beso, cada palabra de Jayden se cruzaron por mi cabeza en una fracción de segundo, y volví a llorar, desconsolada. Podría haber sido fuerte cuando no conocía todo eso, pero no ahora. No sabía qué hacer, cómo convencerlo de que me permitiera ayudarlo, ¡si la mujer de mi padre había provocado la muerte del suyo! Colt había muerto por esquivarla; si hubieran colisionado, quizás los dos habrían terminado igual. Él había muerto para salvarla.

El destino no podía ser más retorcido y siniestro. La vida no podía castigarme más. ¿Hasta cuándo pagaría culpas que no me pertenecían? ¿Acaso merecía perderlo todo?

Tuve que correr al baño con el estómago revuelto. Ni siquiera vomitando volví a sentir que había alguna esperanza. Al contrario, me vaciaba cada vez más, temerosa de un adiós que no había visto venir y que no había provocado.

42

De cabeza

VAL.

Liz, hace dos días que no apareces por el colegio. ¿Estás bien?

Estamos preocupadas, tú nunca faltas.

LIZ.

Jayden me dejó. ✓

VAL.

¡Cielos! No esperaba eso. ¿Quieres que vayamos a tu casa?

LIZ.

No. Necesito estar sola. ✓

GLENN.

Cuenta con nosotras.

> *Gracias. Seguiré durmiendo. Nos vemos en unos días.* ✓

Val me llamó.

—¿Por qué te dejó? ¿Se comportó mal contigo?

—No. Tiene razón. No importa.

—¿Por qué dices que tiene razón? Liz… Estás muy mal, me doy cuenta por tu voz. Deja que vayamos a tu casa.

—No, por favor. Dime: ¿lo viste en el colegio? ¿Está yendo a clases?

—No lo vi hoy. Lo buscaré mañana y te contaré.

—Gracias. Por favor, no le digas nada. No te acerques a él.

Val permaneció callada un momento.

—Haré lo que me pidas —prometió.

—Solo obsérvalo y cuéntame.

Después de que cortamos, dormí unas horas más. En eso consistía mi día: despertar, ir al baño, volver a acostarme, y el ciclo se repetía. Había comido poco y mal, y aún así por momentos me sentía descompuesta, como si hubiera devorado un rinoceronte.

Por la noche, mamá entró a mi habitación sin golpear a la puerta. Se sentó en la orilla de la cama y me apartó el cabello de la cara.

—Lizzie, llevas dos días encerrada en este dormitorio. Casi no comes, no te bañas, no vas a la escuela… ¿Te peleaste con Jayden?

—Es peor —me atreví a confesar.

Que mamá se hubiera dado cuenta de que yo existía y de que no era la misma de siempre debería haberme alegrado un poco. Era otro indicio de que, quizás, yo le importaba a pesar de todo. Pero apenas hizo que mi corazón latiera de nuevo por un segundo.

—¿Te engañó?

—No. Su padre murió cuando él tenía doce años. Un coche se cruzó a la mano contraria y, por esquivarlo, él volcó. El automóvil que se atravesó resultó ser el de Alicia.

—¿*Alicia*? —repitió ella, con el ceño fruncido. De pronto, sus ojos se agradaron—. ¿Alicia, la mujer de tu padre? —asentí con un nudo en la garganta—. ¡Dios mío, Liz! ¡Qué horror! Es mejor que te alejes de ese chico, una atmósfera demasiado oscura envuelve su relación.

—¡No me sirve que me digas eso! —me exasperé, sentándome en la cama—. Yo lo amo, quiero estar con él.

—¡Pero la mujer de tu padre mató al suyo! —me eché a llorar. Mamá era la peor consejera del mundo—. Lizzie… —continuó, apoyando una mano en mi antebrazo en gesto de consuelo—. ¡Hay tantos chicos en el mundo! Toma a este como tu primer amor. Cuando llegues al número dos, te habrás olvidado de él.

—Basta, por favor —rogué—. No me interesa el número dos, solo él. No es tan fácil que yo me enamore y que alguien se enamore de mí. Tú no entiendes.

—Tienes que salir de aquí, es el único modo de que te recuperes —se levantó y jaló de mi brazo—. ¡Vamos de compras!

—Déjame —repliqué, intentando soltarme—. Por favor, déjame —sollocé. Me liberó—. Quiero estar sola —volví a acurrucarme en la cama—. Necesito que te vayas.

Por suerte, mamá se comportó de acuerdo con mi voluntad y se fue.

Desperté al día siguiente con un mensaje de Val.

Jayden no vino hoy. Averigüé, y tampoco se presentó ayer.

El recuerdo de las palabras de mamá y el mensaje de mi amiga fueron como una revelación. Me senté en la cama, decidida: no tenía que esperar al chico número dos. Tenía que ir en busca del que amaba. Jayden había dicho que siempre estaría para mí, aunque la verdad me doliera. Esta verdad que nos había distanciado le dolía a él, y tenía que estar a su lado para abrazarlo hasta que sanara, como él hacía conmigo.

Me bañé, me vestí y fui a su casa. Por primera vez después de que nos habíamos separado, no me sentía descompuesta; resultaba evidente que estaba somatizando nuestra pelea.

Toqué el timbre y esperé con paciencia. No quería avisarle que estaba allí enviándole un mensaje al móvil, temía que me echara sin darme la oportunidad de explicarme siquiera.

Para mi sorpresa, su madre abrió vestida de enfermera. Por su aspecto, se hacía evidente que estaba a punto de irse a trabajar.

–Hola, Liz –me dijo. Su tono, amable y triste al mismo tiempo, me indicó que Jayden le había contado todo. No me acobardé y fui a por mi objetivo.

–Hola, Carol. ¿Está Jayden?

Ella apretó los labios.

–Sí, pero no va a recibirte.

–Por favor, yo no hice nada –dije con un hilo de voz.

–Lo sé. ¡Oh, linda, lo sé! Pero esto es muy duro para todos, en especial para él. Te prometo que le diré que estuviste aquí.

–Quiero abrazarlo. Solo eso, se lo ruego, necesito verlo.

–Comprende, Liz, por favor. Quizás en un tiempo todo vuelva a la normalidad y esto no sea más que una mala coincidencia del pasado.

–¡Es que lo amo! –exclamé, incapaz de contener las lágrimas un instante más.

Carol me acarició el brazo con la misma mirada dulce de su hijo. Tragó con fuerza y negó con la cabeza.

–Quisiera darte otra respuesta, pero por ahora no puedo. Si lo amas, dale tiempo.

Tuve que guardarme el amor en el bolsillo y aceptar la tregua. Tenía suerte de que Carol me comprendiera y no me echara de su puerta.

Volví a casa destruida, enojada con el mundo. En un rapto de furia seleccioné todas las fotos que guardaba de mi padre y las eliminé definitivamente, sin que pasaran por la papelera de reciclaje. Lo odiaba por haberme abandonado, por preferir a otra familia, por arruinar lo único bueno que tenía.

Cuando terminé con eso me di cuenta de que el odio y el rencor no podían llenar el vacío. Me consolaban por un momento, pero el instante era efímero, y al segundo siguiente todo volvía a ser negro.

Me acosté y volví a despertar con la vibración del móvil. Miré el reloj al pasar: era medianoche. Me espabilé de golpe cuando descubrí que acababa de llegar un mensaje de Jayden.

JAYDEN.

> Me dijo mi madre que estuviste en casa. Le advertí que harías eso y le pedí que te dijera lo que siento. No quiero que sufras, pero necesito que te pongas en mi lugar por un momento.

LIZ.

> Lo hago. ¡Te lo juro! Por eso quiero abrazarte. Quiero estar contigo si estás triste o enojado.

JAYDEN.

> Eso, en este momento, me lastimaría.

LIZ.

> Ni siquiera veo a mi padre, él no me quiere.

JAYDEN.

> *Sé que no ves a tu padre y que él se comporta mal contigo. Tú no tienes la culpa de nada. Pero otra parte de mí no lo entiende tan rápido. Tengo que dejar de recordar a la mujer que arruinó nuestras vidas cada vez que te miro. Lo estoy intentando con la fotografía de nosotros que me regalaste. No sé qué me ocurre, no es tan fácil. Pero quiero que sepas que lo intento. Dame tiempo. Te amo.*

LIZ.

> *Entiendo. Te amo.* ✓

Me costó volver a dormirme. Cuando desperté, encontré un mensaje de Val. Era la mañana del cuarto día sin Jayden.

> *Jayden vino al colegio.*

Entonces supe que también era mi turno de regresar. Quizás, si Jayden me veía en persona, cambiara de parecer. Tal vez se diera cuenta de que me extrañaba y de que no podíamos seguir separados. No es que yo no me sintiera culpable por lo que en realidad no era responsable, pero mi amor era más fuerte.

Al día siguiente, volví a verlo en un pasillo. Mi corazón se aceleró, mis piernas se aflojaron. Me pasó por al lado con los auriculares puestos, como si yo no existiera. Noté, sin embargo, que su expresión se entristeció cuando nos cruzamos. Estaba sufriendo igual o más que yo.

La primera clase que compartimos fue la de Matemática. No dejaba de darme vuelta buscando sus ojos, como antes de que nos distanciáramos. Jamás me miró, y cada vez que mi intención se veía frustrada, sentía que me arrancaban un trozo más de mi interior.

Ni siquiera los celos regresaron para animarme un poco cuando lo vi compartiendo la mesa con Sarah durante el almuerzo. ¿Le estaría contando lo nuestro? No, jamás me traicionaría.

Lo esperé en la biblioteca después de comer, pero, por supuesto, jamás apareció. A cambio recibí un mensaje cuando estaba yendo al aula.

JAYDEN.

> *Quiero que sepas que fui a la biblioteca en el horario de siempre y te vi esperándome. Intenté acercarme, pero no pude. Estoy triste, y solo me surgía contarte detalles del accidente. Te conozco; sé que te sentirías culpable. No quería lastimarte, por eso preferí alejarme. Por favor, no vuelvas a esperarme.*

LIZ.

> *Que solo nos comuniquemos por mensajes me recuerda mi relación con Shylock, y me hace sentir un poco mejor. Gracias por preocuparte.*

Con el transcurso de los días empecé a aceptar que Carol tenía razón: debía darle tiempo. Sentía mucho miedo porque Jayden tenía una familia preciosa, la capacidad de enamorarse con más facilidad que yo y hermosas cualidades para que lo amen, y quizás pudiera desecharme mucho más rápido de lo que yo podría olvidarlo. Estaba sola en el mundo, excepto por un par de amigas y algunos destellos de madre. Él me había dado todo lo que soñaba y, durante años, no había conseguido. Se me hacía difícil aceptar mi realidad sin su presencia.

El viernes de la semana siguiente recibí un correo electrónico de la universidad de Yale. Ni siquiera me produjo intriga o entusiasmo, era como si esa vida que tanto había añorado hubiera quedado muy lejos, en los deseos de un personaje que no era yo. La vida perfecta que tanto había planificado ya no tenía esa forma. No tenía idea de cómo era.

Suspiré, rogando que en mis venas volviera a correr el entusiasmo. Quizás debía retomar mis antiguos objetivos: ¿y si en ese correo se escondía el futuro por el que siempre había luchado? Habría sido increíble que llegara justo cuando había dejado de pensar en ello, como si lo hubiera estado alejando antes con mi obsesión. El universo obraba de forma misteriosa.

Ni bien había iniciado mi relación con Jayden, sabía que mi partida a la universidad nos distanciaría. ¿Cuándo había olvidado eso? ¿Cuándo me había entusiasmado con la idea de tomar fotos, casarme y confiar en otra persona?

Por un instante quise recuperar mi vida tal como era antes de Jayden. Eso me hizo dudar del correo; quizás escondiera otro rechazo y volviera a sentir que mis ilusiones se desvanecían. En mi mente se representaron de nuevo las palabras de Harvard, por eso no debía hacerme ilusiones con el nuevo correo. Me protegí de la decepción con esos pensamientos y terminé abriéndolo.

Estimada señorita Collins, nos complace informarle que...

Mi corazón resucitó de golpe. Terminé de leer con la boca abierta: lo había logrado. ¡Había sido aceptada en una de las mejores universidades de los Estados Unidos!

—¡Mamá! —grité, saliendo de mi habitación. Entré a la de ella de golpe—. Me aceptaron en Yale.

—¡¿Qué?! —exclamó ella—. ¡Oh, por Dios! ¡Esto hay que celebrarlo! Vístete: ¡cena de chicas!

Por primera vez en todos esos días, volví a sentirme viva. Al fin mamá y yo coincidíamos en algo, y había alcanzado la meta que había perseguido desde mis doce años. ¿Por qué, entonces, mientras cenábamos en un restaurante gourmet, volví a pensar en el ser y el parecer? Aunque estaba contenta por mi increíble logro, en el fondo sentía que esa estudiante de Yale de mi imaginación ya no era yo.

Como si la vida se hubiera ensañado con ponerme a prueba, amanecí vomitando. Sin duda se debía a que había pasado muchos días comiendo muy poco y de pronto, en una noche, me había indigestado.

Era sábado y no tenía que ir al colegio. Aproveché a contarles la novedad de Yale a mis amigas y arreglamos una salida para esa tarde, siempre que me sintiera mejor. Para el mediodía, estaba como nueva.

Esa tarde, compartimos un batido y la terrible historia que me había separado de Jayden. Para cambiar de tema, ellas me pidieron detalles de Yale. Extraje el móvil, busqué la carta de la universidad en el correo electrónico y les di el teléfono para que la leyeran por su cuenta.

—¡Qué alegría, Liz! —exclamó Val, devolviéndome el móvil—. Todavía recuerdo cuando nos enviaste ese mensaje de que tu universidad pendía de un hilo. Ya ves que no: la vida de las tres se va encaminando. ¿Cuándo tendrías que mudarte?

Con lo ansiosa que había estado alguna vez por ir a la universidad, no podía creer que aún no hubiera planificado la mudanza. Apreté el ícono de la agenda con intención de buscar la fecha ideal para irme, pero no pude mover el dedo. Mi sonrisa se borró del golpe. Entre un trabajo práctico y una evaluación del mes en el que estábamos, había un día marcado en rojo. Refería a un evento que tendría que haber sucedido hacía dos semanas: mi período.

—¡Ey! —exclamó Glenn, chasqueando los dedos delante de mi rostro—. ¿Te dormiste con el móvil en la mano?

—No… —susurré, y cerré la agenda—. Todavía no he planificado la mudanza.

—Chicas: prométanme que seguiremos viéndonos a pesar de la distancia —pidió Glenn—. Sería muy triste haber compartido tantos años y, de pronto, separarnos como si no nos recordáramos.

—Siempre estaré para ustedes —prometió Val.

Me miraron para que dijera algo; era un emotivo momento entre amigas. Yo seguía pendiente de ese día que había pasado sin el acontecimiento esperado.

—También yo —aseguré, un poco distraída.

Regresé a casa pensando en la fecha. Quizás me había equivocado y había calculado mal. Revisé cuándo me había venido el mes anterior y volví a hacer la cuenta: era correcta.

Reí, negando con la cabeza: siempre había sido la chica más regular del planeta, era imposible que de buenas a primeras tuviera un atraso. Por otra parte, también era imposible que estuviera embarazada. Cada vez que lo habíamos hecho, Jayden y yo nos habíamos cuidado. Aun así, fui a la farmacia para comprar una prueba casera. ¡Me daba tanta vergüenza! Me oculté entre las estanterías con la cabeza gacha, temerosa de que me viera algún conocido.

Recogí una prueba cualquiera y me dirigí a la caja escondiéndola entre las manos, casi parecía que tenía intención de robarla. Se la entregué a la empleada y ella la recibió con una sonrisa.

—Tenemos una promoción en pruebas de embarazo —dijo.

—No quiero, gracias —me apresuré a intervenir, haciendo un gesto para que bajara la voz.

—Tenemos una oferta de…

—¡Te dije que no quiero! —repetí—. Cóbrame, por favor.

Le arrojé unos billetes y le arranqué la caja de las manos. La oculté en mi morral a la velocidad de la luz y hui de la farmacia sin esperar el cambio.

Recién me sentí a salvo cuando me refugié en mi casa. Dejé mis cosas en mi dormitorio y fui al baño. Estaba tranquila: mamá no volvería hasta el domingo a la noche, así que no había riesgos de que me descubriera en nada comprometedor.

Estaba segura de que no estaba embarazada, pero tenía que hacer la prueba de todos modos; era un paso obligado ante un atraso de tantos días. Oriné y esperé el resultado mirando mensajes en el móvil. Habían subido un video de caídas graciosas a un grupo de la escuela. Reí un poco con eso; estaba tan bueno que se me pasó más tiempo del indicado para mirar la prueba.

Giré la cabeza, convencida de que sería una pérdida de tiempo. Entonces, mi garganta se cerró. Volví a reír, esta vez de nervios. Recogí la tira y releí la palabra que arrojaba la pantalla. Tenía que haber un error: no podía estar embarazada, no había modo.

La sacudí, pensando que así cambiaría el resultado. Seguía siendo aterrador.

La envolví en papel higiénico, me la llevé junto con la caja y fui a mi habitación en busca del morral. La oculté allí y volví a salir a la calle. La arrojé a un cesto de basura público y regresé a la farmacia.

—Dame una de esas pruebas en promoción —ordené a la chica de la caja, apoyando un billete sobre el mostrador.

Casi no le di tiempo a guardarla en una bolsa: se la arranqué de las manos y corrí a casa de nuevo.

La segunda también dio positivo.

43

Incertidumbre

Pasé el peor domingo de mi vida, sumida en la angustia y la desesperación. De pronto la vida que había dejado de sentir como propia me parecía más mía que nunca, y releía la carta de Yale con el miedo de perder la mejor oportunidad del mundo.

Esto no podía estar pasando, no era justo. Nunca había rezado antes, pero de pronto necesitaba orar para que apareciera mi período.

Liz.

> Glenn, ¿me enseñas a rezar? ✓

Glenn.

> ¿A rezar?

Liz.

> Sí. Necesito que Dios me haga un favor. ✓
> Nunca me prestó atención, es hora de que haga algo por mí.

GLENN.

Liz... Dime la verdad: ¿has bebido?

LIZ.

¡No! Enséñame a rezar, por lo que más quieras. ✓

GLENN.

Si lo estás preguntando en serio, no hay una receta para orar.
Tan solo háblale, Dios siempre está. El secreto es la fe con la que pidas
lo que deseas. Solo Él sabe qué necesitas en realidad y te lo enviará.
Ten confianza.

LIZ.

Gracias. ✓

GLENN.

De nada. Cuenta conmigo si necesitas algo más.

LIZ.

Pide por mí, seguro tu fe es más fuerte que la mía. ✓
Además, Dios está acostumbrado a oírte.
En cambio a mí...

GLENN.

Lo haré.

Por las dudas, hice la prueba.

Por favor, Dios, envíame mi período. Te lo suplico, nunca te he pedido nada, concédeme esto. Necesito mi período.

Pero a cada hora que pasaba sin novedades, ni siquiera un poquito de dolor de ovarios, me desesperaba más. Nunca añoré tanto el malestar y los tampones como en esos días. De hecho me puse uno por las dudas, como convenciendo a mi cabeza de que me viniera.

El miércoles entendí que algo estaba pasando y me enojé con el mundo. No era justo que tuviera que soportar toda esa incertidumbre sola. No tenía a quien recurrir, si no era a mis amigas. Mi madre había sido muy clara respecto de los embarazos no deseados: "nunca te pido nada, Lizzie, solo esto". "Esto" era que me cuidara. ¡Y lo había hecho! No de la manera que ella había propuesto, pero que me atropellara un camión si no habíamos usado condón.

Intenté establecer contacto visual con Jayden durante toda la clase de Matemática. De pronto parecía haberse convertido en un alumno ejemplar y se la pasaba cabizbajo, resolviendo ejercicios. Cuando terminó la hora, corrí detrás de él.

–¡Jayden! –lo llamé en el pasillo; él se alejaba–. Jayden, tenemos que hablar. Aguarda un momento.

Se dio la vuelta y me esperó. Por primera vez en semanas, me miró.

–Te extraño mucho, Elizabeth, y me siento mejor. Pero tengo miedo de no haberlo superado por completo todavía. No quiero jugar al ciclotímico, llevarnos bien hoy y enojarme por cualquier tontería mañana. Quiero recuperar mi visión positiva de la vida y mi buen humor. Necesito más tiempo.

–¡No hay tiempo!

–Perdóname –murmuró, y se volvió.

–Por favor… –rogué, angustiada. Como presentí que Jayden seguiría caminando sin hacerme caso, me apresuré para quedar lo más cerca posible de él y acepté que tenía que exponerme–. Creo que estoy embarazada. No sé qué hacer, estoy desesperada, quiero morir en este preciso momento.

Se detuvo de golpe y permaneció un segundo quieto. Giró sobre los talones y me miró. Yo temblaba. Lo que sentí cuando me sujetó del brazo fue tan fuerte que mis ojos se llenaron de lágrimas.

–Aguarda –pidió con voz calmada–. No hablemos aquí, ven.

Me llevó a un pasillo oscuro que conducía a un cuarto de limpieza. Era lo que teníamos cerca, y por allí no circulaba gente. Me apoyó la espalda contra la pared y me encerró con un brazo, como cuando había sufrido el ataque de claustrofobia en el elevador.

–Es imposible –determinó.

–Ya sé que es imposible. Pero mi período no ha aparecido y…

–¿Cuántos días de atraso llevas?

–Veinte.

–¿Te hiciste una prueba casera?

–Me hice dos.

–¿Cuál fue el resultado?

–Positivo.

Guardó silencio un momento, congelado ante la incertidumbre y la preocupación. Respiró profundo, resultaba evidente que intentaba conservar la razón.

–Tranquila: las pruebas a veces fallan. Sabemos que no puedes estar embarazada, nunca lo hicimos sin condón. ¿Fuiste al médico? –negué con la cabeza–. Eso es lo más confiable. ¿Tienes seguro social? –asentí, un poco más calmada. Que él también pensara, como yo, que era una locura, me daba esperanza–. ¿Qué asignatura cursas ahora? ¿Tienes evaluación? –negué otra vez con la cabeza–. Yo sí, pero no importa. Vamos al hospital.

Había olvidado lo bien que se sentía ser la prioridad de alguien.

Salimos de la escuela escabulléndonos para que nadie nos pidiera explicaciones. Jayden me entregó el casco y subimos a la moto. Mientras andábamos, no dejaba de pensar en que habíamos ido hasta el estacionamiento de la mano y en cuánto me hubiera gustado retroceder el tiempo. Recordaba nuestros paseos, nuestras bromas, nuestros besos, y sentía que nos merecíamos todo eso.

Entramos en el hospital y solicité atención médica a la recepcionista. Nos sentamos uno al lado del otro en la sala de espera. Estábamos en silencio, sin rozarnos ni mirarnos siquiera. Me dolía el corazón de sentirlo tan cerca y a la vez tan lejos. Por la energía que nos envolvía, supuse que a él le ocurría lo mismo.

El médico me llamó enseguida. Desde que abrió la puerta, me pareció impaciente y grosero. Me convencí de que solo era una mala percepción mía a causa de los nervios y avancé hacia el consultorio. Jayden entró conmigo. Nos sentamos frente al escritorio mientras el doctor escribía en la computadora.

—Cuéntame —solicitó sin mirarme.

—Bueno, sucede que… —me temblaba la voz. ¡Sentía tanta vergüenza y presión!—. Mi período tendría que haber aparecido hace veinte días, pero hasta hoy no he tenido noticias.

Me miró.

—¿Te hiciste una prueba de embarazo? —preguntó.

—Me hice dos. Las dos dieron positivo. Pero es imposible que el resultado sea correcto. Siempre que…

—Tienes que hacerte un análisis de sangre —me interrumpió, volviendo a escribir en el ordenador—. Ve al laboratorio, estoy enviando la orden. Te tomarán una muestra, esperarás dos horas y te darán un resultado por escrito. Regresarás con él a mi consultorio y golpearás a la puerta. ¿Está todo claro?

No. Nada estaba claro. Quería decirle que siempre nos habíamos cuidado, que nadie merecía que lo juzgaran, que la prueba tenía que estar equivocada. Sin embargo, tuve que levantarme llena de dudas y miedos. Al parecer, los médicos estaban para diagnosticar y resolver, no para contenerme.

Fuimos al laboratorio, a donde tuve que entrar sola. Me extrajeron sangre y cuando salí, me senté al lado de Jayden. Estaba en un banco frente a la puerta, usando el móvil. Miré la hora en mi teléfono: la espera se me haría eterna si no intentábamos, aunque sea, conversar un poco. Sentía el estómago en la garganta de los nervios, tenía una opresión en el pecho que no se iba con nada.

—Lamento que tengas que ignorar tus necesidades por esto —dije.

Jayden me miró, mucho menos contrariado que hasta hacía un rato.

—¿*Mis necesidades*? —repitió.

—Dijiste que necesitabas más tiempo.

—No importa eso en este momento.

—No quiero que pienses que olvidé lo que hizo la mujer de mi padre.

—Por favor, no hablemos de eso ahora —pidió—. Lo único que importa es que nos den ese resultado y puedas quedarte tranquila.

—¿Y si estoy embarazada?

—¡Es imposible, Elizabeth! Los dos lo sabemos. Tranquila: las pruebas caseras no son cien por ciento efectivas. ¿Leíste el prospecto que traen adjunto? Mi madre se la pasa hablando de asuntos médicos, y le oí decir que pueden arrojar un resultado positivo si tienes un quiste, por ejemplo.

—¡No quiero tener un quiste!

Jayden rio. Se lo veía tan relajado que casi podía relajarme yo.

—No te hagas problema de antemano: espera a ver el resultado. Seguro será negativo, así que pediremos un turno con un ginecólogo y él te enviará a hacerte una ecografía. Eso delatará si tienes un quiste o no. Y si lo tienes, ¿cuál sería el problema? Te darán medicación y se disolverá. Será como si jamás lo hubieras tenido.

—Sabes mucho. ¿Por qué no quieres ser médico?

—No sé, no es lo mío.

Yo seguía preocupada, así que él volvió a reír y, sin que lo viera venir, me abrazó. Mi corazón se aceleró. Puse una mano sobre su abdomen, y un centenar de recuerdos me asoló. De pronto sentí sus labios sobre mi pelo, estaba dándome un beso. Me apretó un poco más con los brazos.

—Ay, Elizabeth, ¡cómo extrañaba esto! Reír contigo, tenerte cerca, oír tu voz… ¡Te amo tanto!

Sin darme cuenta, levanté la cabeza y, como la primera vez en una plaza, terminamos besándonos. Mi respiración se agitó, mi corazón volvió a galopar como si nunca se hubiera anestesiado. Lo mismo sucedió con el de Jayden; podía percibirlo a través de su ropa, fuerte y convulsionado.

Cuando el beso terminó, volví a refugiarme entre sus brazos. Allí, todo parecía marchar bien. No existían el miedo, el tiempo ni el dolor.

Permanecimos un rato en silencio, mientras mi mente seguía pensando en la mujer de mi padre. Para respetar el deseo de Jayden y evitar hablar del accidente, intenté pensar en otra cosa.

—Me aceptaron en Yale —comenté. Jayden me apartó poniendo las manos en mis hombros y me miró.

—¡Felicitaciones! —exclamó—. Sabía que te aceptarían; era imposible que las tres universidades que elegiste se perdieran tu potencial y tu inteligencia. Solo me apena que ya no podremos vernos todos los días. Tendré que viajar seguido a New Haven.

—También vendré a Nueva York. ¿Y tú? ¿Obtuviste alguna respuesta a las postulaciones que enviaste?

—Todavía no.

Volví a abrazarlo y permanecí recostada contra su pecho mientras él me acariciaba un brazo.

—¿Ya sabes cuándo te mudas? —indagó.

—No. Te extrañaré mucho. Yo tampoco veía la hora de que volviéramos a estar así, imagina lo que sentiré cuando estemos tan lejos.

Jayden me besó en la cabeza y me apretó un poco más. Después de un rato, él volvió a manipular el teléfono y buscó un archivo. Me enderecé y lo miré sin poder creerlo.

—¿Te vas a poner a leer?

—Hay que matar el tiempo —respondió, riendo.

—¿Cómo puedes concentrarte en un libro con esta incertidumbre?

—Porque ya sé la respuesta. Ven, lee conmigo.

Intentó acercarme de nuevo con un abrazo. Yo permanecí en mi lugar, esbozando una sonrisa burlona.

—¿No tienes miedo de que justo llegue un mensaje romántico de Sarah y yo lo lea? —bromeé. Jayden volvió a reír.

—No. De hecho puedes leer mi chat con Sarah si quieres; solo hablamos de trabajos del colegio —me ofreció el teléfono.

—Jamás haría eso ni aunque me muriera de ganas —dije con orgullo.

—¿Sabías que ella era *In the end* en *Nameless*?

—¡¿En serio?!

—Sí, me enteré hace poco.

No podía creerlo. Había conversado con ella en buenos términos cuando le había preguntado por Shylock. En la vida real, jamás le hubiera hablado, ni aunque fuera la última persona en el mundo. Por primera vez se me ocurrió que, si Jayden se había enamorado de ella, le había visto un lado bueno. A pesar de que alguna vez me había hecho pasar por culpable de sus errores, se decía mi amiga mientras solo me tenía cerca para enaltecerse a sí misma rebajándome y hablaba mal de mí a mis espaldas, había aspectos de su interior que yo no había sabido descubrir. Tuve que reconocer que Jayden tenía razón: Sarah y yo nos parecíamos en algunas cosas, y a él le gustaba deshacer máscaras.

—Collins.

La voz de una enfermera me erizó la piel. Al parecer, Jayden se dio cuenta, porque se puso de pie enseguida y apoyó una mano sobre mi hombro.

—Yo voy —ofreció.

Recogió el sobre, le agradeció a la enfermera y volvió a acercarse. Yo aún no me había levantado. Estiré una mano para que me entregara el papel, pero él alzó la suya para que no lo alcanzara.

—Dámelo —ordené.

—No. Deja que lo vea el médico; les molesta cuando los pacientes espían primero. Él es el que sabe.

—Vamos, Jayden, no hace falta ser médico para entender un precioso "negativo" —él rio.

—Hemos esperado dos horas, no nos matarán unos minutos. Vamos.

Me ofreció su mano. La tomé, resignada, y nos dirigimos a los consultorios.

Para cuando nos sentamos delante del escritorio del médico, Jayden me había contagiado su seguridad y me sentía tranquila. Los dos estábamos convencidos de que habíamos hecho bien las cosas y del resultado negativo. Aún así, sentí un cosquilleo en el estómago cuando el doctor abrió el sobre. Temía estar enferma o que nuestro método anticonceptivo hubiera fallado. Los escasos segundos que tardó en leer el resultado me parecieron más largos que las dos horas que habíamos estado esperando.

—Tienes un embarazo de unas cinco semanas —anunció, como si nada. No entendí una palabra de lo que siguió diciendo, mi mente se puso en blanco.

—N… No puede ser —balbuceé. Por lo que pude notar, Jayden estaba tan asombrado como yo.

—¿Sueles ir al ginecólogo? Deberías buscar uno —siguió indicando el médico con frialdad.

La idea de tener un hijo me hizo pasar de la sorpresa al miedo.

—Tiene que haber un error —discutí—. No puede ser. ¡No puedo tener un bebé!

—Si fuiste adulta para hacerlo, también tendrás que serlo para tenerlo —replicó el hombre de mal modo.

—¡Ey! —se entrometió Jayden.

—Y tú también.

—Sí, como diga —respondió Jayden, y se levantó—. Gracias, sabemos qué hacer. Deme el resultado, por favor.

—Tiene que ir con un ginecólogo.

—Sí, ya lo sé. Gracias.

Casi le arrancó el papel y puso una mano sobre mi hombro. Yo seguía en shock. Aunque ese doctor fuera un maldito, necesitaba que me dijera que todavía podía haber un error.

—Por favor, no puede ser... —susurré.

—Está bien, Elizabeth, vamos —me pidió Jayden con un tono suave, impulsándome a ponerme de pie.

Terminé levantándome aunque sintiera que me iba a caer.

Salí de ese consultorio como si atravesara el pasillo de la muerte. Jayden me dio la mano y me llevó fuera de la clínica. Se detuvo un momento, estudió los alrededores y me impulsó a cruzar la calle. Terminamos en una plazoleta.

—Siéntate —solicitó junto a un banco. Yo lo miré, incapaz de moverme. Él insistió, y al final le hice caso.

Un instante después, estaba a mi lado, con el papel en la mano, mirando la calle. Los dos estábamos mudos, parecía que un tren nos había pasado por encima. Mi garganta se había cerrado; me temblaban las manos. Estaba haciendo un esfuerzo sobrehumano para no echarme a llorar como una niña perdida en una playa.

—No puede ser —sollocé—. No entiendo cómo pasó. ¡¿Por qué?!

—Yo tampoco —lo miré.

—Te juro que no estuve con ningún otro chico. El único con el que me he acostado en más de un año eres tú.

—No me digas eso. No hace falta, ya lo sé.

—Tienes que haber cometido un error. ¿Sabías cómo se usaba un condón? ¿Siempre te los pusiste bien?

La mirada de Jayden expresó enojo y decepción.

—No hagas esto, por favor. Sí: sé usar un condón y me los ponía bien. Fue un accidente, no busques culpables. Sería lo mismo que yo te dijera que es tu culpa porque te negaste a tomar las píldoras que te dio tu madre —fue como si me hubiera abofeteado. Tal vez tenía razón—. No me mires así. Nunca, jamás te diría eso, porque no es cierto. No sé qué falló; no lo sé.

Bajé la cabeza, me cubrí el rostro con las manos y dejé escapar el llanto.

—¿Qué vamos a hacer? Esto es una pesadilla, ¡no puedo creerlo!

Jayden apoyó una mano en mi espalda y empezó a acariciarme.

—Primero tranquilízate; no resolveremos nada si nos hundimos en la desesperación. Tenemos que decírselo a nuestras madres.

—¡No! —exclamé enseguida, descubriéndome el rostro.

—No podemos solos, tienen que saber.

—Lo único que me pidió mi madre es que no me embarazara, y ya ves. No puedo decirle esto. ¡No quiero!

—Yo tampoco quiero decepcionar a mi madre, pero vivimos con ellas, y aunque seamos mayores de edad, todavía son responsables de nosotros. Sería injusto que decidiéramos sin consultar a nadie, sin buscar apoyo.

–No hay nada que decidir, es evidente que esto no puede seguir.

Jayden pestañeó rápido. ¿Acaso estaba pensando algo distinto que yo? Ni siquiera quería saber.

–Bueno, no tenemos que decidir ahora –determinó–. Hay tiempo. Dijo que solo habían pasado cinco semanas, es muy reciente.

–Sí, todavía tiene solución –dije, mirando mis manos apretadas sobre mis rodillas. El silencio de Jayden respecto de mi insinuación me resultó perturbador.

–Deja de llorar, por favor –pidió, y miró el teléfono–. Se nos pasó la hora del almuerzo, tienes que comer algo.

–No tengo hambre.

–Yo tampoco, pero no es bueno que saltees comidas, ya lo sabes. Vamos a tu casa, te preparo algo que te guste y esperamos a tu madre.

Respiré profundo, haciendo un esfuerzo para contenerme y no explotar en gritos e insultos.

–Insistes con que tengo que hablar con mi madre –dije con los dientes apretados.

–No desistiré de eso.

Intenté pensar desde otro ángulo. ¿Por qué le debía tanto respeto a una orden de mi madre? Ella se comportaba como una amiga desde que yo tenía ocho años. Yo no había buscado quedar embarazada, tan solo había sucedido, no tenía la culpa de nada. Si mamá era tan comprensiva como siempre se había mostrado, tenía que entenderme. Tenía que apoyarme.

–Lo pensaré –prometí.

–Gracias.

Jayden se levantó y me dio la mano. Fuimos en busca de la moto, y él se quedó mirándola. Dudó antes de entregarme el casco; tuve que arrebatárselo.

Mientras andábamos hice un esfuerzo por relajarme un poco. Jayden tenía razón: hundirme en la desesperación no resolvería nada, solo empeoraría todo. Necesitaba pensar con claridad, y tantas emociones encontradas interferían de modo negativo.

—A esta velocidad, con suerte llegaremos para la medianoche —protesté. Hasta las bicicletas nos pasaban de largo.

—Tendremos que dejar de usar la moto —respondió Jayden.

Si me hubiera abofeteado, habría sido mejor. No podía creer que estuviera esforzándose para que el embarazo continuase. Ojalá la pesadilla se hubiera terminado con un accidente de moto.

Sentí un golpe en el pecho cuando me di cuenta de lo que acababa de cruzarse por mi mente. Me horroricé de mí misma: ¡¿qué estaba pensando?! El padre de Jayden había muerto en un accidente provocado por la mujer del mío, ¿cómo podía desear que nuestro hijo terminara del mismo modo?

—Elizabeth, ¿estás bien? —me preguntó.

Miré por el espejo retrovisor: a pesar del casco, distinguí mi rostro muy pálido a través del plástico que cubría la zona de los ojos.

—Sí, estoy bien —aseguré. Ojalá hubiera sido cierto.

En casa no había mucho para comer; desde que Jayden y yo nos habíamos distanciado, había perdido las ganas de comprar víveres y de mantener el orden.

—Me las arreglaré con esto —dijo Jayden ante algunos elementos.

Preparó una pizza cubierta con algunas verduras. No había queso.

Apenas probé bocado. Miraba la nada, formulándome un millón de preguntas. Por momentos pensaba en lo horrible que sería atravesar un aborto. Por otros, en lo terrible que resultaría mi vida si decidía tener un hijo.

—Me voy a estudiar —determiné, cansada de dar vueltas a un problema que, en ese momento, no podía resolver.

Reuní los platos y los lavé. Mientras Jayden los secaba y los guardaba, fui a mi habitación. Me senté en el suelo con los libros y mis cuadernos y busqué lo que tenía que estudiar para un examen del día siguiente. Siempre había escapado de la realidad ocupándome del colegio, tenía que funcionar ahora también.

Jayden se sentó frente a mí poco después. Lo ignoré un rato, pero era consciente de que no me quitaba los ojos de encima, y su actitud había empezado a inquietarme.

—Deberías estudiar —le sugerí con un lápiz sobre los labios, mirando unas hojas—. ¿De qué era el examen que tenías hoy?

—Ciencias. Elizabeth —mi nombre en sus labios sonó como un pedido, y mi lado estúpido me hizo alzar los ojos de inmediato—. Te amo. No importa lo que haya hecho la mujer de tu padre, tú no tienes nada que ver con eso.

Permanecí un instante inmóvil.

—¿A qué viene eso? Dijiste que no querías hablar de ello.

—No en la clínica. Pero ahora quiero decírtelo.

—Hasta hace unas horas me decías que necesitabas más tiempo, que todavía no habías podido asimilar esa noticia. Sé claro, Jayden: sospecho que, en realidad, quieres decir otra cosa.

—No. Solo necesito que sepas que te amo.

—Quieres expresar que tu deseo es que tengamos al bebé.

Guardó silencio unos segundos.

—Sí, también. Pero estaré contigo sin importar lo que decidas.

Respiré profundo y bajé la cabeza. Me sentía una harpía por tener tantas dudas, por temer tanto al futuro. Había convivido tantos años con los mismos planes, que aunque no fueran lo que en realidad quería, resultaba difícil olvidarlos.

—No he decidido nada. Sugeriste que lo conversáramos con nuestras madres, ¿no?

—¿Lo haremos?

—Sí.

—Gracias.

"Solo Él sabe qué necesitas en realidad y te lo enviará", me había dicho Glenn. No tenía idea de cuándo Dios, el universo o la vida habían entendido que necesitaba un embarazo no deseado, solo esperaba que existiera un motivo.

Máscaras

A eso de las siete de la tarde, oí la puerta. Me tensioné al instante, sabía que era mi madre. Jayden apartó los cuadernos y se levantó para ofrecerme su mano.

—¿Y si hablamos con ella en otro momento? —pregunté, preocupada.

—¿No te parece mejor librarnos de la incertidumbre de su reacción lo antes posible?

Jayden tenía razón. No debía sentir tanto miedo, mamá siempre había sido más bien una amiga. Lo más probable era que se enojara un poco, pero luego empezaría a comportarse como una adolescente de nuevo. A lo sumo me convertiría en una estúpida para ella. Era esperable, dada mi inexperiencia.

Salimos de la habitación y fuimos a la sala. Me asomé a la cocina: mamá estaba revolviendo el contenido del refrigerador.

—Es fácil deducir que te arreglaste con Jayden —dijo, sonriente—: no hay un solo plato para lavar en el fregadero.

—¿Podemos conversar? —pregunté con un tono suave. Quizás, si le transmitía calma desde el comienzo, ella se mantuviera en sus cabales.

—¡No me digas que la mujer de Joseph volvió a molestarte! Aunque te dije que no podía hacer nada, se lo conté de manera sutil. Pensé que no te molestaría más.

—No es eso. Por favor, ven a la sala.

—Bueno —me siguió—. Ah, hola, Jayden. No sabía que estabas en casa.

Me miró y apretó los labios haciendo un gesto de *metí la pata*. Ya nada importaba; Jayden sabía lo peor de mi vida, así que lo que mi madre había dicho en la cocina hasta resultaba cómico.

—Siéntate —le pedí, ocupando el lugar junto a Jayden.

—¿Qué pasa? —preguntó ella con desconfianza.

—Mamá… Estoy embarazada.

Lo dije así, sin anestesia, sin preámbulos que no tenían sentido, con el corazón latiendo con frenesí.

Mamá frunció el ceño, esperaba que me preguntara cómo había sucedido.

—¿Estás loca? —rio, se notaba que le costaba creerlo—. ¿No tomaste las píldoras anticonceptivas?

—No.

—¡Elizabeth! —bramó. Entonces supe que todo iba muy mal: jamás me llamaba así.

—Fue un accidente. Usábamos condón.

—¡Cielos, Elizabeth! ¡Lo único que te pedí fue que te cuidaras!

Estaba gritando. Nunca la había visto seria y desencajada. Me puse más nerviosa. No pensé que reaccionaría de esa forma, y creo que Jayden tampoco.

—Yo… Lo siento, es que…

—No puedes haber hecho esto. ¡No puedes haber sido tan tonta! ¿Dónde quedó todo lo que te enseñé durante años? ¡¿Por qué no me escuchaste?! Y tú… —miró a Jayden—. ¿No tienes vergüenza? ¿No te sientes un maldito?

—¡Mamá, por favor! —exclamé, avergonzada. Era injusto que Jayden soportara los insultos de mi madre.

—Tienes que terminarlo ahora —sentenció ella. Mi corazón comenzó a latir con fuerza. Había dicho que eso era lo que quería, pero ahora que mamá lo decía, no estaba tan segura.

—No sé. No sé qué es lo que quiero —me atreví a confesar.

—Quieres ir a la universidad, eso quieres —respondió ella—. Quieres acostarte con cualquier chico que te guste, recibirte y algún día ser la madre del hijo de un hombre que te convenga. Ni se te ocurra dejarte convencer por este mentiroso de que debes tener a su hijo.

—¡Te dije que no sé lo que quiero! —bramé, agitada; intentaba contener el llanto.

—¡¿Cómo no te das cuenta?! ¿Por qué hiciste esto? ¿Por qué estás repitiendo mi historia? ¡Me esforcé tanto para que fueras diferente, para que tuvieras otra vida!

—¿De qué hablas? Estás mezclando las cosas.

—¿Acaso piensas que siempre fui esta persona? ¡No, Elizabeth! ¡Yo era exactamente igual a ti! Era la mejor alumna, me pasaba el día estudiando. Soñaba con ir a la universidad, con convertirme en abogada. ¡Hasta eso querías! ¡La misma carrera que yo!

—No… —balbuceé, sollozando. Me había esforzado para ser distinta de mi madre, y ahora resultaba que era su calco. Jamás lo hubiera imaginado.

—Es hora de que lo sepas: era una alumna destacada hasta que tu padre apareció —señaló a Jayden con desprecio—. Era igual a él. Andaba en una moto, era atractivo y tenía mucha personalidad. Yo era una inexperta y le creí. Creí en el amor, así que empecé a salir con él. Y me dejó embarazada de ti.

Me cubrí la boca y empecé a llorar con desconsuelo.

—No querías tenerme… —balbuceé, haciendo deducciones.

—La verdad: no. Quería abortar, pero él me lo impidió. Me convenció de que seríamos una familia, de que seríamos felices. Por supuesto, no fui a la universidad. Mis padres se habían enojado conmigo y terminé yéndome de casa para darle el gusto a tu padre de tenerte. Como sus padres tenían dinero, él sí empezó su carrera mientras convivía conmigo. Llevó la vida de cualquier otro estudiante mientras yo me quedaba en casa, embarazada de ti. Incluso iba a fiestas y reuniones sociales. Todo siguió igual después de que naciste.

»Te equivocas si crees que no aprendí a quererte: te amé desde que sentí tu primera patada en mi vientre. Por eso fui feliz contigo hasta que descubrí que él tenía otra. Una mujer con estudios universitarios, que se adecuaba más a sus nuevas necesidades de hombre. Una con la que de verdad quería formar una familia. No como yo, que al final solo me había convertido en madre y en una profesional mediocre con un curso de secretariado.

»No me arrepiento de haberte tenido, pero tampoco dejo de preguntarme cómo habría sido mi vida si tu padre no se hubiera cruzado en mi camino. Por eso quiero que tú vivas la experiencia que a mí me negaron. No quiero que termines en una relación con tu jefe para tener un puesto de trabajo que les dé una buena vida a ti y a tu hija. ¡No quiero que en veinte años te transformes en una mujer marchita!

—¡Basta! ¡Por favor, basta! —le grité, incapaz de soportar una revelación más de su boca.

Ella volvió a señalar a Jayden.

—¡Eres una basura!

Después de un largo silencio, la voz calmada de Jayden me erizó la piel.

—Señora: lamento que el padre de Elizabeth haya sido tan injusto. Pero yo no soy así. No soy él.

—¡Eres un irresponsable y un mentiroso!

—No. No lo soy.

—Vete de mi casa. Este problema no te incumbe, lo resolveremos con Elizabeth a solas.

—Si usted me echa, tendré que irme, porque esta es su casa. Pero el asunto sí me incumbe.

—¡Cállate, maldita sea! ¡No tienes escrúpulos!

No podía parar de llorar. Mi madre acababa de decirme que no quería tenerme, que había querido abortarme, que se había enterrado en una vida que no deseaba por mi culpa. Lo mismo que yo había pensado de mi hijo.

Jayden me rodeó la muñeca buscando mis ojos.

—Elizabeth... —susurró cerca de mi mejilla—. Por favor, tienes que tranquilizarte.

—Te lo quitarás, Elizabeth —siguió vociferando mi madre—. No le des el gusto a este mentiroso de tener a su hijo.

—Tengo que irme. ¿Quieres venir conmigo? —siguió preguntando él en voz baja. Negué con la cabeza—. Entonces estaré abajo por si me necesitas. Me quedaré ahí hasta que bajes o me avises que todo está bien —hizo una pausa mientras me tocaba el pelo y me acariciaba también con la mirada—. No volveré a pedirte que tengamos al bebé, pero tampoco dejes que nadie te convenza de lo contrario. ¿De acuerdo? No importa lo que quieran los demás, solo lo que quieras tú.

—¡Cállate de una vez por todas y sal de mi casa! —le gritó mi madre.

—Prométemelo.

—Sí —era todo lo que podía decir.

Jayden me besó en la mejilla, dejándome en ella todo su amor, y se levantó. Salió de casa antes de que a mi madre se le ocurriera echarlo a patadas.

No podía creer lo que había ocurrido. Jamás hubiera imaginado que mi madre reaccionaría de esa manera, que terminaría con el rol de amiga. Conocer mi verdadera historia acababa de colocarme en el borde de un barranco. Siempre había sabido que mi madre me había tenido siendo muy joven, pero no que todavía estaba en la escuela cuando había quedado embarazada. Mucho menos que había sido estudiosa y que yo había frustrado su sueño de ir a la universidad.

Sin Jayden a la vista, mamá recuperó la calma.

—¿De cuánto estás? —preguntó.

—Cinco semanas —respondí, secándome las lágrimas. Intentaría mantenerme tranquila.

—Está bien, es muy reciente. Equivale a treinta y cinco días, más catorce de la mitad del ciclo menstrual, son cuarenta y nueve. Te conseguiré píldoras abortivas, sirven hasta el día setenta después de tu último período.

—No —dije enseguida, sin pensarlo siquiera.

—¡¿Por qué no?!

—Porque todavía no he decidido lo que quiero hacer. Además, no quiero tomar esa píldora. Necesito ver a un doctor. A uno que me trate bien.

—La píldora no tiene nada de malo. La he tomado una vez, cuando te convencí de que fueras a casa de tu padre para las vacaciones, Lizzie. Es muy efectiva.

Volví a cubrirme la boca; no quería seguir llorando, y tampoco quería oírla.

—No quiero saber nada. Por favor, no me sigas —rogué, y corrí a mi dormitorio.

Me acosté y apreté las manos para que dejaran de temblar. *No pienses en nada, no pienses en nada, no pienses en nada,* repetí una y otra vez. Con el tiempo surtió efecto y me sentí un poco más relajada.

Dejé pasar media hora, por si mamá volvía a intentar convencerme y tenía que correr en busca de Jayden. Cuando comprobé que me había dejado en paz, al menos por ese día, recogí mi móvil.

LIZ.

¿Todavía estás en la puerta?

JAYDEN.

Sí, por supuesto. ¿Necesitas bajar o que suba a buscarte?

LIZ.

No. Ya puedes irte. Estaré bien, te lo prometo.

JAYDEN.

Dejaré el teléfono con el sonido activado por si necesitas llamarme a la noche. No dudes en hacerlo, no importa la hora.

LIZ.

Gracias. No creo que mamá insista hoy.
Nos vemos mañana en la escuela.

JAYDEN.

Nos vemos. Te amo. Descansa.

Esa noche, aunque yo no quisiera, mi mente repasó cada palabra de mi madre. Siempre había creído que estaba peleada con mis abuelos por algún capricho. ¿Quién podía ser tan frío y retrógrado de rechazar a una hija porque había quedado embarazada?

Por otro lado, estaba mi padre. Sus amigos en Facebook escribían que era un gran hombre, un excelente padre y esposo. Su mujer subía fotos de los obsequios que él le hacía para cada aniversario, y él publicaba cartas de amor para ella y para sus hijas en cada cumpleaños. Mientras tanto, yo mendigaba su afecto a la distancia. Para mí, ese hombre que describían era un desconocido. ¿Podía ser tan hipócrita?

La vida era un baile de máscaras: al final, nadie era lo que mostraba. No hacía falta un chat virtual para comprobar que las apariencias engañan.

45
El significado de las lágrimas

Entrar a la escuela después de lo que había ocurrido el día anterior fue como adentrarme en un universo que ya no me pertenecía. Faltaban poco más de dos meses para que terminaran las clases, y cada uno de mis compañeros tenía un futuro determinado. Solo unos pocos no habían recibido aún la respuesta a sus postulaciones, quizás entraban en una lista de espera o algo parecido, a causa de sus calificaciones. Ya no me interesaba saber cómo funcionaba el sistema interno de las selecciones. No tenía idea de qué iba a hacer de mi vida.

Me dirigía a mi primera clase cuando Jayden apareció. Era raro verlo después de lo que nos habíamos enterado. Ahora nos unía mucho más que un noviazgo.

—¿Cómo estás? —me preguntó.

—Bien —dije, encogiéndome de hombros—. Me fui temprano, antes de que se levantara mi madre, para no cruzarme con ella. ¿Ya se lo dijiste a la tuya?

—No, estaba esperándote. ¿Te parece bien si vamos a la salida? Mi hermano estará en el taller de Ciencias. Mañana ella trabaja todo el día y no vuelve hasta el sábado a la noche. No me gustaría esperar tanto.

Suspiré. No sabía si estaba preparada para otro escándalo, pero Carol no tenía que hacer uno. Ella no parecía haber tenido la vida de mi madre.

—Sí, de acuerdo —acepté, aunque no me entusiasmara para nada enfrentar a otra persona con una noticia que no agradaba a nadie.

—Quisiera abrazarte, Elizabeth. ¿Hasta cuándo mantendremos nuestra relación en secreto?

Me sentí entre la espada y la pared. Ahora necesitaba mantener nuestro noviazgo en secreto más que nunca. No estaba en condiciones de resistir el prejuicio de las autoridades y las miradas burlonas de algunos estudiantes. Había otra chica embarazada en el colegio, y sabía lo que decían de ella. Era injusto estar en boca de todos por algo que le podía ocurrir a cualquiera.

—Por favor, no… —supliqué, cabizbaja.

—No era una exigencia, solo una propuesta —respondió él. Me di cuenta de que acababa de defraudarlo, pero, dadas las circunstancias, tenía derecho a ser egoísta.

—Nos vemos en la hora de Literatura —dije, y me alejé antes de que mi necesidad de demostrarnos afecto me venciera.

La primera clase me resultó extraña, todavía más que haber entrado al colegio. Era como si estuviera allí y a la vez en un lugar muy lejano. Me metí en mis pensamientos, recordando lo que llevaba dentro de mi cuerpo, lo que me había contado mi madre y sus deseos. "No quiero que en veinte años te transformes es una mujer marchita…".

Salté del susto cuando un compañero me tocó el hombro. Me entregó un papel doblado en cuatro.

Llevo enviándote mensajes toda la clase, ¡revisa el móvil!

Era la letra de Glenn.

Giré la cabeza y la miré. Con disimulo me volví hacia adelante y extraje el teléfono mientras la profesora hablaba de las migraciones en Latinoamérica.

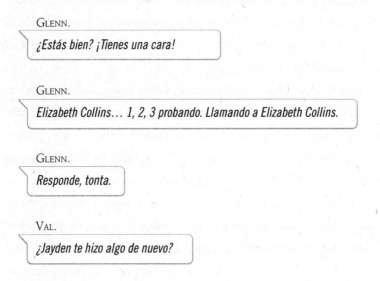

GLENN.
¿Estás bien? ¡Tienes una cara!

GLENN.
Elizabeth Collins... 1, 2, 3 probando. Llamando a Elizabeth Collins.

GLENN.
Responde, tonta.

VAL.
¿Jayden te hizo algo de nuevo?

¡Sí te contara lo que hicimos!, pensé. *Sería una tragicomedia digna de Shakespeare.*

LIZ.
Todo está bien. Nos vemos en el receso.

Ese mediodía, mis amigas me torturaron con un par de preguntas hasta que se dieron cuenta de que no había modo de hacerme hablar y desistieron. Por supuesto, me ofrecieron su ayuda si necesitaba algo, pero nadie podía ayudarme en esto.

Soporté la jornada distrayéndome por momentos con alguna asignatura hasta que llegó la hora de Literatura. Era la última del día, pero la primera en la que veía a Jayden después de nuestro encuentro en el pasillo.

Si bien el tema de la clase era interesante, me resultó imposible concentrarme. Con él sentado en el fondo, me puse muy nerviosa, y sin pensar me convertí en Lady Macbeth, la chica temerosa de que Shylock develara sus secretos y arruinara su vida.

Miré alrededor como una paranoica, y eso hizo que varios compañeros repararan en mí. Empecé a sentirme ahogada. La tonta fantasía de que ya sabían que estaba embarazada se instaló en mi mente e hizo que se me revolviera el estómago. Me transpiraban las manos. No quería vomitar de nuevo, así que me levanté y me aproximé al escritorio donde estaba la profesora.

–Me siento mal, necesito salir –dije en voz baja, para que nadie pudiera oír.

–¿Quieres un permiso para ir al baño? –preguntó, preparando la tarjeta.

–No. Pediré que llamen a mi madre para irme de la escuela. Disculpe.

Me volví, junté mis cosas y me retiré apresurada, sin mirar a Jayden. Fue una suerte que la profesora no siguiera pidiéndome explicaciones, no tenía fuerzas para dárselas.

Por supuesto, no fui con la celadora para que llamara a mi madre. Me escabullí eludiendo las normas de seguridad y terminé en la puerta.

Ni bien bajé las escaleras de la entrada, empecé a sentirme mejor.

–¡Elizabeth! –giré sobre los talones. Jayden se acercaba colgándose la mochila de un hombro–. ¿Por qué te fuiste así? ¿Estabas huyendo a tu casa? Acordamos que hablaríamos con mi madre.

–Iba a esperarte aquí, no olvidé lo de tu madre. Necesitaba salir. Me estaba ahogando, sentía que todos me miraban, que todos lo saben…

–¿Se lo has dicho a alguien?

–No.

—Tampoco yo. Jamás lo haría sin tu consentimiento. ¿Te sientes mejor? ¿Quieres que vaya por un poco de agua?

—No, gracias. Si también escapaste de la clase, vayamos a ver a tu madre. ¿Viniste en la moto?

—Claro que no; te dije que debíamos dejar de usarla. Iremos en metro.

—¿A tu madre no le pareció raro que vinieras sin la moto? ¿No dijo nada?

—Le dije que estaba fallando. ¿Por qué no te recuperas un poco y después nos vamos?

—Ya estoy bien. Vamos.

Nunca lo había notado de ese modo. Por primera vez, Jayden estaba ansioso.

Durante el viaje me preguntó si quería contarle algo más acerca de lo que había hablado con mi madre. Le dije que no. Sin embargo, me pareció justo prometerle que, ante cualquier decisión, se la haría saber a él antes que a nadie.

Entramos a su casa y atravesamos la sala para ir a la cocina. Carol no estaba, así que Jayden me pidió que me sentara y fue por ella. Aparecieron juntos, y él se ubicó a mi lado.

—¿Cómo estás, Liz? —me preguntó Carol con una sonrisa mientras se sentaba frente a nosotros—. Me da gusto volver a verte.

No podía creer que lo dijera en serio. Bajé la cabeza, avergonzada.

—Quiero que sepa que odio lo que hizo la mujer de mi padre —dije.

Se estiró y me tomó una mano por encima de la mesa.

—No digas eso, no tienes que sentirte responsable de nada. En parte, ella tampoco lo es —volví a mirarla, confundida—. Le expliqué a Jayden lo que ocurrió esa madrugada: Alicia Griffin había salido de la casa de unos familiares y se quedó dormida al volante. Su madre estaba en una etapa terminal de cáncer, y ella había estado cuidándola dos noches. A cualquiera le puede ocurrir; tenemos que aprender a comprender y perdonar.

No pude evitar emocionarme. Al parecer, no solo las personas eran un misterio: los acontecimientos tampoco eran como suponíamos a simple vista.

Quizás Jayden se parecía mucho a su padre, pero ahora entendía por qué, al verlo junto a Carol, supe que ella era su madre: los dos creían en importantes valores. Hubiera querido que Olivia se pareciera a Carol, y mi padre, al de Jayden. Hubiera querido ser parte de su familia. Él había dicho que lo era. ¿Seguiría siéndolo si mi decisión no era la que esperaba?

—¿De eso se trata esta reunión? —siguió interrogando Carol, y me soltó para mirar a su hijo.

—En realidad no —admitió Jayden—. Verás, mamá… Sucede que Elizabeth está embarazada.

Deseé que me tragara la tierra. Era tan incómodo defraudar a la gente, ¡tan temible!

Carol abrió la boca e intentó hablar dos veces, pero no le salieron las palabras; se notaba que jamás hubiera esperado que su hijo le dijera eso. Finalmente, dejó escapar el aire y sus hombros se aflojaron.

—Dios mío, Jayden. Eres el hijo de un doctor y de una enfermera, hemos hablado mucho de esto.

—Sí, lo sé.

Por lo menos no gritaba como mi madre. Carol era pacífica y sensible, como Jayden.

—Siempre fuiste tan responsable… ¿No se cuidaron?

—Sí, claro que sí. Fue un accidente.

Carol inspiró profundo y me miró.

—¿Tú cómo estás, Elizabeth? —preguntó. Yo seguía cabizbaja, queriendo desaparecer.

Me encogí de hombros.

—No sé.

—¿Tu madre ya lo sabe? —al parecer Jayden le había contado que mi padre no vivía con nosotras.

—Sí.

—¿Y qué dijo?

—Me gritó cosas horribles y dijo que tengo que quitármelo.

Poder sincerarme con un adulto me llenó los ojos de lágrimas. No me había dado cuenta de cuánto necesitaba una madre hasta que Carol se levantó, reacomodó una silla y se sentó a mi lado. Tragué con fuerza, no sabía hasta cuándo podría seguir conteniendo el llanto.

—Lamento si esto va en contra de lo que dice tu madre, pero no creo que importe lo que ella prefiera —dijo—. Son tu cuerpo y tu vida, así que solo importa lo que quieras tú. Y, como también es responsable de lo que sucedió, deberíamos escuchar un poco a Jayden. ¿Tú qué quieres, Jayden?

—Amo a Elizabeth, así que amo también lo que hicimos. Sin embargo, por esa misma razón aceptaré lo que ella decida —respondió él, con la seguridad que a mí me faltaba.

Carol asintió y volvió a mirarme.

—¿Tú qué quieres, Liz? —preguntó.

—No lo sé aún.

—¿Tienes alguna duda? ¿Quieres hacer alguna pregunta? Te prometo que no dejaré entrever mis deseos. Me esforzaré para responder como si estuviera en el hospital, hablando con una paciente.

¡Tenía tantas dudas! Dudas, miedo y angustia.

—¿Duele? —me atreví a murmurar, y una lágrima resbaló por mi mejilla.

—¿Tener un hijo? Sí, duele muchísimo. Pero hoy en día puedes solicitar una anestesia y…

—Quitármelo.

Carol apretó los labios.

—No. Si se realiza en las condiciones adecuadas, no debería doler casi nada.

—¿Es legal?

—Sí, en Nueva York es legal hasta la semana veinticuatro.

—¿Es peligroso?

—Físicamente, si se hace en el lugar adecuado, no es peligroso; conlleva pocos riesgos, como cualquier intervención quirúrgica menor. Jamás debes intentarlo tú sola, consumir medicamentos sin prescripción médica o permitir que lleven adelante cualquier procedimiento en clínicas de dudosa reputación. Tampoco personas que se digan profesionales de forma privada; siempre acude a un hospital o clínica autorizada. En cuanto a lo psicológico, no podría decirte. Tienes que estar muy segura. Depende de cada mujer.

Pensé que obtener información me ayudaría, pero solo había iluminado un poco mi desconocimiento. No era lo mismo estudiar ciertos temas en el colegio o hablarlos con mis amigas que con un adulto y, encima, una profesional en la materia. Por lo demás, seguía dudando, sin saber qué hacer.

—Gracias —susurré.

—¿Hay algo más que necesites? No me refiero solo a preguntas profesionales, lo que sea.

Que usted sea mi madre, pensé.

—No, gracias —respondí.

Ella asintió, volvió a acomodar la silla en su sitio y se sentó de nuevo frente a Jayden.

—¿Cómo estás tú? —preguntó a su hijo.

—Creo que todavía estoy en shock —confesó Jayden.

—No quiero presionarte, pero tendrás que salir un poco más rápido de eso. Tú también tienes decisiones que tomar, y Elizabeth te necesita.

—Sí, lo sé.

Ella suspiró y, entonces, me atreví a alzar la cabeza. El amor con que miraba a su hijo me estremeció.

—Como puedes imaginar, esto no es lo que esperaba para tu vida. Los padres queremos lo mejor para nuestros hijos, y he visto a muchas personas pasar por lo que ustedes están pasando. Algunos deciden seguir adelante; otros, terminarlo. Como sea, siempre quedan secuelas, siempre hay consecuencias. A veces buenas, otras malas. Lo cierto es que, de un modo u otro, esto marcará tu vida, y eso me preocupa.

»Aún así, quiero que sepas que estoy orgullosa de ti: eres un reflejo de lo que tu padre y yo siempre anhelamos. No ocultaste lo que estaba sucediendo, no estás lamentándote y, lo más importante, no saliste corriendo como tantos otros cobardes. Me habría sentido muy decepcionada de ti si hacías eso; te habría matado.

»Quiero que sepas que tienes todo mi apoyo, pase lo que pase. Ya has hecho mucho por esta familia, es hora de que empieces a pensar en ti. ¿Entiendes lo que quiero decir? No te preocupes por Liam y por mí: estaremos bien.

Una lágrima resbaló por la mejilla de Jayden, una lágrima cargada de significado. Era una liberación y una despedida, un hola y un hasta luego. Era una pregunta que se instaló en mi pecho: ¿qué quería yo para mi vida? ¿Lo que siempre me había dado trabajo o lo que había llegado solo y sin esfuerzo? ¿Lo que había creído que deseaba o lo que ya tenía? ¿Y si acaso eran lo mismo? Aunque en la punta del iceberg yo pedía superación y éxito, en el fondo solo había pedido amor y una familia.

Las cosas a veces no llegan en la forma que esperamos. ¿Sería este el premio a mi lucha, la respuesta a mi pedido? Tenía que averiguarlo.

46

Todo o nada

Pasé una semana horrible. Soportaba a mamá pidiéndome que recapacitara a diario, fingía que nada sucedía en la escuela, y sopesaba todo el tiempo los pros y los contras de cada opción disponible. Era agotador. Para colmo, no lograba ponerme de acuerdo: cada vez que releía la carta de Yale, pensaba en cuánto había luchado para obtener un lugar en una carrera que ni siquiera me gustaba, pero que aún así había conseguido. Cuando recordaba a Jayden –y más cuando nos veíamos–, sentía que quería explorar lo nuevo que el destino me proponía. Lo malo era que las dos posibilidades no eran compatibles.

Tal como había prometido, él no volvió a manifestar su posición respecto de lo que nos sucedía. Tan solo me preguntaba si me sentía bien, si necesitaba ayuda y si había algo más que él pudiera hacer. Era un alivio no sentirme presionada por su lado, su actitud me generaba seguridad y confianza.

Ahora estudiábamos en su casa, conscientes de que él no podía pisar la mía. De haber sido por mí, yo tampoco habría querido regresar a mi apartamento. No soportaba a mamá intentando convencerme de sus ideas, ni que buscara cualquier excusa para transmitirme sus frustraciones y miedos.

Nunca había pasado mucho tiempo conmigo, en cambio ahora volvía ni bien salía de trabajar, decidida a hablar en todo momento. Me obligaba a pensar cuando yo solo quería un poco de paz.

—Conseguí las píldoras —me dijo una noche, durante la cena—. Debes tomar...

—No quiero.

—Elizabeth...

—No me importa lo que vayas a decirme. ¿Qué? Si decido tener este hijo, ¿me rechazarás, como tus padres hicieron contigo? No me interesa. Me rechazas desde que quedaste embarazada de mí. Por eso siempre actuaste como una amiga. ¡Por eso nunca tuve una madre!

Por primera vez en toda mi vida, mamá me dio una bofetada. Enseguida se cubrió la boca con expresión horrorizada. Yo tragué con fuerza, a punto de echarme a llorar. Dejé de intentar cenar y me encerré en mi dormitorio.

Media hora después, golpeó a la puerta. Siempre había entrado sin más, algo estaba cambiando. Como no respondí, entró igual. Yo estaba respaldada en la cama, leyendo para escapar del mundo real. Se sentó en la orilla y apoyó una mano en el colchón, pasando el brazo por sobre mis piernas.

—Perdóname, no debí hacer lo que hice —dijo—. Es que estoy muy asustada, Lizzie. Fracasé —permanecí callada, sin poder creer que estuviera reflexionando—. Quise criarte para que fueras todo lo contrario a mí, y me salió al revés.

—No es tu culpa. Tan solo soy yo —me apresuré a decir, todavía un poco a la defensiva. En esos días sentía que no conocía a mi madre y no sabía con qué iba a salir. Era más fácil cuando siempre se mostraba alegre y risueña.

Bajó la cabeza.

—Te juro que no me arrepiento de haberte tenido, pero la vida ha sido muy dura después de quedar embarazada —volvió a mirarme—. ¿Crees que soy feliz? ¿Piensas que me completa ser la amante de un hombre casado? No quiero que te ocurra lo mismo. No quiero que termines como yo.

—Aunque decidiera seguir adelante y tener un bebé, no terminaría como tú, porque Jayden no es papá y tú no eres tus padres.

—¿Eso has decidido? ¿Vas a tenerlo?

—No. Todavía no lo sé.

—Por favor, prométeme que lo pensarás. La píldora sirve hasta la semana diez. Si no, todavía podríamos ir a la clínica.

—Iré a la clínica de todos modos si decido terminarlo. No tomaré nada que no me haya sugerido un médico que me despierte confianza.

—Está bien, tienes razón. Pero aunque no te guste debemos poner un límite. Solo queda poco más de una semana para que la píldora sirva. Unas quince para que acepten quitártelo en una clínica. Sería demasiado, te generaría un trauma de por vida. Lo ideal sería que, como mucho, pase solo un mes desde el día de hoy. ¿Podemos hacer ese acuerdo? No volveré a mencionar el tema si me prometes que me comunicarás tu decisión dentro de los próximos treinta días. De verdad te amo, Lizzie, y no quiero que tus planes se arruinen por un error. Es mejor que sufras mucho ahora que agonizar toda la vida.

—Está bien, ya entendí –la interrumpí–. Treinta días. Es justo. Tendré en cuenta todo lo que dijiste y lo pensaré.

Me pareció que mamá respiraba por primera vez desde que se había enterado de la noticia. Le había dado esperanza, y eso la tranquilizó.

No insistió más. Lo malo fue que, a medida que empezaron a transcurrir los días, yo tampoco llegaba a una conclusión. Que mamá se hubiera sincerado conmigo sin gritos ni presiones me había hecho dudar. ¿Y si tenía razón? ¿Y si ahora creía que mi vida sería mejor con un hijo, pero estaba equivocada? ¿Y si mi hijo sufría como había sufrido yo a causa de padres que no estaban listos para serlo? Quizás en veinte años, como decía mamá, me diera cuenta de que había recorrido el camino equivocado. Sin duda sería difícil. ¿Estaba dispuesta a hacer sacrificios? ¿Podía dar lo mejor de mí a un niño? No había tenido que esforzarme para llegar a este punto, pero tendría que trabajar de aquí en más para que un ser inocente no sufriera por mi culpa.

Por otro lado, la falta de decisión quizás era una decisión en sí misma. Dejaba correr el tiempo creyendo que, si alcanzaba las veinticuatro semanas, ya no habría vuelta atrás. Entonces, me habría quitado de encima la responsabilidad de la elección. Iba a tener un bebé porque ya no podía evitarlo. Punto. Era un mecanismo de defensa.

Procuré madurar de golpe y pensar como una adulta. Después de todo, me estaba convirtiendo en una. Una real, no la que se ocupaba de mamá. Tenía que asumir lo que deseaba. Ahora tenía servido en bandeja mi acceso a la universidad y la vida por la que siempre había luchado. Sin embargo, me tentaba ir por el camino nuevo. A decir verdad, me resultaba más apasionante que cualquier otra cosa que hubiera hecho nunca, porque a la vez me daba miedo, y el miedo nos obliga a superarnos.

Todavía me quedaban dos semanas hasta la fecha límite que había propuesto mamá, así que seguí sin decir nada, aunque dentro de mí ya casi hubiera tomado una determinación. Sonaba a una locura, pero iba a tener un hijo.

Desde que mamá se había puesto insoportable, yo pasaba mucho tiempo en casa de Jayden. Ahora ella estaba tranquila, pero él no podía regresar por el momento, así que ahí estábamos, sentados en el suelo de su habitación, preparando un examen con la gata dormida sobre un montículo de papeles.

—Estoy cansada de estudiar —dije de pronto—. ¿Por qué mejor no miramos una película?

Jayden abrió mucho los ojos.

–¿Acaso estoy soñando? ¿Desde cuándo dejas una unidad a medias?

Me hizo reír.

–Desde que tú estudias como un desquiciado. Creo que hemos intercambiado los roles. Eres una pésima influencia.

Jayden rio, arrojó los libros a un costado y se levantó.

–Busca lo que quieras mirar. Yo prepararé algo para comer –propuso, y salió de la habitación.

Me senté delante del ordenador y moví el mouse para que saliera del modo de suspensión. Abrí el navegador y empecé a recorrer las opciones de películas. Volví a mirar a la puerta cuando Jayden se asomó.

–¿Jugo de manzana o de naranja? –preguntó.

–De manzana.

–Prepararé *hotcakes*. ¿Los quieres con Nutella o con miel?

–Nutella. Es mi favorita.

Sonrió y volvió a desaparecer.

Como ninguna de las miles de opciones que había en el servicio de películas pagas me conformaba, busqué en una página pirata. Varias pestañas con promociones invadieron el navegador y empecé a cerrarlas. Toqué tantas cruces que terminé en el inicio, abriendo sin querer el correo electrónico. Estaba a punto de cerrarlo cuando un e-mail llamó mi atención. Era de la Universidad de Nueva York.

Leí la fecha: había llegado hacía una semana y ya había sido abierto. ¿Por qué Jayden no me lo había contado? Sabía que para su postulación había enviado el audio de la entrevista que le habíamos hecho al jefe de mi madre y un ensayo. Por sus calificaciones, no tenía muchas posibilidades de entrar, pero aunque lo hubieran rechazado, ¿no me lo habría dicho?

No pude con mi genio y lo abrí. Leí la carta con un nudo en la garganta desde las primeras líneas: había sido aceptado. De hecho lo felicitaban por su trabajo "lleno de convicción y coraje" y por su intención de especializarse en Periodismo de Ciencia, Salud y Medio Ambiente, aludiendo que había pocos estudiantes que eligieran esa rama.

Me respaldé en la silla con la sensación de que me habían desinflado. Permanecí así hasta que oí que Jayden se acercaba, entonces cerré el correo deprisa y fingí que todavía estaba eligiendo películas.

—¿Aún no has encontrado nada? —preguntó cerca de mi mejilla, y me dio un beso antes de alejarse de nuevo. ¿Cómo podía actuar como si nada? ¿Qué pensaba hacer con la oportunidad de ir a la universidad?

Puse a cargar cualquier película y lo esperé sentada en la cama. Él regresó enseguida con una bandeja, la depositó sobre la mesa de noche y se acomodó detrás de mí para que asumiéramos nuestra posición habitual. Me ubiqué delante de él, entre sus piernas, y apoyé la espalda en su pecho.

Me forcé a comer porque no quería que notara que no me sentía bien, pero a decir verdad, se me había cerrado el estómago.

—Elizabeth… —susurró él contra mi pelo mientras lo acariciaba. Había transcurrido media hora—. No te ofendas, pero no puedo creer que hayas elegido esta película. Es malísima.

—Creo que me iré a casa —dije.

Jayden me apartó y me miró a los ojos.

—¿Estás bien? —preguntó con preocupación.

—Sí. Es que tengo sueño. Perdón.

—¿Quieres quedarte a dormir?

—No. Prefiero ir a mi casa. Por favor.

—¿Te enojaste? Perdona, no pensé que a ti te gustaba la película. Solemos coincidir en gustos.

—No estoy enojada, te lo juro.

Aunque insistí para irme sola, me acompañó en el metro hasta la esquina de mi casa. Hice un esfuerzo para despedirme de él como siempre, pero se dio cuenta de que le ocultaba algo.

—Dejaré el teléfono con el sonido activado por si me necesitas —me informó.

Le agradecí y caminé hasta mi casa.

Ni bien entré, mamá me tomó de la mano y me hizo bajar por las escaleras. Reía sin parar e ignoraba mis preguntas; le exigía saber qué sucedía. Terminamos en el estacionamiento.

—Adivina —dijo. Yo seguía mirándola, desconcertada.

Extrajo una llave del bolsillo y presionó un botón. La alarma de un coche se desactivó junto con la apertura de puertas. Se trataba de un precioso convertible rojo.

—¿Te gusta? Me lo prestó Joseph. ¡Hacía tanto que no teníamos un auto! —exclamó con entusiasmo.

Siempre que mi madre me mostraba lo que le daban sus novios, me repetía a mí misma, una y otra vez, que yo jamás obtendría las cosas del mismo modo que ella. No sentí irritación esta vez, solo pena.

—Es muy lindo —reconocí.

Muchas veces había pensado que lo que le regalaban era bonito, pero siempre me había mostrado fría e indiferente. Esa Elizabeth ya no existía. No tenía idea de dónde se había quedado.

—¿Quieres dar una vuelta? —ofreció mamá.

—Me encantaría.

Subimos ahí mismo y nos alejamos de la ciudad. Terminamos andando por la carretera con la música a todo volumen. Canté una parte de *Be Yourself* de Audioslave, y sonreí mientras el viento me sacudía el pelo y me acariciaba la cara. Al mismo tiempo, se me cayó una lágrima.

Esa tarde había entendido la magnitud de mi egoísmo. Nunca había tenido conciencia de la gravedad de mis actitudes hasta ahora. Desde que me había enterado de que estaba embarazada, solo había pensado en mi vida, mi universidad, mis decisiones. Mientras Jayden y yo mirábamos una película, había comprendido por qué él guardaba en secreto la respuesta de la universidad: era capaz de renunciar a su futuro académico por mí y por nuestro hijo. Así era su nivel de generosidad. Mis calificaciones quizás me permitieran ingresar en otra universidad en algún momento si se me daba la gana, pero él… Él tenía que aprovechar su oportunidad, porque quizás fuera la única. El tren solo pasaba una vez; si no lo tomaba, se enterraría en una vida mediocre para siempre. En veinte años, sería él quien se sentiría como mi madre.

Todo o nada. Eso significaba a veces tomar decisiones. Y esa tarde se me había revelado cuál debía ser la mía.

Invertí la madrugada en hacer averiguaciones. Leí en un foro de Internet las experiencias de mujeres que habían abortado o estaban pensando en hacerlo y las respuestas que les dejaban algunos usuarios. "Ojalá te pudras", "lo lamento por ese niño al que le quitarás su derecho a vivir", "¡eres una asesina!". ¡Yo no era una asesina! Solo era una chica desesperada a la que le había fallado el método anticonceptivo.

Cerré la ventana, fui al buscador y averigüé sobre clínicas. Al otro día, envié un mensaje a Jayden.

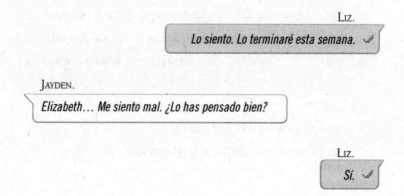

Liz.

Lo siento. Lo terminaré esta semana. ✓

Jayden.

Elizabeth… Me siento mal. ¿Lo has pensado bien?

Liz.

Sí. ✓

JAYDEN.

¿Podemos vernos antes?

LIZ.

No, o no lo haré. Tampoco me llames, te lo ruego.

Dijiste que estarías conmigo sin importar lo que decidiera.

JAYDEN.

Así será, porque no imagino mi vida sin ti.

Pero, por favor, piénsalo bien.

LIZ.

Lo he pensado muy bien.

Créeme, yo también estoy sufriendo por esto.

JAYDEN.

Lo sé. Eres la que más está sufriendo.

Me hubiera gustado poder ayudarte.

LIZ.

Lo has hecho excelente, no podría haberme sentido más contenida y

amada por nadie. Solo quiero lo mejor para todos.

Tengo que irme, se lo diré a mamá.

JAYDEN.

Gracias por cumplir y decírmelo primero.

Búscame cuando me necesites; aquí estaré para ti.

Liz.

Te necesito todo el tiempo, pero si te veo sé que no lo haré, y tengo que hacerlo. Quiero avisarte que desapareceré. No me busques. Te escribiré cuando todo pase.

Fui a la cocina y me senté frente a mi madre. Le extendí un papel con una dirección anotada.

–Necesito que me lleves ahí –leyó rápido y volvió a mirarme en espera de explicaciones–. Voy a terminarlo.

Procuró ocultar una sonrisa. Supe que no era de satisfacción: nadie podía sentirse a gusto con la situación. Era de esperanza.

En esto no había grises, era todo o nada. Pero ¿qué era todo y qué era nada? Solo esperaba que del todo y de la nada pudiera florecer algo bueno.

47

Mi decisión

La doctora Williams era una verdadera médica. Nada de prejuicio, nada de opiniones personales. Por supuesto, ningún maltrato. Estaba acostumbrada a tratar con mujeres confundidas y tenía una paciencia asombrosa.

—Podríamos realizarte un procedimiento en consultorio. Te explicaré en qué consiste y luego podrás plantearme tus dudas.

Escuché con atención, todo estaba muy claro.

—Las opiniones médicas respecto del momento en que el feto comienza a sentir dolor todavía son un poco contradictorias —explicó después de contarme el procedimiento—. Algunos aseguran que es a las treinta y cinco semanas, otros a las veinticuatro, otros a las veintiuna... Es posible que sienta dolor desde antes. Es mi deber informártelo, en caso de que tengas problemas morales con eso.

»En cuanto a tu dolor, eso es relativo. Durante el procedimiento utilizaremos anestesia, así que no te enterarás de nada. Después puedes sufrir cólicos y sangrado, similar al período menstrual.

»Antes del procedimiento te haremos algunos estudios de rutina.

Eso puedes hacértelo hoy, después de conversar con la terapeuta. Para el procedimiento en sí, preferiríamos esperar, aunque sea, hasta mañana. Es importante que reflexiones muy bien tu decisión con toda la información que obtengas hoy, ya que una vez realizado el aborto, no tiene retorno.

»¿Tienes alguna duda? ¿Hay algo que quieras preguntar acerca del procedimiento?

La doctora Williams, por más buena que fuera, no podía responder mi mayor interrogante. Nadie sabría decirme si estaba tomando la decisión correcta, así que dije que no tenía dudas.

De allí me llevaron a otro consultorio, donde me atendió una terapeuta. Me dejó a solas con una lista de preguntas que me pidió que respondiera.

¿Estoy lista para ser madre?

Supongo que no.

¿Consideraría dar a mi bebé en adopción?

No. Si lo tengo, me lo quedo. Después de llevarlo nueve meses en mi vientre y darlo a luz, no podría desprenderme de él.

¿Hay alguien que me esté presionando para que aborte o para que tenga al bebé?

Más o menos. Pero venir aquí fue mi decisión.

Si decidiera tener el bebé, ¿mi vida cambiaría para mejor o para peor? ¿Y si me decidiera por el aborto?

No lo sé.

Terminé de responder las preguntas antes de que volviera la terapeuta. Se sentó en el escritorio y conversamos acerca de mis respuestas.

—Mi novio no puede desperdiciar la oportunidad de ir a la universidad —expliqué—. A mí no me importa demasiado, la verdad es que soy más feliz tomando fotografías que estudiando. Pero iré si no tengo al bebé, solo porque es la vida por la que luché durante años.

—Me preocupa la parte en la que escribiste que quizás alguien te haya presionado. Por lo que redactaste, entiendo que te presionaban para que llevaras adelante un aborto.

—A mi madre le costó asumir que yo debía tomar esta decisión. Pero fui yo la que le pidió venir aquí cuando ella ya no estaba intentando convencerme de nada.

Conversamos otro rato hasta que me hizo la pregunta definitiva: "¿Quieres seguir adelante?". Aunque todavía tuviera dudas sobre lo que había decidido, le dije que sí.

Me extrajeron sangre, me hicieron un electrocardiograma y una ecografía. No quise mirar la pantalla; aunque mis ojos solo distinguieran bultos negros y manchas grises, había ahí el germen de una vida. Una vida que habíamos creado con Jayden.

En total estuve en el centro tres horas y volví al auto con mamá. Tenía una cita en la misma clínica para las nueve de la mañana del día siguiente.

—¿Quieres dormir conmigo esta noche? —me preguntó ella en la mesa. Solo mamá cenaba, a mí me habían pedido que ayunara doce horas.

—No, gracias. Necesito estar sola.

Por suerte no opuso objeciones.

En mi teléfono encontré mensajes de mis amigas.

GLENN.

Esto es muy raro, estás faltando otra vez. ¿Te encuentras bien?

VAL.

¿Jayden te hizo algo de nuevo?

LIZ.

Todo está bien, solo estoy enferma. Son los últimos meses, ya no creo ✓
que ausentarme afecte demasiado mi promedio. Que descansen.
¡Nos vemos pronto!

Pasé la noche despierta, con miedo y muy nerviosa. No dejaba de pensar en lo que ocurriría al día siguiente. Extrañaba a Jayden más que nunca, sin embargo no podía escribirle. Si lo hacía, me arrepentiría de mi elección y me echaría atrás. Tenía que seguir adelante por su bien y por el de un niño que, a la larga, sufriría el haber nacido de nosotros.

Como lo necesitaba demasiado, releí nuestro chat desde el comienzo. Reí con la frialdad de mi primer mensaje:

Hola. Este es el lugar de la entrevista. Debes estar ahí el viernes de la ✓
semana que viene a las cuatro de la tarde.

Me estremecí con el último:

Te necesito todo el tiempo, pero si te veo sé que no lo haré, y tengo que ✓
hacerlo. Quiero avisarte que desapareceré. No me busques.
Te escribiré cuando todo pase.

Era evidente que Jayden había liberado lo mejor de mí. Habría deseado tener los chats con Shylock.

Me levanté a las siete un poco descompuesta; no había logrado dormir. Como no podía comer por el ayuno, preparé un café para mamá y la acompañé mientras ella lo bebía.

—Creo que estás tomando la decisión correcta, Liz —me dijo—. Irás a Yale, te divertirás y serás feliz. No estés asustada ni permitas que la sociedad te acobarde con sus prejuicios. Todas esas personas que te mandan a tener un bebé no te ayudarán cuando tu hijo no tenga para comer. Ellos no están en tus zapatos. No saben qué necesitas, ni cómo lo concebiste.

—Ya lo sé.

—Piensa en lo bueno de lo que estás haciendo: Jayden y tú no tienen dinero para mantener a un niño. Si ninguno estudia en la universidad, los trabajos que puedan conseguir siempre les darán un ingreso menor. Apenas están terminando el colegio; son muy jóvenes, ¿qué vida podrían darle a un hijo?

—¿Cómo se las arreglaron tú y papá?

—Sus padres nos prestaron un apartamento y nos ayudaban con dinero.

—¿Por qué mis abuelos no volvieron a visitarme cuando él se fue?

—No lo sé, deberías preguntárselo a él. Nunca me quisieron; me echaban la culpa de haberme quedado embarazada, así que supongo que tendrá que ver con eso. Sin embargo, era él quien insistía en hacerlo aunque no tuviéramos un condón. Yo no podía hablar de estos temas con mi madre, ni se enseñaban en el colegio. Casi no tenía idea de la píldora anticonceptiva, mucho menos de otros métodos. Solo contaba los días y, cuando tu padre tenía, usábamos condón. Por eso siempre fui muy abierta contigo, quería que sintieras confianza para contarme lo que sea. Y, por lo que más quieras, siempre intenté que no fueras estúpida como fui yo.

—No lo soy. Lo mío fue un accidente; Jayden jamás hizo lo que papá. De todos modos, no creo que hayas sido estúpida.

—Créeme: lo fui —miró la hora en el reloj de la pared—. Vamos, no quiero que lleguemos tarde.

Desde que dijo "vamos", mi estómago se comprimió. Sudaba y me temblaban los dedos. Tuve que abrir la ventanilla del auto para no pensar que me ahogaba, y aún así no dejé de sentir miedo por lo que haría en un rato. Miedo e incertidumbre. Si el día anterior había conseguido cierta estabilidad para ir a la clínica, ¿por qué de pronto volvía a dudar como si recién me hubieran confirmado que estaba embarazada? Procuré pensar en otra cosa: mamá había faltado a trabajar dos días. ¿Tenía que pasar por esto para convertirme, por una vez, en su prioridad?

Nos despedimos en la sala de espera, y yo entré a un consultorio, acompañada por una enfermera. Era tan amable como todos en ese centro. Me preguntó si había cumplido con el ayuno y me pidió que ingresara a una pequeña habitación y me colocara una bata y pantuflas. Cuando salí, dejó mi ropa y mi móvil en un casillero y me llevó al quirófano por un pasillo interno.

La doctora Williams me esperaba con el anestesista y otra enfermera. Me saludó con una sonrisa y me peguntó si todo estaba en orden.

—¿Puedo ir al baño primero? —pregunté.

—Sí, claro. Es por ahí —señaló.

Me encerré y apoyé la frente en la puerta. Apreté los ojos. ¿Por qué estaba dilatando el momento? ¿Acaso no quería terminar rápido con todo y seguir con mi vida?

"Quiero que seas feliz, Lady Macbeth. Ese será nuestro sueño".

Sacudí la cabeza. No quería recordar a Jayden en ese momento.

Giré y me respaldé en la puerta. Me vi reflejada en el espejo que estaba sobre el lavabo: pálida y sudorosa, como una condenada a muerte.

"Si algún día voy a casarme contigo, quiero ser mejor". "Te amo, Elizabeth. No a esa perfección ficticia que le muestras a la gente, sino a ti".

Empecé a respirar muy rápido, parecía que acababa de salir del agua después de haberme hundido durante toda la vida. Sentí un gran vacío en el estómago y un nudo en la garganta. Me llevé las manos al vientre en un intento por aplacar la horrible sensación de náuseas. No había comido en más de doce horas, no había nada que vomitar. Solo angustia y dolor.

Me senté en la tapa del retrete, temblando. Necesitaba con desesperación un abrazo de Jayden. Entonces recordé un millón de cosas al mismo tiempo: nuestro primer acercamiento en el elevador, nuestro primer beso, la primera vez que hicimos el amor. Me acordé de su familia, de su manía de establecer prioridades mucho mejores que las mías, de cosas tan estúpidas como la manera en la que se desordenaba el pelo. ¿Sería su hijo parecido a él? ¿Se trataría de una niña o de un niño? ¿Podíamos madurar de golpe y convertirnos en padres?

Entendí en un instante por qué dudaba tanto de mi decisión: porque, en realidad, no era mía. No se puede elegir en función de la vida ajena. Debía pensar en mí, no en la universidad de Jayden. Tenía que abandonar las máscaras y ser sincera con lo que yo quería. Volví a pensar que había sido muy egoísta, en especial conmigo misma. Con mis sueños, con mis convicciones, con mi verdadero ser. Había vivido engañada tanto tiempo que ya no sabía quién era. "Serás Elizabeth", me dije para mis adentros. "La que teme a los espacios cerrados, la que adora tomar fotografías, la que ama a Jayden. La que es capaz de entregar su confianza, la que puede dar del mismo modo que recibe, la que quiere una familia. Serás la que se ama a sí misma. Por hoy serás egoísta de una manera diferente".

Me levanté llorando y salí del baño como si acabaran de avisarme que allí había una bomba.

—No puedo hacerlo —dije a la doctora—. Lo siento, ¡no quiero!

—Tranquila —me pidió ella, aproximándose.

—Lamento haberles hecho perder el tiempo. Yo... —no podía hablar, sentía mucha angustia y vergüenza.

—No te preocupes —respondió la médica con calma, y puso una mano sobre mi brazo—. ¿Sabes a cuántas pacientes les ocurre lo mismo en esta instancia? Es lo más normal del mundo y lo más sano, si todavía no estás segura de que esto es lo que quieres. ¿Qué te parece si hablas con la terapeuta?

—Quiero irme. Necesito salir de aquí —balbuceé, llorando.

—De acuerdo. La enfermera te acompañará a buscar tu ropa para que puedas vestirte.

Me dirigí sola a la puerta del quirófano y lideré la marcha por el pasillo hasta el consultorio. Extraje mi ropa del casillero, recogí mi teléfono y me metí en el cuarto. Nunca me había vestido tan rápido, salí terminando de calzarme.

Hallé a la doctora en el consultorio junto con la terapeuta. Me hablaron, pero no les hice caso. Quería correr lo más lejos posible de cualquier decisión que no fuera mía.

Abrí la puerta que daba a la sala de espera y encontré a mi madre sentada en una silla, escribiendo en el móvil. Al verme, se levantó enseguida.

—¿Ya está? ¿Tan rápido? —preguntó, desconcertada.

—No quiero. ¡No quiero hacerlo! —le grité, y salí corriendo.

Mamá intentó seguirme. Lo último que oí fue que la doctora y la terapeuta la retenían pidiéndole conversar.

Entré a un baño público y me encerré en un cubículo. Temblaba y estaba muerta de frío. Me senté en la tapa del retrete y extraje el teléfono. Marqué como pude el número de Jayden. Atendió tan rápido que casi no hubo tono de llamada.

—Elizabeth —dijo.

Su voz me hizo estallar en llanto, uno todavía más poderoso y profundo que el anterior.

—Lo siento —solté, acongojada—. No pude hacerlo, Jayden. Por favor, perdóname.

—No entiendo —replicó él, manteniendo la calma—. ¿Por qué estás llorando? ¿Qué significa que no pudiste hacerlo?

—¡No quiero!

—Elizabeth, por favor, tranquilízate. Necesito que me expliques.

—No quiero quitarme al bebé, Jayden. Voy a tenerlo.

Permaneció callado un momento. Yo estaba tan angustiada que no alcancé a interpretar el sentido del silencio.

—¿Dónde estás? —preguntó con preocupación.

—En la clínica. Me encerré en el baño.

—¿Estás sola?

—Mamá está hablando con la doctora.

—De acuerdo. Necesito que te tranquilices.

—¡Perdóname! No quería arruinar tu vida. ¡Lo siento!

—¿Por qué me pides perdón? Escúchame bien, Elizabeth: no quería que lo terminaras. Nunca quise. ¿Por qué arruinarías mi vida? Eres lo más hermoso que tengo. No me pidas disculpas.

—¿Qué vamos a hacer? No tenemos nada, la vida será tan difícil...

—No pienses en eso ahora, no hagas planes. Yo ya los hice. Estaremos bien. ¿Puedes confiar en mí?

Hipé sin poder responder; me sentía la basura que arruinaría el futuro de un chico brillante. Podía criar al bebé sola; después de todo, yo había decidido tenerlo. Pero Jayden no querría eso.

—Sí —acepté, un poco más calmada.

Confiaba en Jayden. Confiaba en él como nunca había confiado en nadie.

–Dame la dirección, iré por ti.

–No. Tengo que hablar con mamá primero.

Respiró profundo.

–Elizabeth: no quiero que te angusties por nada de lo que pueda decirte tu madre. Estaré esperándote en la puerta de tu casa. Si ella se molesta y no lo resistes, avísame. Te recogeré donde sea. Ahora tienes que calmarte. Deja de llorar.

Me sequé la cara con papel higiénico y me limpié la nariz. Seguía temblando, pero al menos no había nuevas lágrimas.

–Saldré del baño –le avisé.

–Me dirigiré a tu casa. Nos vemos. Por favor, cuídate.

–Lo haré –prometí, y colgué.

Volví a secarme la cara y abrí la puerta. Me lavé los ojos y salí del baño. Mamá estaba esperándome afuera.

Un maremoto de sensaciones me desarmó ante su mirada. No había reproches ni enojo, solo un profundo miedo.

Caminamos en silencio hasta el auto, subimos y ella lo puso en marcha. Andaba despacio, era evidente que estaba en shock y que le costaba asimilar mi decisión de último momento.

–No insistiré, Liz. Solo espero que estés haciendo lo mejor para ti.

–Es lo mejor. Lo sé, lo siento dentro de mí.

Se detuvo en un semáforo y me miró. Me miró como yo había esperado durante mucho tiempo, como en los videos que guardaba de cuando yo era bebé: con ojos de madre.

–Quiero que sepas que estaré a tu lado siempre. No dejaré que pases necesidades ni tendrás que dar a luz sola.

Fruncí el ceño, preocupada por las últimas palabras.

–¿Por qué piensas que tendría que dar a luz sola? Jayden jamás se perdería ese momento. ¿Tú tuviste que hacerlo sola?

–Tu padre no quiso acompañarme; dijo que era demasiado impresionable para presenciar un parto, incluso para verme sufrir por las contracciones. Como mis padres estaban enojados conmigo, tampoco contaba con ellos para acompañarme. De modo que sí, tuve que dar a luz sola.

Se me partió el alma. Si yo hubiera tenido que enfrentar sola todo lo que había sentido desde que me había enterado de que estaba embarazada, no lo habría resistido. "Tenemos que aprender a comprender y perdonar", había dicho Carol. Y allí, en medio de la calle, por primera vez comprendí y pude perdonar a mi madre.

Tomé su mano, que estaba sobre el volante, con los ojos llenos de lágrimas.

–Lo siento tanto –dije–. Lamento que mi padre haya sido tan frío y egoísta contigo. No merecías eso. Eres fuerte. Eres inteligente y hermosa, y mereces que te amen y te valoren. Nunca aceptes menos.

Sus labios temblaron, su respiración se profundizó y sus ojos se humedecieron. Pensé que iba a echarse a llorar, pero justo en ese momento alguien hizo sonar el claxon desde atrás y ella destinó su atención al espejo retrovisor.

–¿Qué te pasa? ¿Tienes el pene pequeño? –gritó, y le hizo *fuck you*.

Solté una carcajada entre lágrimas. Esa era mi madre: mi amiga. A decir verdad, la peor de mis amigas.

48

Yo

Tal como había prometido, Jayden estaba esperándome en la puerta del edificio. Volver a verlo me hizo sentir cosquillas en el pecho. Me hizo sentir todavía más segura de la decisión que había tomado.

Bajé del auto mientras se abría el portón del estacionamiento y corrí hacia él. Lo noté sorprendido; como no sabía que ahora teníamos un vehículo, no esperaba que apareciera por ese lado.

Nos abrazamos con fuerza sin mediar palabras; podía percibir que los dos nos sentíamos aliviados. A pesar de que la vida daría un giro para nosotros a partir de ese día, a pesar de que había elegido un camino difícil y de que tenía mucho miedo, me sentía más convencida que de nada en toda mi vida.

Puso las manos en mis mejillas.

–¿Estás bien? ¿Estás segura? –preguntó, mirándome a los ojos.

–Es la primera vez desde que sé cómo funciona el mundo que me siento conforme conmigo misma. Me siento bien, me siento libre y feliz. ¿Y tú? ¿Estás seguro?

—Estoy más que seguro.

Me puse en puntas de pie y nos besamos aún con más pasión que la primera vez.

—¿Van a dar todo el espectáculo en la calle? —gritó mamá, obligándonos a separarnos. Había estacionado el auto y acababa de asomarse por la puerta. Se acercó—. Hola, Jayden —dijo—. ¿Quieres pasar, así están tranquilos? Supongo que tienen mucho para conversar.

—Gracias, señora —respondió él. Ella rio.

—Por favor, deja de llamarme "señora", me haces sentir una anciana y todavía no tengo cuarenta años. Me da la impresión de que sabes cocinar. ¿Estoy en lo cierto?

—Me va bastante bien en eso.

—Cocina riquísimo —acoté, secándome las lágrimas.

—Entonces entra ya mismo y prepáranos algo. Con todo este asunto de la clínica, Lizzie no cenó ni desayunó, y yo apenas tomé un café —puso una mano en su espalda y comenzó a conducirlo hacia la puerta sin dejar de hablar—. Tenía una bola en el estómago. Sumado a eso, mi jefe me está acumulando trabajo y no deja de enviarme correos electrónicos. Ya que Lizzie se arrepintió de todo y tú estás con ella, iré a la oficina en un rato. ¿Te parece justo? Una no puede ni tomarse unos días de receso.

No había mucho con qué preparar algo decente, pero Jayden siempre se las ingeniaba. Mamá se fue antes de que yo terminara con mis huevos revueltos.

Una vez que lavamos los enseres sucios, fuimos a mi habitación. Nos sentamos en el suelo, junto a la cama, uno frente al otro.

—¿Me contarás cuáles son tus planes? —pregunté.

—Tenemos que terminar el colegio.

—Sí, jamás se me ocurriría lo contrario.

—Teniendo en cuenta que todavía nadie sabe que somos novios, supongo que no querrás que se enteren de que estás embarazada.

—La verdad, no. Además, solo queda un mes de clases. En ese tiempo, apenas se notará. Solo tengo que decírselo a alguna autoridad: no puedo seguir poniendo excusas para evitar la clase de Gimnasia. Me pone un poco nerviosa, ¿me acompañarías a hablar?

—Sí, por supuesto.

—¿Y después? ¿Qué haremos después?

—Quería proponerte que viviéramos juntos.

—¿A dónde?

—Podemos alquilar un apartamento pequeño en una zona segura, pero económica.

—¿Cómo lo pagaríamos?

—Trabajaré.

—Yo no podría hacerlo. Nadie querrá contratarme mientras esté embarazada, y me sentiría muy mal de que solo tú tuvieras que trabajar para mantenernos.

—¿Lo dices en serio? —se estiró y tomó mi mano—. Elizabeth, el mundo es una porquería respecto de eso, pero será transitorio. En un tiempo podrás trabajar y estudiar lo que quieras. Además, mientras tanto estarías haciendo un trabajo muy importante, uno que yo no podría hacer: tener a nuestro hijo.

Bajé la cabeza.

—Hay algo más —confesé—. Vi por accidente el correo que te enviaron de la universidad.

Jayden se echó hacia atrás.

—Entonces fue eso —murmuró—. Lo viste el último día que fuiste a mi casa, por eso decidiste terminar con el embarazo.

–Sí. Estuvo mal, jamás debí dejarme influenciar por eso, pero no quiero que desperdicies la oportunidad.

–¿Pensaste que si elegías tener al bebé la desperdiciaría? ¿Por eso decidiste ir a la clínica?

–Sí.

–¡Elizabeth! –exclamó, riendo–. ¿Por qué no me lo dijiste? Tendremos que solucionar eso si queremos que nuestra familia funcione. ¿Por qué asumiste que no estudiaría si teníamos un hijo?

–Porque no me habías contado que el correo te había llegado. ¿Por qué me lo ocultarías? Asumí que ibas a rechazar la oferta para trabajar. Además, mi madre había dicho delante de ti que mi padre había ido a la universidad mientras ella tuvo que quedarse en casa y que ella se sintió frustrada por eso. Creerías que, si tú ibas y yo no, me sentiría igual.

»Por otro lado, tendrías que trabajar para mantenernos, al menos por un año, y aún así no sabría con quién dejar al bebé cuando naciera para conseguir un empleo. Trabajar y estudiar es muy difícil, ¿cómo lo harías? Tampoco quería que te quedaras a mi lado solo por un hijo.

–Vamos por partes: no te lo dije porque te había prometido que no te presionaría. Si te lo contaba, podía alterar tu decisión, fuera cual fuera. Ya ves: así fue.

»En cuanto a lo de tu madre, no me importa lo que ella haya dicho: fue su experiencia, no la tuya. Se lo dije claramente: no soy tu padre. Sé quién soy, Elizabeth, y jamás te haría lo que él les hizo. Como tampoco sería tan mezquino de quedarme contigo solo porque vamos a tener un hijo. Mereces mucho más que eso, y yo también. Te amo, siempre te lo dije. La mayor prueba de ello es que volvimos a ser novios mientras esperábamos el resultado del análisis, cuando todavía estaba convencido de que sería negativo, no cuando nos enteramos de lo contrario.

»Y sí, voy a trabajar y estudiar. Como tú en un principio trabajarás cuidando a nuestro hijo y estudiarás lo que te guste. No te prometo que será fácil, será muy difícil. Pero al final todo mejorará. Con el tiempo, viviremos cada día mejor, y sabremos que el sacrificio ha valido la pena.

Mi lado rígido y normativo me decía que todo lo que oía era una locura. Pero mi corazón gritaba que era cierto y se moría por vivir a su modo de una vez por todas. Como la pasión era más fuerte, me sentí segura y decidida. Supe que estaba haciendo lo que quería, que era lo correcto. Supe que ya no caminaba sola por la vida y había descubierto que, de a dos, todo era más fácil.

–Podremos leer libros y mirar películas –soñé en voz alta–. No soy buena cocinera, pero los fines de semana, cuando no estés tan cansado, nos haremos un banquete con tus platos. Solo te pido una cosa: quiero que siempre haya Nutella. Puede faltarme el jugo de naranja, tomaré agua. Pero me gusta la Nutella.

–No te preocupes, llenaremos una estantería para que nunca te falte.

Reímos con la broma, aunque implicaba deseos. Me parecía maravilloso al fin tener sueños que sintiera míos.

Esa noche, cuando Jayden se fue a su casa y me quedé sola en mi dormitorio, encendí el ordenador. Entré a Facebook y fui al perfil de mi padre. Ni siquiera miré las publicaciones nuevas. Posicioné el cursor sobre la palabra "amigos" y luego sobre "eliminar de mis amigos". Respiré profundo y me tomé un momento. ¿Para qué exigirme? Quería ser más paciente conmigo misma. No tenía que actuar rápido, podía tomarme un tiempo. Y podía perdonarme si me arrepentía.

Cuando me sentí preparada, hice *clic*. Las publicaciones desaparecieron, y con ellas, sentí que se iba también mi tormento. Me liberé de años de estar atada al pasado, años de observar y anhelar una realidad que nunca sería mía. Ya no mendigaría el cariño de un hombre que no me quería. Merecía mucho más, y lo había encontrado. Tenía a Jayden, tenía a mi madre y a mis amigas. Tenía a la familia del chico que amaba, una gran y valiosa familia. Ojalá a mi padre le fuera bien con la suya.

Al día siguiente, me encontré con Jayden en el estacionamiento del colegio. Reconocí que se había puesto la misma camiseta del día que nos habían mandado a trabajar juntos, y el amor se me escapó por los ojos. Me moría por besarlo, era una lástima que todavía mantuviéramos nuestra relación en secreto.

—Hola —le dije.

—Hola. ¿Cómo estás?

—Bien, ¿y tú?

—Bien. ¿Nos vemos en la biblioteca después del almuerzo?

—Sí, no veo la hora.

Subimos las escaleras de la entrada a cierta distancia uno del otro e ingresamos al hall. El pasillo se abría delante de nosotros, atestado de chicos.

—Bueno, te veo más tarde —me dijo Jayden, y empezó a caminar.

Sentí golpes en el pecho: era mi corazón, que latía furioso.

—¡Jayden! —lo llamé sin pensar.

Él se volvió. Tan bueno, tan hermoso, que tuve que darle la mano.

Miró nuestros dedos entrelazados, se notaba que no podía creer lo que yo estaba haciendo.

—Elizabeth… —susurró, desorientado.

Como si fuera poco, me puse en puntas de pie, coloqué la otra mano sobre su mejilla y en una fracción de segundo, lo besé en los labios.

Cuando asenté los talones en el suelo y abrí los ojos, lo encontré boquiabierto.

—Eres la mejor persona de toda la escuela —dije—. Estoy tan enamorada de ti… Quiero que todos lo sepan. ¿Me acompañas al aula?

Jayden sonrió y reafirmó el agarre de nuestras manos.

–Por supuesto –dijo. Y empezamos a caminar juntos por el medio del pasillo.

Todos nos miraban, nadie podía creer lo que veía. Pasamos por al lado de Sarah y casi ni me di cuenta. Tenía la misma expresión de asombro del resto.

Fue un día diferente, el más feliz de mi vida hasta el momento. El día que empecé a ser libre, a ser yo misma delante de la gente.

Esa semana, Jayden y yo empezamos a sentarnos juntos en las clases que compartíamos, y también se sentó conmigo y con mis amigas en el almuerzo. Ahora toda la escuela sabía que éramos novios, y para lo único que íbamos a la biblioteca era para besarnos sin que nos vieran las autoridades.

En la hora de Matemática, yo miraba el pizarrón desde el fondo, con el brazo extendido sobre el pupitre y la cabeza apoyada en una mano. Sarah estaba resolviendo un ejercicio frente a todos, con la misma perfección de siempre. Para mí, era como si lo que ella anotaba en la pizarra estuviera en chino.

–¿Por qué ella parece entender todo y yo no entiendo nada? –pregunté a Jayden.

Él rio, acariciándome el brazo.

–Porque dejó de importarte.

Giré la cabeza y nos miramos. Poco a poco, nuestros ojos se fueron transformando en un reflejo de lo que sentíamos, y me excité de solo tenerlo al lado. No pude contenerme y le acaricié una mejilla.

–¡Elizabeth! –bramó la profesora. Todos nos miraron–. Quiero que te sientes adelante, como antes. En mi clase, no se sentarán juntos.

Asentí con una sonrisa, reuní mis cosas y me despedí de Jayden haciendo una mueca graciosa. Tuvo que sofocar la risa si no queríamos seguir provocando a la profesora.

Cerramos el día sentándonos en la oficina del consejero escolar. Jayden apoyó un brazo sobre el respaldo de mi asiento, y eso me dio fuerzas: no estaba sola. Deslicé un papel por el escritorio y procuré explicarme con absoluta calma.

—Es una nota de mi médico que certifica que estoy embarazada. Por favor, le ruego que sea discreto, no queremos que nadie se entere dentro del colegio. Solo la profesora de Gimnasia, dado que no podré hacer todos los ejercicios.

La expresión del consejero fue para una foto.

—Elizabeth. Me tomas por sorpresa. Falta menos de un mes para que terminen las clases, no creo que haya inconvenientes. Seguramente la profesora te pedirá algún trabajo escrito para compensar la falta de ejercicio.

—No hay problema.

Miró a Jayden.

—Asumo que tú eres el padre.

—Sí, lo soy —respondió él. El consejero volvió a mí.

—¿Y está todo en orden? —preguntó.

—Sí —repliqué con una sonrisa serena.

Era evidente que no estaba acostumbrado a tanta simpleza en casos como el nuestro, porque se respaldó en el asiento como si no pudiera creerlo.

—¿Qué harán al respecto? ¿Sus padres vendrán a hablar con el director? ¿Necesitan ayuda?

—No. Estamos bien, gracias.

Otra vez se quedó atónito.

—Elizabeth: a decir verdad, no sabemos mucho de Jayden. Pero tú... Eres una alumna destacada. Escribimos tu recomendación para Yale, hablamos muy bien de ti. ¿No te admitieron ahí?

—Sí, pero no iré a la universidad. Quiero ser fotógrafa.

Algo de lo que dije lo hizo sonreír y mirarme con compasión.

—No tiene nada de malo dedicarse a la fotografía, pero con tu expediente académico podrías aspirar a una carrera a la que muchos no llegarían. Medicina, Abogacía, Finanzas…

—Lo sé. Pero mi verdadera pasión es la fotografía. Y Jayden será periodista. Si le preocupa nuestro futuro, estaremos bien. Se lo aseguro.

—Suena bien, pero estudiar será dificultoso con un hijo. ¿Han hablado con alguien? ¿Tienen conciencia de lo que implica ser padres? La vida no es tan fácil como la están describiendo.

Jayden asintió con la cabeza.

—Sí, lo sabemos desde hace mucho tiempo —respondió con la misma calma de siempre.

—Bueno… Si están decididos… Saben que pueden contar conmigo si surgen dudas o temores.

—Gracias. De verdad se lo agradezco —dije—. ¿Podría enviarle una copia del certificado a la profesora y pedirle que sea discreta?

—Sí, lo haré enseguida.

—Gracias.

Nos pusimos de pie y nos dirigimos al pasillo principal tomados de la mano.

—No fue tan difícil como creía —dije—. Eso de no adelantarse a los acontecimientos me está sirviendo mucho.

—Ya no podía contener la risa. Sus expresiones eran de completo asombro; no sabía qué hacer.

—Supongo que, dentro de sus prejuicios, nunca me consideró el tipo de chica que recurre a él por un embarazo. Ojalá que hoy haya aprendido algo.

—Yo creo que sí.

49

Nuestra historia

El viernes programamos una cena en casa de Jayden para que nuestras madres se conocieran. Carol pidió un cambio en el hospital para poder quedarse, y mamá canceló una salida con Joseph. Me pareció curioso que comenzaran así, como haciendo un trato justo.

¡Estaba tan nerviosa! Cuando las presentamos, me temblaban las piernas. Por suerte la amabilidad de Carol y la desfachatez de mi madre hicieron que todo marchara bien.

—Desde que entré solo me concentro en ese jarrón —dijo mamá. No habían pasado ni dos minutos de que había entrado, apenas habíamos llegado a presentarlas y a que Carol le preguntara algo del estado del tránsito.

Se aproximó a la repisa para observar mejor el jarrón. Carol la siguió.

—Lo compró mi esposo en un viaje que hizo por un congreso de medicina —explicó.

Y así, con la historia de un jarrón, comenzaron una relación de consuegras.

El sábado a la tarde propuse una reunión a mis amigas. Nos encontramos en la cafetería para tomar batidos, como era nuestra costumbre.

—¿De qué se trata eso del seminario? –preguntó Val a Glenn.

Mientras ellas conversaban, yo pensaba en cómo les diría lo que me había llevado a proponer el encuentro.

—Estudiamos la Biblia –explicó Glenn–. Dura un año. Mientras tanto, me postularé para alguna carrera. Todavía estoy decidiendo; tengo tiempo.

—¿Y tú? –continuó Val, mirándome–. ¿Ya estás preparando la mudanza a New Haven? Conociéndote, debes tener la maleta armada. ¡Yale te está esperando!

Había llegado el momento.

—Quería hablarles de eso. Hubo un cambio de planes.

—No me digas que Harvard al final te aceptó –arriesgó Glenn con los ojos muy abiertos.

—No. Harvard no quiere saber nada conmigo. Y Princeton tampoco. Me llegó el rechazo el otro día.

—De pronto cambiaste Abogacía por Diseño Gráfico –apostó Val–. Si te hubieras postulado para estudiar eso desde un comienzo y les hubieras enviado tus fotos, seguro te aceptaban en todas las universidades.

—No, es más drástico.

—Cada vez que decides contarnos algo me pongo a temblar –se quejó Glenn.

Respiré profundo. De pronto me invadió un gran orgullo y me sentí libre de expresar mi voluntad.

—No iré a la universidad.

—¡¿Qué?! –prorrumpió Val, inclinándose hacia adelante–. No puede ser. Desde que somos amigas solo hablas de ir a la universidad.

—Estaba equivocada. En cuanto terminen las clases, me iré a vivir con Jayden.

Las dos me miraron como si acabara de salir de un manicomio.

—¿Que te irás a vivir con Jayden? —repitió Glenn con expresión de asombro.

—No puedo creerlo —continuó Val—. Siempre decías que todos los chicos eran iguales, que el matrimonio era una farsa…

—Estaba equivocada. Jayden me lo demostró —asumí con convicción.

—¿Y no estudiarás? ¿Qué harás, además de vivir con Jayden? ¿Qué hará él? —interrogó Glenn.

—Él trabajará mientras estudia Periodismo. Puede que en un año, más o menos, yo comience un curso de fotografía.

—¡Al final te decidiste por ser fotógrafa! —exclamó Val—. Me alegro tanto, siempre te dije que te iría muy bien en eso.

—¿Por qué esperar un año? —preguntó Glenn con los ojos entrecerrados.

Me puse un poco nerviosa al pensar en la respuesta, pero seguía sintiéndome segura.

—Porque en ese año, alguna de ustedes dos, por sorteo, se convertirá en madrina —se quedaron quietas, mirándome en silencio con las cabezas inclinadas. Era muy gracioso. No sé si no habían entendido el mensaje o estaban procesándolo. Por las dudas, decidí ser más directa—. Estoy embarazada.

—¿Estás embarazada? —repitió Val con la boca abierta. No. No habían entendido el mensaje indirecto.

—Sí. Y conservarán el secreto con sus vidas, porque no queremos que nadie se entere en el colegio.

—Jamás lo hubiera imaginado —replicó Val, preocupada—. Por eso faltabas a clases… ¿Cómo lo llevas? ¿Te sientes bien con un cambio tan rotundo? ¿De verdad Jayden y tú quieren vivir juntos? ¿Se llevan bien?

Las preguntas podrían haberme dejado en suspenso. No fue así. No me hicieron dudar, ni pensar por un segundo que tal vez no estaba eligiendo la vida que deseaba. Sonreí con ilusión, como nunca había sonreído antes.

—Estoy flotando en una nube —confesé con los ojos húmedos—. Me siento feliz, como nunca en toda mi vida. Por primera vez tengo sueños, no solo proyectos. Tengo metas en equipo y no solo metas propias. Tengo ganas de reír, de bailar, de caminar sin rumbo. Me siento libre. Me siento yo misma.

En contra de la actitud que creí que asumiría Glenn por su religión, ella sonrió y puso las manos debajo del mentón con expresión de soñadora. Sus ojos se llenaron de luz.

—¡Estoy tan feliz por ti! —exclamó—. A este paso, me quedaré soltera toda la vida. ¡Pero al menos podré pasear a tu bebé! Seré como una tía postiza que le hará muchos regalos. ¡Podemos organizar un *baby shower*! ¿Me dejas?

Reí con ganas.

—Puedes hacer lo que quieras —respondí.

—¡Qué genial, Liz! —exclamó Val—. Es tan increíble oírte hablar así. Me alegra que tú y Jayden sean felices. ¡Ja! Mírate a ti, tan disciplinada, sentada en el primer banco, y míralo a Jayden, tan calladito en el fondo. ¡Eran dos zorros!

Las tres terminamos riendo a carcajadas.

Las semanas hasta terminar las clases transcurrieron muy rápido. Entre los preparativos para el baile y el acto de graduación, las últimas clases y mis asuntos personales, el tiempo voló. Casi sin que me diera cuenta, me hallé un viernes frente al espejo, pintándome los labios de rojo mientras esperaba a Jayden para ir a la fiesta.

Había elegido un vestido largo de color gris azulado con un volado en diagonal en la parte del frente. Servía para disimular mi estado, que ya se notaba un poco. Me había dejado el cabello suelto, con dos hebillas con una piedra azul a un costado, y, excepto por los labios, me había maquillado con tonos suaves. Como habían decidido por votación que fuera un baile de máscaras, había comprado una del color del vestido, con plumas arriba y un hermoso ribete en el borde.

—¡Estás tan linda! —exclamó mamá, invadiendo el baño.

–¿De verdad? –pregunté, y me miré el abdomen–. ¿No se nota?

–¡En absoluto! Si no fueras con Jayden, tendrías una fila de chicos esperando para bailar contigo –me guiñó el ojo.

El timbre terminó con nuestra conversación. Me apresuré a saludar a mamá, recogí mi pequeño bolso y mi chal, y bajé para encontrarme con Jayden. No lo había visto en todo el día y lo extrañaba mucho.

En cuanto lo divisé fuera del edificio, la noche se iluminó. Nunca lo había visto tan prolijo: había cambiado los jeans rotos, las camisetas y las chaquetas de cuero por un pantalón de vestir, una camisa del color de mi vestido y una corbata con el nudo flojo.

–Me dijiste que te pondrías un vestido negro –protestó, aún antes de saludarnos con un "hola".

Le di un beso y nos abrazamos.

–Perdón, a último momento no resistí la tentación y me compré este –expliqué contra su pecho–. ¿No te gusta? ¿Se me nota?

–No se te nota. Y me encanta el vestido. Pero pensarán que elegimos combinar a propósito.

–Que les den, ¿qué importa? Son los últimos días que los vemos. Y a los que nos interesa seguir viendo, seguro no les importa por qué combinamos. Lo importante es que existen miles de colores, y justo vinimos a elegir el mismo. Es un buen presagio, ¿no?

Jayden rio y me dio la mano para meternos en el taxi. Me abrazó y yo me apoyé contra su costado. Conversamos todo el camino hasta la escuela.

El gimnasio, que hacía de salón, estaba decorado en tonos azules. La música sonaba muy fuerte, y casi todos ya habían llegado. Dejé mis cosas en el guardarropa y dimos una vuelta.

–Mira, Sarah vino con Ethan –dije a Jayden al oído–. Me hubiera gustado averiguar quién era él en *Nameless*.

—Tengo un sospechoso —comentó.

—Tú, que eres amigo de Sarah, quizás ya lo averiguaste —le guiñé el ojo.

—¡No te tenía como una chismosa! No sé quién era, Sarah no me lo dijo. Solo sospechaba de uno que se hacía llamar *Roseback*.

—No lo conocí.

Val y Luke nos interrumpieron. Los saludamos, buscamos nuestra mesa y nos sentamos con ellos.

—Glenn no vendrá —me informó Val.

—¡¿Por qué?! —exclamé.

—Su padre no se lo permitió a último momento. Para colmo, estaba angustiada y me dijo que apagaría el teléfono.

Sentí pena por mi amiga y rabia por el pastor. Glenn merecía tener su fiesta de graduación.

A pesar de que nos faltaba una parte importante de nuestro pequeño grupo, intentamos pasarlo bien. Jayden y yo no podíamos contener lo que sentíamos, y nos acariciábamos y besábamos cada tanto. Conversamos mucho con Val y Luke. Después de un rato, nos pusimos el antifaz y salimos a bailar.

Reía de una broma de Jayden cuando el profesor de Psicología se nos acercó.

—¡Elizabeth y Jayden! —exclamó. Lo miré con una sonrisa enorme—. Los he estado observando toda la noche. Merezco un premio: sabía que eran la dupla perfecta. Tendré que evaluar seriamente abrir una agencia matrimonial —reí con ganas—. ¿Puedo decirte algo, Elizabeth? Desde que te conocí me preocupé: eras estructurada, estabas seria y parecías asfixiada… No había luz en ti. Ahora te ves radiante.

—Me siento así, y en parte es gracias a usted —confesé—. Se podría decir que su clase y un experimento en Internet nos cambiaron la vida. También merece un premio por haber descubierto la carrera que quería estudiar Jayden.

—Voy a estudiar Periodismo —aclaró él.

—¡Eso sí que es una buena noticia! Serás el mejor. Te felicito —respondió el señor Sullivan—. ¿Y tú?

—Yo voy a ser fotógrafa.

—¡Excelente! ¿Pensaron que el día de mañana podrían trabajar juntos? ¡Serían dinamita!

Jayden y yo volvimos a reír.

—No lo habíamos pensado —respondí, mirando a Jayden—. Suena bien. Después de todo, somos la dupla perfecta.

—Recuerden esto siempre —culminó el señor Sullivan—: cuando dos seres humanos con personalidades tan diferentes encuentran el equilibrio, pueden alcanzar todo lo que se propongan.

Se despidió deseándonos buena suerte y nosotros pasamos un rato más en la pista.

—Estoy un poco cansada —dije a Jayden. Él me acarició una mejilla.

—¿Quieres que nos vayamos?

—No, todavía es temprano.

—¿Vamos afuera un rato?

Salimos del gimnasio y caminamos unos metros hasta la cancha de fútbol americano. Allí, la música se escuchaba a lo lejos, era un sitio tranquilo para descansar un rato de la gente y el bullicio.

Jayden me tomó la mano, me alzó el brazo y me hizo dar una vuelta.

—Estás preciosa esta noche, Lady Macbeth —dijo.

Sonreí, embelesada con su voz.

—Tú también, Shylock.

Me atrajo hacia él y, muy despacio, me quitó la máscara.

—Así eres todavía más hermosa, Elizabeth —agregó.

Yo también le quité la de él.

—Y así me enamoras aún más, Jayden.

Me rodeó el rostro con las manos y nos dimos un beso profundo e inolvidable. Después nos abrazamos.

—Mmm… Creo que sí me quiero ir a casa —dije—. Mamá no está, tenía un compromiso.

Jayden rio acariciándome el pelo.

—Me muero por ti desde que te vi con ese vestido en la puerta del edificio. Me habría perdido la fiesta para quedarme a solas contigo, pero no quería parecer un desesperado.

Ahora la que reía yo.

—Pide un taxi —sugerí.

—Tus deseos son órdenes.

El domingo siguiente al fin de semana de la fiesta, mamá nos ayudó a trasladar nuestras cosas al apartamento alquilado. Llevamos primero las mías y luego las de Jayden en varios viajes en auto. Solo nos quedaba el último, teníamos que trasladar un par de cajas en las que él había guardado objetos de menor tamaño. Después, esa ya no sería su casa.

Terminamos de cargar todo y, mientras mamá esperaba en el coche, volvimos a entrar para que Jayden se despidiera de su madre y de su hermano. Carol y él se abrazaron. Ella lo miró a los ojos y le acarició el pelo.

—Deseo que sean tan felices como lo fuimos tu padre y yo —dijo.

—Lo somos —aseguró él.

Luego se agachó frente a su hermano. Liam no toleraba bien los cambios, y eso era una de las cosas que más preocupaban a Jayden de mudarse.

–¿Guardaste lo que te di? –le preguntó. Mientras metía en cajas lo que quería llevarse, había regalado algunas cosas al niño. Liam asintió con la cabeza. Miraba para abajo; le costaba demostrar emociones–. Aunque ya no viviré aquí, nos veremos seguido. Solo estaré a media hora de distancia en metro. Te quiero, Liam. Y estaré para ti siempre.

Liam jamás levantó la cabeza, pero inesperadamente lo abrazó. Jayden respondió rápido, rodeándole el cuerpito. Se me humedecieron los ojos al percibir su emoción: ese gesto en su hermano equivalía a todos los "gracias" del mundo. Era un enorme logro. Significaba el triunfo de la dedicación de Jayden para ayudarlo, el valor de cada segundo que había destinado a que estableciera contacto visual con los demás, a enseñarle a socializar, a sobre-llevar lo diferente que se sentía el mundo para él. Jayden, como le había enseñado su padre, nunca se rendía, y al final conseguía un buen resultado. Tenía una paciencia infinita. ¡Si no se había rendido conmigo!

Carol y Liam nos despidieron en la puerta, ella procuraba que el niño también agitara la mano. Mamá los saludó mientras nos alejábamos.

Una vez en el apartamento, terminamos de subir las cajas y bajamos de nuevo para despedirnos de mamá. Ella se había quedado con las últimas bolsas que nos pertenecían.

Conversamos un momento en la acera. Antes de irse, mamá se paró delante de mí y suspiró.

–Supongo que esta es la versión moderna de llevar a una hija al altar –soltó, acomodándome una tira de la camiseta sin mangas, que se había deslizado por mi hombro y colgaba sobre mi brazo.

Sus ojos se llenaron de lágrimas. Después de que papá nos había dejado, nunca la había visto llorar. Mucho menos darme un abrazo como hizo en ese momento. No era un beso lanzado al aire, un "te quiero" dicho al pasar, ni un masaje de un segundo en la espalda. Era su cariño en estado puro.

—Aunque a veces no lo demuestre, eres lo más importante que tengo, Lizzie. Lo único —dijo, apretándome con fuerza. Entre los cambios hormonales que me traicionaban mucho por esos días y mis propios sentimientos, yo también lagrimeé. Ella se apartó enseguida y me secó los ojos. Se forzó a sonreír como si nada hubiera ocurrido, cuando había sucedido todo—. Estarás bien —concluyó, y se alejó.

¡Vaya! Mamá confiaba en Jayden. Confiaba en un hombre. Eso sí que era todo un acontecimiento.

Mientras ella arrancaba el auto, Jayden y yo recogimos las bolsas. Esperamos a que mamá se alejara para subir las escaleras. Viviríamos en el segundo piso y, para mi satisfacción, no había elevador.

Entramos al apartamento y dejamos las bolsas en el suelo. Jayden cerró la puerta y se plantó junto a mí; mirábamos la infinita cantidad de cajas que esperaban para que las revisáramos. Acomodar todo nos llevaría días.

Además de los objetos personales que habíamos llevado de nuestras casas anteriores, solo teníamos un refrigerador que nos habían regalado nuestras madres, una mesa con dos sillas en la cocina, un sofá viejo en la sala y una cama en la habitación. Esos muebles ya estaban allí antes de que nosotros nos mudáramos, y nos venían muy bien.

Nos miramos.

—¿Te sientes feliz? ¿Hemos cumplido nuestro sueño? —me preguntó Jayden.

—Claro que sí. Es solo que en este momento estoy un poco nerviosa —respondí, riendo.

—Yo también. Al menos no se siente como si fuéramos a rendir un examen. Es como un tipo de nerviosismo más lindo.

—Creo que deberíamos disfrutarlo. Sospecho que nos esperan muchos momentos de este tipo en los próximos meses. O años. Este no es el final de nuestra historia: es el comienzo.

Me abrazó y nos besamos.

—Bienvenida a casa, Elizabeth —dijo, mirándome a los ojos, con las manos en mis mejillas.

—Bienvenido a casa, Jayden.

Dicen que todas las grandes historias comienzan con un error. La nuestra comenzó poniendo un pie en un lugar distinto, en una vida nueva.

Epílogo

Dos años después.

—La foto es excelente, Elizabeth —comentó la profesora. Señaló el extremo superior izquierdo—. Ten cuidado con la luz en esta zona, tienes que trabajarla mejor. Por lo demás, creo que es ideal para la exposición. Tiene fuerza, es artística, expresa sentimientos profundos…

—Gracias —dije. Era mi fotografía favorita, y no quería que la rechazaran. Que al final terminaran halagándola, me hacía el día.

—Mejora el tema de la luz y entrégasela al equipo a más tardar mañana. Tiene que estar hecha la gigantografía, enmarcada y colgada en el salón el viernes para la inauguración del sábado. Por otra parte, ¿qué le digo al cliente de la empresa automotriz? ¿Querrás hacer el trabajo el miércoles?

—¿Puedo confirmárselo esta tarde por mensaje?

—Sí, claro. Que sea hoy, por favor, o tendré que buscar a otro estudiante.

—No se preocupe. Se lo confirmaré esta tarde.

Me llevé la foto y ni bien salí del aula, miré la hora en el móvil. Quería usar uno de los ordenadores de la Academia antes de volver a casa. Allí tenían programas que en el mío, por su capacidad, no funcionaban.

No podía parar de sonreír mientras me dirigía a la sala. Mi foto favorita había sido aprobada, y no veía la hora de verla expuesta el sábado.

Me senté frente a un ordenador libre, conecté el dispositivo de almacenamiento y abrí la imagen con el programa de edición. Hice los cambios necesarios y volví a guardarla. Salí corriendo a ver al equipo de la exposición antes de que se fueran.

Golpeé a la puerta mientras me acomodaba el pañuelo enroscado que usaba como vincha. Desde que estudiaba Fotografía en la Escuela de Cine de Nueva York gracias a una beca, mi estilo había cambiado. Para crear había que sentirse cómodo, y ese día me sentía cómoda con un calzado deportivo de lona, un enterito de jean con una tira desprendida y una camiseta blanca.

Dejé de acomodarme el pelo suelto en cuanto un chico abrió la puerta.

—Hola. Vengo a entregar una foto para la exposición del sábado en la galería —expliqué, y le entregué el dispositivo.

—¿Has completado la ficha con tus datos y los de la obra?

—Sí, está con el archivo de imagen.

Tras haber cumplido con mi deber, fui a tomar el metro. Amaba ir a la Academia, pero cuando se hacía la hora de volver a casa, me ponía ansiosa por llegar y hasta caminaba más rápido sin darme cuenta.

Sentí una gran alegría al entrar al apartamento y encontrar a Jayden. Estaba sentado usando la computadora, con nuestro hijo de un año y medio en la pierna izquierda. Lo sostenía con un brazo a la vez que escribía en el teclado con la mano derecha.

—¡Hola! —exclamé. Cuando me miró, mi alegría se triplicó. Sus ojos brillaban cada vez que nos encontrábamos; eran un reflejo de los míos.

–¡Ey! ¿Cómo te fue? –preguntó.

–Bien –dije mientras dejaba mi morral y una bolsa en el sillón, y nos besamos. Me acuclillé y puse las palmas de las manos hacia arriba para atraer la atención de Devin, que jugaba con unas formas de goma–. ¡Hola! Hola, mi amor. Te extrañé.

Le di un beso en la cabeza y me quedé allí unos minutos para hacerle unos mimos. Era idéntico a Jayden, ¡y olía tan rico! Amaba la colonia para bebé. Luego me levanté y puse una mano sobre el hombro de Jayden.

–¿Con qué estás? –pregunté.

–Crítica de medios.

–Ah, "la difícil".

–Sí, "la difícil" –rio él–. ¿Cómo te fue a ti con lo de la exposición?

–Muy bien. ¡Aprobaron mi foto!

–¡Fantástico! Sabía que lo harían. ¿Ahora sí me dejarás verla?

–No. Sabrás cuál elegí el sábado en la exposición. Vamos juntos, ¿no?

–Sí, por supuesto. Ya arreglé con mi madre para que cuide a Devin.

–Perfecto –hice una pausa–. ¿Qué tienes que hacer en la universidad el miércoles a las siete de la tarde?

–Asisto a la última clase del seminario. ¿Por qué?

–La profesora de Estilos Visuales me ofreció otro trabajo. Un conocido de un director de cine que también es profesor en la Academia es un alto ejecutivo de una marca de autos y van a hacer una fiesta. Necesitan un fotógrafo. Habrá invitados especiales, sería una buena oportunidad para hacer contactos. Además, es un trabajo pago, como el otro que me ofreció hace un mes.

–Está bien, dile que sí.

–¿En serio? ¿No te perjudica si faltas al seminario?

–No, preguntaré qué hicieron después. No pierdas la oportunidad, ve. Seguro será una buena experiencia.

—Gracias. ¡Ya lo creo que sí! Dame a Devin, así puedes trabajar tranquilo.

—No te preocupes, se está portando bien.

—Tardas el doble cuando escribes con una sola mano.

—No importa, ocúpate de tus cosas, estamos bien —le di otro beso.

—Gracias. Tengo mucho que hacer.

Me senté en el suelo de la habitación y empecé a escribir las descripciones de un trabajo final que tenía que entregar el jueves.

Mientras me ocupaba de eso, pensé en todo lo que había pasado hasta llegar a ese momento. En el excelente equipo que formábamos con Jayden, en lo bien que me sentía con mi vida, en lo bonito que era tener sueños y mucha energía para concretarlos. Tal como él había predicho, estábamos cada día mejor, y cada minuto de sacrificio valía la pena.

Por supuesto que no había sido fácil, todavía no lo era. Después del primer año de carrera, Jayden había ganado una pasantía y trabajaba para un diario local, pero su primer trabajo fue como mensajero. Andaba todo el día en la calle y había empezado a estudiar de noche con el material que le habían dado al inscribirse en la universidad, preparándose para comenzar su carrera. Carol se encargaba de pagarle los estudios.

Yo me quedaba en casa y procuraba hacer algo de dinero vendiendo mis fotos en páginas de Internet. No se vendía mucho, pero con la primera pude comprar una lata de pintura y aproveché para mejorar algunas paredes. Como me aburrían con su simpleza blanca, aprendí con videos cómo decorarlas y descubrí que, además de un gran talento para la fotografía, también me iba muy bien en las manualidades. En realidad, me di cuenta de que me fascinaba el arte.

Cubrí un muro de la sala con diseños negros de ramas con hojas artísticas y uno de la habitación con líneas curvas. Curiosamente, mientras en el apartamento de mi madre no tenía ganas de hacer nada, me gustaba que mi casa siempre estuviera limpia y ordenada. Si tenía un buen diseño, mejor. Se podía hacer mucho con poco dinero, solo había que tener habilidad, tiempo y ganas, y las tres cosas me sobraban.

Una noche, cuando Jayden y yo llevábamos dos meses viviendo juntos, casi morí de miedo. Se habían hecho las diez de la noche y él no regresaba. Su móvil estaba apagado. Me arrojé en el sillón para no volverme loca y me cubrí con una manta. Sin darme cuenta, me quedé dormida.

Desperté cuando sentí que él me tapaba. Lo vi arrodillado junto al sillón.

—¡Jayden! —exclamé, sentándome despacio—. ¿Qué ocurrió? ¿Qué hora es?

—Son las doce. Lo siento, mi jefe me ofreció una entrega a último momento y no pude negarme; era buen dinero y lo necesitamos. Mi teléfono se quedó sin batería y, como estaba en la ruta, no tenía modo de avisarte.

—¿Una entrega de tantas horas?

—Un chofer de camioneta se descompuso y necesitaba un reemplazo para ir a Baltimore. Ahora entiendo por qué me obligaron a tramitar el permiso para conducir varios tipos de vehículos cuando entré a trabajar ahí. Perdón —me acarició el vientre—. Hola —le dijo con voz dulce, y lo besó.

—Morí de miedo, pensé que te había sucedido algo. No quería llamar a tu madre para no preocuparla, pero pasé horas terribles.

—Lo sé, cuánto lo lamento. Llevaré siempre la batería externa por si ocurre otra situación como esta. ¿Cenaste?

—No, la comida está en la mesa —señalé—. Voy a calentarla.

—No te preocupes, yo lo hago. La próxima vez no me esperes, tienes que cenar a horario. Comamos y vayamos a la cama.

Quince minutos después, estaba sentada a la mesa, con un plato de fideos que sabían a nada, preguntándome cuán dura podía ponerse la vida a medida que pasara el tiempo.

—De verdad estaba trabajando —me dijo Jayden.

Lo miré como si acabara de acusarme de un delito.

—Yo no he dicho nada.

—Pero lo estás pensando.

—¿Por qué prejuzgas? ¿Por qué piensas que siento desconfianza? No soy la harpía que crees. Temí que hubieras sufrido un accidente, estaba muerta de miedo.

Callamos. Estábamos a punto de tener nuestra primera pelea de pareja, así que presionamos el freno. Dejamos que un rato de silencio enfriara el ambiente.

—Elizabeth, dame tu mano —pidió Jayden de pronto.

Estiré la mano pensando que me daría la suya. A cambio depositó unos cuantos billetes sobre mi palma.

—¿Por qué me das esto? —pregunté, todavía un poco a la defensiva.

—Es lo que me pagaron extra por el trabajo; adminístralo como te parezca mejor. Solo recuerda las prioridades: tú, alimento, la renta, los servicios.

Ese "tú" delante de todo serenó mi ánimo y me hizo suavizar la voz.

—La renta ya está paga. Mamá me dio dinero y lo usé para eso —se produjo otro instante de silencio. Percibí que Jayden se sentía incómodo, por eso me apresuré a decir otra cosa que lo apartara de ese sentimiento—. También vendí una fotografía. No es mucho, pero quería usar ese dinero para pagar la electricidad.

—No. Úsalo en algo para ti. ¿Cuál vendiste?

—La de la ventana otoñal. Estuve averiguando y creo que la compró una editorial. ¡Imagina si termina en la tapa de un libro!

—¡Sería genial! Mira si es uno de J. K. Rowling o cualquier otro autor famoso y tu foto termina en todas las librerías del mundo —me hizo reír.

—No creo. Para las tapas de esos libros deben contratar fotógrafos e ilustradores.

—Quién te dice, si investigas en los bancos de imágenes donde vendes las tuyas, quizás encuentres las de libros muy conocidos.

—Tal vez. La buscaré en un tiempo con el rastreador de imágenes de Google.

Logramos salir con facilidad de nuestra primera discusión de convivientes, pero no de las deudas. El principal problema de iniciar de la nada y de golpe una vida con alguien es el dinero. Y aunque nuestras madres nos ayudaban cuanto podían, no teníamos para darnos gustos. La estantería repleta de Nutella solo quedó en mis sueños, con suerte compraba un tarro pequeño junto con las pinturas cuando vendía alguna fotografía. Ni hablar de ir al cine o a cenar afuera. Lo que para cualquier persona era parte de su vida cotidiana, para nosotros se había convertido en un lujo.

Un mediodía, mamá fue a almorzar y me contó que había dejado a Joseph. Con el final de la relación, también perdió el coche y el trabajo, pero me pareció que estaba dando un gran paso para sanarse a sí misma. Sin duda todo lo que vivíamos desde hacía unos meses la había movilizado, en especial ahora que yo ya no estaba en su casa.

—Tú misma lo dices siempre: todavía no tienes ni cuarenta años —le dije—. Tienes toda la vida por delante para lograr lo que quieras.

Poco después, consiguió un puesto como empleada administrativa en una consultora. Allí conoció a un cliente divorciado que le gustaba. Fue la primera vez que la oí hablar de un hombre con ilusión y no con interés.

Una tarde, mientras estaba revistiendo el sofá con una tela de segunda mano, recibí una llamada de papá. Se me anudó el estómago; no quería escucharlo. Había dejado de pasar la manutención a fin de año, asumiendo que, como yo ya no iba a la escuela, no tenía más obligaciones. Nos habíamos olvidado el uno al otro, ¿por qué reaparecía? Suspiré y respondí con un "hola" que casi no se oyó.

—Elizabeth —dijo—. ¿Me eliminaste de Facebook?

¡Vaya! Recién se daba cuenta. Habían pasado meses.

—Sí.

—¿Sucede algo?

—Nunca me llamas. ¿Para qué llamaste ahora?

Se quedó callado. Quizás no esperaba que de verdad lo hubiera eliminado o que mi voz sonara tan fría. La verdad, estaba nerviosa, pero no merecía la pena hacerle pasar un mal rato a mi bebé a causa de mi padre, así que procuraba mantenerme tranquila.

—Tu hermano ya nació. Es un varón.

Yo también iba a tener un varón, pero no quería contárselo. Después de todo, no me había preguntado nada de mí, solo llamaba para darme las mismas noticias que antes me enteraba por Facebook. ¿Por qué lo estaba soportando? Él me había llamado holgazana y soberbia, mientras que yo me había atragantado toda la vida con lo que de verdad quería decirle. No le vi sentido a seguir ocultándolo.

—Perdona, pero no quiero que vuelvas a llamarme. Durante años añoré el padre que eras con otras personas, preguntándome por qué no podías ser así conmigo. No quiero más de eso. Solo tengo una cosa para agradecerte: que hayas convencido a mamá para que me tuviera. Olvida la manutención, eso lo diste porque un juez te obligó cuando mamá te denunció. Pero lo otro salió de tu corazón, y aunque quizás solo haya sido un capricho, le debo la vida a esa decisión. Te necesité mucho. Hoy solo te deseo buena suerte. Adiós.

Bloqueé su número y me sentí en paz conmigo misma. Estaba triste y todavía un poco nerviosa, pero ya podía volver a reparar mi sillón. "Tenemos que aprender a comprender y perdonar". Y sí, yo había perdonado a papá. Pero hay vínculos tóxicos que es mejor terminar.

Desde que comenzó a cursar en la universidad, Jayden llegaba tarde a diario. Ni hablar cuando los libros para leer y los trabajos para hacer se fueron acumulando. Pasaba mucho tiempo sola, así que aproveché para decorar la pequeña habitación de nuestro hijo.

Pinté el techo de blanco y las paredes de celeste con nubes. Nuestras madres nos regalaron la cuna, y yo fabriqué un mueble con madera usada. Como me salió bien, me animé a amurar un tablón contra una pared de nuestra habitación para formar un escritorio y restauré una silla usada que compré en una venta de garaje. Sí: era excelente también con la carpintería. Podía hacer casi cualquier cosa que explicaran en Internet y me había convertido en una experta rastreadora de ofertas. Con la cocina no hubo caso, siempre sería un fracaso.

Había encontrado cómo transformar el tiempo que no estaba acostumbrada a tener en algo útil. Sin embargo, mi pena por Jayden fue creciendo en conjunto con sus obligaciones. Los fines de semana no existían, siempre estaba encerrado estudiando. A lo sumo mirábamos alguna película los sábados en nuestra posición de siempre, pero cuando echaba la cabeza atrás para hablarle, descubría que se había quedado dormido.

Poco a poco, la pena se transformó en dolor.

Una madrugada, cuando solo faltaban unas semanas para que naciera nuestro hijo, desperté y encontré que la luz del escritorio todavía estaba encendida.

—Jayden —lo llamé. Él giró la cabeza para mirarme.

—Lo siento, ¿te molesta la luz? Puedo ir a la cocina.

Me senté y me trasladé hasta la orilla de la cama para estar más cerca de él.

—¿Qué hora es? —pregunté.

—Las tres. Voy a la cocina, en serio. Descansa.

—Ven a dormir.

—No puedo, me faltan cien páginas.

Sus ojos estaban irritados, tenía los labios resecos. Estaba agotado, y yo entré en pánico. Faltaban como mucho tres semanas para que naciera nuestro hijo, ¿qué haríamos con un bebé llorando en los pocos ratos libres que Jayden pudiera dormir? ¿Cómo nos arreglaríamos para comprar pañales, si apenas nos alcanzaba para sobrevivir? ¿Cómo lo mantendríamos, cómo lo cuidaríamos, cómo nos convertiríamos en padres?

Todo se mezcló y estallé en llanto.

—¡No soporto verte así! ¡No puedo! —grité.

—Elizabeth, no —me dijo, y se acercó para contenerme apretándome los brazos.

—No haces más que trabajar y estudiar. Casi no comes, no duermes, no tienes esparcimiento. Andas todo el día por la calle, así llueva o haga mucho frío. ¡Te enfermarás! ¿Y si te ocurre algo? ¿Si tienes un accidente porque estás muy cansado para conducir?

—Siempre tengo cuidado. ¿Sabes por qué? Porque te amo y quiero volver a casa contigo.

—¡Basta! Arruiné tu vida. Debí quitármelo.

—¡No! —me sacudió—. Nunca digas eso. ¿Cómo podrías pensar que arruinaste mi vida? Estoy haciendo lo que me gusta, lo hago porque quiero. Aunque te cueste creerlo, no cambiaría lo que tenemos por nada del mundo. ¿Acaso yo arruiné tu vida? ¿Preferirías estar en Yale?

Tragué con fuerza para desanudar mi garganta; temblaba y estaba hipando.

—No —respondí—. Tú diste luz a mi vida.

—Entonces deja de preocuparte. Esto pasará, te lo prometo. En diez años miraremos hacia atrás desde un lindo apartamento del centro y nos sentiremos orgullosos de nosotros mismos —hizo una pausa y señaló el escritorio—. Tengo que terminar de leer esos tres libros para el lunes. Es sábado, recién voy por el primero. Puedo aprender con una sola lectura, eso sigue intacto, pero tengo que leerlos. Te prometo que termino este y me acuesto. Ahora tienes que volver a dormir.

—Te prepararé un café —ofrecí, más calmada.

—No. Ven, acuéstate —me obligó a acostarme, me cubrió con la manta y se arrodilló a mi lado—. Cierra los ojos —ordenó en voz baja, y yo le hice caso.

Primero me secó las lágrimas con los dedos. Después sopló sobre mi pómulo. Fue suficiente para que se me escapara una sonrisa.

—¿Te hace cosquillas? —preguntó, riendo. Asentí. Repitió el procedimiento, y yo volví a estremecerme con una sonrisa. Siguió soplándome dos o tres veces más mientras me acariciaba el pelo hasta que me dio sueño.

Jayden era el tipo de personas con las que, sin buscarlo, tú terminabas siendo una persona mejor. Me abrigaba cuando insistía en levantarme rápido para prepararle el desayuno, valoraba todo lo que yo hacía aunque a mí me pareciera poco, y estaba esforzándose mucho para que, como había prometido, nuestro futuro fuera alentador.

Empecé con contracciones una tarde sin haber roto bolsa. En el curso de preparto nos habían enseñado cuándo había que ir a la clínica, y Carol me había advertido que, si no cumplía, quizás me enviaran a casa de regreso. Sabía que todavía no era el momento, así que me acosté, intentando ahogar el miedo, y esperé a que llegara Jayden a eso de las seis. Iba a trabajar, pero como estábamos dentro de la fecha posible de parto, no iba a la universidad.

Cuando llegó y me encontró en la cama, le expliqué lo que pasaba y me preguntó por qué no lo había llamado para que regresara antes. Le pedí que me ayudara a ir al baño. En cuanto me levanté, la fuente se rompió, como si Devin lo hubiera estado esperando. Entonces fuimos al hospital.

Si bien había pedido una anestesia suave porque quería sentir algo, las horas hasta que pudieron dármela fueron largas y difíciles. Tenía contracciones fuertes y bastante seguidas, pero no dilataba, y había que esperar para tomar cualquier determinación. No hubo curso de preparto, ejercicios de respiración ni consejos de mi madre y de Carol que me ayudaran a pasar de la teoría a la práctica.

Para cuando llegó la hora de pujar, estaba agotada, y después de un par de intentos, pedí perdón y dije muy angustiada que no podía hacerlo. Por supuesto, Jayden estaba conmigo, y sabía que no quería una cesárea. Ignorando las quejas de la enfermera y la mirada atónita del médico, se sentó detrás de mí, sobre la camilla, en la misma posición en la que mirábamos películas, y me habló al oído.

–Elizabeth, no te rindas. Contaré para ti, ¿de acuerdo? Lo haremos juntos.

Puso una mano sobre mi frente sudorosa y me dio un beso en la mejilla. Yo apreté su antebrazo y leí casi la misma frase en su tatuaje: "nunca te rindas". Entonces recordé que estaba viviendo la vida que había elegido y volví a imaginar el rostro de nuestro hijo. Muy pronto podría convertir ese sueño en realidad. Y como quería cumplirlo, estrujé su brazo, grité y pude. Claro que pude.

Había pasado un año y medio desde que habíamos llorado al recibir en los brazos a nuestro hijo, pero todavía se sentía como si hubiera sucedido el día anterior. Quizás por eso me costaba dejarlo con mamá o con Carol cuando teníamos que ir a algún lado, como el sábado de la exposición.

–Aquí te he dejado las formas de goma –le expliqué a la madre de Jayden, mostrándole un rincón del inmenso bolso–. Está obsesionado con ellas, hasta aprendió a ubicar algunas en el cilindro plástico. Si llora, dáselas.

»También puse su toalla amarilla. Le di el pecho antes de salir de casa, pero si tiene hambre, puedes darle el biberón con la leche que está en este otro lado del bolso. Si mientras come la toalla amarilla se ensucia, también tienes la…

—Está bien, Liz —me interrumpió Carol, tocándome el brazo—. Tengo toallas de todos los colores por si esa se mancha, no te preocupes.

Primero me quedé en suspenso. Al instante, se me escapó la risa. Olvidaba que estaba hablando con una enfermera que había tenido dos hijos y que tenía mucha más experiencia que yo.

—Gracias —dije.

—De nada. Diviértanse. Nos vemos mañana.

Jayden me esperaba en la sala, conversando con Liam. Se había puesto un pantalón de vestir, una camisa y zapatos. Yo había elegido un vestido negro largo hasta la rodilla y zapatos de tacón.

Tomamos un taxi y bajamos en la galería donde se realizaba la exposición. Nos dimos la mano para subir las escaleras y yo apoyé la cabeza en su brazo.

—Me siento rara sin Devin —dije.

—También yo.

Teníamos pocas oportunidades de salir solos, por eso las añorábamos, pero cuando al fin llegaban, extrañábamos a nuestro hijo.

Estaba muy nerviosa. Era uno de esos días de nervios lindos, como el de la mudanza o el parto.

Ni bien entramos, la sensación se acrecentó. Buscaba mi foto, pero no estaba en la entrada. Empecé a imaginar que la habían destinado a un rincón por el que casi no pasaba gente. Era lo esperable para mi primera exposición.

—Estás temblando —me dijo Jayden, apretándome un poco la mano.

De pronto, la vi: estaba en una zona bastante concurrida, con una iluminación preciosa. Como era una gigantografía en escala de grises y le habían colocado un marco negro, se veía impactante y glamorosa.

Mi entusiasmo pudo más que el nerviosismo y conduje a Jayden hacia el sector. Él conocía todas mis fotos, en especial esa. Ni bien se percató de la imagen que había elegido para mi primera exposición, se cubrió la mitad de la cara y soltó el aire por la boca.

–Dios mío. Elizabeth… –balbuceó.

Ahí estaba él en la gigantografía en escala de grises, con la espalda desnuda, sentado en el suelo delante de la ventana de nuestra sala. Su rostro estaba de perfil, con la cabeza inclinada hacia el hombro izquierdo, y así, su nariz respingada se veía preciosa. Detrás del hombro se asomaban la frente y los ojos de Devin; parecía que miraba a la cámara. El cuerpo de nuestro bebé de apenas siete días descansaba sobre el pecho de Jayden, escondido para los ojos del espectador.

–Estás bordó –le dije, riendo–. ¿Te enoja que haya elegido esta foto? La escogí porque es mi favorita de todas las que tomé en mi vida.

–Estoy en shock –confesó.

Se notaba que lo estaba; ahora era él el que temblaba. Yo reí, todavía de su mano, y lo empujé con mi costado para que se reanimara.

–No puedo creer que estés avergonzado. Pasarás tu vida delante de las cámaras de televisión, o escribiendo para los diarios que leen miles de personas.

Apartó los ojos de la imagen y me miró.

–Sí, pero esos somos mi hijo y yo. Mi verdadero yo. Y tú capturaste la esencia de nuestro vínculo en una foto. No es vergüenza: es emoción. Gracias, Elizabeth. Es hermosa. Y no es porque sea tuya y porque el modelo sea yo, pero a todo el mundo le gusta. Fíjate que llama la atención de la mayoría de las personas, nadie se va sin detenerse a contemplarla. Yo creo que es porque, además de que es preciosa, habla de la importancia del amor.

Nos besamos, los dos con los ojos húmedos, y casi al segundo de que habíamos terminado, recibí la primera felicitación. Mi profesora nos estaba mirando, y le había contado a un espectador que yo era la fotógrafa. La noticia se distribuyó, y varias personas me dieron su punto de vista de la foto.

Era apasionante: cada espectador descubría nuevos significados según su parecer, y al final resultó que la luz que había colocado a la ventana con un programa era una forma de representar lo divino, que hacía posible el milagro de la vida. Una perspectiva interesante que no se me había ocurrido; solo había querido resaltar la figura y cubrir el edificio maltrecho de enfrente.

Solo una señora se dio cuenta de que el modelo también estaba presente y me preguntó si era mi pareja. Un hombre me dijo que lo que más apreciaba de mi trabajo era que había tomado la figura del padre con el recién nacido, cuando por lo general se elegían las figuras femeninas en relación con lo materno. Eso tenía sentido, dado que Jayden, de algún modo, reivindicaba con creces el mal modelo de padre que yo había tenido.

Un matrimonio quiso comprar la foto original. Aunque Jayden trabajaba en el diario, apenas era un ayudante de redacción y no ganaba bien, así que todavía necesitábamos mucho el dinero. Sin embargo, le respondí que la foto era muy importante para mí y que no estaba a la venta. La había tomado sin poses fingidas, movida solo por el amor y lo inspirador que resultaban un padre y un hijo conociéndose. Había plasmado en ella un momento íntimo y especial de nuestras vidas, y eso no tenía precio.

Aunque lo estaba pasando bien entre las felicitaciones, nos fuimos antes para aprovechar parte de nuestra noche a solas realmente solos. Tomé la píldora anticonceptiva que me había indicado el médico después de tener a Devin y fui a la cama, donde Jayden me esperaba para abrazarme. Hicimos el amor de una forma especial, tomándonos más tiempo, sin miedo a que nuestro hijo se despertara en medio de lo mejor.

La mañana del domingo, desperté con una cosquilla en la frente. Era Jayden, que estaba apartándome el pelo. Me removí un poco con una sonrisa y abrí los ojos despacio.

–Hola –susurré.

—Hola —respondió él. Estaba sentado en la orilla de la cama—. Te traje algo.

Me senté con el entusiasmo de una niña. Jayden había preparado una bandeja con el desayuno.

—¡Jayden! —exclamé, riendo—. ¿Y esto?

—¿Recuerdas qué día es hoy?

Me cubrí la boca con una mano.

—¡Oh, no! Es nuestro aniversario. Hace dos años decidimos tener a nuestro hijo. ¡Me siento tan mal! No te compré nada. El año pasado no nos regalamos nada; asumí que este, tampoco.

—No esperaba que me regalaras nada —rio Jayden—. El mejor regalo me lo diste hace un año y medio. Y también ayer.

—No es excusa. ¡Perdóname! —insistí. Él seguía riendo.

—¿Vas a desayunar o no?

—Sí, claro. ¡Gracias! Qué hermoso. Hay café, tostadas, *hotcakes*, miel… ¡Hay Nutella! —exclamé, feliz. Había un tarro mediano en un costado de la bandeja. Entrecerré los ojos y miré a Jayden, jugando a ser desconfiada—. Dime la verdad: ¿por qué estás haciendo esto? ¿Acaso quieres que nos separemos y te sientes culpable?

Jayden negó con la cabeza, riendo.

—¿Por qué siempre razonas para el lado negativo? —preguntó.

—No sé, porque es raro.

—¿Quién te traería el desayuno a la cama para romper?

—Convengamos que tú haces las cosas al revés: primero embarazas a la chica, después le pides vivir contigo… —bromeé, y empecé a untar una tostada con miel.

—¿No vas a comer la Nutella? —preguntó Jayden.

Miré la tostada y lo miré a él. Sin duda le hacía ilusión haberme comprado el pote, así que solté la tostada, apartando de mi mente la dieta. Desde que había tenido a Devin, aumentaba de peso con mayor facilidad, y me cuidaba más.

—Tienes razón. ¿Por qué estoy perdiendo el tiempo con una estúpida tostada similar a las de todos los días teniendo *hotcakes* y Nutella?

Recogí el pote y lo destapé. Cuando iba a dejar la tapa sobre la bandeja, me congelé. Había un hermoso anillo de oro blanco y pequeñas piedras azules pegado en el lado de adentro.

—Oh, por Dios —balbuceé. Mi corazón latía tan rápido que pensé que se me saldría—. ¿Qué significa esto?

Miré a Jayden mientras él apoyaba una mano del otro lado de mis piernas. Se inclinó y quedamos bastante cerca; pude notar que se había puesto un poco nervioso. De esos nervios lindos.

—Si bien no cambiaría nada de nuestra historia, ni una sola coma, es cierto que hicimos todo al revés. Es hora de que empecemos a ordenar un poco las cosas. Elizabeth: ¿quieres casarte conmigo?

Si alguien me hubiera pedido que fotografiara la felicidad, habría elegido ese momento. Sonreí ampliamente. Mi respiración se agitó, mis ojos se humedecieron.

—Sí. Sí, claro que quiero —respondí, con la misma convicción con que había decidido tener a nuestro hijo. La misma ilusión con la que habíamos empezado una vida juntos, los mismos sueños, y más también.

Hice la bandeja a un lado y nos abrazamos. A cada segundo confirmaba que amaba a Jayden y que amaba ser Elizabeth. Amaba la vida y sus vueltas, el destino y sus caprichos. Quizás Dios siempre me había estado mirando, el universo siempre había estado escuchando. Era yo la que tenía que permitirme ser yo misma, y así, ser feliz.

Nota de la autora

Querido lector/a:

Quiero agradecerte por haber elegido este libro. Espero que para ti haya sido un viaje de reflexión sobre muchos aspectos de la vida, como lo fue para mí. Me gustaría contarte sobre esta experiencia.

Primero quiero que sepas que este libro no refleja mi posición personal respecto de ningún tema, y que los personajes deciden de acuerdo con su construcción psicológica particular, su contexto sociocultural y sus deseos. No me interesa influir en la opinión de nadie, sino generar preguntas para que cada uno las responda a su manera. Para ello investigué mucho y respeté el discurso de personas que habían atravesado estas experiencias, respaldada por profesionales de la salud que lo viven día a día junto a sus pacientes. Nos pareció importante destacar la opción y la decisión, y que ninguno de los caminos disponibles es una obligación.

Si tengo que ser sincera, pensé lo básico de la historia de cada amiga que compone esta serie de libros desde que comencé a escribir *Brillarás*, mucho antes de que el tema del aborto estuviera mediatizado y a causa de ello sufriéramos un curioso proceso de información y desinformación al mismo tiempo. Incluso escribí *Serás* antes de que eso sucediera, y cuando llegó el momento de releer el manuscrito, me planteé modificar la trama para evitar controversias.

Es difícil explicar el proceso de escritura, pero cuando imaginamos una historia, cuando hacemos que cada detalle encaje y la volcamos en palabras, es casi imposible revertir lo creado. Una novela se desarrolla como una catarata imparable, y sentimos que los personajes existen y habitan en este mundo. Cambiar la trama sería traicionar la intención comunicativa que tuve al escribir la obra, y la historia perdería su esencia.

Por otra parte, creo que no debemos evitar los temas controversiales en los libros con personajes jóvenes, sino, al contrario, ofrecer espacios para el debate. Por eso decidí ser fiel a lo que había escrito y a lo que estos personajes tenían que experimentar para crecer como personas, y no los llevé por un camino que no fuera el suyo a pesar de saber que correría muchos riesgos.

Desde que se publicó *Brillarás* he comentado en muchas entrevistas que me siento identificada con Liz en varios aspectos; les contaré el motivo. Las dos somos autoexigentes, a un nivel que, cuando yo lo era aún más que ahora, llegó a repercutir en mi cuerpo. Las dos sentimos alguna vez que fuimos desplazadas y buscamos en el éxito lo que este jamás podría brindarnos. Al final, llegamos a un punto límite en el que lo entendimos, y nuestras vidas cambiaron para mejor.

Por otra parte, quisiera destacar el concepto de demisexualidad, que en sí es una palabra relativamente nueva para una vivencia que existe desde siempre.

Una persona demisexual no experimenta atracción sexual y/o romántica del modo socialmente normalizado. La atracción se experimenta por personas específicas cuando se siente una conexión fuerte y profunda con el otro, ya sea por el trato que esta persona brinda o por lo que se percibe de su interior. Como no es la forma en que la mayoría vive su sexualidad actualmente, la frustración suele hacerse presente, y se recurre a veces a ciertos mecanismos de defensa para no sufrir en el intento por encajar en la norma.

Ser demisexual no necesariamente significa ser arromántico, y mucho menos enamorarse de toda persona con la que se establece un vínculo profundo. Alguien demisexual puede anhelar una pareja, o incluso la maternidad o paternidad, solo que sus tiempos para sentir atracción suelen ser más lentos, y eso hace que se pierdan posibles parejas que prefieren ir más rápido. A la larga, la frustración a veces hace que se termine colocando una barrera, producto del miedo a no saber cómo encarar un vínculo o por incomodidad con el modo en que otros intentan iniciarlo.

Lleva mucho tiempo y maduración personal entender lo que sucede y comprender que, en definitiva, todos nos relacionamos con el mundo de manera distinta. Puede resultar difícil establecer relaciones para las personas demisexuales en el mundo hipersexualizado en que vivimos. Pero cuando esa conexión se produce, es maravillosa. El espíritu se eleva y evolucionamos en nuestro camino a ser mejores personas, que es para lo que creo que estamos todos en este mundo.

El único mensaje que me gustaría dejar con este libro es que cada individuo es un universo, por eso nuestro mundo es tan rico y diverso. Lo que vemos de las personas (el parecer) es solo la punta de un iceberg (el ser), así que no temas acercarte a ellas. Acércate de verdad, establece vínculos profundos, conoce a los demás. Sin duda encontrarás universos más maravillosos de lo que suponías.

Con amor,
Anna.

Playlist de Serás

- ▶ Dry County, BON JOVI
- ▶ Scoundrel Days, A-HA
- ▶ Outside, STAIND
- ▶ Hypnotised, SIMPLE MINDS
- ▶ Be Yourself, AUDIOSLAVE
- ▶ It's Been Awhile, STAIND
- ▶ Lonely Day, SYSTEM OF A DOWN
- ▶ Can't Fight This Feeling, REO SPEEDWAGON
- ▶ Peacekeeper, FLEETWOOD MAC

¡QUEREMOS SABER QUÉ TE PARECIÓ LA NOVELA!

Nos puedes escribir a vrya@vreditoras.com con el título de esta novela en el asunto.

Encuéntranos en

f facebook.com/VRYA México

🐦 twitter.com/vreditorasya

📷 instagram.com/vreditorasya

COMPARTE
tu experiencia con
este libro con el hashtag
#serás
🐦 📷 f